Alle Rechte, einschließlich das des vollständigen oder
auszugsweisen Nachdrucks in jeglicher Form, sind vorbehalten.

Der Preis dieses Bandes versteht sich einschließlich der
gesetzlichen Mehrwertsteuer.

Umwelthinweis:
Dieses Buch wurde auf chlor- und säurefreiem Papier gedruckt.

Megan Hart

Der Duft von Orangen

Roman

Aus dem Amerikanischen von
Ivonne Senn

MIRA® TASCHENBUCH
Band 25694
1. Auflage: Juni 2013

MIRA® TASCHENBÜCHER
erscheinen in der Harlequin Enterprises GmbH,
Valentinskamp 24, 20354 Hamburg
Geschäftsführer: Thomas Beckmann

Copyright © 2013 by MIRA Taschenbuch
in der Harlequin Enterprises GmbH
Deutsche Erstveröffentlichung

Titel der nordamerikanischen Originalausgabe:
Collide
Copyright © 2011 by Megan Hart
erschienen bei: Spice Books, Toronto

Published by arrangement with
HARLEQUIN ENTERPRISES II B.V./S.àr.l.

Konzeption/Reihengestaltung: fredebold&partner gmbh, Köln
Umschlaggestaltung: pecher und soiron, Köln
Redaktion: Bettina Lahrs
Titelabbildung: Thinkstock/Getty Images, München
Autorenfoto: © Harlequin Enterprises S.A., Schweiz
Satz: GGP Media GmbH, Pößneck
Druck und Bindearbeiten: CPI – Ebner & Spiegel, Ulm
Printed in Germany
Dieses Buch wurde auf FSC®-zertifiziertem Papier gedruckt.
ISBN 978-3-86278-754-8

www.mira-taschenbuch.de

Werden Sie Fan von MIRA Taschenbuch auf Facebook!

1. KAPITEL

Orangen.

Der Duft von Orangen stieg mir in die Nase. Ich legte eine Hand auf die Lehne des Stuhls, der mir am nächsten stand, und ließ meinen Blick auf der Suche nach einem Obstkorb über den Tresen gleiten. Nach irgendetwas, das den Geruch erklärte, der in diesem Coffeeshop so fehl am Platz war wie ein Weihnachtsmannkostüm am Strand. Ich konnte jedoch nichts entdecken und atmete tief ein. Schon vor langer Zeit hatte ich gelernt, dass es sinnlos war, den Atem anzuhalten.

Es ist leichter, wenn ich einfach weiteratme ... es hinter mich bringe ...

Der Geruch verschwand schnell wieder. Ein paar Sekunden lang konnte ich ihn noch wahrnehmen, dann wurde er von dem starken Duft von Kaffee und Gebäck verdrängt. Ich hatte an einer Stuhllehne Halt gesucht, aber ich brauchte die Stütze nicht mehr. Bevor ich den Stuhl losließ, sah ich mich kurz um und ging dann die wenigen Schritte bis zur Ecke des Tresens, wo ich Sahne und Zucker in meinen Kaffee gab.

Meine letzte Episode war schon lange her.

Episoden, so nannte ich die Blackouts, die mich seit Kindertagen ganz plötzlich und unerklärlich überfielen. Oft waren sie begleitet von Halluzinationen, kleinen Traumsequenzen, die mir in dem Moment jedoch meistens vollkommen real erschienen. Die letzte Episode vor zwei Jahren war auch nur sehr oberflächlich gewesen, aber die Tatsache, dass diese hier kaum mehr als einen Wimpernschlag gedauert hatte, beruhigte mich nicht. Es hatte Zeiten in meinem Leben gegeben, in denen die Episoden mich schnell und oft übermannt und vollkommen handlungsunfähig gemacht hatten. Es wäre zu viel verlangt, zu hoffen, sie würden ganz verschwinden. Aber auf keinen Fall wollte ich diese Zeiten noch einmal erleben.

„Hey, Süße! Hallo!", rief Jen aus der Nische direkt neben der Eingangstür. Sie winkte. „Hier bin ich!"

Ich winkte zurück und schnappte mir einen Löffel zum Umrühren, bevor ich mir einen Weg durch die Stühle und Tische suchte und mich Jen gegenüber setzte. „Hey."

„Oh, was hast du da?" Jen beugte sich vor, um in meinen Becher zu schauen, als wenn sie dadurch sehen könnte, was ich bestellt habe. Sie schnupperte. „Swiss Chocolate?"

„Nah dran. Chocolate Delight." Das war eines der beiden Tagesangebote des Coffeeshops. „Mit einem Schuss Vanillesirup."

Jen schnalzte anerkennend mit der Zunge. „Mhhm, klingt lecker. Mal sehen, was ich heute nehme. Ach ja, was hast du zu essen?"

„Einen Blaubeermuffin. Eigentlich wollte ich den Schoko-Cupcake nehmen, aber dann dachte ich, das ist vielleicht etwas zu viel des Guten." Ich zeigte ihr meinen Teller mit dem Muffin.

„Zu viel Schokolade meinst du? Das gibt es gar nicht. Bin gleich wieder da."

Ich rührte in meinem Kaffee, um den Sirup, den Zucker und die Sahne zu verteilen, nippte daran und genoss die extreme Süße, die nur wenige Menschen mochten. Jen hatte recht: Ich hätte den Cupcake nehmen sollen.

Jen hatte den falschen Moment gewählt, um sich in die Schlange einzureihen. Die Kunden standen in Viererreihen bis zur Eingangstür. Sie warf mir einen genervten Blick zu und zuckte dabei mit den Schultern. Ich konnte nur mitfühlend lächeln.

Bei meiner Ankunft war der Coffeeshop noch ziemlich leer gewesen, weil sich viele Gäste erst einmal einen Tisch gesucht hatten, bevor sie sich anstellten. Ich winkte Carlos zu, der in einer Ecke saß, aber er hatte seinen Laptop vor sich, trug Kopfhörer und reagierte nicht. Carlos arbeitete an einem Roman. Er saß jeden Morgen von zehn bis elf Uhr hier im *Mocha*, bevor er sich zu seiner Arbeit aufmachte. An Samstagen wie heute blieb er auch gerne einmal länger.

Lisa, deren Rucksack zum Bersten mit Büchern vollgestopft war, setzte sich ein paar Tische entfernt von mir hin und winkte mir zur Begrüßung kurz zu, während Jen mir mit hektischen Bewegungen zu verstehen gab, dass ich sie ignorieren solle. Lisa verdiente sich ihr Jurastudium mit dem Verkauf von *Spicefully Tasty*-Produkten. Mir machte es nichts aus, dass sie ab und zu versuchte, uns etwas zu verkaufen, aber Jen konnte sie auf den Tod nicht ausstehen. Heute schien Lisa jedoch beschäftigt zu sein. Sie konzentrierte sich ganz darauf, ihre Bücher und einen Block herauszuholen, und spielte bereits nervös mit ihrem Kuli, während sie noch den Mantel auszog.

Wir waren die Stammkunden des *Mocha*. Es war fast wie eine Art Club. Wir trafen uns morgens vor der Arbeit, abends auf dem Weg nach Hause und an den Wochenenden. Dieser Coffeeshop war mit das Beste daran, in diesem Viertel zu wohnen, und obwohl ich erst seit wenigen Monaten hier lebte, liebte ich es jetzt schon.

Als Jen endlich zu unserem Tisch zurückkehrte, in der Hand einen großen Becher mit einem Getränk, das sowohl nach Minze als auch nach Schokolade roch, und in der anderen einen Teller mit einem saftigen Brownie, hatte sich die Schlange an der Kasse aufgelöst, und es war ein wenig Ruhe eingekehrt. Die Kunden, die öfter herkamen, hatten ihre üblichen Plätze eingenommen, und diejenigen, die nur etwas zum Mitnehmen haben wollten, waren mit ihren Pappbechern schon wieder verschwunden. Das *Mocha* war jetzt gut gefüllt. In der Luft lag das Summen der Unterhaltung und das Klackern der Laptoptastaturen der Leute, die sich das kostenlose WLAN zunutze machten. Mir gefiel die Geräuschkulisse. Sie machte mir bewusst, dass ich da war. In diesem Moment. In diesem Augenblick, bei vollem Bewusstsein.

„Hat sie heute gar nicht versucht, dir irgendeinen Schmelzkäse oder so zu verkaufen? Vielleicht hat sie den Wink verstanden." Jen reichte mir eine Gabel, und auch wenn ich widerstehen wollte, konnte ich nicht anders, als ein Stück von ihrem Brownie zu probieren.

„Ich mag die Sachen von *Spicefully Tasty* eigentlich ganz gerne", sagte ich.

„Pffffft!" Jen lachte. „Hör auf."

„Nein, wirklich", beharrte ich. „Sie sind teuer, aber praktisch. Wenn ich jemals wirklich kochen würde, wäre es noch besser."

„Wem sagst du das. So viel Geld für ein paar Gewürze, die ich mir für zwei Dollar im Laden kaufen und selber zusammenmixen kann. Nicht dass ich das tun würde", fügte Jen an. „Aber ich könnte."

„Vielleicht nächsten Monat." Ich nippte an meinem sich schnell abkühlenden Kaffee und genoss das reichhaltige, weiche Gefühl der Sahne auf meiner Zunge. „Nachdem ich ein paar Rechnungen bezahlt habe."

„Du hast Wichtigeres zu tun … oh. Sehr schön. Endlich." Jen senkte ihre Stimme beinahe zu einem Flüstern.

Ich wandte den Kopf, um zu sehen, wohin sie schaute. Ich erhaschte einen Blick auf einen langen schwarzen Mantel und einen rot-schwarz gestreiften Schal. Der Mann, der beides trug, hatte eine dicke Zeitung unter dem Arm klemmen, was in den Zeiten von Smartphones und Internet ein so seltener Anblick war, dass ich zweimal hinschauen musste. Er sprach mit dem Mädchen an der Kasse, die ihn zu kennen schien, und nahm dann seinen leeren Becher mit zu dem langen Tresen, auf dem die Kaffeekannen zur Selbstbedienung standen.

Im Profil war er einfach hinreißend. Sandblondes, ein wenig zerzaustes Haar, eine scharf geschnittene Nase, die sein Gesicht aber nicht zu sehr dominierte. Kleine Fältchen in den Winkeln seiner Augen, die ich nicht sehen konnte, von denen ich aber vermutete, dass sie blau waren. Sein Mund – die Lippen konzentriert geschürzt, während er sich Kaffee einschenkte und Milch und Zucker dazugab – war gerade voll genug, um verführerisch zu sein.

„Wer ist das?", fragte ich.

„Süße!", hauchte sie heiser. „Du weißt nicht, wer das ist?"

„Würde ich dann fragen?"

Der Mann in dem schwarzen Mantel ging so nah an uns vorbei, dass ich seinen Duft wahrnehmen konnte.

Orangen.

Ich schloss meine Augen gegen die zweite Welle des Geruchs. Der Geschmack des Kaffees auf meiner Zunge war so stark, dass er eigentlich alles andere hätte übertönen müssen, doch das tat er nicht. Ich hätte Kaffee und Schokolade riechen müssen, doch ich roch Orangen. Wieder einmal. Ich beugte den Kopf und drückte meine Fingerspitzen auf den magischen Punkt zwischen meinen Augen, der hervorragend gegen Kopfschmerzen half, aber bei einer Episode leider überhaupt nichts bewirkte.

Doch als ich meine Augen wieder öffnete, wirbelten keine Farben am Rand meines Sichtfelds herum, und der Duft von Orangen wurde schwächer, je weiter der Mann sich entfernte. Ich schaute zu, wie er sich an einen Platz am anderen Ende des Coffeeshops setzte. Er klappte die Zeitung auf, breitete sie auf dem kleinen Tisch aus, stellte seinen Kaffeebecher ab und zog den Mantel aus.

„Alles in Ordnung mit dir?" Jen beugte sich in mein Blickfeld vor. „Ich weiß, er ist verdammt heiß, aber mein Gott, Emm, du sahst aus, als wenn du gleich ohnmächtig werden würdest."

„PMS", sagte ich. „Manchmal wird mir um diese Zeit des Monats ein wenig schwindelig."

Jen runzelte die Stirn. „Das ist nicht schön."

„Wem sagst du das." Ich grinste, um ihr zu zeigen, dass alles wieder gut war, und zum Glück war es das auch. Kein noch so kleines Zeichen eines erneuten Anfalls, wie er mich vorhin erwischt hatte. Ich roch Orangen, weil der Mann nach ihnen duftete und nicht wegen irgendwelcher falsch geschalteter Nervenzellen in meinem Gehirn. „Wie auch immer. Wer ist er?"

„Das ist Johnny Dellasandro."

Meine Miene musste meine vollkommene Unkenntnis verraten haben, denn Jen lachte.

„*Müll? Das Horror-Kloster? Haut?* Komm schon, das sagt dir gar nichts?"

Ich schüttelte den Kopf.

„Oh Süße, wo bist du nur gewesen? Hattest du in deiner Kindheit kein Kabelfernsehen?"

„Natürlich hatte ich das."

„Johnny Dellasandro hat in all diesen Filmen mitgespielt. Sie liefen oft im Nachtprogramm. Also wirklich, die Filme gehörten zu jeder guten Pyjamaparty dazu."

Meine Mom hatte sich stets zu viele Sorgen um mich gemacht, als dass sie mich irgendwo hätte übernachten lassen. Ich durfte immer bis zu meiner üblichen Bettgehzeit auf die Partys, dann kam sie und holte mich ab. Allerdings hatte ich einige Pyjamapartys bei uns zu Hause veranstaltet. „An die Sendung erinnere ich mich. Aber das ist ja schon Ewigkeiten her."

„*Leere Räume?*"

Das klang ein wenig bekannter, aber auch nicht wirklich. Ich zuckte mit den Schultern und schaute wieder zu dem Mann. „Hab ich noch nie gehört."

Jen seufzte und schaute über ihre Schulter hinweg zu ihm. Dann beugte sie sich vor, senkte die Stimme und bedeutete mir, näherzukommen. „Johnny Dellasandro, der Künstler? Er hat diese Porträtserie erstellt, die in den Achtzigern weltberühmt wurde. *Leere Räume.* So ein bisschen die Mona Lisa der Warhol-Ära."

Mein Verständnis von Kunst reichte vielleicht gerade mal aus, um ein Bild von Warhol zu erkennen, wenn es neben einem van Gogh oder einem Dalí hing. Aber sicher war ich mir da nicht ... „Warhol? Der Typ mit den Suppendosen? Marilyn Monroe?"

„Ja, das ist er. Dellasandros Arbeit war nicht ganz so kitschig, dafür ein wenig mehr Mainstream. *Leere Räume* war sein Durchbruch."

„Du sprichst in der Vergangenheitsform. Ist er kein Künstler mehr?"

Sie beugte sich noch ein Stück weiter vor, und ich tat es ihr gleich. „Nun, er hat eine Galerie in der Front Street: *The Tin Angel.* Kennst du die?"

„Ich bin schon mal daran vorbeigegangen, ja, aber nie drin gewesen."

„Das ist seine Galerie. Er arbeitet immer noch selber, stellt aber auch viele lokale Künstler aus." Sie deutete auf die Wände des *Mocha*, an denen ebenfalls Bilder von ortsansässigen Künstlern hingen. Einige davon waren von ihr. „Das, was er in seiner Galerie zeigt, ist wesentlich besser als das hier. Ab und zu hat er sogar mal einen großen Namen darunter. Aber eigentlich geht er es sehr ruhig, sehr unprätentiös an. Zumindest hier in der Gegend. Woraus man ihm kaum einen Vorwurf machen kann."

„Hm." Ich musterte ihn. Er blätterte die Seiten der Zeitung so langsam um, als würde er wirklich jedes einzelne Wort lesen. „Ich frage mich, wie das wohl ist."

„Was?"

„Berühmt zu sein und dann … nicht mehr."

„Er ist immer noch berühmt. Nur auf andere Art. Ich kann nicht glauben, dass du nie von ihm gehört hast. Er wohnt übrigens in dem Backsteingebäude unten an der Straße."

Ich riss meinen Blick von Johnny Dellasandros Rücken los und schaute meine Freundin an. „Welches meinst du?"

„Welches meine ich wohl." Jen verdrehte die Augen. „Das hübsche."

„Was? Wirklich? Wow." Ich schaute ihn erneut an. Ich hatte eines der Backsteinhäuser an der Second Street gekauft. Meins war jedoch vom vorherigen Besitzer nur teilweise renoviert worden, und ich würde noch eine Menge Arbeit hineinstecken müssen. Das Haus, von dem Jen sprach, war wunderschön. Das Mauerwerk war perfekt restauriert worden, die neuen Regenrinnen aus Messing blitzten in der Sonne, und akkurat geschnittene Hecken umgaben den parkähnlich angelegten Garten.

„Ihr seid praktisch Nachbarn. Ich kann nicht glauben, dass du ihn nicht kennst."

„Ich weiß ja kaum, wer er ist", erwiderte ich, obwohl mir der Titel *Leere Räume* jetzt, wo ich ein wenig darüber nachgedacht hatte, irgendwie doch bekannt vorkam. „Ich bin mir nicht sicher, dass der Makler ihn als Verkaufsargument erwähnt hat."

Jen lachte. „Vermutlich nicht, weil er ziemlich zurückgezogen lebt. Er kommt öfter hierher, obwohl ich ihn jetzt schon länger nicht mehr gesehen habe. Aber er spricht mit niemandem und bleibt gerne für sich."

Ich trank meinen Kaffee aus und überlegte, mir einen kostenlosen Nachschlag zu gönnen. Dann würde ich direkt an ihm vorbeigehen müssen und könnte endlich einmal sein Gesicht sehen. Jen schien meine Gedanken zu lesen.

13

„Er ist einen zweiten Blick wert", sagte sie. „Gott weiß, alle Frauen hier haben schamlos die fadenscheinigsten Ausreden bemüht, um immer wieder an seinem Tisch vorbeizugehen. Genau wie Carlos. Ich glaube sogar, Carlos ist der Einzige, mit dem er je gesprochen hat."

Ich lachte. „Wirklich? Wieso? Steht er auf Männer?"

„Wer, Carlos?"

Ich war mir ziemlich sicher, dass Carlos hetero war, so wie er jeder Frau auf den Hintern starrte, wenn er sich unbeobachtet fühlte. „Nein, Dellasandro."

„Ach, Süße!", seufzte Jen.

Ich mochte es, wenn sie mich so nannte. Als wenn wir schon lange Freundinnen wären und nicht erst seit ein paar Monaten. Es war schwer gewesen, hierher nach Harrisburg zu ziehen. Neuer Job, neue Wohnung, neues Leben – die Vergangenheit lag vermeintlich hinter mir, und doch konnte ich sie nie ganz vergessen. Jen war einer der ersten Menschen, den ich hier kennengelernt hatte. Und zwar genau hier, im *Mocha*. Sofort hatte sich zwischen uns eine tiefe Freundschaft entwickelt.

„Ja?" Ich musterte ihn erneut.

Dellasandro befeuchtete die Spitze seines Zeigefingers, bevor er die Zeitungsseite umblätterte. Das hätte nicht so sexy sein dürfen, wie es mir in diesem Moment vorkam. Jens Aufregung schien auf meinen Eindruck von ihm abzufärben, anders konnte ich mir die Faszination nicht erklären, die er auf mich ausübte. Ich hatte ja bisher nur sein Profil gesehen und starrte ihm seit einer Viertelstunde auf den Rücken.

„Wir müssen uns mal zusammen seine Filme anschauen. Dann wirst du schon sehen, was ich meine. Johnny Dellasandro ist … eine Legende."

„So eine große Legende kann er nicht sein, sonst würde ich ihn ja kennen."

„Okay", gab Jen zu. „In gewissen Kreisen ist er eine Legende. Bei den künstlerischen Typen."

„Ich schätze, ich bin nicht künstlerisch genug." Ich lachte und nahm ihr ihren Kommentar nicht übel. Ein paarmal war ich in

New York im Metropolitan Museum of Modern Arts gewesen, aber ich gehörte eindeutig nicht zur Zielgruppe.

„Das ist eine Schande. Wirklich. Ich bin mir ziemlich sicher, dass die Johnny-Dellasandro-Filme mich für normale Männer versaut haben."

„Das ist nicht gerade ein Kompliment", sagte ich. „Und außerdem bezweifle ich, dass es überhaupt so etwas gibt wie einen normalen Mann."

Jen lachte und brach mit ihrer Gabel ein weiteres Stück von ihrem Brownie ab, wobei sie kurz einen Blick über die Schulter warf. Sie wedelte mit der Gabel herum. „Komm heute Abend zu mir. Ich habe die komplette DVD-Kollektion und zusätzlich einige seiner früheren Filme. Und was ich nicht habe, laden wir uns aus dem Internet herunter."

„Oh, wie modern!"

Sie grinste und steckte sich den Happen Brownie in den Mund. „Süße, ich werde dich in eine verdammt coole Welt einführen."

„Und er wohnt gleich hier um die Ecke?"

„Oh ja. Ist das nicht super?" Jen schaute noch einmal über ihre Schulter.

Falls Dellasandro auch nur ahnte, dass wir ihn mit prüfenden Blicken musterten, so zeigte er es nicht. Er schien niemanden um sich herum wahrzunehmen, las seelenruhig seine Zeitung und trank seinen Kaffee. Langsam blätterte er Seite für Seite um und nutzte manchmal seinen Zeigefinger, um die Zeilen entlangzufahren.

„Ich war mir nicht sicher, dass er es ist, weißt du? Doch eines Morgens kam ich hier rein, und er stand direkt vor mir ... Johnny Dellasandro." Jen stieß einen glücklichen, vollkommen verknallten Seufzer aus. „Süße, ich bin hier beinahe auf einer Welle meiner eigenen Körpersäfte hinausgesurft."

Ich hatte gerade einen Schluck getrunken, als sie das sagte, und fing an zu lachen. Eine Sekunde später erstickte ich beinahe, als der Kaffee in meiner Luftröhre anstatt in meinem Magen landete. Keuchend, hustend, mit tränenden Augen hielt ich mir die Hand vor Mund und Nase, aber es war unmöglich, keinen Laut von mir zu geben.

15

Jen lachte ebenfalls. „Hände hoch! Du musst die Hände hochnehmen, dann hört der Husten auf."

Meine Mutter hatte das auch immer gesagt. Ich schaffte es, eine Hand ein Stück zu heben, und der Husten wurde schwächer. Ich erntete ein paar neugierige Blicke von anderen Gästen, aber Gott sei Dank keinen von Dellasandro. „Nächstes Mal warne mich bitte vor, bevor du so etwas sagst."

Sie blinzelte unschuldig. „Bevor ich was sage? Welle meiner eigenen Körperflüssigkeiten?"

Ich lachte wieder, dieses Mal jedoch, ohne zu ersticken. „Ja, genau das."

„Vertrau mir. Nachdem du seine Filme gesehen hast, verstehst du, was ich meine."

„Okay, gut. Du hast mich überzeugt. Und ich habe heute Abend auch peinlicherweise noch keine Pläne."

„Hey, wenn man ein Loser ist, nur weil man an einem Samstagabend nicht ausgeht, dann bin ich auch einer. Wir können gemeinsam Loser sein, Eiscreme essen und über alte Softcore-Kunstfilme in Ekstase geraten."

„Softcore?" Ich schaute an ihr vorbei zu Dellasandro, der am Ende seiner Zeitung angekommen war.

„Warte nur ab", sagte Jen. „Freie Sicht auf alles, Baby."

„Oh wow. Kein Wunder, dass er mit niemandem sprechen will. Wenn ich dafür berühmt wäre, auf der großen Leinwand meinen Zauberstab geschwungen zu haben, würde ich auch wollen, dass keiner Notiz von mir nimmt."

Nun war es an Jen, laut zu lachen. Es drehten sich mehr Köpfe um als bei mir, aber Dellasandros war immer noch nicht dabei. Sie fuhr mit dem Finger durch die Schokolade auf ihrem Teller und leckte sie ab.

„Ich glaube nicht, dass es daran liegt. Also ich meine, er protzt nicht damit oder so, aber er schämt sich auch nicht dafür. Wieso sollte er auch. Er hat Kunst produziert." Sie meinte es ernst. „Ehrlich. Er und seine Freunde waren als die *Enklave* bekannt. Man sagt, sie hätten die Art und Weise verändert, wie die Öffentlichkeit Kunst wahrnimmt. Sie haben Kunstfilme gedreht, die in normalen Kinos gelaufen sind. Kinos für Erwachsene, aber trotzdem."

„Wow." Ich hatte keine Ahnung von Kunst, aber was Jen sagte, klang beeindruckend.

Und ich musste zugeben, dass Dellasandro etwas an sich hatte. Vielleicht waren es der lange Mantel und der Schal. Ich stehe auf Männer, die wissen, wie man sich so anzieht, als würden sie keinen großen Wert darauf legen, und dabei unglaublich gut aussehen. Vielleicht war es auch sein Duft nach Orangen, als er an mir vorbeigegangen war. Ein Geruch, den ich normalerweise nicht mochte – ehrlich gesagt, hasste ich ihn sogar, weil er meist eine Episode ankündigte. Vielleicht waren es auch die Nachwirkungen der Halluzination selber, so kurz sie auch gewesen war. Mir ging es danach oft so, dass die Wirklichkeit mir eine Weile lang leuchtender erschien, irgendwie detaillierter als sonst. Es war seltsam, aber selbst wenn die Episode von Halluzinationen begleitet wurde, war aus ihr aufzutauchen oft das intensivere Erlebnis. So eine schlimme Attacke hatte ich seit langer Zeit nicht einmal mehr ansatzweise gehabt, aber mein aktuelles Gefühl war dem sehr ähnlich.

„Emm?"

Erschrocken merkte ich, dass Jen mit mir sprach. Und ich hatte nicht einmal eine Episode als Entschuldigung für meine Unaufmerksamkeit. „Tut mir leid."

„Also heute Abend bei mir. Ich mache Margaritas, und wir können uns eine Pizza bestellen." Sie hielt inne und wirkte ein wenig beunruhigt. „Das klingt irgendwie armselig, oder?"

„Weißt du, was armselig ist? Sich zurechtzumachen und von einer Bar zur anderen zu ziehen, um sich von irgendeinem Typen in einem gestreiften Hemd, der stark nach billigem Aftershave riecht, anmachen zu lassen."

„Du hast recht. Gestreifte Hemden sind so 2006."

Wir lachten. Ich war schon ein paarmal mit Jen durch die Bars der Stadt gezogen. Gestreifte Hemden waren immer noch sehr beliebt, vor allem bei jungen Verbindungsstudenten, die Jello-Shots – Wackelpudding mit Wodka – von spärlich bekleideten

17

Promoterinnen kauften, weil sie hofften, die Mädchen würden sie dann für harte Typen halten ...

Jen schaute auf die Uhr. „Mist. Ich muss los. Ich treffe mich heute mit meinem Bruder. Wir wollen mit unserer Grandma zusammen Lebensmittel für sie kaufen. Sie ist zweiundachtzig und sieht nicht mehr gut genug, um selber zu fahren. Wenn wir uns nicht um sie kümmern, treibt sie unsere Mutter in den Wahnsinn."

Ich grinste. „Viel Spaß."

„Ich liebe sie, aber sie ist echt anstrengend. Deshalb muss mein Bruder mitkommen. Ich sehe dich heute Abend bei mir. So gegen sieben? Es sind eine Menge Filme, da sollten wir nicht zu spät anfangen."

Ich konnte mir nicht vorstellen, mehr als einen oder zwei der Filme sehen zu wollen, aber ich nickte trotzdem. „Okay. Ich bringe Nachtisch und was zum Knabbern mit."

„Super. Bis dann." Jen stand auf und beugte sich noch einmal vor. „Los, jetzt trau dich endlich, dir nachzuschenken. Schnell, bevor er geht."

Dellasandro hatte seine Zeitung bereits zusammengefaltet und stand gerade auf. Er zog seinen Mantel an. Ich konnte sein Gesicht immer noch nicht sehen.

„Ich würde dir empfehlen, unauffällig noch ein kleines Weilchen zu warten und direkt hinter ihm hinauszugehen, damit er dir die Tür aufhalten muss", sagte ich.

„Guter Plan", meinte Jen. „Zu blöd, dass ich nicht länger warten kann. Ich muss los. Mach du es doch."

Wir lachten beide, dann ging Jen. Ich schaute ihr hinterher. Dann wanderte mein Blick zu Dellasandro, der gerade seinen leeren Becher zum Tresen zurückbrachte. Mit der Zeitung unter den Arm geklemmt ging er schnurstracks auf die Toiletten im hinteren Bereich des Coffeeshops zu. Das war ein guter Augenblick, um mir Kaffee zu holen, zumal ich dafür bezahlt hatte, aber ich war nicht wirklich in der Stimmung für noch mehr Koffein. Ich hatte keine Pläne – der Tag erstreckte sich vor mir, und nichts drängte mich, das *Mocha* zu verlassen, und doch hatte ich vergessen, mir etwas zu lesen mitzubringen oder meinen Laptop, um ein wenig im Internet zu surfen. Es gab für mich keinen Grund zu bleiben. Im Gegenteil, mich erwartete ein ganzes Haus voll unausgepackter Umzugskisten. Vermutlich hatte ich auch eine Nachricht von meiner Mutter auf dem Anrufbeantworter ...

Ich brachte meine Tasse zum Tresen und ließ meinen Blick lustvoll über die Gebäckauslage schweifen. Ich würde zu Hause einfach ein paar Brownies backen. Selbst gemacht schmeckte immer besser, auch wenn die Brownies im *Mocha* eine extra dicke Toffeeglasur hatten, von der ich keine Ahnung hatte, wie man sie machte. Trotz des Blaubeermuffins knurrte mein Magen. Kein gutes Zeichen.

„Darf es noch etwas sein?" Das war Joy, eine der am kürzesten angebundenen Personen, die ich je getroffen hatte. Sie machte ihrem Namen definitiv keine Ehre.

„Nein danke." Ich rückte den Riemen meiner Tasche auf meiner Schulter zurecht und dachte, dass es besser wäre, nach Hause zu gehen und mir ein Sandwich zu machen, bevor ich vollkommen unterzuckerte. Hunger zu haben machte mich nicht nur unleidlich, sondern es begünstigte auch das Entstehen einer Episode. Nachdem ich heute Morgen schon eine durchgestanden hatte, wollte ich nichts tun, was eine weitere Attacke begünstigte. Koffein und Zucker halfen, sie in Schach zu halten, aber ein leerer Magen machte den Effekt wieder zunichte.

Dellasandro erreichte die Tür des *Mochas* nur Sekunden nach mir. Ich drückte die Glastür auf, was die Glöckchen zum Klingeln brachte, und spürte ihn hinter mir. Ich drehte mich um, eine Hand immer noch an der Tür, damit sie nicht wieder zufiel, und da war er. Schwarzer Mantel. Gestreifter Schal. Blondes Haar.

Seinen Augen waren nicht blau.

Sie waren von einem tiefen, grünlich schimmernden Braun. Sein Gesicht war perfekt, trotz der feinen Fältchen um seine Augen und dem Hauch von Silber, den ich an seinen Schläfen entdeckte. Ich hätte ihn auf Ende dreißig geschätzt, ein paar Jahre älter als ich, aber wenn er seine große Zeit in den Siebzigern gehabt hatte, musste er älter sein. Doch ich hätte es ihm nicht angesehen, nicht einmal jetzt, wo ich es wusste. Sein Gesicht war wunderschön.

Johnny Dellasandros Gesicht war Kunst ...

Und ich ließ die Tür direkt hineinfallen.

„Meine Güte", sagte er und trat einen Schritt zurück.

Seine Stimme – New York pur.

Die Tür schloss sich zwischen uns. Die Sonne spiegelte sich in dem Glas, verbarg ihn im Inneren des Coffeeshops. Ich konnte sein Gesicht nicht mehr sehen, aber ich konnte mir denken, dass er wütend auf mich war.

Ich zog in dem Moment am Türgriff, als er von innen drückte. Der plötzliche Schwung ließ mich ein paar Schritte rückwärts stolpern. „Oh, wow, ich ... es tut mir leid."

Er schaute mich nicht einmal an, sondern ging mit einem unterdrückten Fluch kopfschüttelnd an mir vorbei. Die Kante seiner zusammengefalteten Zeitung schlug gegen meinen Arm. Dellasandro achtete nicht darauf. Der Saum seines Mantels flatterte in einer plötzlichen Windbö, und ich keuchte auf, atmete tief ein, noch tiefer.

Der Duft von Orangen.

„Mom, wirklich, es geht mir gut." Ich musste ihr das nicht sagen, weil sie sich dann weniger Sorgen machen würde, sondern weil sie sich definitiv noch mehr aufregte, wenn ich es *nicht* sagte. „Großes Ehrenwort. Alles ist gut."

„Ich wünschte, du wärst nicht so weit weggezogen." Die Stimme meiner Mutter am anderen Ende der Leitung klang gereizt. Das war normal. Erst wenn sie anfing, ängstlich zu klingen, musste ich mir Sorgen machen.

„Vierzig Minuten sind überhaupt nicht weit weg. So wohne ich näher an meiner Arbeit, und außerdem habe ich ein tolles Haus."

„In der Stadt!"

„Oh, Mom." Ich musste lachen, auch wenn ich wusste, dass das ihre Stimmung nicht verbessern würde. „Harrisburg ist nur theoretisch eine Stadt."

„Und dann noch mitten im Zentrum. Ich habe in den Nachrichten gehört, dass es nur wenige Straßen von dir entfernt eine Schießerei gegeben hat."

„Ach ja? Und in Lebanon hat es letzte Woche einen Mord mit anschließendem Selbstmord gegeben. Wie weit ist das noch mal von dir entfernt?"

Meine Mom seufzte. „Emm. Sei bitte ernst."

„Ich bin ernst, Mom. Ich bin einunddreißig Jahre alt. Es war an der Zeit für mich, diesen Schritt zu gehen."

Sie seufzte. „Ich schätze, du hast recht. Du kannst nicht immer mein Baby sein."

„Ich bin schon seit ziemlich langer Zeit nicht mehr dein Baby."

„Ich würde mich nur wohler fühlen, wenn du nicht alleine wärst. Es war besser, als du und Tony …"

„Mom", unterbrach ich sie genervt. „Tony und ich haben aus vielen guten Gründen Schluss gemacht, okay? Hör bitte auf, ihn andauernd wieder zum Thema zu machen. Du hast ihn nicht mal sonderlich gemocht."

„Nur weil ich fand, dass er sich nicht gut genug um dich gekümmert hat."

Damit hatte sie tatsächlich recht gehabt. Nicht dass ich so viel Fürsorge benötigte, wie sie glaubte. Aber ich wollte nicht mit ihr über meinen Exfreund sprechen. Nicht jetzt … und eigentlich niemals.

„Wie geht es Dad?", fragte ich stattdessen, damit sie über den anderen Menschen in ihrem Leben sprechen konnte, über den sie sich auch mehr Sorgen machte, als nötig war.

„Oh, du kennst doch deinen Dad. Ich sage ihm immer, er soll zum Arzt gehen und sich gründlich durchchecken lassen, aber er tut es einfach nicht. Er ist jetzt neunundfünfzig, weißt du."

„Du tust gerade so, als wäre das uralt."

„Zumindest ist es nicht jung", erwiderte meine Mom.

Ich lachte und klemmte das Telefon zwischen Schulter und Ohr ein, während ich eine der großen Umzugskisten öffnete, die ich in einem der ungenutzten Zimmer untergestellt hatte. Ich war dabei, Bücher auszupacken. Ich wollte aus diesem Raum meine

Bibliothek machen und hatte alle meine Bücherregale aufgestellt und abgestaubt. Jetzt musste ich sie nur noch füllen. Das war eine Aufgabe, von der ich wusste, dass ich froh wäre, wenn ich sie erledigt hatte, und doch schob ich es seit Monaten vor mir her.

„Was tust du?", wollte meine Mom wissen.

„Bücher auspacken."

„Oh, sei vorsichtig, Emm. Du weißt, das kann Staub aufwirbeln."

„Ich habe kein Asthma, Mom." Ich legte die Lage Zeitungspapier beiseite, die auf den Büchern gelegen hatte. Ich hatte die Bücher nicht so eingepackt, wie sie nachher auf dem Regal stehen sollten, sondern so, wie sie am besten in die Kiste passten. Dieser Karton hier sah aus, als wenn er hauptsächlich Coffeetable-Books enthielt, die ich günstig erworben oder geschenkt bekommen hatte. Bücher, die ich immer schon mal hatte anschauen wollen, aber dann doch nie dazu kam.

„Nein. Aber du weißt, dass du vorsichtig sein musst."

„Mom, komm schon. Es reicht." Langsam wurde ich wütend.

Meine Mom war schon immer eine Glucke gewesen. Mit sechs Jahren bin ich auf dem Spielplatz der Schule vom Klettergerüst gefallen. Das war noch zu einer Zeit, in der die Schulen keinen Mulch oder ein anderes weiches Material zur Polsterung des harten Bodens auslegten. Andere Kinder brachen sich bei so etwas einen Arm oder ein Bein. Ich brach mir den Kopf.

Beinahe eine Woche lang lag ich im Koma – die Ärzte waren sich nicht einig, ob ein Gehirnödem oder eine Gehirnschwellung dafür verantwortlich war. Meine Eltern standen kurz davor, einer experimentellen Operation am offenen Hirn zuzustimmen, als ich meine Augen öffnete, mich aufsetzte und nach einem Eis verlangte.

Die gestörte Koordinationsfähigkeit, die die Ärzte vorhergesagt hatten, trat genauso wenig ein wie der Verlust von Gefühlen in einer oder mehreren Extremitäten. Ich litt auch nicht unter Gedächtnisverlust oder erkennbaren Gehirnschäden. Wenn überhaupt hatte ich eher das Problem, etwas vergessen zu können, aber nicht, mich zu erinnern. Es gab keine langfristigen

Nachwirkungen – zumindest keine körperlichen. Und an die Episoden gewöhnte ich mich sehr schnell.

Meine Eltern dachten, sie hätten mich beinahe verloren, und nichts, was ich ihnen über diese Zeit in der Dunkelheit erzählte, konnte sie von etwas anderem überzeugen. Es hatte nicht einmal ansatzweise die Gefahr bestanden, dass ich sterbe. Doch alle meine damaligen Versuche, meiner Mutter das zu erklären, damit sie sich wieder ein wenig entspannte, waren fruchtlos. Sie weigerte sich, mir zuzuhören. Ich schätze, ich konnte ihr keinen Vorwurf daraus machen. Ich hatte keine Ahnung, wie es war, ein Kind zu lieben, geschweige denn, zu fürchten, es zu verlieren.

„Es tut mir leid", sagte sie.

Das Gute war, dass meine Mutter wusste, wenn sie zu weit ging. Sie hatte ihr Bestes gegeben, damit ich nicht zu einem ängstlichen Kind heranwuchs, selbst wenn sie dazu ihre Fingernägel bis auf die Nagelhaut abkauen musste und weit vor ihrem vierzigsten Geburtstag graue Haare bekommen hatte. Sie erlaubte mir, alles zu tun, was für meine Unabhängigkeit wichtig war, obwohl sie jede Sekunde davon hasste.

„Du könntest ab und zu herkommen, weißt du. Es ist wirklich nicht so weit. Wir könnten zusammen Mittagessen gehen oder so. Nur du und ich. Ein Mädelstag."

„Ja, klar. Das könnten wir machen." Sie klang schon ein wenig fröhlicher.

Ich glaubte allerdings nicht, dass sie meine Einladung wirklich annehmen würde. Meine Mom mochte es nicht, alleine lange Strecken mit dem Auto zu fahren. Wenn sie käme, würde sie meinen Dad mitbringen. Was nicht heißen soll, dass ich meinen Dad nicht mochte oder ihn nicht sehen wollte. Auf manche Weise kam ich sogar besser mit ihm klar, weil er seine Ängste für sich behielt. Aber mit ihm zusammen wäre es kein Mädelstag, und außerdem wurde er immer schnell unruhig, wenn der Besuch seiner Meinung nach zu lange dauerte und er lieber zu Hause in seinem gemütlichen Sessel vor dem Fernseher säße. Ich habe bis heute kein Kabelfernsehen.

„Ich habe ihn vor ein paar Tagen gesehen, Emm."

Ich erstarrte in der Bewegung, ein großformatiges Buch über Kathedralen in der Hand. Ich würde die Regalbretter neu anordnen müssen, wenn ich dieses Buch hochkant hineinstellen wollte. Es war dazu gemacht, auf dem Couchtisch zu liegen, gesehen zu werden. Ich blätterte durch die Seiten, überlegte, ob ich es wieder verkaufen sollte. „Wen?"

„Tony", sagte meine Mom ungeduldig.

„Um Himmels willen, Mom!"

„Er sah gut aus. Und er hat nach dir gefragt."

„Das glaub ich gerne", sagte ich ironisch.

„Ich hatte das Gefühl, er wollte wissen, ob … ob du dich mit jemandem triffst."

Ich unterbrach das Auspacken für einen Moment, in der Hand ein weiteres schweres Buch. Ein Flohmarktfund. Ich konnte Schnäppchen einfach nicht widerstehen. Und Bücherschnäppchen schon gar nicht. Selbst wenn es um Themen ging, die mich nicht im Geringsten interessierten. Ich dachte immer, dass ich die schönsten Bilder heraustrennen und rahmen lassen könnte, um sie in meiner Wohnung aufzuhängen. Was der ultimative Beweis dafür war, dass ich wirklich über keinerlei Kunstverständnis verfügte.

„Wie kommt er auf die Idee?"

„Ich weiß es nicht, Emm." Pause. „Und, hast du jemanden?"

Ich wollte gerade Nein sagen, da blitze vor meinem inneren Auge das Bild eines schwarzen Mantels und eines gestreiften Schals auf. Der Boden unter mir neigte sich ein wenig. Ich umfasste den Telefonhörer fester. Das Buch war plötzlich zu schwer für meine verschwitzte Hand. Ich ließ es fallen.

„Emm?"

„Alles gut, Mom. Ich habe nur gerade ein Buch fallen lassen."

Keine wirbelnden Farben, kein Zitrusgeruch, der in meinen Nasenhöhlen brannte. Mein Magen zog sich ein wenig zusammen, aber das konnte von dem italienischen Essen kommen, dass ich vorhin zu mir genommen hatte. Es war schon ein bisschen zu lang im Kühlschrank gewesen.

„Das wäre gar nicht schlecht. Also wenn du jemanden kennengelernt hättest. Ich finde, es ist an der Zeit."

„Ja, ich werde jeden Mann, den ich treffe, wissen lassen, dass meine Mom meint, ich solle kein Single mehr sein. Das ist bestimmt ein guter Weg, um eine Verabredung zu bekommen."

„Sarkasmus ist kein attraktiver Wesenszug, Emm."

Ich lachte. „Mom, ich muss jetzt Schluss machen, okay? Ich will noch diese Kisten auspacken und Wäsche waschen, bevor ich heute Abend zu meiner Freundin Jen gehe."

„Oh? Du hast eine Freundin?"

Ich liebte meine Mutter. Wirklich. Aber manchmal hätte ich sie erwürgen können.

„Ja, Mutter. Ich habe eine echte Freundin."

Sie lachte und klang mit einem Mal viel besser als zu Anfang unseres Gesprächs. *Das war doch wenigstens etwas.* „Gut. Ich bin froh, dass du deine Zeit mit einer Freundin verbringst, anstatt alleine zu Hause zu sitzen. Ich … ich mache mir nur Sorgen um dich, Honey. Das ist alles."

„Ich weiß. Und ich weiß, dass du nie damit aufhören wirst."

Wir verabschiedeten uns, indem wir einander sagten, dass wir uns liebten. Ich hatte Freunde, die ihren Eltern nicht sagten, dass sie sie liebten, die diese Worte nach Beendigung der Grundschule nie mehr in den Mund genommen hatten. Ich war froh, dass ich dem nie entwachsen war und dass meine Mutter darauf bestand. Ich wusste, das lag an ihrer Angst, wenn sie es nicht sagte, hätte sie vielleicht die letzte Chance versäumt, ihrem Kind zu sagen, dass sie es liebte. Mir gefiel das.

Das zu Boden gefallene Buch, *Cinema Americana*, war irgendwo in der Mitte aufgeschlagen, die Bindung so weit aufgebrochen, dass ich einen unglücklichen Seufzer ausstieß. Ich beugte mich hinunter, um es aufzuheben, und stockte. Das Kapitel, das aufgeschlagen war, trug die Überschrift: „Kunstfilme der Siebziger", darunter erblickte ich das großformatige, hochglänzende Schwarz-Weiß-Porträt eines wahnsinnig schönen Mannes.

Johnny Dellasandro.

2. KAPITEL

Welchen willst du zuerst anschauen? Wonach steht dir der Sinn?" Jen öffnete die Tür eines Schranks, der ihre umfangreiche DVD-Sammlung beherbergte. Sie fuhr mit der Fingerspitze über die Plastikhüllen, hielt an einer an und schaute über ihre Schulter zu mir. „Willst du es langsam angehen lassen oder dich gleich kopfüber hineinstürzen?"

Ich hatte *Cinema Americana* mitgebracht, um es ihr zu zeigen, und nun lag das Buch, aufgeschlagen auf der Seite mit Johnnys schönem Gesicht, auf dem Couchtisch. „Aus welchem Film stammt dieses Foto?"

Jen warf einen Blick darauf. *„Zug der Verdammten."*

Ich betrachtete das Foto genauer. „Das Bild ist aus einem Horrorfilm?"

„Ja. Der gehört nicht zu meinen liebsten Filmen von ihm. Er ist nicht sonderlich gruselig. Aber", fügte sie hinzu, „er tritt darin nackt auf."

Ich hob fragend die Augenbrauen. „Wirklich?"

„Ja. Allerdings ist er leider nicht von vorne zu sehen." Sie grinste und beugte sich vor, um einen Film aus dem Regal zu nehmen. „Aber mal ehrlich, diese Siebzigerjahre-Filme aus dem Ausland sind teilweise wirklich ziemlich brutal. Mit viel Blut und Innereien und so – stört dich das?"

Ich hatte so viel Zeit in Krankenhäusern und Notaufnahmen verbracht, dass mich nichts mehr störte. „Nein."

„Dann also *Zug der Verdammten.*" Jen nahm die DVD aus der Hülle, schob sie in den DVD-Player, stellte den Fernseher auf den richtigen Kanal ein und schnappte sich die Fernbedienung, bevor sie sich neben mir auf die Couch fallen ließ. „Die Qualität ist nicht sonderlich gut, tut mir leid. Ich hab die DVD als Schnäppchen in einem Ein-Dollar-Shop geschossen."

„Du bist ein ziemlich großer Dellasandro-Fan, oder?" Ich setzte mich etwas anders hin, damit die Popcornschüssel nicht umfiel, und beugte mich vor, um mir noch einmal das Foto anzusehen.

Ich hatte Jen weder erzählt, dass ich Johnny die Tür gegen den Kopf hatten fallen lassen, noch dass ich eine Stunde damit zugebracht hatte, sein Foto anzusehen und mir jede einzelne Linie und Kurve, jedes Grübchen und jede Rundung einzuprägen. Auf dem Bild hatte er sein Haar, das wesentlich länger war als heute, im Nacken zu einem dicken Pferdeschwanz zusammengebunden. Er sah auf dem Foto jünger aus, was wenig verwunderte, war es doch vor gut dreißig Jahren aufgenommen worden. Aber andererseits wirkte er auch heute nicht besonders alt.

„Er hat sich gut gehalten." Jen schaute über meine Schulter, als die ersten leiernden Töne der Filmmusik über die Fernsehlautsprecher ertönten. „Er ist ein klein wenig kräftiger, hat ein paar mehr Fältchen um die Augen. Aber ansonsten sieht er immer noch gut aus. Du solltest ihn mal im Sommer sehen, wenn er nicht diesen langen Mantel anhat."

Ich lehnte mich auf der Couch zurück und zog meine Knie an mich. „Hast du je mit ihm gesprochen?"

„Oh nein, Süße. Davor habe ich zu große Angst."

Ich lachte. „Wovor denn genau?"

Mit der Fernbedienung stellte Jen den Ton ab. Bislang waren auf dem Fernseher erst der in Blut tropfender Schrift geschriebene Titel zu sehen gewesen sowie ein Zug, der im Dunkeln über sich zwischen zerklüfteten Bergen hindurch windende Schienen fuhr. „Ich würde sofortigen Sprechdurchfall bekommen."

„Sprech… igitt."

Sie lachte und legte die Fernbedienung beiseite, um sich eine Handvoll Popcorn zu nehmen. „Ehrlich. Ich habe mal Shane Easton getroffen. Weißt du, der Sänger von den *Lipstick Guerrillas*?"

„Äh, nö?"

„Sie haben in dem Jahr im *IndiePalooza* in Hershey ein Konzert gegeben, und mein Freund hatte Backstagepässe ergattert. Zehn oder fünfzehn Bands traten damals auf. Es war heiß wie in der Hölle. Wir haben Bier getrunken, weil der Becher nur eins fünfzig gekostet hat und Wasser vier Dollar die Flasche. Sagen wir einfach, ich war ein wenig betrunken."

„Und? Was hast du zu ihm gesagt?"

„Es könnte sein, dass ich ihm gesagt habe, ich würde ihn gerne reiten wie einen Zuchthengst. Oder so was in der Art."

„Oh, wow."

„Ja, ich weiß." Sie seufzte dramatisch und öffnete eine Dose Cola light. „Nicht mein hellster Moment."

„Ich bin sicher, es hätte noch schlimmer kommen können."

„Ja, und ich weiß auch, wie. Nämlich anstatt ihn nie wieder zu sehen, ihm alle naslang im Coffeeshop und im Supermarkt über den Weg zu laufen", sagte Jen und schaltete den Ton des Fernsehers wieder ein. „Deshalb hüte ich mich davor, in Johnny Dellasandros Nähe auch nur ansatzweise den Mund zu öffnen."

Der Zug – ich nahm an, es war derjenige der Verdammten – stieß einen schrillen Pfiff aus, dann folgte ein Schnitt ins Innere, wo eine Gruppe Menschen zusammensaß, die nach der Mode der Siebziger gekleidet waren. Eine Frau mit einem beigefarbenen Catsuit, toupierten Haaren und einer Sonnenbrille, die ihr halbes Gesicht verdeckte, winkte mit einer Hand, deren Finger sie vor lauter Ringen kaum bewegen konnte. Der Kellner folgte ihrer Aufforderung und schenkte ihr ein Glas Wein ein. Der Zug wackelte, er verschüttete den Wein. Der Kellner war Johnny.

„Sieh doch hin, was du tust, du Dummkopf!" Die Frau sprach mit einem schweren Akzent. Vielleicht italienisch? Ich war mir nicht sicher. „Du hast meine Lieblingsbluse bekleckert."

„Tut mir leid, Ma'am." Seine Stimme war tief und volltönend und … durch ihren New Yorker Akzent in diesem Film vollkommen fehl am Platz.

Ich kicherte. Jen warf mir einen bösen Blick zu. „Es wird besser, wenn er sie mit in den Schlafwagen nimmt und ordentlich durchvögelt."

Nun kicherten wir beide, aßen Popcorn, tranken Cola und machten uns über den Film lustig. Soweit ich das beurteilen konnte, wurde der Zug verflucht, als er in einen Tunnel fuhr, der irgendwie ein Eingang zur Hölle war. Es gab keine Erklärung, warum das passierte – zumindest keine, die sich mir erschloss. Aber da der Film ab und zu unerklärlicherweise ins Italienische mit ganz schlecht übersetzten Untertiteln wechselte, wobei Johnny seltsamerweise eine sehr hohe Synchronstimme hatte – war es gut möglich, dass ich den entscheidenden Punkt verpasst hatte.

Es war aber auch egal. Der Film war unterhaltsam, mit viel Blut und Innereien, wie Jen versprochen hatte. Aber auch mit vielen ansehnlichen Szenen. Johnny entledigte sich zum Schluss seiner Kellneruniform, um gegen mit Latex bekleidete Dämonen zu kämpfen. Ohne Hemd und in Blut gebadet, das Haar glatt aus der Stirn gestrichen, war er einfach atemberaubend.

„,Fahrt zur Hölle', sagte ich!"

Es war eine klassische Zeile, die Johnny mit seinem starken Akzent sprach und mit einem Schuss aus seinem Gewehr begleitete, der die Dämonen in winzige, tropfende Einzelteile zerlegte. Danach folgte eine ausführliche Liebesszene zwischen ihm und der Frau in dem Catsuit, zu der schwülstige Pornomusik spielte. Der Film endete damit, dass die Frau mit einem Dämonenbaby schwanger war, das ihre Innereien zerriss und versuchte, seinen Vater anzugreifen.

„Also … Johnny war … der Teufel?"

Jen lachte und kratzte mit den Fingernägeln über den Boden der leeren Popcornschüssel. „Ich glaube schon. Oder der Sohn des Teufels oder so."

Der Abspann lief. Ich trank meine Cola aus. „Wow. Das war mal was."

„Ja. Ganz schön schlecht, oder? Aber die Sexszene war heiß."

Das stimmte. Trotz der Pornomusik, der dummen Spezialeffekte und dem geschickt platzierten Kissen, das jeglichen Blick auf Johnnys Geschlechtsteil blockierte, den unrasierten Urwald der Frau jedoch in voller Größe zeigte. Er hatte sie geküsst, als schmecke sie unglaublich köstlich.

„Gut gespielt", sagte ich.

Jen schnaubte und stand auf, um die DVD aus dem Player zu nehmen. „Ich glaube nicht, dass es gespielt war. Ich meine, er ist als Künstler sehr viel besser, als er je als Schauspieler war. Und so wie er küsst … in beinahe jedem seiner Filme fickt er jemanden. Ich glaube nicht, dass da viel geschauspielert wird. Das ist alles einhundert Prozent Johnny."

„Wann hat er überhaupt all die Filme gedreht?" Ich stand ebenfalls auf und streckte mich. Der Film war nicht lang gewesen, etwas über eine Stunde, aber er hatte sich wesentlich länger angefühlt.

„Weiß nicht." Jen zuckte mit den Schultern. „In den Siebzigern hat er eine ganze Reihe gemacht und dann aufgehört. War wie vom Erdboden verschwunden. Später kehrte er als Künstler zurück und hat seitdem nur bei ein oder zwei Sachen mitgemacht, soweit ich weiß. Gastauftritte in Fernsehserien und so. Er ist sogar in einer Folge von *Familienbande* aufgetreten. Kannst du dir das vorstellen?"

„Hat er jemanden gefickt?"

„Ja, tatsächlich." Jen lachte. „Aber ich glaube, sie haben seinen Schwanz nicht gezeigt. Wenn du den sehen willst, musst du dir … das hier anschauen."

Sie holte eine DVD hervor, die ein schlichtes schwarz-rotes Cover hatte, auf dem nur ein Wort stand. *Müll.* Während sie weitersprach, schob sie sie in den Player.

„Okay, ich werde dir im Vorfeld nichts über diesen Film verraten. Ich will dir die Erfahrung nicht kaputt machen."

„Das klingt schlimmer als *Zug der Verdammten.*"

Sie schüttelte den Kopf. „Nein. Schau ihn dir einfach an. Du wirst schon sehen."

Und so schauten sie den zweiten Film.

Müll hatte noch weniger Handlung als der vorige Film. Grob gesagt ging es um eine Gruppe Außenseiter, die in einem Apartmenthaus lebten – ähnlich wie bei *Melrose Place.* Es war der typische Gebäudekomplex, wie man ihn aus so vielen Filmen kannte, die in Kalifornien gedreht worden waren – ein paar bläulich oder grün gestrichene Häuser, die einen Pool umrahmten. In dem Film hieß diese Anlage Cove. Die Leitung hatte eine Hausmeisterin, von der ich sicher war, dass sie von einem dreihundert Pfund schweren Kerl in Frauenkleidern gespielt wurde. Die anderen Bewohner waren die schlampige, heroinabhängige Sheila, der geistesgestörte Porzellanpuppensammler Henry, die unverheiratete Mutter Becky und ein paar andere Nebencharaktere, die keine Namen hatten, aber ständig ein und aus gingen.

Und natürlich Johnny.

Er spielte … Johnny. Männliche Prostituierte. Das Tattoo auf seinem Arm war krumm und schief, wie selbst gemacht: *Johnny*.

„Ich frage mich, ob er in jedem seiner Filme Johnny heißt", überlegte ich laut und erntete ein sofortiges „Pst" von Jen.

Vom Drehbuch und den Schauspielern her war es kein guter Film. Ich war mir nicht mal sicher, ob es überhaupt ein Drehbuch gegeben hatte. Mir kam das alles sehr improvisiert vor, was bedeutete, dass auch nicht sonderlich viel geschauspielert wurde. Es wirkte eher wie eine Gruppe von Freunden, die sich eines schönen Samstagnachmittags mit einer Videokamera und einer Tüte voll Gras hingesetzt hatten, um einen Film zu machen.

„Ich denke, das kommt der Wahrheit ziemlich nahe", meint Jen, als ich ihr meine Theorie erläuterte. „Aber mein Gott, sieh dir diesen göttlichen Hintern an."

Johnny war die meiste Zeit über nackt. Irgendetwas war da mit einem Deal, der falsch lief, einer Überdosis, einer Fehlgeburt. Eine Leiche lag im Pool und wurde dann in den Müll gesteckt – daher der Name des Films, *Garbage*. Ich hätte beim besten Willen nicht sagen können, worum es wirklich ging.

Das Einzige, was ich sah, war Johnny Dellasandro. Sein Arsch. Sein Sixpack. Seine Brustmuskeln. Seine göttlichen Brustwarzen. Er war gebaut wie ein Adonis, muskulös und schlank … und goldbraun. *Wow.* Er war nackt und sonnengebräunt, hatte gerade genug Haare, um männlich zu wirken, aber nicht so viele, dass es aussah, als müsste erst der Gärtner kommen, um den Weg zu seinem Schwanz frei zu schneiden.

Und er fickte wirklich jeden in diesem Film.

„Sieh dir das an", murmelte Jen. „Ich wette, er vögelt sie wirklich."

Ich neigte den Kopf, um besser sehen zu können. „Ich denke … wow. Das ist … Ist er steif? Krass! Er hat einen Steifen. Guck dir das an!"

31

„Ich weiß", quiekte Jen und umklammerte meinen Unterarm.

Ich war beim Anblick seiner Erektion so aufgeregt gewesen wie nicht mehr seit meiner ersten Party in der achten Klasse, wo ich bei dem Spiel Wahrheit oder Pflicht mit Kent Zimmerman im Schrank verschwinden durfte. Mein Magen kribbelte wie vor dem ersten Anstieg in der Achterbahn. Hitze brannte in meiner Brust und meiner Kehle, stieg in meine Wangen.

„Wow", sagte ich. „Das ist ... einfach wow."

„Süße, ich weiß, was du meinst. Beeindruckend, oder? Und warte ... da! Jaaaaa." Jen ließ sich rückwärts in die Kissen sinken. „Voll von vorne."

Die Szene war kurz, aber eindrucksvoll. Johnnys Schwanz in all seiner Pracht. Er sprach im Gehen, und ich konnte mich nicht entscheiden, ob ich versuchen wollte, zu verstehen, was er sagte, oder ob ich einfach meine perverse Seite akzeptieren und gebannt auf seinen Steifen starren sollte.

„Das ist mal ein Penis", sagte ich voller Bewunderung.

„Du sagst es." Jen seufzte glücklich. „Der Mann ist so verdammt schön."

Ich riss meinen Blick vom Fernseher los und schaute sie an. „Ich kann nicht glauben, dass du so sehr auf ihn stehst und noch nie mit ihm gesprochen hast. Sprechdurchfall hin oder her. Es muss doch auf jeden Fall den Versuch wert sein."

Jen schüttelte den Kopf. Johnny war im Moment nicht im Bild, also verpassten wir gerade nichts Wichtiges.

„Was soll ich denn sagen? ‚Hey Johnny, ich bin Jen und übrigens, ich liebe deinen Schwanz so sehr, ich habe ihn auf meinen Weihnachtswunschzettel geschrieben'?"

Ich lachte. „Was? Glaubst du etwa, das würde ihm etwas ausmachen?"

Sie verdrehte die Augen.

„Ist er verheiratet?"

„Nein. Ich glaube nicht. Ehrlich gesagt, abgesehen von den Filmen weiß ich gar nicht so viel über ihn." Jen runzelte die Stirn.

Ich konnte nicht aufhören zu lachen. „Na, du bist mir ja eine Stalkerin."

„Ich bin keine …", sie warf ein Kissen nach mir, „Stalkerin. Ich weiß nur einen schönen Körper zu schätzen. Ist das so verkehrt? Und ich mag seine Kunst. Ich habe mir eine seiner Arbeiten gekauft", fügte sie hinzu, als würde sie ein Geheimnis preisgeben.

„Echt?"

Sie nickte. „Ja, echt. Seine Galerie ist echt cool. Viele nette kleine Sachen, nicht zu teuer. Und im Hinterzimmer hat er verschiedene Sammlungen. Vor ein paar Jahren hat er seine Arbeiten gezeigt. Das tut er nicht immer. Ich meine, seine Sachen sind normalerweise zwischen den ganzen anderen, aber er stellt sie ganz selten gesondert aus, weil er nicht den Eindruck erwecken will, dass sie etwas Besonderes sind."

Ich war noch nie in einer Kunstgalerie gewesen, also hatte ich keine Ahnung, aber ich nickte trotzdem. „Kann ich es sehen?"

„Sicher. Es ist in meinem, äh, Schlafzimmer."

Ich lachte wieder. „Warum? Ist es anrüchig?"

Ich kannte Jen noch nicht so lange, nur die paar Monate, seitdem ich in die Second Street gezogen war. Ich hatte sie bisher noch nie peinlich berührt oder schüchtern erlebt. Sie war mit allem ziemlich locker, was mit ein Grund war, warum ich sie so toll fand. Als sie mir nun also nicht in die Augen schauen konnte und dieses kleine, schamhafte Kichern von sich gab, hätte ich beinahe gesagt, dass sie es mir nicht zeigen musste, wenn sie es nicht wollte.

„Nein, es ist nicht anrüchig", sagte sie.

„Okay." Ich stand auf und folgte ihr den kurzen Flur entlang zu ihrem Schlafzimmer.

Jens Wohnung war im Ikea-Stil eingerichtet. Viele gerade, moderne Möbel, die alle zusammenpassten und das Beste aus dem wenigen vorhandenen Platz herausholten. Ihr Schlafzimmer war genauso. Weiß gestrichen mit passenden petrolfarbenen und limonengrünen Akzenten auf Bett und Vorhängen. Ihre Wohnung befand sich in einem alten Gebäude, dessen Wände alle nicht sonderlich gerade waren. Eine war sogar gebogen und hatte Fenster, die vom Boden bis zur Decke reichten und auf die Straße

33

hinausgingen. An einer Wand hingen einige ihrer eigenen Gemälde. Auf der anderen Seite gab es mehrere gerahmte Poster, die selbst ich, der Kunstmuffel, erkannte – *Sternennacht, Der Schrei*.

In ihrer Mitte hing ein kleines Schwarz-Weiß-Foto, vielleicht zwanzig mal fünfundzwanzig Zentimeter, in einem schmalen roten Rahmen. Der Künstler hatte das Bild mit dicken, dreidimensionalen Pinselstrichen nachgemalt, was die Umrisse des Gebäudes, das ich als die John Harris Mansion von der Front Street wiedererkannte, hervorhob. Ich hatte viel Zeit damit verbracht, mir anzuschauen, was Menschen als Kunst bezeichneten, und mich immer gefragt, warum zum Teufel sie das so empfanden, aber bei diesem Bild musste ich keine Sekunde darüber nachdenken.

„Wow."

„Ich weiß. Cool, oder?" Jen ging zur Wand und stellte sich direkt vor das Bild. „Ich meine, man schaut es an, und es ist eigentlich nichts Besonderes. Aber trotzdem hat es etwas an sich …"

„Ja." Das hatte es definitiv. „Und es ist noch nicht mal pornografisch."

Sie lachte. „Stimmt. Ich habe es hierhin gehängt, weil es mir gefällt, es morgens als Erstes zu sehen. Klingt das komisch? Oh mein Gott, das klingt total komisch."

„Nein, tut es nicht. Ist es das einzige Bild, das du von ihm hast?"

„Ja. Echte Kunst ist teuer, auch wenn er hierfür einen ziemlich moderaten Preis verlangt hat."

Ich wusste nicht, was in diesem Zusammenhang moderat war, und es kam mir ein wenig zu indiskret vor, sie danach zu fragen. „Es ist ein wirklich schönes Bild, Jen. Und er ist als Künstler echt gut."

„Ja, das ist er. Siehst du … das ist noch ein Grund, warum ich nicht mit ihm spreche."

Ich neigte den Kopf und lächelte sie an. „Warum? Weil du nicht nur seinen Hintern, sondern auch seine Kunst magst?"

Jen kicherte. „Ja, so ungefähr."

„Ich verstehe das nicht. Du findest ihn super heiß, du bist ein großer Fan … warum sagst du nicht einfach mal etwas?"

„Weil es mir lieber wäre, dass er einen Blick auf eine meiner Arbeiten wirft und sie gut findet, ohne dass er mich als die Frau kennt, die nicht aufhören kann, von ihm zu schwärmen. Ich möchte von ihm als Künstlerin respektiert werden, aber das wird nicht passieren."

Ich trat an die Wand, an der ihre Bilder hingen. „Warum nicht? Du bist auch gut."

„Und du hast keine Ahnung von Kunst, weißt du noch?" Diese Bemerkung klang nicht bösartig, sondern eher liebevoll. Sie trat neben mich. „Meine Werke werden niemals in einem Museum hängen. Ich denke auch nicht, dass jemals jemand einen Wikipedia-Eintrag über mich erstellen wird."

„Das kann man nie wissen", erwiderte ich. „Glaubst du, Johnny Dellasandro hat beim Dreh der Filme damals gewusst, dass er eines Tages berühmt dafür sein würde, seinen Hintern in die Kamera zu halten?"

„Es ist ein ziemlich einmaliger Hintern. Komm, sehen wir uns noch einen Film an", sagte sie.

Um zwei Uhr morgens hatten wir es geschafft, noch genau einen Film anzuschauen. Das lag daran, dass wir bei so vielen Szenen angehalten und zurückgespult hatten, um sie uns ein zweites und drittes Mal anzusehen.

„Warum haben wir diesen hier nicht als Erstes geguckt?", wollte ich wissen, nachdem wir das dritte Mal zugesehen hatten, wie Johnny mit seiner Zunge am nackten Körper einer Frau hinunterglitt.

Jen drohte mir mit der Fernbedienung. „Süße, man muss sich da langsam herantasten. Du kannst nicht einfach mit so etwas hier anfangen. Davon kannst du im Zweifel einen Hirnschlag erleiden."

Ich lachte, wobei die Tatsache, dass ich eventuell tatsächlich ein Aneurysma hatte, das mich jederzeit töten konnte – egal was die Ärzte sagten – den Witz einen Tick weniger lustig machte. „Zeig das noch mal."

Sie spulte eine halbe Minute zurück und ließ die Szene erneut ablaufen. Johnny nannte die Frau eine dreckige Hure, was mit seinem Akzent eher süß als böse klang.

„Das ist so falsch", sagte ich, wobei ich wie gebannt zuschaute, wie Johnny auf dem Bildschirm mit seinem Mund wieder über ihren nackten Körper fuhr, über ihre Schenkel, sich dann aufrichtete, sie an den Haaren packte und sie herumdrehte. „Das sollte mir nicht gefallen, oder?"

„Süße, ergib dich einfach", sagte Jen träumerisch.

Im Film nannte er sie erneut eine Hure, sagte ihr, sie wäre schmutzig, dreckig. Dass sie es verdiente, so gefickt zu werden. Dass es ihr doch gefiel, von ihm so hart rangenommen zu werden.

„Gott." Ich wand mich ein wenig. „Das ist …"

„Heiß, oder?" Jen seufzte. „Sogar mit den abgefahrenen Siebzigerjahre-Koteletten."

„Auf jeden Fall."

Wir schafften es zum Ende des Films, und ich hatte mal wieder keine Ahnung, worum es gegangen war. Ich wusste nur, dass Johnny die Hälfte der Zeit über nackt gewesen war und mit den meisten anderen Darstellern Sex gehabt hatte – den weiblichen wie den männlichen. Und dass ich ganz dringend etwas Zeit für mich brauchte …

„Noch einen?" Jen stand auf, und ich erhob mich ebenfalls.

„Ich muss nach Hause. Es ist schon spät. Und wenn wir morgen zu lang schlafen, schaffen wir es nicht rechtzeitig in den Coffeeshop und verpassen ihn womöglich."

„Oh, Emm." Jen blinzelte feierlich. „Ich habe dich angesteckt, oder?"

„Wenn es eine Krankheit ist", erwiderte ich, „dann will ich kein Gegenmittel dafür haben."

Jen wohnte so nah, dass ich eigentlich zu Fuß zu ihr hätte gehen können. Tagsüber oder bei gutem Wetter war das auch kein Problem. Aber mitten in einem extrem kalten Winter und in einer Nachbarschaft, die nicht gerade zu den besten der Stadt zählte, war ich die paar Blocks lieber mit dem Auto gefahren. In meiner Straße angekommen, war mein üblicher Parkplatz besetzt, vermutlich von der Freundin des Typen, der auf der anderen Straßenseite wohnte. Grummelnd fuhr ich die Straße hinunter, um jemand anderem den Parkplatz wegzunehmen. Ich hoffte, dass ich am nächsten Tag keine fiese Nachricht unter meinem Scheibenwischer finden würde. Da es hier nur eine sehr begrenzte Anzahl von Parkplätzen gab, konnte der Kampf um sie manchmal recht brutale Züge annehmen.

Das Schicksal meinte es aber anscheinend gut mit mir, denn als ich aus dem Auto ausstieg, erkannte ich, dass ich beinahe direkt vor Johnny Dellasandros Haus geparkt hatte. Im zweiten Stock brannte noch Licht. Die meisten Häuser in dieser Straße hatten den gleichen Grundriss. Wenn er im Inneren nicht umfassende Umbauten vorgenommen hatte, musste das eins der Schlafzimmer sein. Ich hatte vor, dieses Zimmer in meinem Haus irgendwann zum Hauptschlafzimmer mit angeschlossenem Bad umzubauen. Da er mit dem Umbau seines Hauses schon fertig war, nahm ich an, bei ihm war es schon so.

Johnny Dellasandro in seinem Schlafzimmer. Ich fragte mich, ob er wohl nackt schlief. Ich war mir nicht sicher, ob das, was ich fühlte, dem gleichkam, was Jen als *Surfen auf ihren eigenen Körpersäften* beschrieben hatte, aber ich verspürte definitiv ein leichtes Pochen in meiner Klit. Auf dem Weg zu meinem Haus gab ich mich fröhlich meinen Fantasien über Johnny hin.

Es gab keinen bestimmten Rhythmus oder Grund für eine Episode. Die Sachen, die bei anderen Leuten Anfälle, Migräne oder Narkolepsie auslösten, waren für mich nur zufällige Trigger. Was gut war, weil ich so nicht darauf achten musste, intensive Gefühle zu vermeiden oder keine Schokolade zu essen oder sonst irgendetwas. Schlecht war nur, dass ich eben nicht wusste, was genau eine Episode auslöste und so jedes Mal ohne Vorwarnung von ihr erwischt wurde. Ich konnte ihre Auslöser nicht vermeiden, selbst wenn ich es gewollt hätte.

Seit knapp zwei Jahren hatte ich keine Episode mehr gehabt. Doch jetzt verriet mir der Duft von Orangen, dass ich die dritte innerhalb von vierundzwanzig Stunden erleben würde.

Ab ins Badezimmer. Zähne putzen. Ich starrte mein Spiegelbild an, doch was ich sah, war Johnnys Gesicht, während er eine Frau liebte, die die gleiche Haarfarbe hatte wie ich. Die gleichen Augen. Meine Brüste unter seinen Händen, meine Klit unter seiner Zunge.

Ich starrte in den Spiegel und glitt dann, wie die Alice aus Lewis Carrolls Roman, … hindurch …

„Pass doch auf, was du tust. Du hast meinen Kaffee verschüttet." Ich sage das mit einem starken Akzent. Es ist nicht meine eigene Stimme, aber sie fühlt sich auch nicht fremd an. Sie passt bequem auf meine Zunge und meine Lippen und meine Zähne. Sie fühlt sich sexy an.

„Tut mir leid, Ma'am." Der Kellner tupfte meinen Oberschenkel mit einem weißen Handtuch ab. Seine Finger streifen zu nah an meinem Bauch entlang, verweilen dort einen Tick zu lang. „Lassen Sie mich das sauber machen."

„Ich denke, dafür musst du mich entschädigen." Ich verziehe bei diesem Satz keine Miene und werfe mein dickes, dunkles Haar über die Schulter.

„Ma'am?" Er ist nicht dumm, dieser junge Mann in der weißen Kellnerjacke.

Der Zug unter uns vibriert.

„Komm später in meine Kabine und sei darauf vorbereitet, mich angemessen zu entschädigen."

Seine Antwort ist ein Lächeln. Ich beende mein Mahl ebenfalls lächelnd, was es etwas schwierig macht, das Essen zu genießen. Ich habe aber sowieso keinen Appetit mehr. Zumindest nicht auf Abendessen.

Deshalb stehe ich auf und begebe mich in meine Kabine, wo ich auf ihn warte. Es klopft. Als ich die Tür öffne, steht er davor. Nicht in seiner Kelleruniform, sondern in einer dunklen Hose und einem verwaschenen Leinenhemd. Die Bekleidung eines Bauern, aber das ist mir egal. Bauern sind großartige Liebhaber.

„Sieh nur." Ich zeige auf den dunklen Fleck auf meiner Hose. Ich habe absichtlich noch keinen Versuch unternommen, ihn herauszuwaschen. „Sieh dir an, was du angerichtet hast, du ungeschickter Lümmel."

„Ich gebe Ihnen das Geld dafür, Ma'am …"

„Das wird nicht reichen. Diese Hose ist aus reiner Seide, von meinem persönlichen Schneider entworfen und genäht. Sie ist unersetzlich."

„Und nun?" Er fordert mich heraus.

Sein langes, dichtes blondes Haar ist im Nacken zu einem Pferdeschwanz zusammengebunden. Als ich das Band löse, fällt es über meine Finger und Hände. Es ist rauer als Seide.

„Mach sie sauber."

Mit mürrischem Blick zieht er ein Taschentuch aus seiner hinteren Hosentasche und schiebt mich ruppig ein paar Schritte nach hinten, bis meine Kniekehlen den Rahmen des Bettes berühren, das schon zur Nacht heruntergeklappt worden ist. Er wischt über den Fleck auf meiner Hose, ohne seinen Blick von meinen Augen zu lösen. Ich erzitterte unter seiner Berührung.

„Nein", sage ich mit rauer Stimme. „Benutz deinen Mund."

Er sinkt auf die Knie; ganz langsam … Er lächelt, aber seine Augen bleiben hart. Er schließt sie, bevor er seine Lippen an den Fleck legt.

Ich spüre die Hitze seines Atems durch den dünnen Stoff und erschauere erneut. Meine Knie wollen einknicken, aber ich stütze mich schnell mit der Hand an der Wand ab. Ich spürte die Vibration des Zuges an meinen Fingern und meiner Handfläche.

Mit seinen Händen packt er meinen Po und hält mich fest. Er schaut zu mir auf, sein Gesicht nur wenige Zentimeter von meinem Schritt entfernt. Ich frage mich, ob er mich riechen kann.

„Ist das gut genug?", fragt er.

„Nein. Nicht ansatzweise gut genug."

Seine Finger packen zu und ziehen. Seide reißt. Ich bin plötzlich von der Taille abwärts nackt. Meine Hose hängt in Fetzen zwischen seinen Fäusten. Ich habe nur einen kurzen Augenblick zum Reagieren, bevor er seinen Mund wieder auf mich presst. Dieses Mal auf mein nacktes Fleisch. Meine Pussy. Er saugt an meiner Klit, zieht sie zwischen seine Zähne. Ich schreie auf. Er schlägt mir leicht auf den Hintern, und ich weiß nicht, ob er es tut, um mich ruhigzustellen oder um mich lauter schreien zu las-

39

sen. Dann liege ich auf meinem Rücken, und er ist über mir, sein Schwanz drückt gegen meine Lippen.

„Nimm ihn", sagte er. Gefühllos und brutal. Meine Möse pocht, ich drehe den Kopf zur Seite. Er packt mein Haar, hält mich fest. Dann ist er plötzlich ganz zärtlich und drückt seinen Schwanz sanft auf meine fest zusammengepressten Lippen. „Nimm ihn." Er flüstert es nur.

Und ich tue es.

Nehme ihn ganz in den Mund. Er ist dick und heiß und hart. Er stößt gegen meine Gurgel. Ich lecke ihn, sauge immer gieriger. Ich lecke und sauge und streichle, und er fickt meinen Mund, als wäre er meine Fotze, und ich schwöre, es fühlt sich auch genauso gut an.

Er berührt nicht einmal meine Klit, und trotzdem fühle ich mich wie elektrisiert, mein Pussy brennt wie Feuer. Ich recke ihm einladend meine Hüften entgegen und stöhne gedämpft, während er seinen Schwanz weiter in mich hineinstößt. Mein Haar fällt mir ins Gesicht, er streicht es zurück und packt mich daran, um das Tempo zu verlangsamen.

Ich will zwar, dass er mich berührt, aber ich werde so oder so bald kommen, wenn er so weitermacht. Doch dann zieht er sich zurück, nimmt mir diesen wundervollen Schwanz weg, und ich stöhne nicht mehr, ich schreie auf.

„Sieh dich an", sagt er triumphierend und gleichzeitig liebevoll. „Sieh dich an, wie du nach mehr bettelst. Wie eine Hure!"

Ich liebe es, wie er das Wort ausspricht, wie er es betont. Plötzlich weiß ich nicht mehr, warum wir in einem Zug sind, warum er ein Kellner ist und ich eine Art … Baronin? Gräfin? Irgendeine reiche Zicke mit zu viel Geld und dem dringenden Bedürfnis, flachgelegt zu werden. Alles, was zu Anfang Sinn ergeben hat, ist auf einmal ein großes Durcheinander.

Ich weiß nur eins: Das hier darf auf gar keinen Fall enden!

Er legt seine Hand an meine Wange. Sein Daumen gleitet zwischen meine Lippen, und ich sauge sanft daran, bevor ich hineinbeiße. Er lacht, zieht mich hoch und hebt mich auf seinen

Schwanz, als würde ich gar nichts wiegen. Nun gibt es nichts mehr zwischen uns, er steckt bis zum Anschlag in mir drin.

Der Zug schaukelt uns durch. Die Hände des Kellners, starke Hände, umfassen meinen Arsch und bewegen mich auf und ab. Seine Zunge erobert meinen Mund. Wir küssen uns zum ersten Mal, und ich möchte in seinem Geschmack ertrinken. Seine Zunge streichelt meine. Unsere Zähne schlagen aneinander, weil wir so gierig sind. Er lacht erneut.

„Gefällt dir das?"

„Ja, das gefällt mir." Ich habe keinen italienischen Akzent mehr.

Als ich in den Spiegel sehe, kann ich mein Gesicht nicht erkennen. Ich sehe auch nicht unser Spiegelbild, wie wir hier so hübsch auf dieser Koje im Schlafwagenabteil vögeln. Der Spiegel ist mehr wie ein Fenster, nur dass es nicht auf die vorbeiziehende Landschaft hinausgeht. Anstelle von Bergen sehe ich Wände. Ich sehe eine Frau.

Die Frau bin ich!

Sie ist da, ich bin hier; wir sind eins, und ich schaue in die Augen meines Liebhabers, dieses Kellners, dessen Name …

„Johnny."

Mit seinem Namen auf den Lippen tauchte ich aus der Episode auf. Der Geruch von Orangen war beinahe unerträglich intensiv. Ich beugte mich über das Waschbecken und trank das Wasser direkt aus dem Hahn. Ich richtete mich mit wild klopfendem Herzen und weit aufgerissenen Augen auf, das Gesicht nass vom Wasser. Ich schaute in den Spiegel … aber ich sah nur mich.

3. KAPITEL

Halluzinationen waren für mich nichts Neues. Als kleines Mädchen hatte ich in den ersten Jahren nach dem Unfall Probleme, zwischen der Illusion und der echten Welt zu unterscheiden. Ich wusste nicht, wann ich halluzinierte, alles erschien dann real.

Es half auch nicht, dass keiner der Ärzte, zu denen meine Eltern mich schleppten, eine Ahnung hatte, was mit mir los war. Das Gehirn ist ein noch weitgehend unerforschtes Gebiet. Ich hatte keine Anfälle, doch in den schlimmsten Episoden verlor ich manchmal nicht nur das Bewusstsein, sondern auch die Kontrolle über meine motorischen Fähigkeiten. Ich hatte jedoch keine Schmerzen, abgesehen von den wenigen Malen, als ich während der Blackouts gestürzt war und mir wehgetan hatte.

Je älter ich wurde, desto besser lernte ich zu erkennen, wann eine Episode im Anmarsch war. Ich lernte jedoch nie, *währenddessen* zu unterscheiden, ob ich halluzinierte oder nicht. Erst wenn ich wieder aufgetaucht war, konnte ich sagen, ob die Episode von Halluzinationen begleitet worden war. Und auftauchen tat ich zum Glück jedes Mal, ob nun mit oder ohne Halluzinationen. Manchmal stand ich einfach unbeweglich, ohne zu blinzeln, für ein paar Minuten da, während die Welt sich um mich herum weiterdrehte und derjenige, mit dem ich mich gerade unterhalten hatte, dachte, ich hätte mich einen Augenblick in Gedanken verloren.

Genauso fühlte es sich für mich auch an. Meine Gedanken wanderten, während mein Körper vor Ort blieb. Ich hatte gelernt, bei Menschen, die mich nicht gut genug kannten, schnell wieder in Unterhaltungen einzusteigen, sodass sie meine Abwesenheit gar nicht groß bemerkten. Ja, ich hatte im Laufe der Zeit gelernt, mich anzupassen.

Die Halluzinationen waren meistens sehr bunt und oft laut. Oft waren sie auch eine Fortführung dessen, was ich getan hatte, als sie einsetzten. Ich konnte gefühlte Stunden in einer Episode verbringen, die aber in Wirklichkeit nicht einmal eine Minute lang dauerte. Oder ich verbrachte sehr lange Zeit in ereignisloser Dunkelheit, bevor ich für wenige Sekunden in einen Traumzustand verfiel.

Bis zu diesem Tag hatte ich jedoch noch nie eine so lebendige, intensive Halluzination von solch extrem sexueller Natur erlebt.

Ich brauchte eine Weile, um mich davon zu erholen. Am Sonntag im Bett zu bleiben war für mich nicht ungewöhnlich, aber die Tatsache, dass ich mir meinen Laptop geschnappt und mit unter die Decke genommen hatte, schon. Normalerweise ist mein Bett mein Heiligtum, ein Ort allein dem Schlaf gewidmet, nicht der Arbeit. Und obwohl ich meinen Laptop liebte, als wäre er mein siamesischer Zwilling, den ich seit der operativen Trennung in einem Täschchen mit mir herumtrug, zog ich es vor, am Schreibtisch oder auf der Couch daran zu arbeiten. Nun jedoch benutzte ich das Trackpad, um durch die Liste der Suchergebnisse zu scrollen.

Johnny Dellasandro, natürlich. Es hatte mich schlimm erwischt.

Es gab eine Website für seine Galerie. Der einzige Hinweis auf seine vorhergehende Schauspielkarriere bestand aus den drei Wörtern „Star aus Independentfilmen" in seiner Biografie, gefolgt von einer etwas längeren Liste seiner sonstigen beruflichen Erfolge. Auf der Website waren die Öffnungszeiten angegeben sowie eine Liste der zukünftigen Events. Ein Foto von Johnny, der in die Kamera lächelte und genauso aussah, als wollte er denjenigen, der auf der anderen Seite der Linse stand, auf der Stelle vögeln … *Schweig still, mein kleines geiles Herz.*

Es gab noch andere Fotos von ihm, die meisten zeigten ihn beim Händeschütteln mit mehr oder weniger berühmten Persönlichkeiten. Johnny mit dem Bürgermeister, mit dem DJ vom örtlichen Radiosender, mit dem Präsidenten irgendeines Museums. Und dann, etwas überraschend, Johnny mit echten Berühmtheiten. Bilder von ihm neben einigen der größten Filmstars der Sechziger und Siebziger. Rockstars. Dichter. Romanautoren. Lauter bekannte Gesichter. Auf den meisten Bildern schauten beide in die Kamera, aber es gab auch ein paar ungestellte Fotos, auf denen die anderen immer unweigerlich aussahen, als wollten sie ihn an Ort und Stelle verschlingen. Oder von ihm gefickt werden … Ich konnte es ihnen nicht verdenken.

Vielleicht war ihm seine erotische Vergangenheit doch gar nicht so peinlich, wie ich gedacht hatte. Weitere Recherchen brachten ein halbes Dutzend Interviews auf verschiedenen Blogs zutage, die nicht sonderlich viele Leser zu haben schienen. Was mich nicht weiter überraschte. Jeder Affe mit einem Computer konnte einen Blog erstellen, und auch wenn Johnny einen gewissen Bekanntheitsgrad erreicht hatte, galt das doch nur für eine sehr kleine Zielgruppe. Er klang nicht so, als bereute er etwas. Zumindest nicht in den Interviews, die er in den letzten paar Jahren gegeben hatte. Die hatten sich zwar mehr um seine aktuelle Arbeit gedreht, doch unvermeidlich waren auch ein paar Fragen zu seinen Tagen als Schauspieler gestellt worden.

„Ich stehe zu allem, was ich getan habe", erklärte Johnny mir in dem Videoclip, der bei einer Preisverleihung aufgenommen worden war, von der ich noch nie etwas gehört hatte.

Das Bildmaterial war wacklig, der Ton schlecht und die Leute, die im Hintergrund entlangliefen, ein wenig Angst einflößend. Derjenige, der die Kamera führte, stellte auch die Fragen. Die Stimme klang androgyn und viel zu nah am Mikrofon. Johnny schien nicht sonderlich daran interessiert, interviewt zu werden, aber er beantwortete trotzdem noch ein paar weitere Fragen.

Ich lehnte mich in meine Kissen zurück und stellte den Laptop auf die Knie. Wikipedia hatte tatsächlich auch einen Eintrag über ihn, komplett mit Links zu Dutzenden Artikeln in Magazinen und Zeitungsarchiven. Besprechungen seiner Filme und ganze Websites, die allein der Diskussion derselben gewidmet waren. Links zu Orten, an denen seine Kunst ausgestellt wurde. Alleine mit den Hinweisen, die auf dieser einen Seite versammelt waren, konnte man einen ganzen Tag auf Johnnys virtuellen Spuren verbringen. Sollte irgendjemand mich googeln – ich tat es selber ein paarmal im Monat, um zu sehen, was dabei herauskam – fände er nur eine Liste von Leistungen, die eine andere Frau meines Namens erreicht hatte. *Die Frage war nicht,*

44

warum es so viele Informationen über ihn gab, sondern wie ich über dreißig Jahre alt werden konnte, ohne zu ahnen, dass es ihn überhaupt gab!

Ich fuhr den Computer herunter und stellte ihn beiseite, dann kuschelte ich mich in meine Kissen und dachte nach. Ich war total verknallt. So schlimm wie seit der sechsten Klasse nicht mehr, als ich das erste Mal Jungen für mich entdeckte. Schlimmer noch als die geheime Liebesaffäre, die ich in meinem Kopf mit John Cusack hatte, nachdem ich das erste Mal *Teen Lover* gesehen hatte. Meine Gefühle für Johnny waren eine Mischung aus beidem – er war jemand, den ich in einem Film gesehen hatte, also nicht „real", aber dennoch lebte er nur wenige Meter die Straße hinunter. Er trank Kaffee und trug gestreifte Schals. Er war greifbar.

„Reiß dich zusammen, Emm", schalt ich mich. Ich überlegte, aus meinem warmen Bett zu klettern und heiß zu duschen. So ganz konnte ich mich von diesem Vorhaben allerdings nicht überzeugen.

Ich wollte nicht an die drei Episoden denken, dich ich am Vortag gehabt hatte, aber da ich ein wenig von der Halluzination träumen wollte, in der Johnny in all seiner nacktärschigen Pracht die Hauptrolle gespielt hatte, kam ich nicht umhin. Zwei kleine und eine etwas größere. Keine hatte besonders lange gedauert. Es war mehr die Häufigkeit, die mir Sorgen machte.

Ich war einunddreißig Jahre alt und hatte bis vor wenigen Monaten nie alleine gelebt. Ich habe nie weiter als einen Fußmarsch von meinem Arbeitsplatz entfernt gewohnt, weil es mir entweder gesetzlich nicht erlaubt gewesen war oder ich zu viel Angst hatte, längere Strecken allein mit dem Auto zu fahren. Ich hatte mein Leben damit zugebracht, mich mit den Nachwirkungen dieses einen kurzen Augenblicks auf dem Spielplatz auseinanderzusetzen. Doch jetzt kam ich endlich in den Genuss des Gefühls der Freiheit, die all meine Freunde seit ihrer Kindheit erlebt hatten.

Ich hatte höllische Angst, sie wieder zu verlieren.

Ich wusste, ich hätte meine Hausärztin Dr. Gordon anrufen

und ihr erzählen müssen, was passiert war. Sie kannte mich seit meiner Kindheit. Ich vertraute ihr vollkommen und hatte mich mit allen Problemen immer an sie gewandt – von den Fragen über meine erste Periode bis zu den ersten Vorstößen in Richtung Verhütungsmittel. Aber hierüber konnte ich nicht mit ihr sprechen. Sie wäre verpflichtet, zu melden, dass mir möglicherweise ein epileptischer Anfall bevorstand, und dann? Ich müsste meinen Führerschein wieder abgeben, und das wollte ich nicht. Konnte ich nicht.

Ich rief allerdings meine Mom an. Auch wenn ich erst am Vortag mit ihr gesprochen hatte und obwohl ich so froh gewesen war, aus meinem Elternhaus auszuziehen, war sie immer noch der erste Mensch, an den ich mich in solchen Situationen wandte. Das Telefon klingelte und klingelte, dann ging der Anrufbeantworter an. Ich hinterließ keine Nachricht. Das würde meine Mutter nur unnötig beunruhigen. Außerdem würde sie sich nach ihrer Rückkehr vermutlich sowieso die Anruferliste anschauen, meine Nummer entdecken und sich melden. Ich fragte mich trotzdem, wo sie wohl war – an einem Sonntagmorgen. Sie verließ sonntags nur selten das Haus. Ich schlief gerne aus. Meine Mom liebte es, zu backen und im Garten zu arbeiten und im Fernsehen alte Filme anzuschauen, während mein Vater in der Garage herumwerkelte.

Ich hatte so viele Stunden damit verbracht, von einem Tag wie diesem zu träumen – in meinem eigenen Bett, meinem eigenen Haus aufzuwachen. Ganz allein. Keine Pläne für den Tag und niemanden, dem ich Rechenschaft schuldig war. Nichts tun müssen außer Wäschewaschen – in meiner eigenen Maschine mit meinem eigenen Waschpulver. Selbst entscheiden, ob ich sie zusammenfaltete oder sie einfach im Korb liegen ließ. Ich hatte davon geträumt, erwachsen zu sein, alleine zu leben. Und jetzt, wo ich das erreicht hatte, fühlte ich mich unerträglich einsam.

Das *Mocha* würde dagegen helfen. Dort war ich Teil einer Gemeinschaft, hatte Freunde. Jen und ich hatten nicht explizit verabredet, uns dort zu treffen, aber ich wusste, eine kurze SMS würde mir verraten, ob sie hingehe oder nicht. Und wenn nicht, konnte ich meinen Laptop mitnehmen und mich mit einem Becher Kaffee oder Tee und einem Muffin häuslich niederlassen. Ich könnte ein wenig auf Connex, dem sozialen Netzwerk, herumspielen oder mit Freunden chatten, die ebenfalls online waren.

Oh. Und ich könnte ein wenig, quasi nebenbei und vollkommen unauffällig, Johnny Dellasandro stalken.

Per SMS verabredete ich mich mit Jen. Wir würden uns in einer halben Stunde treffen, was mir noch genügend Zeit ließ, kurz zu duschen, mich anzuziehen und zum Coffeeshop zu gehen – eingerechnet schon die Zeit, die ich brauchte, um meine Beine zu rasieren, meine Augenbrauen zu zupfen und mir zu überlegen, was ich anziehen sollte. Denn ja, das war mir wichtig …

„Hey, Süße! Hallo!" Bei Jens Begrüßung musste ich lachen. Sie winkte mir quer durch den Raum zu. „Ich habe dir einen Platz reserviert. Wieso hat das so lange gedauert? Hast du keinen Parkplatz gefunden?"

„Oh nein, ich bin gelaufen." Meine Zähne klapperten immer noch. Der Januar in Harrisburg ist zwar nicht mit dem am Polarkreis zu vergleichen, aber es ist trotzdem so kalt, dass ein Eisbär sich die Eier abfrieren würde.

„Was? Warum? Ach, ich weiß, die Schneepflüge."

Als wäre die Parksituation in meiner Straße nicht schon schlimm genug, wurde es richtig gemein, wenn der Schneepflug kam und den Schnee auf die Autos blies, sodass man sie mühselig freischippen musste. Aber das war nicht der Grund, warum ich gelaufen war. Ich schlüpfte aus meinem Mantel und hing ihn über die Lehne meines Stuhls. Dabei versuchte ich, mich unauffällig nach dem leckeren, göttlichen Johnny Dellasandro umzusehen. „Nein, daran lag es nicht. Mir war einfach nach Laufen zumute."

„Ich habe gehört, dass manche Leute kalt duschen, aber was du da machst, ist ein wenig übertrieben, findest du nicht?"

Ich hauchte in meine Hände, um sie zu wärmen, und setzte mich dann auf meinen Stuhl. „Wenn ich weiter Muffins zum

47

Frühstück essen will, muss ich was tun, damit mein Hintern nicht auseinandergeht wie ein Hefeteig."

„Süße!", Jen seufzte. „Ich weiß genau, was du meinst."

Wir dachten einen Moment lang schweigend über die Größe unserer Hintern nach, wobei ich fand, dass Jen eine supersüße Figur hatte und sich keinerlei Sorgen machen musste. Und ich wusste, dass sie das Gleiche über mich dachte.

„Dein Oberteil gefällt mir", sagte sie, als der Moment vorbei war. Dann lachte sie und senkte die Stimme. „Ich wette, ihm gefällt es auch."

„Wem?"

„Tu nicht so, als wüsstest du nicht, wen ich meine."

Ich schaute an mir herunter. Es war eine einfache Strickjacke aus weicher Wolle, die geschnitten war wie ein Pullover und deren Knöpfe bis zu dem kleinen V-Ausschnitt reichten. „Ich mag es, wie meine Schlüsselbeine darin aussehen. Und dass sie nicht zu tief ausgeschnitten ist."

„Stimmt, der Ausschnitt ist perfekt", stimmte Jen zu. „Und die Farbe steht dir super."

Ich strahlte. „Mir gefallen deine Ohrringe."

Jen klimperte mit den Wimpern. „Sind wir jetzt damit fertig, uns gegenseitig anzuhimmeln? Denn wenn nicht, würde ich noch schnell sagen, dass du eine schöne Kette trägst."

„Diese hier?" Ich hatte ganz vergessen, welche ich umhatte. Normalerweise trug ich immer den gleichen Schmuck. Bei meinem Job bei der Genossenschaftsbank musste ich mich jeden Tag einem strengen Dresscode unterwerfen. Ich war es leid gewesen, mir jeden Tag aufs Neue zu überlegen, welcher Schmuck dazu passte, und hatte mir einige neutrale Ketten gekauft. Als ich nun ein wenig an dem Anhänger zog, um zu sehen, welcher es war, riss die Kette und glitt in meine Hand. „Hups!"

„Oh nein." Jen fing den Anhänger auf, bevor er auf den Tisch fallen konnte. Sie reichte ihn mir.

„Verdammt." Ich schaute ihn mir genauer an. Er war nichts Besonderes und hatte ein kleines, verschnörkeltes Muster. Er stammte vom Angebotstisch in meinem Lieblingssecondhandladen. Ich schloss meine Finger darum und merkte, dass das Metall ungewöhnlich warm war. „Was soll's."

„Kannst du das reparieren lassen?"

„Das ist es nicht wert. Ich glaube nicht mal, dass er aus echtem Gold ist."

„Schade", sagte Jen fröhlich. „Ansonsten hättest du ihn in so einen Laden bringen können, die Gold gegen Bargeld ankaufen! Die Nachbarin meiner Mutter veranstaltet sogar eine Party, wo man sein Gold mitbringen kann. Sie sagt, es gehen auch Goldfüllungen aus den Zähnen – selbst wenn die Zähne noch dran sind!"

„Igitt." Ich steckte die Kette in meine Manteltasche.

Jen lachte und schien noch etwas sagen zu wollen, doch dann verstummte ihr Lachen. Sie schaute mit großen Augen über meine Schulter. Ich drehte mich lieber nicht um.

Das musste ich auch gar nicht. Ich wusste, dass er es war. Ich konnte ihn fühlen. Ich konnte ihn riechen.

Orangen.

Er ging an unserem Tisch vorbei. Der Saum seines langen schwarzen Mantels strich über meinen Arm, und sofort verwandelte ich mich in ein fünfzehnjähriges Mädchen. Der einzige Grund, weshalb ich nicht laut kicherte, war, dass meine Kehle so trocken war, dass ich keinen Pieps von mir geben konnte. Jen sagte auch nichts, sondern schaute mich nur aufmerksam an, bis Johnny an uns vorbei war.

„Geht es dir gut?", flüsterte sie und beugte sich vor. „Du siehst aus, als würdest du gleich ohnmächtig werden. Du bist ganz blass."

Ich fühlte mich nicht benommen, nicht blass. Ich fühlte mich glühend heiß und knallrot. Ich schluckte und schüttelte den Kopf, wagte es nicht, über ihre Schulter zu schauen, um zu sehen, wie er seine Bestellung am Tresen aufgab. „Nein, alles gut."

„Bist du sicher?" Jen drückte meine Hand. „Ehrlich, Emm, du siehst aus …"

In dem Moment drehte er sich um und schaute mich an. Ich meine, er schaute mich wirklich an. Nicht nur ein kurzer Blick, der über mich hinweghuschte, als existierte ich nicht. Und auch kein Zurückzucken, als irritierte ihn mein Anblick. Nein, Johnny Dellasandro schaute mich an, und ich hatte mich schon halb erhoben, bevor ich erkannte, dass ich nicht einfach aufstehen und zu ihm gehen konnte.

Jen schaute über ihre Schulter, aber da hatte er sich schon wieder zum Tresen umgedreht, um seinen Teller mit dem Muffin entgegenzunehmen. Er schaute mich nicht mehr an, und ich wusste nicht, wie ich ihr sagen sollte, dass er es getan hatte. *Falls* er es getan hatte – es fiel mir leicht, mich davon zu überzeugen, ich hätte es mir nur eingebildet.

„Emm?"

„Er ist so unfassbar schön." Meine Stimme klang nicht, als gehörte sie zu mir. Sie war rau und schroff und voller Sehnsucht.

„Ja." Jen runzelte die Stirn und warf ihm einen Blick zu.

Er ging an einen Tisch im hinteren Bereich und schaute auf, als die Glocke über der Tür ertönte. Jen und ich schauten ebenfalls auf. Eine Frau ungefähr in meinem Alter, vielleicht ein oder zwei Jahre älter, marschierte direkt in den hinteren Bereich, ohne am Tresen anzuhalten. Von meinem Platz aus konnte ich sehen, wie sie sich gegenüber von Johnny auf den Stuhl gleiten ließ und sich vorbeugte, damit er sie mit einem Küsschen begrüßen konnte. Mir wurde ganz flau im Magen, und ich starrte mit gesenktem Kopf auf meine Stiefel, die ich heute Morgen so sorgfältig ausgewählt hatte.

„Ach verdammt", sagte ich enttäuscht.

Jen schaute mich an. „Ich kenne sie nicht."

„Ich auch nicht."

„Sie gehört nicht zu den Stammkunden", fuhr Jen leicht beleidigt fort. „Also wirklich, er hätte sich wenigstens eine der Stammkundinnen aussuchen können."

Mir war eigentlich nicht nach Lachen zumute, aber ich konnte nicht anders. Ihre Bemerkung war einfach zu komisch. „Warum gehst du nicht zu ihr und forderst sie zu einem Tanzduell heraus oder so?"

Jen schüttelte den Kopf und schaute mich ernst an. „Lieber nicht."

50

Ich wollte gerade sagen, dass ich nur einen Witz gemacht hatte, aber die Art, wie Jen erst Johnny, dann die Frau und schließlich mich anschaute, ließ mich innehalten. Sie lächelte nicht. Ich hatte das Gefühl, sie studierte mich eindringlich. Eine andere Form der Hitze kroch in meine Kehle und meine Wangen – ich fühlte mich irgendwie schuldig.

„Nein", sagte sie noch einmal. „Ich glaube nicht."

Mein Handy vibrierte in meiner Tasche. Ich nahm es heraus. „Das ist meine Mom."

„Geh ruhig ran. Ich werde mir einen Kaffee und ein Stück Kuchen holen oder so. Du willst einen Muffin und einen Kaffee zum Nachfüllen, richtig?"

„Ja. Danke." Ich wühlte in meiner Tasche nach Geld, doch Jen winkte ab. Ich konnte nicht widersprechen, weil ich bereits den Knopf zur Anrufannahme gedrückt hatte. „Hey, Mom."

„Was ist los?"

„Nichts ist los – warum denkst du immer, dass etwas los sein muss?" Eigentlich hätte ich mich von ihrer Frage genervter fühlen müssen, aber in Wahrheit tat es gut, die Sorge in der Stimme meiner Mutter zu hören. Es tat gut, so geliebt zu werden.

„Ich denke, dass etwas los ist, Emmaline, weil du mich an einem Sonntagmorgen vor dem Mittagessen angerufen hast. Du kannst deine Mutter nicht anlügen."

„Oh, Mom." Manchmal klang sie so viel älter, als sie war. Mehr wie eine Großmutter als wie eine Mutter, und doch wusste ich anhand von Fotos und Erzählungen, dass sie ein wildes Kind der Sechzigerjahre war. Noch mehr als mein Dad sogar, der höchstens an Weihnachten, wenn er ein wenig angesäuselt war, gestand, er fände, Haschisch solle legalisiert werden.

„Also, schieß los."

„Es ist nichts", versicherte ich ihr. Mein Blick hatte sich schon wieder zu Johnny verirrt, aber er schaute nicht in meine Richtung. Er unterhielt sich intensiv mit der Frau; beide lehnten sich auf diese Weise vor, die auf äußerste Intimität schließen ließ. Ich riss meinen Blick los und konzentrierte mich auf mein Telefonat. „Ich wollte nur wissen, wie es euch so geht."

„Oh." Meine Mutter klang überrascht. „Nun, dein Dad und ich sind heute zum Frühstück im Old Country Buffet gewesen."

„Ihr … ihr seid frühstücken gegangen?"

Jen stand am Tresen, nur wenige Meter von Johnny entfernt, aber sie wirkte nicht so, als versuchte sie, auch nur einen Blick in seine Richtung zu werfen, geschweige denn die Unterhaltung zu belauschen. Seinem Gesichtsausdruck und seiner Körperhaltung nach zu urteilen, war das Gespräch sehr persönlich. Ich konnte das Gesicht seiner Gesprächspartnerin nicht sehen, aber ihre gestrafften Schultern und ihre ganze Körpersprache verrieten mir alles, was ich wissen musste.

„Ja, wieso, dürfen wir das nicht?" Meine Mom klang ein wenig seltsam, irgendwie kürzer angebunden als sonst.

„Natürlich dürft ihr das. Mom, geht es dir gut?"

„Die Frage sollte ich eigentlich dir stellen."

Und da war es wieder, das Thema, das niemals verschwinden würde.

Einen Augenblick lang überlegte ich, ob ich ihr davon erzählen sollte. Nicht den Teil über den Sex im Zug und meine Identität als italienische Filmdiva aus den Siebzigern. Ich war mir sicher, dass meine Mom das nicht hören wollte. Aber von den kurzen Aussetzern, dem Duft von Orangen. Doch ich tat es nicht. Nicht nur weil ich ihr keine Sorgen machen wollte, sondern weil ich nicht wollte, dass sie recht hatte.

„Mir geht es wirklich gut, Mom." Bei der Lüge wurde meine Kehle ganz eng, und meine Augen brannten. Ich war froh, dass wir uns nicht von Angesicht zu Angesicht gegenüberstanden. Dann wäre ich mit dieser Lüge niemals davongekommen.

„Wo bist du eigentlich? Da sind so viele Hintergrundgeräusche."

„Ach das. Ich bin im Coffeeshop."

Meine Mom lachte. „Schon wieder? Wenn du so weitermachst, wirst du dich noch selber in eine Tasse Kaffee verwandeln."

„Besser als in einen Kürbis", sagte ich. Jen bahnte sich ihren Weg zurück zu unserem Tisch, wobei sie zwei Teller und zwei Becher in den Händen balancierte. „Menschen, die Kaffee lieben, sagen, sie können nicht ohne ihn leben. Kürbisse werden hingegen nur zu Suppen verarbeitet."

„Du bist eine verrückte Nudel", sagte meine Mutter liebevoll. „Rufst du mich morgen an?"

„Klar. Mach ich, Mom. Bis dann!" Wir legten in dem Moment auf, als Jen sich wieder an den Tisch setzte und mir Teller und Becher hinüberschob.

„Deine Mom muss ziemlich cool sein", sagte sie.

„Sie kann es zumindest sein. Oh Gott! Chocolate Fudge Chip mit Toffee-Glasur? Das ist kein Muffin, das ist ein Upgrade auf die nächste Jeansgröße!"

Jen leckte sich eine Fingerspitze ab. „Genau so, wie er es mag."

Ich musste nicht fragen, wen sie damit meinte. „Ach ja?"

Sie grinste. „Du bist mir ja eine Stalkerin."

Unsere Unterhaltung löste sich von dem verführerischen Thema Johnny Dellasandro, vielleicht, weil er da war und uns hätte hören können, vielleicht auch, weil er in Begleitung einer Frau war, was es irgendwie fad machte, sich Fantasien über ihn hinzugeben. Vielleicht lag es auch daran, dass Jen und ich andere Themen hatten, über die wir sprechen konnten, wie unsere liebsten Fernsehsendungen und Bücher oder den süßen Typ, der in unserem Viertel Pizza auslieferte. All die schönen Dinge, über die sich gute Freundinnen bei Kaffee und Gebäck eben so unterhielten.

„Ich sollte jetzt langsam los", sagte ich mit einem Seufzer und spülte das letzte Stück Muffin mit dem letzten Schluck Kaffee herunter. Ich tätschelte meinen Bauch. „Ich platze sonst noch, und außerdem warten zu Hause ein Stapel Wäsche und ein paar Rechnungen, die bezahlt werden wollen."

„Ein schöner, ruhiger Sonntagnachmittag." Jen seufzte glücklich. „Das sind die besten. Sehen wir uns morgen früh?"

„Vermutlich schon. Ich werde mir bestimmt einen Coffee to go rausholen. Ich weiß, ich sollte ihn mir zu Hause kochen, aber … irgendwie schmeckt er bei mir nie so gut. Und außerdem ist es irgendwie Verschwendung, eine ganze Kanne zu kochen, wenn ich nur einen Becher mitnehmen will."

Jen zwinkerte mir grinsend zu. „Und außerdem gibt es hier so viel mehr fürs Auge."

Das stimmte natürlich auch.

Sie verließ den Laden vor mir, was nicht etwa daran lag, dass ich für das Anziehen meines Mantels extra lange brauchte, weil ich versuchte, einen Blick auf Johnny zu erhaschen. Ich warf einen letzten Blick über die Schulter zu ihm, während ich die Tür aufdrückte und die Glocke ertönen ließ. Ich hoffte, er würde aufschauen aber er war immer noch in die Unterhaltung mit der Frau vertieft, von der niemand wusste, wer sie war.

Erst sehr viel später an diesem Abend – nachdem die Rechnungen bezahlt und die Wäsche gewaschen, getrocknet, zusammengelegt und weggeräumt war – fiel mir die Kette in meiner Manteltasche wieder ein. Ich suchte überall, sogar in meiner Jeanstasche, obwohl ich wusste, dass ich sie nicht dort hineingesteckt hatte. Keine Kette. Irgendwo und irgendwie hatte ich sie verloren.

Wie ich zu Jen schon gesagt hatte, war das nicht weiter schlimm. Es war kein Schmuckstück, an das ich sentimentale Erinnerungen knüpfte, und es war auch nicht teuer gewesen. Trotzdem störte es mich, dass ich sie verloren hatte. Ich hatte schon vorher Sachen verloren. Sie irgendwo hingelegt, als mich eine Episode erwischte, und mich danach nicht mehr daran erinnert. Auf diese Weise hatte ich auch schon viele Sachen gefunden. Einmal war ich aus einem Laden herausmarschiert, die Finger um eine Handvoll Lippenpflegestifte geklammert, die ich mir irgendwie gegriffen haben musste. Das war mir so peinlich, dass ich es nicht einmal meiner Mutter erzählt hatte. Es war schon viele Jahre her, aber ab und zu fand ich immer noch einen davon in einer Mantel- oder Handtasche.

Die Kette hatte ich jedoch nicht in einer Episode verloren, dessen war ich mir beinahe sicher. Ich war vom *Mocha* aus zu Fuß nach Hause gegangen. Der Wind war so kalt gewesen, dass die feinen Härchen in meiner Nase vereist waren. Das konnte natürlich dazu geführt haben, dass ich den Duft von Orangen nicht wahrgenommen hatte. Andererseits war es auch möglich, dass ich eine Episode ohne vorherige Warnsignale erlebt hatte. Viele Menschen mit dissoziativen Störungen bekommen nie eine Warnung und können sich auch später nicht an das erinnern, was geschehen war.

Dieser Gedanke machte mich schneller nüchtern als ein Highschoolkid, das nach dem Abschlussball vom Sheriff angehalten wird.

Ich blinzelte ein paarmal, um die Tränen zurückzudrängen, die in meinen Augen brannten. Dann atmete ich langsam und tief ein. Und aus. Und wieder ein. Während ich mich auf den dritten Atemzug konzentrierte, merkte ich, dass ich ein wenig ruhiger war. Nicht viel, aber genug, um mein Herzrasen in den Griff zu bekommen.

Als vor ein paar Jahren die Schulmedizin mit ihrem Latein am Ende war und immer noch keine Diagnose für das hatte, was mit meinem Gehirn geschehen war, hatte ich alternative Heilmethoden entdeckt. Ich war es leid gewesen, von Nadeln gepikst zu werden und Tabletten zu nehmen, deren Nebenwirkungen oft so viel schlimmer waren als die Linderung, die sie versprachen. Per Akupunktur konnte mein Leiden nicht besser behandelt werden als durch westliche Medizin, aber ich nutzte sie lieber, als meinen Körper täglich mit potenziell giftigen Chemikalien vollzustopfen. Meditationen konnten meine Ängste nicht vollständig vertreiben, aber sie halfen mir, meine Stimmung zu verbessern. Und nachdem ich durch viel Ausprobieren herausgefunden hatte, dass ich eher anfällig für eine Episode war, wenn ich müde, überstimuliert, gestresst oder Ähnliches war, gehörte die Meditation zu meinem täglichen Ritual.

Ich hatte das Gefühl, es funktionierte. Es schien zumindest so. Die letzten beiden Jahre war ich episodenfrei gewesen. Bis vor Kurzem. Und selbst diese drei waren so kurz gewesen, so belanglos …

„Ach Mist." Meine Stimme klang rau und angespannt.

Mein Spiegelbild im Schlafzimmerspiegel zeigte mich mit blassen Wangen, tiefen Schatten unter den Augen und angespannten Lippen, die sich bemühten, einen Schluchzer zu unterdrücken. Die Episoden waren niemals schmerzhaft gewesen, und doch taten sie mir mehr weh als alles andere.

Ich stieß den angehaltenen Atem aus und konzentrierte mich. Dann schlüpfte ich in eine weiche Schlafanzughose und ein abgetragenes T-Shirt mit Ernie und Bert drauf. Ich hatte es in der Junior-Highschool gekauft und erst wiederentdeckt, als ich für meinen Umzug hierher gepackt hatte. Es saß ein wenig enger als damals, aber es war so gemütlich. Es fühlte sich an wie ein kleines Stück Heimat.

Nachdem ich mich umgezogen hatte, setzte ich mich im Schneidersitz aufs Bett. Ich hatte keine besondere Matte oder einen Altar, und ich entzündete auch kein Räucherstäbchen. Meditation war für mich mehr etwas Körperliches als etwas Geistiges. Im Laufe der Jahre hatte ich viel über Biofeedback gelesen, und auch wenn ich bezweifelte, dass ich jemals in der Lage sein würde, meinen Herzschlag oder meine Gehirnwellen aktiv zu kontrollieren, wie es einige ausgebildete Yogis können, glaubte ich daran, dass Meditation helfen konnte. Das spürte ich.

Ich legte meine Hände auf die Knie, die Handflächen nach oben, Zeigefinger und Daumen berührten sich leicht. Ich schloss die Augen. Ich summte nicht das traditionelle Om Mani Padme Om oder einen der anderen Gesänge. Ich hatte etwas gefunden, das für mich besser funktionierte.

„Würstchen mit Soße und Kartoffelbrei, lecker. Würstchen mit Soße und Kartoffelbrei, lecker."

Ich ließ die Worte bei jedem Ausatmen aus mir herausfließen. Mit jedem Einatmen versuchte ich, nicht nach Orangenduft zu schnuppern. Ich brauchte länger als sonst, um mich in einen ruhigen, tranceähnlichen Zustand zu versetzen. Irgendwann entspannten sich meine Muskeln. Mein Herzschlag verlangsamte sich zu seinem normalen Rhythmus.

Ich ließ mich rücklings in die Kissen fallen. Alle ganz neu. Die Decke genauso wie die Matratze und das Bett. Mein nagelneues Bett, das ich noch mit niemandem geteilt hatte. Ich streckte meine Beine aus, ohne meine Augen zu öffnen. Eingehüllt in die Weichheit des Betts löste und entspannte ich mich.

Es war eine ganz natürliche Bewegung, dass meine Hände über meinen Bauch und meine Oberschenkel glitten. Meine Brüste.

Ich dachte an Johnny. Ich rief mir jede Einzelheit seines Gesichts, wie es im *Mocha* ausgesehen hatte, in Erinnerung. Und jedes Detail seines Körpers, wie ich es aus Jens Filmen und den Fotos aus dem Internet kannte. Er hatte kleine Grübchen am unteren Ende seines Rückens und eins in seiner linken Wange, direkt am Mundwinkel. Ich würde gerne einmal über diese Grübchen lecken.

Mein T-Shirt war ein wenig hochgerutscht. Die Luft strömte aus meinen Lungen, als ich mit meinen Fingern über meinen nackten Bauch streichelte. Normalerweise brauchte ich keine visuellen Hilfen, um mir Vergnügen zu bereiten. Ich hatte keine Probleme mit Pornos, aber irgendwie erschienen sie mir immer so beliebig und langweilig. Selbst die angeblich für Frauen gedrehten Filme fand ich irgendwie sinnlos. Es turnte mich mehr an, erotische Literatur zu lesen oder Musik zu hören, als schmutzige Filmchen oder Bilder anzuschauen.

Jetzt jedoch war ich vollkommen auf Johnnys Gesicht fixiert. Seine goldenen Augenbrauen über diesen wundervollen grünbraunen Augen. Die Lippen, die ein kleines bisschen zu schmal waren, aber sich schnell zu einem Lächeln verziehen ließen. Zumindest war es in seinen Filmen so. Im echten Leben hatte ich noch nicht einmal einen Anflug von Freude in seinem Gesicht gesehen.

„Johnny", flüsterte ich. Ich dachte, dass ich mich eigentlich schämen oder es mir peinlich sein sollte, seinen Namen laut vor mich hinzusprechen, aber ich fühlte nichts außer einer wohligen Wärme.

Sogar sein Name war sexy. Der Name eines Jungen, ein Kosename, kein Name für einen erwachsenen Mann, der, wie mir bewusst wurde, vermutlich so alt wie mein Vater war. Ich stöhnte und schlug mir die Hand vor die Augen.

Doch das hielt mich nicht davon ab, an ihn zu denken. Er war vielleicht im gleichen Alter wie meine Eltern, aber ich hatte keine Probleme, ihn mir als Liebhaber vorzustellen. Ich hatte nie ein Faible für ältere Männer gehabt – eher genoss ich es, jungen Männern hinterherzugucken. Aus dem Fenster meines Büros schaute ich über den Campus des örtlichen Colleges, und meine Kollegen und ich verbrachten unsere Mittagspause oft damit, die Studenten auf ihrem Weg von einer Vorlesung zur anderen zu beobachten. Aber Johnnys Alter war egal. Mein Kopf wusste zwar, dass er „zu alt" für mich war. Mein Körper war allerdings ganz anderer Meinung.

Meine Hand glitt wie von selbst zwischen meine Beine und legte sich auf meinen Venushügel. Ich verstärkte den Druck des Handballens auf meine Klit. Mit einem Finger streichelte ich mich durch den weichen Stoff meiner Pyjamahose. Ich seufzte und ließ meine Hand unter das Bündchen gleiten. Das war mein Vergnügen. Ganz allein.

Meine Gedanken waren jedoch bei Johnny. Szenen aus seinen Filmen vermischten sich mit Fotos und dem Klang seiner Stimme. Ich fragte mich, wie es klänge, wenn er meinen Namen sagte. Würde er ihn stöhnen wie im Film, während er die Schauspielerin vögelte, mit der er ein Kind hatte? Würde er ihn flüstern, während er sich mit seiner Zunge einen Weg über meinen Körper bahnte, um sie dann um meine Klit kreisen zu lassen, so wie ich es jetzt gerade mit meinem Finger tat?

Ich wollte ihn ausziehen. Den langen schwarzen Mantel von seinen Schultern streifen, den Schal nutzen, um seine Augen zu verbinden. Er würde lachen und mir erlauben, die Knöpfe seines Hemds zu öffnen und seine Arme aus den Ärmeln zu befreien. Seine Hose aufzuknöpfen, den Reißverschluss zu öffnen und den Stoff an seinen muskulösen Oberschenkeln herunterzuschieben. Ich wollte vor ihm knien und seinen schönen, dicken Schwanz in den Mund nehmen, ihn lecken, bis er so hart wurde, dass er nicht mehr ganz hineinpasste ...

Ich bewegte meine Hand schneller. Meine Muschi war schon ganz nass. Ich ließ einen Finger weiter hinuntergleiten, um ihn zu befeuchten, dann wieder hinauf. Mit der anderen Hand hielt ich eine Brust umfasst und kniff in die Spitze. Ich dachte an Johnny, während ich es mir besorgte. Seine Augen, Nase, Ohren, Mund. Seine köstlichen Nippel. Ich wollte sie lecken und hineinbeißen. Ich wollte ihn meinen Namen sagen hören, ihn hören, wie er mich anflehte, ihn endlich zu ficken.

„Jaaaa", hauchte ich.

Ich bog mein Rücken, drängte meine Hüften nach oben gegen den süßen Druck meiner Hand. Ich ließ es nicht langsam angehen, sondern eilte gnadenlos auf den Höhepunkt zu. Das hatte ich schon lange nicht mehr getan. Nicht mehr, seitdem ich das letzte Mal Sex gehabt hatte, was ungefähr drei Monate her war ... Doch darüber wollte ich nicht nachdenken. Ich wollte nur an Johnny denken.

„Emm", sagt er an meinem Ohr, und ich erschrecke mich nicht. Meine Augen bleiben geschlossen. Ich atme den Duft von Orangen ein und überlasse mich ganz seinen Berührungen.

Meine Hände finden die gedrechselten Pfosten des Kopfteils meines Bettes, und ich packe sie. Das Holz knarrt unter meinem festen Griff. Meine Handflächen werden feucht, die Finger rutschten ab, aber ich halte mich weiter fest. Das Bett neigt sich unter seinem Gewicht.

Er küsst mich.

Mit offenem Mund, langsam und süß und heiß, genau wie in meinen heißesten Fantasien. Johnny schmeckt nach allem, was ich mag oder will. Ich atme seinen Duft ein, sauge vorsichtig an seiner Zunge. Unsere Zähne stoßen zusammen, was ungeahnte prickelnde Gefühle in mir auslöst. Ich kichere. Meine Lider flattern, aber er gibt ein warnendes Geräusch von sich.

„Nicht!", befiehlt Johnny, und ich halte meine Augen geschlossen.

Als feuchte Hitze meine Klit bedeckt, stöhne ich laut auf. Ich schreie seinen Namen. Er lacht an meinem Körper, und es ist genau so, wie ich es mir vorgestellt habe. Ich spüre den Druck seiner Lippen gegen den dünnen Stoff meiner Pyjamahose. Er bearbeitet meine Perle mit ihnen, und die Barriere aus Baumwolle verstärkt das Gefühl nur noch.

Ich will ihn an mir fühlen. Haut auf Haut. Ich will ihn in mir spüren. Ich will, dass er mich fickt, während ich ihm mit meinen Fingernägeln den Rücken zerkratze und ihn dränge, nicht aufzuhören.

Doch nichts davon passiert. Johnny setzt nur seinen Mund und seine Finger ein, um mich zum Orgasmus zu treiben, und das stellte sich als verdammt fantastisches Erlebnis heraus. Lust erfüllt mich. Überwältigend. Elektrisierend. Ich zucke und lasse das Kopfteil los, damit meine Finger sich in seinem dichten, wunderschönen Haar vergraben können.

Ich komme!

Aber als meine Hand nach unten griff, fand sie nichts als meinen eigenen Körper. Der Orgasmus raste durch mich hindurch. Ich öffnete die Augen und schrie auf. Wortlos. Sehnsüchtig. Meine Stimme verebbte zu einem Wehklagen.

Ich schluckte den Geschmack von ihm herunter.

Ich war allein.

4. KAPITEL

Ich sah fürchterlich aus. Die Haare hingen leblos herunter, unter den Augen hatte ich tiefe Schatten, meine Haut war fleckig. Ich hatte das Haus mit nicht zusammenpassenden Socken verlassen, was, wie ich hoffte, niemand bemerken würde. Ich hatte fürchterlich geschlafen. Die Nacht war erfüllt gewesen von Träumen, gegen die meine Episoden reine Entspannung waren.

Ich saß an meinem Schreibtisch, umklammerte meinen Becher mit dem langsam kühler werdenden Kaffee und starrte auf meinen Computerbildschirm, ohne wirklich etwas zu sehen. Nach der Arbeit hatte ich einen Termin bei meiner Akupunkteurin, und ich sah keinen wirklichen Sinn darin, die nächste Stunde über so zu tun, als würde ich irgendetwas auf die Reihe bekommen. Glücklicherweise hatte ich nichts Dringendes zu erledigen. Bevor ich den Job hier bei der Genossenschaftsbank angenommen hatte, war ich davon ausgegangen, viel mehr arbeiten zu müssen, aber verglichen mit meinen Tagen am Schalter und dann als stellvertretende Bankmanagerin war meine neue Arbeit hier ein Witz.

Ich hatte gerade ausreichend Energie aufbringen können, um meine persönlichen E-Mails anzuschauen. Unter den ganzen weitergeleiteten dummen Witzen und Bildern von seltsamen Straßenschildern, die meine Mom mir immer schickte, war eine Nachricht von Jen. Der Betreff lautete schlicht: „Lies das."

Und wie Alice, als ihr im Wunderland von der Raupe ein Stück Pilz angeboten wird, tat ich es.

Es war ein Link zu einem Blog, der sich darauf spezialisiert hatte, Kritiken für obskure Horrorfilme zu erstellen. Es gab einen eigenen Menüpunkt für Johnnys Filme, obwohl sie eigentlich nicht dem Horrorgenre zugeordnet wurden. Ich war überrascht zu lesen, dass er insgesamt nur fünfzehn Filme gedreht hatte. Die Flut an Informationen im Internet hatte es nach viel mehr aussehen lassen. Als ich den Blog las, wurde mir klar, woran das lag. Viele Filme waren geschnitten oder noch einmal unter anderem Namen und in ausländischen Versionen veröffentlicht worden. Für jeden einzelnen gab es eine Linkliste, die zu einer separaten Seite führte, auf der Standbilder, Videoclips und weitere Informationen zu dem jeweiligen Film zu finden waren. Außerdem Links zu Seiten, wo es die Filme zu kaufen gab. Einige von ihnen waren problemlos und zu lächerlich geringen Preisen zu haben, wenn man wusste, wo man schauen musste. Andere hingegen …

„Wow", sagte ich voller Respekt und Bewunderung.

Einhundertundfünfundsiebzig Dollar für eine synchronisierte Fassung eines Films, von dem ich noch nie etwas gehört hatte. Zuzüglich Versandgebühren. Ich fuhr mit der Zunge über meine Lippen, während ich erst über das Angebot nachdachte und dann über mein gut gefülltes Bankkonto.

$175 für einen J.D.-Film, textete ich an Jen.

Ist das zu fassen? schrieb sie umgehend zurück. *Welcher ist es?*

Nacht der hundert Monde.

Heilige Scheiße! Schnapp ihn dir, Mädchen. Niemand besitzt Hundert Monde!

Dann, eine Sekunde später kam:

(I)

Ich brauchte eine Sekunde, um herauszufinden, was das war, aber als ich es erkannte, musste ich lachen. Es war nicht der himmlische Mond, sondern ein nackter Hintern.

Hast du ihn gesehen?

Nein. Nicht einmal als Raubkopie.

Willst du?

Machst du Witze? Jaaaaa!!!

Einhundertundfünfundsiebzig Dollar konnte viel oder wenig Geld sein, das kam ganz darauf an. Für eine Autoreparatur zum Beispiel war es nicht viel, aber auch nicht wenig. Es war genau der richtige Preis für einen winzigen Fernseher, ein bisschen zu viel für ein Paar Schuhe und ein lächerlich geringer Preis für eine Woche Urlaub am Strand.

Aber es war verdammt noch mal zu viel für eine DVD.

Ich hatte bereits „In den Warenkorb legen" geklickt. Mein Herz setzte einen Schlag aus, als die Website einfror. Der kleine Ladebalken unten auf der Seite blieb kurz vor dem Ende stehen. Ich klickte ... Klickte noch einmal ... Nichts passierte.

Ich brauchte zwei oder drei panische, schweißtreibende Sekunden, bis ich erkannte, dass ich auf „Mein Einkaufswagen" klicken musste, um zu sehen, dass ich den Film tatsächlich hinzugefügt hatte. Es kamen noch Versandkosten dazu, die unverschämt hoch waren, sowie irgendeine obskure Bearbeitungsgebühr. Ich mochte mir die Summe gar nicht ansehen, sondern tippte auf dieser definitiv nicht sicheren Internetseite einfach meine Kreditkartennummer ein, riskierte meine gesamte Identität, nur um eine vermutlich unglaublich schlechte Kopie eines noch schlechteren Films in die Hände zu kriegen.

Ich druckte den Beleg aus und vergewisserte mich, dass eine Bestellbestätigung an meine E-Mail-Adresse geschickt worden war, bevor ich mich traute, die Seite zu schließen. Dann lehnte ich mich mit immer noch klopfendem Herzen und schwitzenden Händen in meinem Stuhl zurück. Ich fühlte mich, als wäre ich eine Meile gerannt, gejagt von wütenden Hunden. Oder Zombies. Oder noch schlimmer: Zombiehunden. Ich fühlte mich erledigt und angespannt und vollkommen durcheinander. Aufgeregt schrieb ich an Jen.

Hab ihn gekauft.
Du spinnst!!!
Nein. Mädchenabend, wenn er kommt?
Er wird nicht der Einzige sein, der kommt ... Ruf mich an, wenn er da ist!

Ich versicherte ihr, dass ich das tun würde, und steckte mein Handy in meine Handtasche, um mich auf den Weg zu meinem Termin zu machen. Ich brauchte mit dem Auto nur zehn Minuten von meinem Büro zu dem Zentrum für alternative Medizin – von meinen Eltern aus war es jedes Mal eine Fahrt von einer Dreiviertelstunde gewesen. Fünf Minuten nach meiner Ankunft lag ich in dem ruhigen Behandlungsraum auf dem Rücken, ein weiches Kissen unter meinem Kopf.

Mir gefällt eine große Bandbreite an Musik, aber „Wellness-Musik" gehört normalerweise nicht dazu. Dennoch konnte ich nicht leugnen, dass die sanften Glocken und Holzinstrumente entspannend wirkten. Was ja der Sinn der Sache war. Die Patienten sollten sich entspannen. Und ich versuchte es, wirklich, aber je mehr ich mich bemühte, alle Gedanken beiseitezuschieben, desto mehr dachte ich nach.

Ich wusste, die Behandlung würde auch helfen, wenn ich es nicht schaffte, mich aus dem Hamsterrad meiner Gedanken zu lösen. Ich wollte nur einfach nicht hier sein, steif und angespannt. Ich wollte mich in die Liege fallen lassen können und die Nadeln ihren Dienst verrichten lassen … und dann dachte ich wieder nach, machte mir Sorgen, dass diese Behandlung nach so vielen Jahren nun das erste Mal nicht anschlagen würde. Dass ich wieder damit würde leben müssen, ein Gehirn zu haben, das mich Dinge sehen, hören, riechen und berühren lassen würde, die es gar nicht gab. Oder schlimmer noch, ein Gehirn, das mir weiße Flecken in meinem Erinnerungsvermögen hinterließ, Augenblicke, in denen alles passiert sein konnte. Ich war nicht sicher, was schlimmer war – Sachen zu erleben, die nie geschehen waren, oder sich nicht an das zu erinnern, was man erlebt hatte.

Die Musik wechselte von dem sanften Plätschern von Wasser und Flöten zu tieferen, beinahe stöhnenden Klängen. Mir war in den Stücken, die sie hier spielten, nie Gesang aufgefallen. Jetzt jedoch konnte ich ihn nicht ignorieren.

Ein Cello. Die sanfte Stimme einer Frau. Gezupfte Saiten.

Und dann, obwohl ich immer besonders darauf hinwies, dass ich während meiner Akupunktursitzungen keine Aromatherapie wollte, roch ich den unverkennbaren Duft von Orangen.

„Nein", murmelte ich verzweifelt und hielt mich an der Liege fest.

Meine ersten Episoden hatten mich völlig unerwartet überfallen. Im Laufe der Jahre hatte ich aber gelernt, sie zwar kurzfristig, aber noch so rechtzeitig vorherzusagen, dass ich mich darauf einstellen konnte. Mir war es jedoch nie gelungen, eine abzuwehren. Im Gegenteil, es war sogar besser, es gar nicht erst zu versuchen, weil sie dann nur länger und intensiver wurden und ich danach mehr Zeit brauchte, um mich zu erholen. Doch jetzt konnte ich nicht anders. Es war schlimm, ausgerechnet hier in eine Trance zu fallen, mit Nadeln in meinem Schienbein und Schlüsselbein, die eigentlich mein Qi justieren und mich damit in dieser Welt halten sollten. Meine Muskeln verkrampften sich, was genau das Gegenteil von dem war, was sie bei dieser Behandlung eigentlich tun sollten.

Ich konnte nichts unternehmen. Der Duft von Orangen wirbelte um mich herum. Angespannt schloss ich meine Augen und wartete darauf, dass meine Welt sich veränderte oder es um mich herum einfach schwarz wurde. Ich umklammerte den Rand der Liege und spürte, wie die Nadeln in meiner Seite mich piksten.

Dann geschah … nichts.

Ich presste meine Augen fester zusammen. Alle meine Sinne waren in Alarmbereitschaft. Ich hörte das Quietschen von Rädern, das sanfte Klicken der sich öffnenden Tür. Ich öffnete die Augen und drehte meinen Kopf in die Richtung, aus der die Geräusche gekommen waren.

Es war Dr. Gupta, die mich lächelnd begrüßte.

„Es tut mir leid, dass ich ein wenig später als gewohnt komme, um die Nadeln zu entfernen, Emm", sagte sie. „Wir hatten auf dem Flur einen kleinen Unfall. Es ist bereits jemand da, um sauber zu machen, aber es ist eine ganz schöne Schweinerei. Sei also vorsichtig, wenn du gleich rausgehst."

Während sie sprach, zupfte sie die Nadeln aus meiner Haut und steckte sie in einen roten Behälter, der mit einem Warnsymbol markiert war. Dann nahm sie meinen Arm und half mir, mich hinzusetzen. Sie reichte mir einen Becher mit Wasser.

„Wie geht es dir?"

Ich wollte ihr nicht von der Episode erzählen. Vielleicht hatte ich sie abgewehrt, vielleicht aber auch nicht. Ich atmete ein. Der Duft von Orangen war verblasst, aber noch nicht ganz verschwunden. Speichel schoss mir in die Mundhöhle, meine Lippen zuckten bei der Erinnerung an den Geschmack der Zitrusfrucht. Ich hatte seit Jahren keine Orangen mehr gegessen, ich ertrug sie einfach nicht, daher war dieses Geschmackserlebnis sehr ungewöhnlich. Meistens roch ich die Orangen nur, aber ich schmeckte sie nicht.

„Ich bin ein wenig müde", sagte ich.

„Das war zu erwarten. Ist dir schwindelig? Trink noch einen Schluck Wasser."

Ich tat es, nicht weil mir schwindelig war, sondern um den Orangengeschmack wegzuspülen. Sie nahm mir den Becher ab und warf ihn in den Mülleimer. Dann umfasste sie meinen Ellbogen und half mir, von der Liege zu klettern. Ich wartete eine halbe Minute, da der Fußboden nach der Behandlung manchmal ein wenig zu schwanken schien. Heute tat er es nicht, aber ich blieb trotzdem länger als üblich stehen.

„Emm. Bist du sicher, dass es dir gut geht?" Dr. Gupta war eine zierliche, dunkelhaarige Frau mit großen, dunklen Augen.

„Ja. Alles gut." Um sie zu überzeugen, schenkte ich ihr mein schönstes Lächeln.

Dr. Gupta sah aber alles andere als überzeugt aus. Sie holte noch einen Becher Wasser und reichte ihn mir. „Trink das. Du bist ein wenig blass. Ich denke, nächstes Mal konzentrieren wir uns auf *Mingmen* anstatt auf *Shenmen*. Das wirkt nicht nur entspannend, sondern gleichzeitig energetisierend."

Ich bekomme nun schon seit drei Jahren Akupunktur, aber das hat aus mir noch lange keine Expertin gemacht. Ehrlich gesagt, gehörte ich immer noch der „Ich weiß auch nicht, wie es funktioniert, aber irgendwie wirkt es"-Schule an. Ich habe mich weder über die medizinische noch über die philosophische Seite schlaugemacht.

„Gerne", sagte ich also nur.

Sie lachte. „Du hast keine Ahnung, wovon ich rede. Aber das ist in Ordnung, solange es wirkt, oder?" Sie tätschelte mir erneut die Schulter. „Wenn nichts Ungewöhnliches dazwischenkommt, sehen wir uns in einem Monat."

Sie verließ das Zimmer, und ich richtete meine Kleidung. In dem stillen Raum mit der sanften Musik hätte ich mich nach der Behandlung eigentlich entspannter fühlen müssen. Doch ich war wie elektrisiert. In meinem Körper summte es. Das war kein schlechtes Gefühl, und es hatte keinerlei Ähnlichkeit mit dem, wie ich mich normalerweise nach einer Episode fühlte – ein wenig wirr und desorientiert.

Das hier war mehr wie ein Druck auf meiner Brust. Eine Vorahnung, aber keine wirkliche Angst. Es tat nicht weh. Wobei Schmerzen bei alldem zum Glück sowieso nie eine Rolle spielten.

Als ich das Zimmer verließ, überfiel mich erneut der Duft von Orangen. Ich hielt mich kurz am Türrahmen fest, die Zähne fest aufeinandergebissen … bis ich den Putzwagen sah, die offene Flasche Zitrusreiniger, den noch feucht glänzenden, gerade erst gewischten Boden. Die Putzfrau sah meinen Blick und lächelte mich entschuldigend an.

„Ich habe beinahe eine ganze Flasche verschüttet", erklärte sie und deutete dann auf ihren Mopp. „Aber jetzt ist es gut, Sie können ruhig drübergehen."

Sie konnte unmöglich ahnen, wieso ich lachte, aber sie machte einfach mit. Ich hätte am liebsten mit ihr abgeklatscht, als ich an ihr vorbeiging, hielt mich aber zurück. Das Grinsen konnte ich jedoch nicht unterdrücken, auch während ich am Empfang meine Zahlung leistete und den nächsten Termin vereinbarte.

„Das liebe ich so an meinem Job", sagte Peta, die Frau am Empfang.

„Das Geldeinnehmen?"

„Nein." Sie schüttelte den Kopf. „Zu sehen, wie die Menschen hier von Schmerzen geplagt hineinkommen und erfüllt von innerem Frieden wieder hinausgehen."

Ich hielt kurz inne, das Scheckbuch noch in der Hand. „Das ist sehr schön ausgedrückt."

Sie strahlte. „Vielleicht sollte ich es auf ein Poster für das Wartezimmer drucken lassen?"

„Vielleicht. Aber … es stimmt, nicht wahr?" Ich fühlte mich

definitiv friedlicher, nachdem ich erkannt hatte, dass der Geruch nicht der Vorbote einer neuen Episode gewesen war.

„Ja, wirklich. Passen Sie auf sich auf, Emma. Wir sehen uns nächsten Monat."

Im Hinausgehen winkte ich ihr zu. Meine Schritte waren federnder und mein Herz leichter als vorhin. In meinem Auto angekommen, atmete ich aus Gewohnheit noch ein paarmal tief durch, um mich zu konzentrieren. Wenn einem einmal der Führerschein weggenommen worden war, weil die Behörden Angst hatten, man könnte am Steuer einen Aussetzer haben und einen Unfall verursachen, lernt man das selbstständige Autofahren ganz neu schätzen. Doch als ich vom Parkplatz auf die Straße abbog, spürte ich, dass das Summen in meiner Brust nicht verschwunden, sondern einfach nur ein wenig abgeebbt war.

Vielleicht waren die Tacos gestern zum Abendessen nicht mehr gut gewesen. Oder ich hatte zu viel Kaffee auf leeren Magen getrunken. Ich packte das Lenkrad fester und schaute in den Rückspiegel. Meine Augen waren ein wenig weiter als üblich, aber die Pupillen hatten normale Größe. Meine Sicht war nicht verschwommen. Ich roch nichts außer meinem eigenen Parfüm, das sich in meinem Schal gehalten hatte.

Trotzdem fuhr ich langsam, ging an Kreuzungen und gelben Ampeln kein Risiko ein. Als ich endlich in meiner Straße ankam, schmerzten meine Finger von dem festen Griff ums Lenkrad, und mein Rücken tat von der angespannten Haltung weh.

„Arschloch", murmelte ich, als ich sah, dass schon wieder jemand meinen Parkplatz genommen hatte. Ich musste mir wirklich ein paar Gartenstühle kaufen und hinstellen, wenn ich weg war, so wie meine Nachbarn es taten.

Ich fuhr die Straße weiter hinunter und fand einen freien Parkplatz. Das letzte Mal, als der Schneepflug durchgefahren war, hatte er einen kniehohen Schneeberg auf den freigeräumten Platz von jemandem geschoben. Das Auto, das dort normalerweise parkte, ein blauer SUV, passte nicht länger hinein. Ich sah ihn eine Straße weiter parken und hatte so keine Bedenken, mein viel kleineres Auto in die Lücke zu quetschen. Für mich war das ein Wink des Schicksals.

Die Tatsache, dass ich erneut direkt vor Johnnys Haus geparkt hatte, war ein netter kleiner Bonus, der in meinem Körper ein ganz anderes Kribbeln als das von vorhin hervorrief. Ich schloss das Auto ab und blieb einen Moment stehen, um mir das Haus anzusehen. Wann hatte ich mich jemals so gefühlt?

Die Antwort war: niemals.

Ich war früher schon verliebt gewesen, oft sogar. In der siebten Klasse dachte ich, ich müsste sterben, wenn ein bestimmter älterer Schüler namens Steve Houseman meine Liebe nicht erwidern würde. Ich war jedoch nicht gestorben. Und selbst damals, als ich mir nachts bei jeder Sternschnuppe gewünscht hatte, er würde mich ansehen, als wäre ich ein ganz normales Mädchen und nicht eine Streberin aus der Junior-High, hatte ich mich nicht so gefühlt wie jetzt.

Auf dem Bürgersteig vor Johnnys Haus war geräumt und Salz gestreut worden. Unglücklicherweise hatten seine Nachbarn nichts dergleichen getan. Ich war so sehr damit beschäftigt, zu versuchen, möglichst unauffällig einen Blick in eines seiner Fenster zu werfen, dass ich nicht darauf achtete, wohin ich meine Füße setzte. Ich traf eine glatte Stelle und rutschte aus. Mit wild rudernden Armen versuchte ich, das Gleichgewicht zu halten. Ich war nie eine besonders begabte Turnerin gewesen, aber ich schaffte einen recht ansehnlichen Spagat auf dem Bürgersteig. Zum Glück trug ich einen Rock und zerriss mir nur die Strumpfhose.

Vollkommen konzentriert darauf, mich wieder aufzurichten, bemerkte ich den Mann nicht, der gerade die Straße überquerte und dann vor mir auf den Bürgersteig trat. Ich erhaschte einen Blick auf einen schwarzen Mantel, einen gestreiften Schal. Ich hatte noch Zeit, *Oh Mist* zu denken, bevor ich einen weiteren Schritt machte und erneut ausrutschte.

Wir stießen so fest zusammen, dass meine Zähne aufeinanderschlugen. Dabei biss ich mir auf die Zunge und schmeckte Blut. Ich schaute in Johnnys Gesicht. Seine grünbraunen Augen waren so nah, dass ich die Wimpern zählen konnte. Der Leberfleck in seinem einen Augenwinkel war mir nie zuvor aufgefallen. Johnny packte mich an meinen Oberarmen.

Ich roch Orangen.

Ich fiel. Tiefer und tiefer.

5. KAPITEL

Hey, sexy Mama!"

Der Mann vor mir packt meine Oberarme, um mich vor einem Sturz zu bewahren. Ich bin über einen Riss im Bürgersteig gestolpert. Ich starre darauf und denke, dass irgendetwas nicht stimmt.

Dann fällt es mir ein.

Es ist Sommer. Der Mann, der vor mir steht, ist Johnny. Und er ist … jung.

„Alles in Ordnung? Hast du einen schlechten Trip oder was?" Er lacht und schüttelt sich die Haare aus den Augen. „Tut mir leid."

Der Augenblick, in dem Dorothy aus ihrem schwarz-weißen Haus in den Technicolor-Glanz von Oz tritt, ist eine der größten Szenen der Filmgeschichte. Jetzt bin ich Dorothy. Mit weit aufgerissenen Augen schaue ich mich in der Welt um, ducke mich instinktiv für den Fall, dass eines der Häuser auf mich zustürzt. Ich wäre gefallen, wenn Johnny mich nicht festgehalten hätte.

„Ganz ruhig, Schwester", sagt er freundlich und führt mich an der Hand zu der Verandatreppe, wo ich mich auf die von der Sonne erwärmten Stufen sinken lasse. Er lässt meine Hand nicht los.

Die Farben sind alle so bunt. Ich höre Musik, den steten Rhythmus eines Discoliedes, das meine Mutter mir immer vorgesungen hat, als ich noch klein war. Eine Frau in sehr kurzen Shorts und einem Stretchtop fährt auf Rollerskates an uns vorbei. Mühelos springt sie über den Riss, der mich beinahe zu Fall gebracht hätte. Ihre Haare wehen wie eine lange, glänzende Welle hinter ihr her.

Ein Müllwagen rumpelt auf der engen Straße vorbei. Auf der Seite des Transporters steht „New York City Municipal Service". Ich schlucke den Speichel herunter, der sich plötzlich in meinem Mund sammelt.

Heller Sonnenschein. Hitze. Und doch zittere ich, meine Zähne klappern, obwohl mein Hintern auf der Stufe beinahe gegrillt wird. Die Rückseiten meiner Waden trifft es noch schlimmer, weil sie außer von meiner zerrissenen Strumpfhose keinerlei Schutz haben. Ich atme zischend aus und verlagere mein Gewicht.

„Ruhig", sagt Johnny erneut.

Ich rieche keine Orangen. Ich rieche Autoabgase und den Gestank von Abfall, der vermutlich aus der Gasse hinter dem Haus oder den Tonnen stammt, die fein säuberlich am Bordstein aufgereiht stehen. Ich rieche heißen Beton. Und ich rieche *ihn*.

Ohne nachzudenken, lehne ich mich zu ihm hinüber und atme tief ein. Sein Haar kitzelt auf meiner Wange. Er riecht, wie ein Mann riechen sollte – nicht nach Aftershave, sondern nach reiner Haut, ein bisschen Sommerschweiß und frischer Luft. Er riecht besser, als ich es mir je erträumt hätte. Und in meiner Vorstellung hat er schon verdammt gut gerochen.

„Hey", sagt er sanft.

Blinzelnd richte ich mich wieder auf. Die Hitze in meinen Wangen und meiner Kehle hat nichts mit der Sommersonne zu tun, die auf uns herunterscheint. Ich habe ihn gerade beschnüffelt wie ein Hund einen Hydranten. Während meiner Episoden mache ich viele Sachen, die ich im normalen Leben nicht tun würde, doch nie war es mir so peinlich gewesen wie jetzt gerade.

„Tut mir leid", sage ich und versuche aufzustehen, aber er hält mich fest.

„Kein Problem. Wie heißt du?"

Er ist noch schöner als auf den Fotos. Ich weiß, es ist nicht fair, diesen jungen Johnny mit der älteren Version von ihm zu vergleichen, aber ich kann nicht anders. Dieser Johnny lächelt mich an; etwas, das der ältere nie tut. Er zieht seinen Kopf ein wenig ein und schaut mich unter seinem etwas zu langen Pony heraus an.

„Du hast doch einen Namen, oder?"

„Emm", sage ich. „Mein Name ist Emm."

„Johnny." Er schüttelt meine Hand, bevor er sie auf seinen Oberschenkel sinken lässt.

Ich fühle seine Haut an meinem Handrücken. Ich zittere erneut. Blinzeln und atmen. Das hier ist eine Episode. Ich bilde mir das alles nur ein. Irgendwo anders liege ich gerade in einer Ohnmacht.

„Oh." Das Wort klingt mehr wie ein Stöhnen. Ich schließe meine Augen. „Johnny."

Ich meine denjenigen aus dem Winter, den in dem schwarzen Mantel. Den Johnny, in den ich hineingelaufen bin und vor dem ich mich in diesem Augenblick vermutlich gerade zum größten Deppen mache.

„Ja. So heiße ich." Er verlagert sein Gewicht, sodass unsere Oberschenkel sich berühren. „Ich kenne dich nicht, aber du scheinst mich zu kennen. Wie kommt das?"

Das hier ist eine Episode, sage ich mir. Sie ist nicht real. Aber egal wie sehr ich es auch versuche, ich kann nichts anderes fühlen als das, was hier gerade geschieht. Diesen Ort. Diesen Mann vor mir. Kein Hauch von irgendetwas anderem, obwohl ich weiß, dass es da sein muss, direkt vor mir.

Doch ich will gar nicht zurück in die Realität, stelle ich fest, als ich Johnnys Lächeln betrachte. Es gilt allein mir. Genau wie der anerkennende Blick, mit dem er mich von Kopf bis Fuß mustert und der eine Sekunde zu lange auf meinen Brüsten verweilt, bevor er zu meinem Mund huscht. Er leckt sich über die Lippen. Als er den Kopf hebt, um mich wieder anzusehen, verliere ich mich in seinen Augen.

„Du redest nicht viel, was?"

„Ich … Es ist einfach nur …" Ich kann es nicht erklären.

Er lacht und streicht mit dem Daumen über meinen Handrücken. „Du musst echt gutes Zeug genommen haben. Aber du solltest etwas vorsichtiger sein. Dieses Viertel hier ist nicht so toll. Ich meine, ich wohne hier und kenne mich aus. Aber du nicht. Ich habe dich hier noch nie zuvor gesehen. Bist du gerade erst hergezogen oder nur auf Besuch?"

„Ich bin gerade zufällig hier vorbeigekommen." Das ist nicht gelogen.

„Willst du mit reinkommen? Ich habe ein paar Freunde da, wir hängen ein wenig ab; 'ne kleine Party, wenn du so willst. Komm schon", sagt Johnny, obwohl ich wirklich nicht überre-

73

det werden muss, seine Einladung anzunehmen. „Du wirst Spaß haben, das verspreche ich dir."

Er steht auf und zieht mich mit sich auf die Füße. Die Erde wackelt nicht. Ich kippe nicht um. Mit Johnny, der meine Hand hält, werde ich nirgendwo anders hingehen als dorthin, wohin er mich führt.

Sein Haus hier im New York der 1970er ist ein großes Sandsteingebäude und dem sehr ähnlich, das er heute in Harrisburg hat. Es ist vermutlich neuer, aber es sieht von außen nicht so hübsch aus. Innen ist es meinem so ähnlich, dass ich einen leisen, überraschten Schrei ausstoße. Die Treppe vor uns führt nach oben, ein langer, schmaler Flur geht in Richtung Küche, und ein gebogener Durchgang zu unserer Rechten führt ins Wohnzimmer. In der Tür hängt ein Perlenvorhang.

Die Musik, die ich vorhin gehört habe, ist jetzt lauter. Sie kommt von oben. Ich höre auch Stimmen und rieche Hasch.

„Komm rein." Johnny verschränkt seine Finger mit meinen und zieht mich den Flur entlang zur Küche, wo eine Gruppe Frauen und Männer um einen runden Tisch sitzen oder an den Arbeitsplatten lehnen und einem Mann beim Kochen zuschauen. „Möchtest du was essen? Candy kocht."

Beim Klang seines Namens dreht der Mann am Herd sich um und lässt beim Lächeln seine strahlend weißen Zähne aufblitzen. Er beugt den Kopf, sein Afro wackelt. Sein Nicken ist so hoheitsvoll wie das eines Königs, der einen Gast begrüßt. Sein Kochlöffel ist das Zepter. „Willkommen, Schwester. Es ist genug zu essen da, falls du Hunger haben solltest."

Ich habe tatsächlich Hunger, und nicht zu knapp. Mein Magen knurrt. Ich bin noch nie zuvor während einer Episode hungrig gewesen. Oh, ich habe gegessen und getrunken, aber nie, weil ich das Verlangen dazu gehabt hatte. Ich lege meine freie Hand auf meinen Magen. Meine andere Hand hält Johnny immer noch fest.

Meine Kleidung hat sich nicht verändert. Ich schaue auf das vertraute Stückchen Stoff unter meinen Fingern. Ich trage sogar noch meinen Mantel, auch wenn er jetzt aufgeknöpft ist. Kein

Wunder, dass mir draußen so heiß gewesen ist. Und auch kein Wunder, dass mich alle so seltsam anschauen.

„Den kannst du jetzt ausziehen", bietet Johnny mir an.

Ich nicke und lasse ihn mir von ihm abnehmen. Die Frauenbewegung mochte zwar schon im vollen Gange sein, aber Johnny ist immer noch ein Gentleman. Er hängt den Mantel an einen Haken hinter der Tür und stellt sich dann wieder neben mich. Er legt seine Hand auf meinen unteren Rücken, während alle im Raum mich schweigend mustern.

„Das ist Emm", sagt Johnny, als wenn er jeden Tag eine Fremde mit nach Hause bringt. Na ja, vermutlich tut er das. „Das sind Wanda, Paul, Ed, Bellina und Candy. Sagt Hallo zu Emm."

Das tun sie im Chor, und ich stehe einfach da und versuche, meinen Mund geschlossen zu halten. Ich erkenne weder Wanda, noch sagt mir ihr Name etwas, aber Bellina Cassidy ist eine Theaterautorin, deren Stücke mit den namhaftesten Künstlern besetzt am Broadway aufgeführt werden. Edgar D'Onofrio war ein bekannter Dichter, der irgendwann Ende der Siebziger Selbstmord begangen hat. Bei Paul handelt es sich vermutlich um Paul Smiths, den Fotografen und Filmemacher, Regisseur einer Handvoll von Johnnys frühen Filmen. Und Candy …

„Candy Applegate?"

Candy dreht sich grinsend zu mir um. „Genau der."

„Du hast ein Restaurant", sage ich. „Und diese Kochshow im Fernsehen."

Gelächter erhebt sich. Ich sehe mich noch einmal um und bin mir nun sicher: Ich bin in der *Enklave* gelandet. Ich lecke mir über die Lippen und schmecke Schweiß.

„Nee, Mädchen, das bin ich nicht." Candy schüttelt den Kopf und rührt erneut in dem Topf. Was auch immer er da kocht, es riecht ganz köstlich. „Da musst du mich mit einem anderen Candy verwechseln."

„Nein, ich meine dich." Ich halte schnell den Mund, bevor ich noch mehr sage.

Episoden sind nicht wie Träume, die ich manchmal kontrollieren kann. Es ist mir in einer Episode noch nie gelungen, den

75

Lauf der Ereignisse zu verändern. Was bedeutete, dass sie manchmal furchterregender sind als Albträume. Und manchmal, so wie jetzt, musste ich mir einfach nur in Erinnerung rufen, dass das hier nicht die Realität ist und ich nichts dagegen tun kann. Ich könnte ihnen erzählen, dass ich die Zukunft kenne, aber dann würde ich vermutlich nur noch verrückter wirken, als ich es sowieso schon tue.

Johnny schaut mich prüfend an. „Gib ihr was zu essen, Candy."

„Kein Problem", erwidert der.

Kurz darauf steht die dampfende Schüssel mit einem pikanten, fleischlosen Gulasch auf dem Tisch. Wir essen dazu duftenden Klebreis und dippen die Soße mit hausgemachtem Brot auf. Ich muss mich zwingen, nicht von allem mehrmals nachzunehmen. Nicht weil ich so einen Hunger habe, sondern weil es so hervorragend schmeckt.

Wir essen alle richtig viel. Dabei wird gelacht und gescherzt. Die Leute unterhalten sich über Politik und Kunst und Musik, die ich nur aus dem Geschichtsunterricht oder dem Oldiesender im Radio kenne. Ganz beiläufig fallen verschiedene Namen – Jagger, Bowie, Lennon. Mit bloßen Händen greifen die Männer und Frauen in den Topf und essen mit den Fingern. Sie lassen eine Pfeife herumgehen, ohne mir zu sagen, was darin ist, und ich nehme einen Zug, weil das hier ja sowieso alles nicht echt ist.

Die ganze Zeit über betrachtet Johnny mich. Er sitzt mir am Tisch gegenüber. Ich beobachte ihn auch. Ich habe nicht gefragt, welches Jahr wir haben, denn ich weiß, dass es sowieso keine Rolle spielt. Der Länge seiner Haare nach zu urteilen, schätze ich, dass Johnny ungefähr vierundzwanzig ist. Damit bin ich gute sieben Jahre älter als er. Ihm scheint das nichts auszumachen.

Und mir schon gar nicht.

Wir essen und reden und lachen. Jemand holt seine Gitarre und fängt an, zu spielen. Ich bin überrascht, dass ich den Text kenne. Irgendetwas über Blumen und Soldaten und wo sie alle hin sind. Dann singen sie „Puff the Magic Dragon". Ich habe nie gewusst, dass es darin um Marihuana geht.

Irgendwann zwischendurch haben alle die Plätze getauscht. Ich sitze nun neben Johnny, unsere Oberschenkel berühren sich. Unsere Schultern streifen einander, wenn er sich vorbeugt, um sich ein Stück von Candys Brot zu nehmen oder mein Glas mit dem dunklen Rotwein zu füllen, den ich im echten Leben nie trinken würde.

Johnny dreht seinen Kopf zu mir und lächelt. Und ich küsse ihn. Sein Atem ist warm. Er lächelt während des Kusses und schiebt seine Hand in meinen Nacken.

Niemandem fällt es auf – oder es ist ihnen egal. Ich glaube, dass ich sowohl ein wenig high als auch angetrunken bin. Ed ist schon hinüber, den Kopf auf den Tisch gelegt, schnarcht er leise. Johnny streichelt unter dem Tisch meine Oberschenkel.

„Bring mich irgendwohin", flüstere ich ihm ins Ohr.

Er schaut mir in die Augen, neugierig, überrascht. Dann nickt er. Er nimmt mich an der Hand und führt mich vom Tisch weg. Wir verabschieden uns nicht und schauen nicht zurück. Wir gehen die lange, enge Treppe hinauf, unsere Finger lose miteinander verschränkt. Meine andere Hand gleitet über das Geländer. Ich schaue nach unten, ins Erdgeschoss, dann nach oben, in den ersten Stock. Wir sind genau dazwischen. Johnny geht vor. Schwindelig von dem Essen und dem, was in der Pfeife war, folge ich ihm.

Am Ende der Treppe angekommen, übernehme ich die Führung. Ich küsse ihn. Ich schiebe ihn gegen die Wand, dränge mein Bein zwischen seine Oberschenkel, gegen seinen Schritt. Seine große, metallene Gürtelschnalle drückt sich durch mein Hemd gegen meinen Bauch. Ich gleite mit meinen Händen über seine Brust, über den weichen Stoff seines hässlich gemusterten Hemds. Und ich küsse ihn, lang und heftig.

Er schaut mich erneut neugierig an, als ich mich zurückziehe. „Wer bist du?"

„Emm." Ich lalle nicht, aber meine Stimme ist definitiv rauer als sonst. Ich schmecke ihn, als ich mir über die Lippen lecke.

„Emm." Er sagt das, als würde er über etwas Wichtiges nachdenken. „Okay, so heißt du. Aber wer bist du?"

„Niemand", versichere ich ihm.

Unsere Körper pressen sich aneinander. Seine Hände passen perfekt an meine Hüften. Unten perlt Gelächter auf, dann Musik. Ich rieche den Duft von Hasch. Hier oben ist es ganz still.

Ich war schon zu lange weg. Es könnte jede Minute so weit sein, dass ich beginne, mich von diesem Ort zu entfernen, und aufwache. Vielleicht sind dann nicht mehr als ein paar Sekunden vergangen. Vielleicht werde ich auf meinen Knien erwachen oder schlimmer, mit meinem Gesicht auf dem Boden. Vielleicht werde ich auch gar nicht aufwachen …

Die erste Tür, gleich links von Johnny, steht einen Spalt offen. Ich sehe, dass sich dahinter ein Schlafzimmer befindet. Ich nehme Johnnys Hand und ziehe ihn mit mir. Durch die Tür, zum Bett, das ordentlich gemacht ist und auf dem eine Decke aus orangenem, zerschlissenem Stoff liegt. Meine Großmutter hat genau solche Überdecken benutzt. Ich setze mich auf das Bett und spreize die Beine. Mein Rock, der für diese Ära viel zu lang ist, fällt zwischen meine Oberschenkel. Ich ziehe ihn Stück für Stück hoch und beobachte, wie Johnny mich dabei beobachtet.

Ich schiebe den Stoff über die zerrissenen Überbleibsel meiner Strumpfhose und locke Johnny mit dem Finger zu mir. „Komm her."

Johnny hat schon grinsend angefangen, sein Hemd aufzuknöpfen. Er wirft es auf den Boden und ist kurz danach schon über mir. Unsere Münder suchen und finden sich. Seine Zunge streichelt meine. Ich halte ihn eng an meinen Schritt gedrückt, die Beine weit geöffnet, damit ich ihn spüren kann. Mit den Fingern male ich Kreise auf seine nackte Haut.

Dann drehe ich ihn auf den Rücken und setze mich auf ihn. Ich hake meine Daumen unter das Bündchen meiner Strumpfhose und reiße sie mir vom Leib. Nun bildet seine Jeans die letzte Barriere zwischen uns.

„Zugriff blockiert", murmele ich und ziehe am Reißverschluss seiner Hose.

„Was?" Johnny lacht und hilft mir, den Reißverschluss herunterzuziehen.

„Deine Jeans blockiert den Zugriff auf deinen Schwanz. Zieh sie aus."

Er lacht erneut. Ich will dieses Lachen, will ihn auffressen. Seinen Mund. Alles an ihm. Ich beuge mich vor, um ihn zu küssen. Meine Haare hängen wie ein Vorhang um unsere Köpfe. Als er unter mir endlich nackt ist, bedecke ich seinen Körper mit Küssen.

Er protestiert nicht, als ich knabbere und sauge und lecke. Er protestiert nicht, als ich meinen Rock hebe und mein Höschen beiseiteschiebe, um mich auf seinen Schwanz zu setzen. Und er protestiert nicht, als ich ihn ficke. Wir sprechen nicht, küssen uns nicht einmal, während die Lust sich ins Unermessliche steigert und uns schließlich mit sich reißt.

Er protestiert, als ich aufstehe, um zu gehen. Doch da ist es bereits zu spät. Die Ränder des Zimmers fransen aus. Zitternd von den Nachwehen meines Höhepunkts küsse ich ihn. Mein Rock fällt über meine Knie. Johnny hält meine Hand und gibt einen wortlosen Laut des Missfallens von sich, doch ich entziehe ihm meine Finger sanft, gehe rückwärts durch die Tür und schließe sie hinter mir.

Dann wachte ich auf.

6. KAPITEL

Meine Knie taten weh. Es pochte und stach. Blut sickerte aus verschiedenen Wunden. Meine Strumpfhose war tatsächlich in Fetzen, aber jetzt dank des Bürgersteigs und nicht, weil ich sie mir vom Leib gerissen hatte, um mich auf den nackten Johnny zu stürzen.

Er hatte eine Hand an meinem Ellbogen, die andere an meiner Hüfte, und hielt mich fest. „Geht es Ihnen gut?"

Ich blinzelte ein paarmal, um mich zu orientieren. Ich wusste, wo ich war. Ich wusste, wer ich war. Und am Wichtigsten: Ich wusste, in welcher Zeit ich war.

„Ja, alles gut. Ich bin auf dem Glatteis ausgerutscht. Tut mir leid, dass ich in Sie hineingerannt bin."

Er glaubte mir meine atemlose Erklärung nicht, das spürte ich. Wie lange war ich weg gewesen? Ich hatte leider vor Beginn der Episode nicht auf die Uhr schauen können.

„Sie sollten vorsichtiger sein", warnte Johnny ernst.

Ich konnte ihn immer noch schmecken. Ich schluckte gegen den Geschmack seines Mundes und seiner Haut an. Für Fremde standen wir viel zu nah beieinander. Und wir waren schließlich Fremde. Er nahm seine Hand von meiner Hüfte, hielt aber meinen Ellbogen weiter fest, wofür ich ihm dankbar war, denn meine Beine zitterten noch.

„Sie sehen fürchterlich aus. Sie kommen besser erst einmal herein."

Ich konnte nichts sagen, konnte mich nur von ihm über den Weg und die kleinen Stufen zur Haustür geleiten lassen. Und dann stand ich in Johnnys Haus.

Es war natürlich wunderschön. Etwas anderes hatte ich auch nicht erwartet. Ich stand auf dem Parkettfußboden, meine Strumpfhose zerfetzt, vom Saum meines Mantels tropfte es. Ich schaute auf die wachsende Pfütze zu meinen Füßen und dann zu ihm.

„Oh Gott. Tut mir leid."

Johnny hatte gerade seinen Mantel und den Schal an einen

Messinghaken an der Wand neben der Tür gehängt. Er drehte sich um und schaute mich von Kopf bis Fuß an. Unter seinem Blick fühlte ich mich unsicher. „Kommen Sie mit in die Küche. Sie sollten etwas trinken. Sie sehen aus, als würden Sie gleich ohnmächtig werden."

Wenn ich davon ausging, wie schwach ich mich fühlte, konnte ich ungefähr erahnen, wie schlimm ich aussah. „Danke."

„Kommen Sie." Johnny zeigte auf den Flur, der zur Küche führte, und folgte mir. „Ich mache Ihnen eine Tasse Tee. Oder möchten Sie lieber etwas Stärkeres?"

„Tee ist gut. Danke." Ich setzte mich auf den Stuhl, den er mir hinschob und der an einem Tisch stand, der haargenau so aussah, wie der in meiner Episode – auch wenn das eigentlich nicht sein konnte.

Manchmal – nicht jedes Mal – fühlte ich mich einfach nur schlecht nach einer Episode. Desorientiert und von einer leichten Übelkeit geplagt. Meistens verging das ziemlich schnell. Heute jedoch musste ich es langsam angehen, konnte quasi nur an der Luft nippen, weil tiefe Atemzüge meinen Magen sofort in Aufruhr versetzten.

Johnny machte sich schweigend in der Küche zu schaffen. Er füllte den Kessel mit Wasser und stellte ihn auf den Gasherd. Der Brenner zischte und erzeugte einen Funken, doch erst als Johnny mit irgendetwas daran herumschraubte, schoss die blaue Flamme auf.

„Verdammtes Ding", murmelte er vor sich hin.

Sprechdurchfall! So hatte Jen es genannt. Ich hatte sie damals ausgelacht, doch jetzt verstand ich sie. Ich musste die Zähne fest zusammenbeißen, um mich davon abzuhalten, einfach mit dem erstbesten dummen Gedanken herauszuplatzen, der mir durch den Kopf schoss. Ich war nur mäßig erfolgreich.

„Sie haben ein sehr schönes Haus."

Johnny gab ein unverständliches Geräusch von sich und holte zwei übergroße Tassen aus dem Schrank. Dann öffnete er eine kleine Blechdose und füllte ein Tee-Ei. Aus einem anderen Schrank nahm er eine Porzellankanne.

81

„Sie haben wohl sehr viel Arbeit hineingesteckt", fuhr ich fort.

Mein Dad sagte gerne, dass nur ein Dummkopf spricht, um die Stille zu füllen. Im Moment machte ich meinen Dad also nicht sonderlich stolz. Und Johnny schien ich auch nicht zu beeindrucken.

„Wir lange wohnen Sie schon hier?"

„Fünfzehn Jahre", sagte er endlich, nachdem er das kochende Wasser in die Teekanne gegossen und selbige zum Tisch gebracht hatte. Er zog eine altmodische Wärmehaube darüber und stellte die Tassen daneben. Aus dem Kühlschrank holte er ein Kännchen Milch.

Johnny hatte mir Tee gekocht. Das war surrealer und schwerer zu glauben, als auf einmal mitten in den Siebzigerjahren aufzuwachen. Ich saß da, die Hände im Schoß verschränkt, und sah zu, wie er sich mir gegenübersetzte und Tee eingoss. Er gab drei Löffel Zucker und einen großzügigen Schuss Milch in eine Tasse und schob sie zu mir herüber. Ich legte meine Hände darum, wagte aber nicht, zu trinken, weil ich Angst hatte, mir den Tee über die Bluse zu schütten und mich vor seinen Augen zum vollkommenen Trottel zu degradieren.

„Es ist wirklich nett", sagte ich. „Also das Haus."

Er schaute mich an. „Trinken Sie Ihren Tee."

Ich pustete ein wenig und nippte vorsichtig. Er war perfekt, genau wie ich ihn mir auch immer machte. Mein Magen beruhigte sich. Dann knurrte er.

Johnny hatte noch nicht getrunken. Er stand auf, holte aus dem Brotkasten eine Packung Kekse und stellte sie auf den Tisch. „Brauchen Sie mehr Zucker?"

„Nein, danke. Alles prima."

Er nahm einen Keks aus der Packung, legte ihn vor mich hin. „Essen Sie den."

Wenn er es mit einem Lächeln gesagt hätte, schmeichelnd, wäre ich seiner Anweisung gefolgt. Es war meine Lieblingssorte, außerdem hatte ich Hunger und gierte nach Zucker. Aber etwas an seinem Ton und Blick ließ mich störrisch werden.

„Nein, danke."

Johnny zuckte mit den Schultern und nahm sich selber einen Keks. Er hielt ihn zwischen Daumen und Zeigefinger und drehte ihn hin und her wie ein Magier, der sich darauf vorbereitete, einen Münztrick zu zeigen. Er betrachtete ihn, dann schaute er mich an. Der Keks krümelte, als er hineinbiss. Er leckte sich die Krümel von den Lippen. Ich musste mich sehr auf die Tasse Tee in meinen Händen konzentrieren. Die Flüssigkeit vibrierte wie in dem Wasserglas in der Szene von *Jurassic Park*, wenn sich der T. Rex nähert. Ich war mir allerdings relativ sicher, dass es hier keine Dinosaurier gab.

„Bedienen Sie sich", sagte er.

Es wäre dumm, den Keks nicht zu essen, also gab ich nach. Die Süße explodierte auf meiner Zunge, und auch wenn es vielleicht nur ein Placeboeffekt war, beruhigte sich mein Magen sofort, und mein Kopf wurde wieder klar. Ich leckte mir die geschmolzene Schokolade von den Fingerspitzen und trank einen großen Schluck Tee.

Die Episode verblasste, die Erinnerung an Johnnys Geschmack wurde von Tee und Schokolade verdrängt. Ich wollte die Empfindungen nicht gehen lassen, aber sie wurden immer flüchtiger und ließen sich nicht mehr festhalten. Mit einem Seufzer nahm ich einen weiteren Keks.

„Die sind nicht sonderlich gut." Johnny sagte das nicht entschuldigend, sondern als schlichte Tatsache. „Selbst gemacht schmecken sie besser."

„Selbst gemacht schmeckt's immer besser", stimmte ich zu. „Aber ich schätze, man muss nehmen, was man kriegen kann, oder?"

„Ja." Er zeigte nicht den Hauch eines Lächelns, sondern lehnte sich nur in seinem Stuhl zurück, der Blick verschlossen, die Lippen zwei gerade Striche. „Sie haben wieder ein wenig Farbe in den Wangen."

„Ich fühle mich auch schon wohler. Vielen Dank. Das war genau, was ich gebraucht habe." Ich hob die Tasse und zeigte auf die Kekse, wobei ich betete, dass ich mir keine Schokolade um den Mund geschmiert hatte.

„Ja. Ich weiß. Ist jetzt alles wieder in Ordnung mit Ihnen?"
Ich nickte. „Ja. Danke. Vielen Dank."

Johnny schaute zur Uhr, die an der Küchenwand hing. „Wohnen Sie hier in der Gegend?"

„Ja. Ich bin vor ein paar Monaten hierhergezogen. Gleich die Straße hinunter", fügte ich hinzu. „Hausnummer dreiundvierzig."

Sprechdurchfall. Ich war ihm ebenfalls erlegen. Zum Glück schnitt Johnny mir das Wort ab, bevor ich noch etwas wirklich Peinliches von mir geben konnte ... Wie zum Beispiel ihm anzubieten, mich nach Hause zu begleiten und mich mal so richtig durchzuvögeln, bis wir beide Sterne sahen. Unglücklicherweise stand er nun allerdings auf eine Weise auf, die mir unmissverständlich verriet, dass es an der Zeit war, zu gehen.

Ich blieb auf der vorderen Veranda stehen. „Danke, Mr Dellasandro."

Jetzt würde er mich küssen, das wusste ich. Oder ich ihn. Er würde mich gegen die Wand drücken und seine Hand unter meinen Rock schieben. Wir würden es gleich hier auf den Stufen treiben ...

„Seien Sie vorsichtig da draußen." Mit diesen Worten schloss Johnny die Tür vor meiner Nase.

Er hatte mich nicht einmal nach meinem Namen gefragt.

„Das hast du nicht gemacht." Jen klang zu gleichen Teilen entsetzt und fasziniert. „Er hat dich in sein Haus eingeladen? Und dir einen Keks angeboten? Verdammt, Süße ... hat er dich auch gebeten, dich auf seinen Schoß zu setzen?"

„Nein, guter Gott, natürlich nicht. Schade eigentlich."

„Ja, wirklich schade." Sie schüttelte den Kopf und hielt mir einen Rock hin, den sie aus einem Regal genommen hatte. „Wie findest du den?"

„Entsetzlich hässlich." Ich befühlte den Stoff, eine Polyestermischung in Grün und Orange. „Und doch irgendwie ansprechend."

„Ja, komisch, oder? Und das hier?" Sie hielt ein Kleid hoch, das aussah wie ein T-Shirt und ein Rock, aber aus einem Stück bestand. „Dazu gibt es noch einen passenden Gürtel."

„Und es ist auf die Hälfte reduziert", erwiderte ich mit einem Blick aufs Preisschild. Mittwoch war Rabatttag bei der Heilsarmee, und Jen und ich hatten ein wöchentliches Happening daraus gemacht. „Wo willst du es tragen?"

„Oh. Ich denke zur Arbeit. Mit einem Paar supersüßer Stiefel. Vielleicht säume ich den Rock ein wenig um. Aber ich liebe diese Ärmel."

Die Ärmel waren wirklich toll. Sie lagen an den Handgelenken ganz eng an und wurden darüber weit und bauschig. Kein Look, der mir stehen würde, aber sie sähe darin bestimmt umwerfend aus. „Die verleihen dir so etwas Künstlerisches."

„Meinst du?" Sie hielt sich das Kleid an. „Ja, ich schätze, das wird's."

Sie legte es in den Einkaufswagen, und wir gingen den Gang ein Stück weiter hinunter. Der Laden war mittwochs immer so gerappelt voll, dass es uns nur mit vereinten Kräften möglich war, den Wagen vorwärtszuschieben. Ich nahm ein schlichtes schwarzes Kleid mit U-Bootausschnitt und leicht ausgestelltem Rock vom Ständer. Am Oberteil hatte es als Bonus sogar noch eine glitzernde Brosche. Ich legte es in den Wagen, auch wenn ich keine Ahnung hatte, zu welchem Anlass ich so ein Kleid jemals tragen sollte. Aber da es auf fünf Dollar reduziert war, konnte ich einfach nicht widerstehen.

„Süß", sagte Jen. „Aber jetzt erzähl mir mehr über Johnny. Wie ist sein Haus so? Hat er dich angemacht?"

„Sein Haus ist wunderschön. Und nein, hat er nicht. Er konnte es kaum erwarten, mich wieder loszuwerden."

„Wahnsinn." Jen zog ein blaues, ärmelloses Kleid aus dem Regal. „Das ist eine tolle Farbe."

„Ja. Ich meine, es hätte mich nicht überraschen sollen. Ich bin mitten auf dem Bürgersteig in ihn hineingerannt."

Jen lachte. „Aber du hast es geschafft, dir die Frage zu verkneifen, ob du mal in seinen göttlichen Arsch beißen darfst, oder?"

„Ja, wenigstens das hab ich geschafft. Hey, ich gehe mal zu den Hemden rüber." Ich musste aufhören, mir weiter Kleider anzuschauen, sonst würde ich hier noch mit Secondhandklamotten für zwanzig Dollar rausgehen, die ich nie anziehen würde.

Ich habe eine Theorie bezüglich des Einkaufens in Secondhandshops. Wenn ich auf der Suche nach etwas Bestimmtem von Geschäft zu Geschäft laufe, bin ich stundenlang beschäftigt. Betrete ich aber einen Secondhandshop, finde ich sofort genau das, was ich haben will. Als ich mal einen smaragdgrünen Cardigan suchte – ein Kleidungsstück, das damals sowohl farblich als auch sonst vollkommen außer Mode war –, fand ich das perfekte Stück im Laden der Heilsarmee. Als ich eine Jeansjacke brauchte, weil ich meine in einem Hotel vergessen hatte, konnte ich im Schnäppchenmarkt der örtlichen Kirche zwischen mindestens zehn Modellen wählen. Manchmal hatte ich das Gefühl, da war eine höhere Macht am Werk. Vielleicht war es aber auch nur eine Frage der Wahrnehmung, und ich öffnete immer im richtigen Moment die Augen.

Wie jetzt, als ich ein T-Shirt in die Hand nahm. Weiße Baumwolle, ganz weich von Hunderten Waschgängen. Das Material war der Grund, warum ich danach gegriffen hatte, doch das Design war der Grund, warum ich es nicht mehr aus der Hand geben wollte.

Auf der Vorderseite war das Poster von einem von Johnnys Filmen abgedruckt. *Tanz mit dem Teufel* lautete der Originaltitel, doch das hier war von der italienischen Version. Ich erkannte den Stil von meinen Internetrecherchen wieder: Johnny auf einem Motorrad, schwarze Lederjacke, Haare aus der Stirn gekämmt, Zigarette im Mundwinkel. Sehr James Dean. Sehr sexy. Und sehr selten.

Auf dem Preisschild stand ein Dollar, was dank des Rabatttages fünfzig Cent bedeutete. Das wäre die Entschädigung für den horrenden Preis der DVD, und doch zögerte ich, konnte mich nicht entscheiden, was ich tun sollte: das T-Shirt wieder ins Regal zurücklegen und einfach gehen oder es mit beiden Händen festhalten und auf dem Weg zur Kasse jeden niederschlagen, der mir in die Quere kam?

Warum hatte ich ausgerechnet jetzt dieses T-Shirt gefunden? Wäre es mir vor ein paar Wochen untergekommen, hätte ich es dann zugunsten der Zigeunerbluse, an der noch das Original-preisschild hing, beiseitegeschoben?

Der Boden unter meinen Füßen schien zu beben.

„Hey, hast du was gefunden?" Jen schaute mir über die Schulter.

Das Beben klang ab. Kein Duft nach Orangen, keine verschwommenen Linien in meinem Sichtfeld. Keine Episode. Ich stieß den angehaltenen Atem aus und hielt das Shirt hoch.

Jen riss die Augen auf. „Hör auf! Ist das *Tanz mit dem Teufel*?" Ich schaute es mir noch einmal an. „Ja!"

„Süße!", Jen wurde ernst. „Ich weiß nicht, woher du dein Johnny-Glück hast, aber… wow! Das T-Shirt sieht nach einem Original aus. Ich meine, nicht so, als hätte jemand das Motiv zu Hause aufgebügelt. Lass mich mal das Schild sehen."

Ich zeigte es ihr. Sie blies die Wangen auf und gab mir das T-Shirt respektvoll zurück. „Das Schild sieht auch alt aus. Ich glaube, das ist ein echtes Promostück von damals."

„Das könnte sein." Ich drückte den Stoff mit beiden Händen gegen meine Brust. „Ich werde es kaufen."

„Natürlich wirst du das. Wehe nicht. Das Teil ist womöglich sogar was wert." Sie nickte. „Aber ich schätze, du hast nicht vor, es zu verkaufen. Du wirst es zum Schlafen anziehen, oder?"

Ich lachte. „Vermutlich. Bestimmt."

„Johnny auf deinen Brüsten." Sie wirkte verträumt. „Kann ich dir nicht verdenken."

Nach diesem Fund gab es nichts mehr, was das noch hätte toppen können. Wir bezahlten unsere Sachen und verabschiedeten uns auf dem Parkplatz voneinander. Die Nacht war hereingebrochen. Die Luft roch nach Schnee. Jen sagte irgendetwas von Ausgehen, davon, sich am Wochenende zu treffen oder so, aber ich konnte mich nicht auf ihre Worte konzentrieren. Das T-Shirt fühlte sich in der Tüte, die an meinem Handgelenk baumelte, zu schwer an, und das lag nicht an seinem tatsächlichen Gewicht.

Jen winkte und stieg in ihr Auto. Ich ging zu meinem. Ich atmete Zug um Zug die eiskalte Luft ein, überprüfte, ob auch wirklich kein Hauch von Orangen darin lag, und roch nichts außer dem alten Frittierfett von dem Fleck auf meinem Rücksitz. Meine Sicht war glasklar, bis auf die Feuchtigkeit, die sich auf meiner Windschutzscheibe niedergelassen hatte.

Als ich endlich zu Hause ankam, schmerzten meine Finger von meiner verkrampften Haltung. Mein Kopf tat auch weh, weil ich mich so auf die Straße konzentriert hatte. Zur Abwechslung war mein Parkplatz frei, und so nahm ich ihn, obwohl ich inzwischen Gefallen daran gefunden hatte, vor Johnnys Haus zu parken.

Drinnen warf ich alle meine Einkäufe, die gewaschen werden konnten, in die Waschmaschine und legte die Teile beiseite, die gereinigt werden mussten. Das T-Shirt hielt ich länger in den Händen als nötig. Es war schon einige Male gewaschen worden, das spürte ich, doch das Foto auf der Vorderseite war kaum verblasst. Vermutlich konnte es auch problemlos in die Maschine, aber ich nahm dennoch einen Eimer aus dem Schränkchen unter dem Waschbecken und wusch das Shirt per Hand. Ich spülte mit klarem Wasser nach und wrang es vorsichtig aus, bevor ich es zum Trocknen auf dem Wäscheständer ausbreitete.

Zu viel Aufwand für ein T-Shirt, dachte ich. Die Wäsche war noch nicht so weit, in den Trockner gepackt zu werden, also ging ich in die Küche, um mir etwas zu essen zu machen. Jedes Mal, wenn ich an diesem Abend an der Küchentür vorbeiging, konnte ich den Wäscheständer sehen – und ich schaute auch jedes Mal hin.

In dieser Nacht träumte ich von *ihm*, aber es waren normale Träume. Verwirrend, durcheinander, voller Sprünge und Schnitte, die in den Episoden nicht passierten. Ich wusste auch nicht, dass ich träumte – selbst als er mich küsste. Selbst als er mir sagte, ich solle verschwinden. Dann vermischte sich der junge Johnny mit dem von heute und wurde von einem Schauspieler ersetzt, dessen Namen ich nicht kannte, der aber in dem letzten Werbespot vorgekommen war, den ich vor dem Schlafengehen gesehen hatte.

Unruhig wachte ich in der Dunkelheit auf und tapste in die Wäschekammer, wo ich das T-Shirt fand. Es war trocken, ein wenig steif und roch frisch. Ich nahm es mit ins Bett und hielt es so fest an mich gedrückt, wie ich als kleines Kind meine Kuscheldecke an mich gepresst hatte. Sollte ich noch etwas geträumt haben, so erinnerte ich mich nicht mehr daran.

7. KAPITEL

Am nächsten Morgen traf ich mich nicht mit Jen im *Mocha*, aber auch ohne sie war es dort voll genug. Ich hatte nur ein paar Minuten Zeit, um mir einen Kaffee und einen Muffin zu kaufen, bevor ich zur Arbeit musste. Als ich die lange Schlange sah, hätte ich es mir beinahe anders überlegt. Doch als mir klar wurde, dass ich tatsächlich vielleicht zu spät kommen würde, war ich schon so weit vorne, dass ich nicht mehr gehen wollte. Ich drückte die Daumen und hoffte, dass der morgendliche Berufsverkehr gnädig mit mir wäre.

Natürlich dachte ich an ihn. Johnny hatte mein Gehirn vollkommen infiltriert. Als ich mich also mit Muffin und Kaffee in der einen und Autoschlüssel in der anderen Hand umdrehte, musste ich ein paarmal blinzeln, um zu glauben, dass er wirklich hier war. Er stand am Zeitungsständer und suchte nach der *New York Times*. Als ich vor ihn trat, klemmte er sie sich gerade unter den Arm.

„Hey", sagte ich.

Ich war nicht sicher, was ich erwartet hatte, aber auf jeden Fall nicht diesen ausdruckslosen Blick. Johnny würdigte mich nicht einmal mit einem Nicken. Er drängte sich ohne ein Wort an mir vorbei und trat an den Tresen, um die Zeitung zu bezahlen. Ich fühlte mich, als hätte er mir eine schallende Ohrfeige verpasst. Meine Bestürzung musste wie ein Neonschild geleuchtet haben, denn Carlos schenkte mir von hinter seinem Laptop einen mitfühlenden Blick. Er war heute sehr früh hier.

„Hey, nimm's dir nicht zu Herzen", sagte er leise, während Johnny sich seinen Weg durch die Menge zur Eingangstür bahnte. Der schwarze Mantel flatterte um seine Knöchel. „So ist er zu fast allen. Er mag es nicht, wenn man sich bei ihm einschmeicheln will."

„Ich wollte mich nicht einschmeicheln, verdammt noch mal!" Ich runzelte die Stirn und beobachtete Johnny durch die Glastür hindurch. „Ich wollte nur höflich sein."

Carlos zuckte mit den Schultern. „Ich meine ja nur. Er hat

ein paar ziemlich verrückte Fans. Ich schätze, das hat ihn vorsichtig werden lassen."

„Ich bin kein verrückter Fan", sagte ich angespannt.

Carlos hob die Augenbrauen und grinste mich an. „Ach nein? Du und Jen, ihr schaut ihn an, als wünscht ihr, das *Mocha* würde ihn auf die Speisekarte setzen."

In meinen Wangen breitete sich Hitze aus. „Oh Gott. Ist das so offensichtlich?"

„Nein. Ich denke nicht, dass er es bemerkt hat, wenn du dir deswegen Sorgen machst. Er ist einfach nur misstrauisch. Ich meine, ich habe schon Mädels gesehen, die sich praktisch die Kleider vom Leib gerissen und versucht haben, ihn hier an Ort und Stelle zu besteigen!" Carlos schüttelte den Kopf, als könnte er sich nicht entscheiden, ob die Vorstellung ihn verstörte oder erregte. „Alte Mädels, Emm. Schon mindestens über fünfzig. Im Vergleich dazu bist du ein sehr junges, heißes Ding."

„Oh, danke." Ich konnte nirgendwo mehr einen Hauch von Johnnys schwarzem Mantel entdecken. Also nahm ich meinen Kaffee und schaute Carlos an. „Jen sagt, zu dir war er mal nett."

„Vielleicht weil er weiß, dass ich nicht mit ihm vögeln will. Oder selbst wenn, ist es nicht das Gleiche, als wegen seiner Vergangenheit in ihn verliebt zu sein."

„Warum nicht?" Ich wusste, dass Johnny bei der Wahl seiner Sexualpartner nicht wählerisch gewesen war, aber er hatte nie behauptet, schwul oder bisexuell zu sein.

„Wer weiß. Vielleicht empfindet er Männer als nicht so bedrohlich. Vielleicht sind wir leichter abzuwehren. Oder vielleicht hatte er an dem Tag einfach nur gute Laune. Ich weiß es nicht."

So nahe Carlos' Einschätzung der Wahrheit auch kam, sie schmerzte trotzdem. „Ich habe nie gesagt, dass ich in ihn verliebt bin. Außerdem bin ich letzte Woche vor seinem Haus mit ihm zusammengestoßen, und er hat mich zum Tee eingeladen."

„Zum Tee? Hör mir auf!" Carlos wedelte sich mit der Hand Luft zu.

„Das stimmt wirklich." Ich hatte mir keine Papiermanschette

für meinen Becher geholt, und langsam wurde er in meiner Hand zu heiß. Ich wechselte die Hände, wobei ich beinahe meinen Muffin zerquetscht hätte. „Ich saß in seiner Küche und habe seinen Tee getrunken, und heute kann er nicht mal Hallo sagen? Das ist einfach nur … peinlich, finde ich."

Carlos zuckte mit den Schultern und wandte sich wieder seinem Laptop zu. „Was soll ich sagen, der Mann hat Probleme. Wenn es dir hilft, es liegt nicht an dir."

Das machte es nicht besser. Ich wollte von Johnny nicht so behandelt werden wie alle. Ich wollte … etwas Besonderes für ihn sein.

„Bis später", rief Carlos mir hinterher, obwohl ich ohne Tschüss zu sagen einfach gegangen war. „Und mach dich nicht verrückt nur wegen eines Kerls, Emm."

Aber das tat ich. Mein Kaffee schmeckte bitter, weil ich vergessen hatte, Zucker und Milch hineinzugeben. Mein Muffin hatte sich in kleine Krümel aufgelöst. Und zur Arbeit kam ich auch zu spät.

„Ich habe doch nur Hallo gesagt", murmelte ich vor mich hin.

Ich dachte den ganzen Tag darüber nach, während ich vor meinem Computer saß und Daten in Tabellen eintrug, Telefonate annahm und E-Mails beantwortete. Ein paar Feuer löschte. Und vermutlich auch ein paar entzündete, ohne es zu bemerken, weil ich zu abgelenkt war.

Nur durch einen Zufall war ich im Bankgewerbe gelandet. Ich hatte in meiner Heimatstadt das Lebanon Valley College besucht, damit ich zu Hause wohnen und wenn nötig zu Fuß zum Campus gehen konnte. Annville ist eine kleine Stadt, die im Norden und Süden von Farmen umsäumt wird und im Osten und Westen mit den anderen Kleinstädten verschmilzt. Die Möglichkeiten, einen Nebenjob zu haben, waren begrenzt – nichts, was mehr als einen Fußmarsch von meinem Elternhaus entfernt lag. Pizzeria, Tankstelle, Kino … Bank. Die Bank hatte die besten Arbeitszeiten, die beste Bezahlung, die besten Sozialleistungen, und ich musste nicht immer meine Eltern fragen, ob sie mich fahren können. Die ganze Collegezeit über habe ich dort gearbeitet und auch danach, als mein Fahrverbot meine Arbeitsmöglichkeiten noch mehr einschränkte.

Nach ein paar Jahren war ich zur Managerin der Bank aufgestiegen. Die Arbeit gefiel mir. Ich mochte Zahlen. Und mein aktueller Job bei der Pennsylvania State Employee's Credit Union gefiel mir sogar noch besser.

Aber nicht heute.

Heute zählte ich die Minuten, bis ich nach Hause gehen und in meinem Briefkasten nachschauen konnte, ob die DVD von *Nacht der hundert Monde* schon angekommen war. Leider war der Briefkasten wieder leer. Ich schaute sogar zweimal nach, als ob sich das Päckchen in dem schmalen Kästchen irgendwo verstecken könnte. Enttäuscht schloss ich die Tür zu meinem dunklen, kalten Haus auf.

Ich hatte nicht einmal eine Nachricht auf dem Anrufbeantworter. Das war nicht ungewöhnlich, aber heute störte es mich. Die meisten Leute, die mit mir sprechen wollten, riefen mich auf dem Handy an, wenn sie mich zu Hause nicht erreichten. Offensichtlich war ich heute nicht einmal dafür gut genug.

Ich nahm eine lange, heiße Dusche, mit gesenktem Kopf ließ ich den harten Wasserstrahl auf meine verspannten Schultern und meinen Nacken prasseln. Ich sehnte mich nach starken Händen, die die Knoten in meinen Muskeln wegmassierten. Leider gab es niemanden, der mir diesen Gefallen getan hätte. Meine aufgeschürften Knie brannten, als ich mit dem Rasierer über sie hinwegglitt.

Natürlich dachte ich wieder an Johnny.

Was zum Teufel hatte er für ein Problem? Okay, ich konnte verstehen, dass es nervig war, von vollkommen Fremden Komplimente über seinen Schwanz zu hören. Selbst wenn er sich für seine Film-Karriere nicht schämte, war sie doch schon seit über dreißig Jahren vorbei. Ich respektierte, dass er nicht mehr für die Arbeit gelobt werden wollte, die er vor so langer Zeit gemacht hatte, für einen Körper, der inzwischen ganz anders aussah. Ich respektierte, dass er nicht für sein Aussehen gemocht werden wollte. Was ich jedoch nicht verstand, war, wieso er mich so kalt hatte abblitzen lassen, als wenn er mir nie einen Tee gekocht und Kekse angeboten hätte. Das war eine Unfreundlichkeit allererster Güte, aber ich wollte nicht glauben, dass er ein Arschloch war. Dazu war ich viel zu sehr in ihn verknallt.

Johnny konnte nichts von meinem und Jens Videomarathon wissen. Er hatte keine Ahnung von den Episoden und heißen Träumen, in denen er die Hauptrolle spielte. Ich hasste es, von ihm mit den verrückten Fans in einen Topf geworfen zu werden, die ihm im *Mocha* auflauerten. Ich war auch nicht in dieses Haus gezogen, um in seiner Nähe zu sein, verdammt noch mal. Wir waren einfach Nachbarn.

Bei der Erinnerung an den Keks knurrte mein Magen. Was hatte er gesagt? Selbst gemacht schmecken sie besser? Und wäre es nicht sehr nett von mir, ihm welche zu backen?

Innerhalb weniger Minuten hatte ich alle Zutaten ausgebreitet, die ich brauchte. Ich hatte dieses Haus auch wegen der tollen Küche gekauft, die von den vorherigen Besitzern neu gestaltet worden war. Zwar nicht in den Farben oder mit den Geräten, die ich ausgesucht hatte, aber dafür mit dieser großartigen Insel in der Mitte, die als Arbeitsfläche und Essplatz diente. So brauchte ich keinen Küchentisch.

Ich hatte alle Zutaten da, besaß sogar Rührschüsseln und Messbecher. Was ich nicht hatte, war ein Rezept. Zumindest kein gutes. Noch nie hatte ich die Chocolate Chip Cookies meiner Großmutter ganz allein gebacken.

Das Telefon am Ohr, die Kurzwahltaste mit der Nummer meiner Mutter gedrückt, fiel mir auf, dass ich seit drei Tagen nicht mehr mit ihr gesprochen hatte. Drei Tage. Ich konnte mich nicht daran erinnern, jemals länger als zwei Tage keinen Kontakt mit ihr gehabt zu haben. Wenn ich sie nicht anrief, rief sie mich an und hinterließ solange Nachrichten, bis ich mich meldete.

Sie ging ran, bevor ich zu lange darüber nachdenken konnte. „Hallo?"

„Mom, ich bin's, Emm." Ich hatte auf einmal das Bedürfnis, meinen Namen dazuzusagen, als hätte sie mehr als eine Tochter.

„Emmaline. Hey! Wie geht es dir?"

Sie fragte mich nicht, was los war. Das war sowohl ein Grund zur Freude als auch zur Besorgnis. „Ich brauche Grandmas Chocolate-Chip-Cookie-Rezept."

„Du backst?"

„Äh … ja." Ich lachte. „Warum sollte ich es wohl sonst brauchen?"

„Ich habe seit Ewigkeiten keine Kekse mehr gebacken", sagte meine Mom.

Ich hörte für einen Moment auf, die Packung Mehl in die Dose zu schütten, die ich noch nie zuvor benutzt hatte. „Wirklich? Wie kommt's?"

„Na ja … dein Dad und ich versuchen, weniger Süßes zu essen und wieder ein bisschen in Form zu kommen."

„Oh." Ich dachte mir nichts dabei. Meine Mom setzte meinen Dad mehrmals im Jahr auf Diät und schwor oft, auch selber bald eine zu machen, aber sie beide liebten es viel zu sehr, zu essen und keinen Sport zu treiben – eine Neigung, die ich leider geerbt hatte. „Und, wie läuft's damit so?"

„Ach, du kennst doch deinen Dad. Er sagt, er hält sich daran, aber ich weiß, dass er heimlich Burger und Pommes frites isst."

„Vielleicht würde er das nicht tun, wenn du ihm ab und zu einen Keks backst." Wir kicherten beide, weil wir wussten, dass mein Dad niemals Burger und Pommes frites gegen Kekse eintauschen würde, egal wie gut sie waren.

„Ah, ich hab's gefunden", sagte meine Mom triumphierend. „Es steckte hinten in dem Kochbuch, dass Tante Min mir vor ein paar Jahren zu Weihnachten geschenkt hat."

„Welches? Das mit den fettfreien Backrezepten?"

„Ja."

„Mom, warum steckst du das Rezept für Chocolate Chip Cookies ausgerechnet in das Buch?"

„Weil", sagte meine Mutter, als wäre allein schon die Frage ein Zeichen meiner Dummheit, „ich wusste, dass ich dort nie danach suchen würde."

Wir lachten wieder. Mich packte ein leichtes Heimweh. Ich hatte so viele Abende damit verbracht, zusammen mit meiner

Mutter Kekse zu backen oder den Teig für Früchtekuchen und Tartes auszurollen. Meine Mom war eine exzellente Bäckerin, die mir sehr viel beigebracht hatte, aber für mich allein backte ich selten. Jetzt fehlte es mir. *Sie* fehlte mir.

„Emm? Du bekommst doch wohl keine Erkältung? Oder, Gott behüte, die Grippe? Du solltest dieses … wie heißt es noch mal, dieses Zeug, von dem deine Cousine mir erzählt hat? Irgendetwas mit oszillierend oder so."

Sie meinte Oscillium, ein Grippemedikament. „Mir geht es gut. Wie geht das Rezept?"

Sie antwortete nicht, und ich hielt erneut inne. Meine Mom konnte nichts jemals einfach gut sein lassen. Wenn sie auch nur den Hauch eines Verdachts hatte, dass mit mir etwas nicht stimmte, verbiss sie sich darin wie ein Welpe im Hosenbein.

„Hast du alle Zutaten?"

„Ja."

„Fett?" Sie klang misstrauisch. „Eier?"

„Ja, Mutter."

„Denn, Emmaline, du weißt, dass du ohne Eier keine Kekse backen kannst."

Nur weil ich es einmal probiert hatte … „Daran wirst du mich wohl noch erinnern, wenn ich alt und schwach bin, oder?"

„Stimmt." Ich hörte das Lächeln in ihrer Stimme, hörte die Liebe.

Ich schniefte, legte aber rechtzeitig meine Hand über die Sprechmuschel, damit meine Mom es nicht hörte. Ich wollte nicht, dass sie sich Sorgen um mich machte. Andererseits wollte ich auch nicht, dass sie sich keine Sorgen um mich machte.

Sie führte mich Schritt für Schritt durch das Rezept, während sie mich parallel über den neuesten Familienklatsch und die Geschichten aus der Nachbarschaft auf dem Laufenden hielt. Ihre Nachbarschaft, nicht meine. Sie erzählte mir, welche alten Schulfreunde von mir sie gesehen hatte – teilweise hatte ich mit ihnen seit Jahren kein Wort mehr gewechselt.

„Du verbringst mehr Zeit mit meinen alten Freunden als ich", sagte ich und ließ den letzten Keks auf das Backblech gleiten, das ich sodann in meinen erschreckend sauberen Ofen schob. Ich leckte den Löffel ab.

„Davon bekommst du Salmonellen", ermahnte mich meine Mutter.

„Hey, du kannst mich gar nicht sehen."

„Aber ich kenne dich, Emmaline. Ich bin deine Mutter. Oh, ich muss los! Meine Serie fängt gleich an. Bye, Emm. Hab dich lieb."

Sie legte auf, bevor ich noch fragen konnte, welche Serie sie meinte. Die Tatsache, dass ich keine Ahnung hatte, bewies einmal mehr, wie sehr ich mich seit meinem Auszug verändert hatte. Und das ist gut, sagte ich mir und legte den Hörer beiseite. Ich stellte die Uhr am Ofen ein. Die letzten paar Monate zwischen meiner Entscheidung, den Job in Harrisburg anzunehmen und hierherzuziehen, und dem tatsächlichen Umzug waren schrecklich gewesen.

Die meisten Mütter und Töchter, die ich kannte, hatten die üblichen Streitereien und Kämpfe miteinander ausgetragen. Töchter mussten ihren Müttern entwachsen. Mussten aufs College gehen. Ausziehen. Frau werden. Ich war unter den wachsamen Augen meiner Mom zur Frau geworden und hatte mich an ihr aufgerieben, obwohl ich wusste, dass ich keine andere Wahl hatte. Als meine Ärztin mir nach dem ersten Jahr ohne Anfälle das Autofahren wieder erlaubte, nahmen die Sorgen meiner Mutter nicht ab, sondern wurden sogar noch schlimmer. Ich konnte ihr deswegen keinen Vorwurf machen. Ich verstand, warum sie so nervös war. Mein Gehirn hatte definitiv eine Schädigung erlitten, die nicht geheilt, sondern nur geringfügig behandelt werden konnte. Mom blieb nichts anderes übrig, als die Daumen zu drücken und zu beten.

Trotzdem war es in den paar Monaten, nachdem ich die neue Arbeit angenommen hatte und bevor ich in mein neues Haus zog, beinahe unerträglich, zu Hause zu wohnen. Die erdrückende Fürsorge meiner Mutter trieb mich beinahe in den Wahnsinn. Wir stritten uns heftiger und länger als jemals während meiner Jugend. Es hatte mehr als einen Abend gegeben, an dem ich vor Wut schäumend ins Bett gegangen und am nächsten Morgen immer noch verärgert aufgewacht war – und ich bin mir sicher, dass es ihr genauso ging. Sie hatte Angst, mich gehen zu lassen, und ich hatte Angst, niemals auf eigenen Füßen stehen zu können. Jetzt, in dem Haus, das ich mir nur leisten konnte, weil ich im Gegensatz zu meinen Freunden so viele Jahre mietfrei gewohnt hatte, wollte ich meine Mutter zurückrufen und ihr sagen, wie leid es mir tat, dass ich auf ihre Sorgen oft so rotzig reagiert hatte.

Stattdessen leckte ich jedoch den Keksteig vom Kuchenschaber und forderte die Salmonellen heraus, sich meiner zu bemächtigen. Wissentlich alles zu missachten, was meine Mom mir je beigebracht hatte, machte den Teig noch leckerer. Und ihn zu essen, obwohl meine Jeans sowieso schon ein bisschen zu eng saßen, fand ich fast schon rebellisch.

Als die Kekse fertig waren, zog ein köstlicher Duft durch meine Küche. Mir war ein kleines bisschen übel. Ich nippte an einem Glas Ginger Ale und legte die Kekse auf den hübschen Teller, den ich für kleines Geld bei der Heilsarmee gekauft hatte. Er hatte ein Rosenmuster und einen Goldrand und ich hätte ihn bei eBay für ein Hundertfaches dessen, was ich bezahlt hatte, verkaufen können. Er war ein weiteres Beispiel für meine Secondhandshop-Theorie. Ich war in den Laden gegangen, um nach Haushaltswaren für mein neues Heim zu suchen, und hatte eine ganze Kiste voller nicht zueinanderpassender, aber sich ergänzender Teller für zehn Cent das Stück gefunden.

Ich hatte also ausreichend Teller und konnte gut auf diesen hier verzichten. Andererseits war er aber so hübsch, dass jeder ihn wieder zurückbringen würde …

Manchmal konnte ich richtig raffiniert sein.

8. KAPITEL

*H*i …" Der Rest meines Satzes blieb mir im Halse stecken, als Johnnys Tür sich öffnete und nicht er vor mir stand.

Die ältere Frau schaute mich einen Moment lang mit böser Miene an. Als sie schließlich sprach, schüttelte sie dabei den Kopf. „Sie wollen vermutlich zu ihm."

„Äh, Johnny Dellasandro?"

„Das ist ja wohl der Einzige, der hier wohnt, oder?" Ihr Pennsylvania-Akzent, der mir zu Hause vertraut erschienen wäre, wirkte hier in der „großen Stadt" vollkommen fehl am Platz. „Immer hinein in die gute Stube."

Ich trat über die Türschwelle und trat meine Stiefel sorgfältig an der Fußmatte ab. Ich wollte nicht schon wieder schmutziges Tauwasser auf seinen schönen Holzfußboden tropfen. In einer Hand hielt ich den Keksteller.

Die Frau schaute erst den Teller an, dann mich. „Haben Sie die für ihn gebacken?"

„Ja. Ist er da?"

„Er mag Chocolate Chips Cookies." Sie lächelte, was ihr grimmiges Gesicht in das einer strahlenden guten Fee verwandelte. „Kommen Sie erst mal rein. Er ist oben und macht irgendetwas Künstlerisches. Ich hole ihn für Sie."

„Danke." Nervös folgte ich ihr in die Küche.

Sie öffnete eine Tür, die in meinem Haus zu einem Einbauschrank gehörte, hier aber zu einer Hintertreppe führte, und rief nach oben: „Johnny!"

Ihre Stimme hallte nach, aber niemand antwortete. Sie schaute mich an, wie ich da in meinem immer noch zugeknöpften Mantel mit dem Geschenk in den Händen stand, und zuckte mit den Schultern.

„Johnny Dellasandro!"

Immer noch keine Antwort. Sie seufzte und hievte sich auf die unterste Stufe, die im Fünfundvierziggradwinkel aus der Treppe hervorstand. Mit einer Hand stützte sie sich am Türrahmen ab und lehnte sich so weit vor, dass ich ihren Oberkörper nicht mehr sehen konnte. Dann rief sie seinen Namen so laut, dass ich unwillkürlich einen Schritt zurück machte.

„Das hat ihn erreicht", sagte sie grinsend und nickte. Sie rieb sich die Hände, als hätte sie gerade eine besonders schwere Aufgabe erledigt. „Wenn er arbeitet, ist es, als hätte er sich Watte in die Ohren gesteckt."

„Ich wollte ihn nicht stören." Er hatte sich auch so schon angewöhnt, mich schief anzusehen. Wenn ich ihn nun in seiner Schaffensphase störte, konnte ich mir ungefähr vorstellen, wie seine Reaktion ausfallen würde.

Sie klatschte in die Hände. „Pah. Er arbeitet schon den ganzen Tag. Er braucht mal eine Pause. Und ein paar Kekse von einer hübschen Deern."

Ich lächelte. „Wie gesagt, ich wollte nicht stören."

Wir drehten uns gleichzeitig um, als wir Schritte auf der Treppe hörten. Ich sah als Erstes seine nackten Füße. Meine Zehen krallten sich zusammen. Dann den ausgefransten Saum einer verblichenen Jeans. Schließlich hatte Johnny die letzte Stufe erreicht und blieb im Türrahmen stehen. Er sah überrascht aus.

„Was schreien Sie denn so?"

Ah, verdammt, ich liebte diesen Akzent.

„Du hast Besuch. Um Himmels willen, Johnny, zieh dir ein Hemd über!" Die Frau seufzte und stemmte kopfschüttelnd die Hände in die Hüften.

Meinetwegen nicht, dachte ich. Es fiel mir schwer, ihn nicht anzustarren und meinen Blick von diesen köstlichen Nippeln loszureißen. Verdammt, seine Bauchmuskeln waren auch nicht schlecht. Er war vielleicht nicht mehr jung, aber er war immer noch total fit und in besserer körperlicher Verfassung als die meisten jüngeren Kerle, mit denen ich zusammen gewesen war.

„Hi." Ich war erleichtert, dass meine Stimme nicht zitterte oder brach. Gegen die Röte, die mir in die Wangen stieg, konnte ich nichts unternehmen außer hoffen, dass er sie der Kälte zuschreiben würde und nicht meiner Verlegenheit.

Johnny starrte mich an. Die Frau schaute von ihm zu mir und

zurück, dann seufzte sie. Sie nahm mir den Teller aus der Hand und hielt ihn ihm hin.

„Sie hat dir Kekse gebracht, *Dummkopf. Sie!*", sagte sie an mich gewandt, „ziehen Sie Ihren Mantel aus und setzen Sie sich."

Ihr Ton verriet mir, dass sie es gewohnt war, Befehle zu erteilen, die auch befolgt wurden. Trotzdem wartete ich, bis Johnny von der Treppe in die Küche getreten war, bevor ich mich setzte. Er warf mir über die Schulter einen Blick zu, ging zu einer anderen Tür, hinter der sich tatsächlich ein Schrank verbarg, nahm ein Kapuzensweatshirt vom Haken und zog es sich über. Ich bedauerte das ein wenig, war aber auch erleichtert. So war ich nicht so abgelenkt.

„Ich bin jetzt offiziell weg. Dein Essen steht im Ofen, und die Lebensmittel habe ich alle weggeräumt. Die Kassenbelege liegen auf dem Tisch und deine Post im Korb", sagte die Frau.

„Danke, Mrs Espenshade."

Sie winkte ab. „Dafür bezahlst du mich ja schließlich, nicht wahr? Ich gehe jetzt und komme am Freitag zum Putzen wieder. Vergiss das nicht."

„Ich werde hier sein." Johnny schaute mich an.

„Ist mir egal, ob du hier bist oder nicht. Vielleicht solltest du besser nicht da sein, dann bekomme ich mehr erledigt." Sie gluckste und schüttelte den Kopf. Im Hinausgehen tätschelte sie meine Schulter. „Leisten Sie ihm ein wenig Gesellschaft."

„Schönen Abend noch, Mrs Espenshade", rief Johnny ihr hinterher, aber die einzige Antwort war die ins Schloss fallende Tür.

„Hi", sagte ich noch einmal in die peinliche Stille, die folgte. „Ich habe Ihnen Kekse gebracht. Chocolate Chip. Sie sind selbst gemacht."

„Warum?"

„Weil das leckerer ist." Ich lächelte.

Er nicht. Er rührte sie nicht an. Noch setzte er sich. Er stand einfach an die Arbeitsplatte gelehnt da, die Arme vor der Brust verschränkt.

Mit Mantel und Schal um den Hals war es in der Küche zu warm. Ich traute mich jedoch nicht, den Schal abzunehmen.

101

Mrs Espenshade hatte mich willkommen geheißen, aber Johnny tat das definitiv nicht.

„Ich meinte, warum bringen Sie mir Kekse?"

„Um Ihnen für Ihre Hilfe vor Kurzem zu danken. Für den Tee. Weil Sie nur diese eingepackten Kekse hatten und ich wusste, dass meine besser sind." Mit jedem Satz wurde meine Stimme ein wenig höher, und ich musste mir selber das Wort abschneiden, um nicht zu schrill zu klingen.

In seinen Augen flackerte etwas auf, eine kaum wahrnehmbare Regung huschte über sein unbewegliches Gesicht. „Okay. Ich werde sie später essen."

Er setzte mich schon wieder vor die Tür. Dieses Mal fühlte es sich noch schlimmer an, weil ich mit einem Geschenk gekommen war. Weil ich irgendwie gedacht hatte, das würde einen Unterschied machen. Ich stand auf.

„Ich wohne gleich die Straße hinunter", sagte ich zu laut. Zu forsch.

Er betrachtete mich aufmerksam. „Ach ja? Es ist eine hübsche Straße, in der viele Leute wohnen."

Ich presste die Lippen zu einem dünnen Strich zusammen. „Ja, das stimmt wohl."

Schweigen breitete sich zwischen uns aus, doch es herrschte keine absolute Stille. Der Schlag meines Herzens und das Rauschen meines Atems dröhnte in meinen Ohren. Ich trat hinter dem Tisch hervor.

„*Meine* Küche hat eine Kochinsel", sagte ich mit einem Heben meines Kinns, das für ihn keinerlei Bedeutung hatte, für mich aber umso mehr. „Ich finde alleine hinaus."

„Ich bringe Sie zur Tür."

„Das müssen Sie nicht. Ich finde den Weg." Ich wirbelte auf dem Absatz herum und stakste den Flur entlang zur Haustür.

Johnny tapste barfuß hinter mir her und erreichte die Tür im gleichen Moment wie ich. Das konnte daran gelegen haben, dass er längere Beine hatte, aber ich fürchte, es lag daran, dass ich ein wenig getrödelt hatte, in der Hoffnung, dass er wenigstens einen Hauch Interesse an mir zeigen würde. Nur ein Fitzelchen. Diese Erkenntnis machte mich so wütend, dass ich den Türknauf packte und heftig daran zog, ohne zu ahnen, dass die Tür verschlossen war. Nun, da mein großer Abgang vereitelt worden war, stieß ich ein wütendes Knurren aus und drehte mich zu ihm um.

„Ich sagte doch, ich finde alleine heraus."

Johnny schaute mir in die Augen und griff um mich herum, um die Tür aufzuschließen. Meine Lider flatterten wegen seiner Nähe. Der Hauch seines Atems auf meinem Haar, die Wärme seines Körpers. Ich war nicht so wütend, als dass ich das nicht unglaublich aufregend gefunden hätte, obwohl ich mich dafür hasste. Noch mehr hasste ich es, dass er diese Lust auf meinem Gesicht sehen konnte. Er mochte daran gewöhnt sein – ich war es nicht.

Das Türschloss klickte. Eine ganze, unendliche Sekunde lang rührte Johnny sich nicht. Dann trat er zurück und machte mir den Weg frei.

„Das sind gute Kekse", sagte ich ausdruckslos. „Auch wenn Ihnen das wahrscheinlich egal ist."

Meine Stimme klang hart. Er blinzelte. „Ich bin sicher, sie sind fabelhaft."

„Gern geschehen." Ich öffnete die Tür.

Kalte Luft strömte herein, eisig genug, um mir Tränen in die Augen zu treiben. Vielleicht lag das aber auch gar nicht an der kalten Luft. Ich straffte die Schultern und zwang mich, mit erhobenem Kopf loszugehen. Die Stufen hinunter und auf den Bürgersteig, der immer noch frei von Eis war.

Da die Tür sich nicht gleich hinter mir schloss, schaute ich zurück. Johnny stand im Türrahmen, golden umrahmt von dem Licht, das aus dem Haus fiel. Eine Hand hatte er hoch oben an den Türrahmen gestützt, die andere lag auf seiner Hüfte. Mit den nackten Füßen und ohne Hemd unter dem Sweatshirt musste er frieren, aber er ging trotzdem nicht rein.

„Wissen Sie, ich dachte, Sie sprechen mit niemandem, weil Sie vielleicht ein wenig schüchtern oder sehr vorsichtig sind."

Er neigte den Kopf. „Ach ja?"

Ich stemmte meine Hände in die Hüften. „Ja. Ich meine, ich kann mir vorstellen, dass es nervig ist, ständig von Fremden angesprochen zu werden, wenn Sie doch nur einen Kaffee trinken und einen Muffin essen wollen."

„Ja, das kann wirklich nerven", sagte er langsam.

Ich kniff die Augen zusammen und wünschte, ich könnte seinen Gesichtsausdruck erkennen. „Aber wissen Sie was?"

„Was?" Ich hatte das dumpfe Gefühl, er klang amüsiert.

„Ich glaube nicht, dass es an Ihrer Schüchternheit liegt oder daran, dass zu viele Leute Sie nerven. Denn seien wir mal ehrlich, die meisten Menschen kennen Sie heutzutage doch gar nicht mehr. Oder es ist ihnen scheißegal."

Seine Schultern hoben und senkten sich – ein Lachen oder Schulterzucken? Da sein Gesicht im Schatten lag, konnte ich es nicht sagen. „Was ist mit Ihnen?"

„Ich weiß, wer Sie sind", sagte ich.

„Ja", erwiderte er. „Aber bin ich Ihnen scheißegal?"

Bei diesen Worten drehte ich mich um, die Hände zu Fäusten geballt. Dann schaute ich wieder zu ihm und zwang mich, zu antworten. „Nein, sind Sie nicht."

„Warum?"

Ich wusste es nicht. Es war mehr als der Arsch, das Gesicht, der lang vergangene Ruhm. Es war nicht seine Kunst. Es war nicht sein Haus, sein Geld. Nicht einmal sein Mantel oder der lange Schal, den ich so liebte.

Es war die Hitze des Sommers und sein Geschmack, von dem ich wusste, dass ich ihn unmöglich kennen konnte. Es war das Gefühl seiner Haare zwischen meinen Fingern und seines Schwanzes tief in mir, und es war der Klang seiner Stimme, wenn er beim Orgasmus meinen Namen rief.

Es war der Duft von Orangen.

9. KAPITEL

Ich schaffte es noch nach Hause, bevor es mich über-mannte. Meine Finger hatten Schwierigkeiten, den Schlüssel ins Schloss der Haustür zu bekommen. Ich betete normalerweise nicht, aber jetzt wandte ich mich flehend an welche Gottheit auch immer zuhören mochte, dass ich bitte noch ins Haus kam, bevor ich mich in der Dunkelheit verlor.

Ich öffnete die Tür.

Und es wurde alles andere als dunkel.

Helles Sonnenlicht blendet mich. Ich schirme meine Augen mit einer Hand ab und schlittere über einen Boden, der glatt ist von Bohnerwachs, nicht von Schnee. Ich atme Hitze ein, eine Kakofonie aus Geräuschen und Gerüchen stürmt auf mich ein.

Ein Hauch von Hasch und der stechende Geruch von Zigarettenrauch verdrängen den Duft von Orangen. Ich höre Lachen und Musik und das Weinen eines Kindes. Blinzelnd reibe ich mir die Augen.

Dieses Mal bin ich direkt in Johnnys Haus gelandet. Die Tür hinter mir steht offen. Habe ich überhaupt geklopft? Wenn ja, hat niemand darauf geantwortet. Es scheint überhaupt niemandem aufzufallen, dass ich da bin.

Ich schließe die Augen, um mich zu beruhigen. Dann schlüpfe ich, so schnell ich kann, aus meinem Mantel und hänge ihn zusammen mit meinem Schal an die Garderobe. Ich schüttle mein Haar, überprüfe meine Kleidung – eine Bootcut-Jeans und eine Bluse. Nicht gerade die Sommermode der Siebziger. Unter der Bluse trage ich ein Top. Die Stimmen aus der Küche werden lauter und leiser, als ich mich der Bluse entledige, nach kurzem Nachdenken auch meinen BH ausziehe und beides in einen Ärmel meines Mantels stopfe.

Keinen BH zu tragen fühlt sich seltsam an. Meine Nippel drücken sich gegen den weichen Stoff meines Tops. Ich fühle mich frei, aber auch etwas befangen.

Ein Baby, nur mit einer Windel und einem weißen Body bekleidet, krabbelt so schnell den Flur hinunter, wie es nur kann. Ihm folgt eine lachende Frau, deren lange, dunkle Haare ihr bis zur Taille reichen. Sie trägt einen Overall mit kurzen Hosen aus hellgelbem Nickistoff. Sie hebt das Baby hoch und pustet auf seinen Bauch, bis es vor Lachen quietscht. Ich stehe verlegen daneben und fühle mich irgendwie ertappt.

„Oh, hey", sagt sie lässig, als sie mich sieht. „Wer bist du?"

„Emm."

„Sandy." Sie setzt das Baby auf ihre Hüfte und hält mir eine schlaffe Hand hin. „Cool."

Ich bin mir nicht sicher, ob das eine Begrüßung ist oder ein Kommentar zu meiner Kleidung oder eine rein philosophische Betrachtung. „Äh, ich suche Johnny."

„Oh, ja, das ist super … Außer er schuldet dir Geld oder so. Er ist hinten, in der Küche." Sie hat eine seltsame, nasale Stimme und einen ähnlichen Akzent wie er, nur dass er an ihr nicht so charmant wirkt.

„Danke." Ich will mich nicht an ihr vorbeidrängen, vor allem weil sie mich jetzt von oben bis unten mustert.

„Was haste noch mal gesagt, wie du heißt?"

„Emm."

„Emm." Einen Moment schaut sie mich ausdruckslos an. „Wir kennen uns noch nicht, oder?"

„Nein, ich glaube nicht."

Sie zuckt mit den Schultern und rückt das Baby auf ihrer Hüfte zurecht. Der Geruch seiner vollen Windel weht mir entgegen, und ich trete unwillkürlich einen Schritt zurück. Sandy rümpft die Nase.

„Mein Gott, dieses Kind kann nur essen, schlafen und scheißen. Ich schätze, ich sollte sie lieber baden." Sie geht an mir vorbei die Treppe hinauf, dabei spricht sie in Babysprache auf das Kind ein.

Ich gehe mit klopfendem Herzen zur Küche. Meine Handflächen sind feucht. Mein vorfreudiges Lächeln wird breiter, als ich ihn erblicke. Er sitzt auf der Fensterbank, eine braune Bierflasche an den Lippen, eine Zigarette zwischen den Fingern. Sein Haar wird heute von einem roten Bandana aus dem Gesicht gehalten.

Er ist so schön, dass es schmerzt, ihn anzuschauen.

Als er mich sieht, hält er mitten im Lachen inne und springt vom Fensterbrett. Er stellt sein Bier ab und steckt die Zigarette in den Flaschenhals. Schweigen senkt sich über den Raum. Alle drehen sich zu mir um. Candy ist da, dieses Mal steht er nicht am Herd. Ich sehe Bellina. Dazu eine Gruppe von Leuten, die ich nicht kenne. Ed fixiert mich mit einem intensiven Blick und unterbricht seine Rede kurz, bevor er sich wieder der Frau zuwendet, mit der er gesprochen hat. Seltsam, aber ich schenke ihm kaum Beachtung.

„Johnny", sage ich atemlos.

„Emm." Er kommt auf mich zu, als wären wir ganz allein.

Seine Hand passt perfekt in meinen Nacken. Er schmeckt nach Bier und Rauch, und irgendwie ist es eklig, aber irgendwie auch genau richtig. Seine Zunge schnellt vor und zurück; meine Knie werden weich. Es ist mir egal, dass wir nicht allein sind. Es ist mir egal, dass seine Hand auf meinem Hintern liegt und er mich immer enger an sich zieht.

„Hey." Er klingt selber ein wenig atemlos.

Unsere Gesichter sind nur wenige Millimeter voneinander entfernt. Ich versinke in der Tiefe seiner Augen und schwimme dort ein wenig herum, während alles um uns aufhört und wieder anfängt. Er lächelt. Ich lächle auch.

„Du bist wieder da", sagt er. „Ich dachte, ich würde dich nie wiedersehen."

Ich habe darauf keine gute Antwort, also küsse ich ihn einfach wieder. „Freust du dich, mich zu sehen?"

„Himmel, ja. Du bist letztes Mal so schnell davongelaufen, dass ich nicht mal nach deiner Nummer fragen konnte."

„Oh …" Ich zögere. Die Leute haben sich wieder ihren Unterhaltungen zugewandt und schenken uns keine Beachtung. „Ich habe keine Nummer."

Johnny zuckt mit den Schultern. „Oh, klar, cool. Unser Telefon ist auch vor ein paar Tagen abgeschaltet worden. Paul sagt, von der Bezahlung für seinen nächsten Gig lässt er es wieder freischalten."

„Wenn du kein Telefon hast", flüstere ich ihm kichernd ins Ohr, „wie wolltest du mich dann anrufen?"

Johnny vergräbt seine Nase in meinem Haar. „Von der Telefonzelle am Ende der Straße."

„Ah." Natürlich. Telefonzellen. Mir ist plötzlich ein wenig schwindelig, und ich halte mich an ihm fest, um nicht zu schwanken. Ich muss an die Fernsehserie *Life on Mars* denken, in der ein Polizist angeschossen wird und in den Siebzigern aufwacht, während sein Körper in der heutigen Zeit im Koma liegt.

Ich bin nicht im Koma … nicht ganz. Aber ich bin mir nicht sicher, wie viel Zeit ich habe. Ich schaue über seine Schulter in die Küche. Niemand achtet auf uns. Sie haben alle ihr eigenes Leben, was irgendwie Sinn ergibt. Ich brauche sie nicht. Ich brauche nur ihn.

„Nimm mich mit nach oben", flüstere ich und knabbere an seinem Ohrläppchen.

„Du willst dich verdrücken? Find ich dufte."

Ich kichere. „Dufte" ist so drollig, so Siebzigerjahre-Sitcom. Irgendwie sogar sexy, wenn er es sagt. Es wirkt vollkommen natürlich. Wie alles an ihm vollkommen natürlich wirkt.

„Du bist so anders", sage ich ihm im Flur, als er seine Finger mit meinen verschränkt.

Johnny schaut mich an. „Anders als was?"

„Egal." Ich kann ihm nicht erklären, dass er anders als er selbst ist. „Mir gefällt es auf jeden Fall."

Ein Grinsen erhellt sein gesamtes Gesicht. Er hält sich mit einer Hand am gedrechselten Geländer fest und schwingt ein wenig an der Treppe hin und her. „Wo warst du überhaupt? Ich habe nach dir gesucht. Du wohnst nicht hier in der Gegend, oder? Bist du wieder nur auf Besuch?"

„Ja, nur zu Besuch." Ich nicke.

Oben an der Treppe bleiben wir stehen, um uns zu küssen. Meine Finger berühren sein seidiges Haar. Ich schiebe das Bandana herunter, damit ihm die Haare in die Augen fallen. Als ich ihn küsse, kitzeln mich seine Ponysträhnen.

„Du bist mir vielleicht eine", sagt er leise und klingt verblüfft.

Ich erinnere mich, wo sein Schlafzimmer ist, aber er bleibt an der Schwelle stehen, als Sandy mit dem Baby auf der Hüfte aus dem Zimmer kommt. Sie bleibt stehen und schaut uns ausdruckslos an. Dann zuckt sie mit den Schultern und hält das Baby so, dass Johnny es betrachten kann.

„Ich habe sie gebadet und umgezogen. Jetzt werde ich ihr das Fläschchen geben."

Er schlingt einen Arm um meine Taille und zieht mich eng an sich. „Ja, klar, super."

Sandy schürzt die Lippen und schüttelt den Kopf. „Na ja, wir sehen uns."

Wir schließen die Tür hinter uns und gehen direkt zum Bett, auf das ich ihn rücklings schubse. Er lässt sich fallen und federt ein wenig nach, bevor er sich auf den Ellbogen abstützt und mich anschaut. Vor seinen Augen ziehe ich mein knappes Top aus und präsentiere ihm meine nackten Brüste. Ich öffne den Reißverschluss meiner Hose, schlüpfe aus den Stiefeln, schiebe die Jeans samt Slip an meinen Beinen entlang nach unten … und bin nackt.

Noch nie habe ich mich so schön gefühlt wie in diesem Augenblick, in dem Johnnys Blick auf mir ruht. Wenn er mich anschaut, ist es egal, dass ich mich an einigen Stellen runder fühle, als mir lieb ist, oder dass meine Brüste nicht mit denen eines Pornostars mithalten können. Das liegt an der Zeit, denke ich und hebe meine Brüste mit den Händen an, um mit der Zunge darüber zu lecken und die Nippel hart zu machen. Damals konnten Frauen noch normale Figuren haben.

Es gibt noch einen Unterschied zu den Frauen, die er gewohnt ist. Johnnys Blick heftet sich auf meine Pussy, die ich erst vor ein paar Abenden rasiert habe. Nicht ganz glatt – ich will ja nicht aussehen, wie ein Schulmädchen. Ich bin eine Frau, und Frauen haben Haare. Aber ich habe meine Bikinizone gestutzt und nur einen schmalen Streifen stehen lassen – was mehr mit Bequemlichkeit als mit Mode zu tun hatte, weil ich in ein paar Tagen meine Periode bekommen werde.

Johnny fährt mit seiner Hand über seinen Mund, seine Lippen glänzen. So wie er auf dem Bett sitzt, hat er die perfekte Höhe.

Ich komme näher und stelle mich zwischen seine Beine. Seine Hände packen meinen Hintern, und er schaut mich aus leicht glasigen Augen an.

Berauscht, denke ich. Aber nicht von dem Bier, das er in der Küche getrunken hat. Er ist von mir berauscht.

Ich fahre mit meinen Händen über seinen Kopf, löse das Bandana, das nur noch um seinen Hals hängt, und werfe es aufs Bett. Seine Haare fallen über meine Finger. Ich kralle mich in ihnen fest und ziehe seinen Kopf daran ein wenig zurück.

„Johnny", sage ich, nur um es zu sagen. Nur weil ich es kann.

„Ja, Baby." Seine Stimme ist tief und kehlig. Sexy.

„Johnny, Johnny, Johnny ..." Lachend ziehe ich seinen Kopf noch ein Stücken weiter nach hinten.

Er lacht auch. Seine Hände fangen an, meinen Hintern zu streicheln, die Kuhlen an meinem unteren Rücken, meine Oberschenkel. „Ja, Emm. Ich bin hier, bei dir."

„Ich auch."

„Das sehe ich." Als ich ihn loslasse, vergräbt er seine Nase zwischen meinen Brüsten und findet meine Nippel mit seinen Lippen. Er saugt vorsichtig an einem, dann an dem anderen und schaut mich grinsend an, als ich stöhne. „Das gefällt dir, was?"

„Oh ja." Plötzlich erinnere ich mich lebhaft an eine Szene aus einem seiner Filme, in der er die gleichen Worte gesagt hat. Meine Muschi pocht. „Macht mich das zur Hure?"

Ich sage das mit meinem Pennsylvania-Akzent. Es klingt nicht ansatzweise so, wie er es sagt. Johnny unterbricht die Erkundung meiner Brüste und schaute mich mit gerunzelter Stirn an.

„Zu einer was?"

„Einer ... Hure." Meine Stimme ist vor Aufregung ganz atemlos.

„Einer ... Hure?"

Verdammt. Seine Art, es auszusprechen, lässt in meiner Pussy ein Feuerwerk explodieren. Ich beiße mir auf die Unterlippe und kann das Stöhnen doch nicht ganz unterdrücken. „Wow."

Sein Lachen klingt etwas verblüfft. Seine Hände hören einen

Moment lang auf, meinen Hintern zu kneten. „Glaubst *du* denn, dass du eine Hure bist?"

Ohhhh. „Mein Gott, das sollte nicht so unglaublich heiß klingen."

Johnny blinzelt und senkt den Kopf. Seine Schultern beben vor Lachen. „Das turnt dich an, was?"

„Ja. Sag es noch mal."

Er hört auf zu lachen und schaut mich an. Etwas Dunkles glitzert in seinen grünbraunen Augen. Er leckt sich über die Lippen und wischt sie sich mit dem Handrücken ab. Seine Stimme wird tiefer. „Willst du meine Hure sein?"

Ich will für niemanden eine Hure sein. Ich will nur, dass er es sagt. Ich will, dass er mich auf diese spezielle Art ansieht. Meine Hand in seinem Haar verkrampft sich wieder. Dieses Mal zuckt er zusammen.

Er packt meine Handgelenke. „Das willst du also? Das gefällt dir?"

„Bei dir schon."

Er ist stärker, als ich erwartet habe. Im Bruchteil einer Sekunde liege ich rücklings auf dem Bett. Johnny hält meine Hände über meinem Kopf fest und schaut mir in die Augen. Sein in Jeans gehüllter Oberschenkel reibt langsam über meine nackte Muschi. Der raue Stoff schickt mir einen Schauer nach dem nächsten über den Körper. Vielleicht sind es aber auch seine Augen, sein Mund, seine Stimme.

„Gefällt dir das?"

„Ja, es gefällt mir sehr."

Er presst seinen Oberschenkel etwas fester gegen mich. „Macht dich das ganz feucht?"

„Jaaaa", hauche ich.

Normalerweise traue ich mich nicht, so offen zu sprechen, aber das hier, sage ich mir, ist nicht real. Es ist eine Fantasie. Alles erfunden. All das hier ist nichts anderes als eine Fehlfunktion meines geschädigten Gehirns.

Mit der Hand, die nicht meine Handgelenke festhält, öffnet Johnny seinen Gürtel. Er verlagert das Gewicht. Ich biege mei-

111

nen Rücken durch, hebe ihm meine Hüften entgegen, warte darauf, dass er in mich eindringt – aber er überrascht mich. Johnny zieht mit seinem Mund eine heiße Spur über meinen Körper, über die Schwellung meiner Brüste, über meinen Bauch. Seine Hände gleiten unter meinen Arsch und heben mich hoch, seine Zunge streicht über meine Klit, dann legt er die Lippen an und saugt vorsichtig.

Ich erschauere und sage seinen Namen. Johnny erwidert nichts, sondern widmet sich ganz dem Vergnügen, meine Pussy zu lecken.

Das habe ich noch in keinem seiner Filme gesehen.

Oh, es wurde durchaus angedeutet. Weichgezeichnete Einstellungen von sich windenden Frauen. Halb verdeckte Schüsse von seinem Kopf an ihrer Hüfte, dann ein Schnitt auf das verzerrte Gesicht seiner Gespielin, die seinen Namen schreit. Aber keiner der Filme hatte ihn wirklich leckend und saugend zwischen ihren Beinen gezeigt. Ich habe keine Bilder, die ich dazu abrufen kann.

Das hier ist also ganz allein meine Fantasie.

Er leckt mich mit geschlossenen Augen und gibt kleine, stöhnende Geräusche von sich. Die Art Geräusch, die ein Mann macht, wenn er etwas Köstliches isst, ein Mahl, das seinen Hunger vollkommen befriedigt. Er kostet eine Weile von meiner Klit, bevor er einen Finger in mich hineinschiebt. Dann zwei. Ich schreie auf.

„Du bist so feucht", murmelt er.

Wilde Lust brennt in mir. Mir wird heiß, meine Wangen werden rot, mein Hals, meine Brüste. Sein Mund brennt auf meiner Haut. Ich bewege meine Hüften unter seiner Zunge, unfähig, stillzuhalten.

Ich habe nicht mitbekommen, dass er zwischendurch seine Jeans heruntergeschoben hat. Ich schmecke mich auf seinen Lippen, als er mich jetzt küsst. Als er in mich eindringt, hole ich tief Luft und mache seinen Atem zu meinem.

Johnny vergräbt sein Gesicht an meinem Hals und gleitet tiefer in mich hinein. Dort verharrt er kurz, ohne sich zu bewegen. Dann stemmt er sich mit den Armen hoch und schaut mir ins Gesicht. Er sieht verträumt aus. Ich lächle und ziehe ihn für einen weiteren Kuss zu mir herunter.

„Du bist mir vielleicht eine", sagt er.

Er fängt an, sich zu bewegen. Es ist anders als beim letzten Mal, als ich oben war und wir uns beide wie rasend bewegt haben. Dieses Mal ist es langsamer. Dieses Mal dauert es ewig.

Ich habe noch nie in der Missionarsstellung kommen können, ohne mir mit der Hand ein wenig Hilfe zu leisten. Andererseits war ich noch nie mit einem Mann zusammen, der sich wie Johnny bewegte. Rein, raus, jeder Stoß verstärkt durch ein leichtes Drehen seiner Hüften, wodurch er mich an genau der richtigen Stelle trifft. *Und er küsst mich, oh Gott, und wie er mich küsst!* Süß und weich, dann härter, seine Zunge streichelt meine, er knabbert an meinen Lippen. Ein sinnlicher Angriff auf meine Nervenzellen. Ich gebe mich ihm ganz hin, ohne mich zurückzuhalten.

Mein Orgasmus kommt langsam, aber mächtig und unaufhaltbar. Ich komme noch ein zweites Mal, nachdem er uns herumgerollt hat, sodass ich auf dem Rücken liege und er mich auf der Seite liegend in einem anderen Winkel fickt. Und schließlich, als er mich noch einmal herumdreht und ich auf seinem Schoß sitze, sein Rücken gegen das Kopfteil des Bettes gelehnt, meine Oberschenkel an seine Hüften gepresst, komme ich noch ein drittes Mal. Ich beiße in seine Schulter, mein Körper zuckt unkontrolliert. Schweiß hält uns zusammen, und der Geruch nach unseren Körpersäften überdeckt alles andere.

Mit einem Stöhnen ergießt er sich in mir. Seine Hände gleiten über meinen schweißnassen Rücken. Er schiebt mir die zerzausten Strähnen aus dem Gesicht. Dann atmet er tief aus und zieht mich an sich.

„Johnny, ich … oh." Die Frau von vorhin stürmt ins Zimmer.

„Mein Gott, Sandy", ruft Johnny genervt, ohne jedoch auch nur den Versuch zu unternehmen, uns mit dem Laken zu bedecken, selbst als ich mich an seiner Brust verkrieche. „Ich habe dir doch gesagt, du sollst verdammt noch mal anklopfen, bevor du reinkommst."

„Sorry! Ich brauche nur meine Tasche. Mein Gott, Johnny, du hättest auch einfach abschließen können. Mann!" Sandy stapft genervt zur Kommode und schnappt sich eine große Basttasche mit Bambusgriffen. Der Inhalt der Tasche klimpert und klappert, als sie die Hände in die Hüften stemmt. „Ich gehe."

„Wer hat das Kind?" Johnny schaut sie über meine Schulter an, seine Hände halten mich fest.

„Ich habe meine Mutter angerufen, damit sie die Kleine abholt." Sandy sieht mich an. „Wie heißt du noch mal?"

„Raus mit dir, Sandy. Verdammte Scheiße." Johnny verlagert das Gewicht, als will er mich von seinem Schoß schieben und aufstehen. Sandy springt einen Schritt zurück und hebt abwehrend die Hände.

„Okay, okay. Meine Güte, reg dich ab, Mann. Alles cool. Ich will dir hier nicht deinen großen Auftritt versauen oder so."

„Raus", sagt Johnny.

Sandy geht und schließt die Tür hinter sich. Ich rühre mich nicht. Ich bin mir nicht sicher, ob ich mich überhaupt bewegen kann. Johnny sieht mich an.

„Tut mir leid. Sie ist eine dumme Schnepfe."

Ich steige von ihm herunter, fühle mich klebrig und glitschig. Wir haben kein Kondom benutzt, und ich staune mehr über die Details, die mein Gehirn mir liefert, als über die Tatsache, dass ich ihn ohne Schutz verführt habe. Ich setze mich neben ihn auf die Matratze. Sandy hatte ich gar nicht so viel Aufmerksamkeit geschenkt – nur Johnny zählte für mich. Aber der Blick, mit dem sie mich zum Schluss bedacht hat, verrät mir eine Menge.

„Also Sandy?"

„Ja?" Johnny streckt seine Hand nach einem Päckchen Zigaretten aus, das auf dem Nachttisch liegt. Er bietet mir eine an und zuckt mit den Schultern, als ich den Kopf schüttle. Er zündet sich eine Zigarette an, inhaliert den Rauch und atmet ihn bei seinem nächsten Satz aus. „Was ist mit ihr?"

„Hast du was mit ihr?"

„Sie ist meine Alte." Johnny zuckt erneut mit den Schultern

und beugt sich vor, um mich zu küssen. „Aber mach dir keine Sorgen. Sie ist cool."

„Warte mal." Ich runzle die Stirn und halte ihn mit einer Hand zurück. „Deine Alte? Du meinst deine Frau?"

„Ja. Na ja. Wir haben uns vor einer Weile getrennt. Haben nur die Papiere noch nicht unterzeichnet. Sie kommt ab und zu her, um das Kind vorbeizubringen."

„Warte, warte, warte." Mein Kopf schmerzt. Ich nehme die Zigarette und ziehe daran. Ich habe bisher nur ganz selten geraucht, aber ich schaffe es, nicht zu husten. „Sie ist deine Frau. Und das war dein Kind?"

„Ja. Das ist Kimmy, meine Tochter."

„Dann könnt ihr noch nicht sehr lange getrennt sein", weise ich ihn auf das Offensichtliche hin. „Sie ist doch höchstens zehn Monate alt."

„So ungefähr, ja." Er nimmt die Zigarette zurück und mustert mich durch einen Schleier aus Rauch. „Hast du ein Problem damit? Ich meine, wir sind nicht mehr zusammen oder so. Wie ich schon gesagt habe, sie ist da nicht so. Sie zieht ihr eigenes Ding durch."

Ich bin mir nicht sicher, ob ich auch „nicht so" bin, aber was soll ich sagen? Ich komme von der Straße hereingeschneit und vögle ihn in einem Haus voller Fremder, und das zu einer Zeit, die weit vor meiner Geburt liegt. Beim Gedanken daran schüttelt es mich. Irgendwo da draußen haben meine Eltern sich noch nicht einmal kennengelernt. Ich existiere in dieser Welt noch gar nicht, und Johnny ist bereits verheiratet und hat ein Kind. Seine Tochter ist älter als ich.

„Hey. Alles in Ordnung mit dir?" Johnny schiebt mir die schweren Haare von der Schulter und über meinen Rücken, der vom trocknenden Schweiß ganz klebrig ist.

„Ja, sicher. Mit geht's super. Alles gut." Ich bin nicht mal richtig eifersüchtig, sondern nur genervt von meinem Gehirn, dass es sich so einen Scheiß ausdenkt wie Exfrauen, die keine Grenzen kennen.

„Gut." Ihm scheint das zu reichen. Nackt, wie er ist, lehnt

115

Johnny sich gegen das Kopfteil des Bettes und seufzt. Er wirft mir einen Blick zu. „Dieses Mal rennst du ja gar nicht davon."

Ich schaue mich in dem Zimmer um und atme tief ein. In der Luft liegt nur der Geruch nach Sex und Zigarettenrauch. „Nein. Soll ich gehen?"

Er lächelt und beugt sich vor, um mich träge zu küssen. „Verdammt, nein. Du bleibst hier. Wir bitten Candy, uns etwas Schönes zu kochen. Paul kommt später noch vorbei, um an seinem Projekt zu arbeiten. Du solltest wirklich bleiben."

Ich knülle ein paar flache Kissen zusammen und strecke mich neben Johnny aus. „Was für ein Projekt?"

„Ein Kunstprojekt. Magst du Kunst, Emm?"

„Ich ... klar." Das ist nicht mal wirklich gelogen. Ich bin überzeugt davon, dass ich Kunst mögen würde, wenn ich sie nur verstünde.

Johnny lacht und drückt seine Zigarette in dem Aschenbecher auf dem Nachttisch aus. Er legt einen Arm um mich und zieht mich näher heran, sodass ich meinen Kopf auf seine Brust legen kann. Das ist ein wesentlich besseres Kissen als die anderen. „Was für Kunst gefällt dir?"

„Oh, äh ... van Gogh, denke ich. Und Dalí."

Er schnaubt.

Ich gucke ihn an. „Was für Kunst magst du denn?"

„Das weiß ich erst, wenn ich sie sehe. Wie auch immer, Paul macht nichts dergleichen. Keine Malerei oder so. Er hat eine Filmkamera. Er will, glaube ich, einen neuen Film machen. Ich weiß nicht. Ich hab ihm gesagt, ich würde ihm noch mal helfen."

Johnny und Paul haben zusammen drei oder vier dieser selbst gemachten Kunstfilme gedreht, die noch weniger Handlung haben als die Horrorfilme. Da Jen sie nicht in ihrer Sammlung hatte, habe ich nur Auszüge daraus im Internet gesehen. Einige gibt es nicht einmal auf DVD.

„Ich habe sie gesehen."

Johnny neigt den Kopf und schaut mich neugierig an. „Du warst in einem seiner Filme? Stehst du darauf?"

„Oh, nein. Ich meine ... Ist auch egal."

„Du bist mir eine", sagt Johnny erneut. „Ich werde aus dir einfach nicht schlau." Er küsst mich und sieht mir dann in die Augen, als würden die ihm alle meine Geheimnisse verraten. Ich entziehe mich ihm ein wenig.

„Worum geht es in dem Film, Johnny?"

Er zuckt mit den Schultern und gähnt. „Wenn ich das wüsste. Ich hab einfach nur gesagt, dass ich ihm helfe, weißt du? Er hat die Kamera und das Geld. Und irgendeinen reichen Kerl, der ihm verspricht, sein Zeug in die Kinos zu bringen."

Das gibt mir wenigstens einen kleinen Anhaltspunkt, in welchem Jahr wir uns befinden. Der erste von Pauls Filmen ist 1976 entstanden. Alle anderen folgten innerhalb einer Zeitspanne von gut anderthalb Jahren.

Johnny streicht mir übers Haar. „Paul ist ein Künstler."

„So wie du."

„Ich? Himmel, nein." Er lacht. „Ich kann nicht für fünf Dollar zeichnen. Ich kann nicht singen. Ich bin nicht mal ein guter Schauspieler. Das Einzige, worin ich halbwegs gut bin, ist für Fotos zu modeln."

Ich lache leise. „Du siehst ja auch verdammt gut aus."

Johnny schnaubt. „Klar. Na ja, so gut, wie es eben geht, hm? Es reicht, um die Rechnungen zu bezahlen. Und es ist besser, als Autos zu klauen."

„Du wirst das nicht für immer machen", versichere ich ihm.

In dem folgenden Schweigen ist das Ticken der Uhr auf der Kommode sehr laut zu hören. Johnny sieht mich an und nimmt alles an mir in sich auf. Er fährt mit seiner Hand in mein Haar, umfasst meinen Nacken, zieht mich aber nicht näher.

„Nein", sagte er. „Das weiß ich. So etwas kann man nicht für immer machen, oder man endet auf der Straße."

„Du wirst nicht auf der Straße enden", sage ich.

„Was bist du, eine Wahrsagerin?"

„So in der Art." Ich nehme seine Hand und fahre die Linien nach. Ich habe keine Ahnung von Handlesen oder Tarotkarten oder irgendetwas in der Richtung. Aber ich kenne seine Zukunft.

„Ich sehe in deiner Zukunft Ruhm und Reichtum."

„Gut, gut. Das ist sehr gut." Johnny beugt sich vor, um das Mysterium seiner Handfläche ebenfalls zu betrachten, so als könne er dort das sehen, was ich ihm beschrieben habe.

„Und ... Liebe." Die Worte rutschen mir einfach so heraus.

Er schaut mich an. „Ja? Du siehst Liebe?"

„Ich sehe Liebe für dich, ja." Meine Stimme ist verträumt und heiser. Ich fahre eine weitere Linie auf seiner Hand nach, denke mir alles aus und bin doch irgendwie davon überzeugt, die Wahrheit zu sagen. Ich schaue Johnny tief in die Augen, bin wie gefangen von seinem Blick, der mich so fest in dieser Zeit, an diesem Ort hält, zumindest für diesen Augenblick, der vielleicht alles ist, was ich je erwarten darf.

Er zieht mich näher und küsst mich lang, sehnsüchtig und süß. „Das gefällt mir."

Wir küssen uns eine Weile nur um des Küssens willen. Mit ihm auf diesem breiten Bett zu liegen, die Kissen und Decken zerknüllt um uns herum, hat eine ganz besondere Qualität, beinahe wie in seinen Filmen. Sein Schwanz erhebt sich hart zwischen unseren Körpern, aber Johnny scheint es nicht eilig zu haben, mich noch einmal zu ficken – was vollkommen in Ordnung ist. Anders, unerwartet, aber okay. Es reicht mir, bei ihm zu sein, mit ihm herumzumachen, als wenn wir alle Zeit der Welt haben.

Was natürlich nicht stimmt. Meine Blase drückt – etwas, das mir in einer Episode noch nie passiert ist. Lachend winde ich mich aus Johnnys festem Griff und steige aus dem Bett, um auf nackten Füßen ins Badezimmer zu gehen. An der Tür schaue ich mich noch einmal zu ihm um. Schicke ihm einen Kuss. Als ich mich wieder umdrehe und über die Schwelle trete, stolpere ich und falle und lande auf Händen und Knien in meinem Hausflur.

Ich war immer noch nackt.

10. KAPITEL

Mein Telefon klingelte, brutal, misstönend und beharrlich. Ich zitterte so sehr, dass meine Zähne aufeinanderschlugen und Gänsehaut meinen Körper wie Brailleschrift überzog. Als ich aufstand, schwankte der Boden unter mir. Mein Magen drehte sich.

Ich wankte den Flur hinunter in die Küche, wo ich das Telefon hochnahm und es mir mit zitternder Hand ans Ohr hielt. „Hallo?"

„Hey, Süße, hier ist Mom. Hör mal, ich wollte dich fragen, ob du das schwarze Kleid noch hast, das du vor ein paar Jahren zu Weihnachten anhattest, weil ich mir das gerne ausleihen würde."

Ich schluckte die Galle hinunter, die sich in meinem Mund gesammelt hatte. Normalerweise litt ich nach einer Episode unter Übelkeit oder starken Kopfschmerzen, aber das heute fühlte sich anders an. Wie das reine Grauen.

„Mom?"

„Ich habe schon in deinem Kleiderschrank nachgesehen, es aber nicht gefunden, also dachte ich, dass du es vielleicht mitgenommen hast."

Ich glitt mit dem Rücken an der Wand hinunter und setzte mich mit dem nackten Hintern auf den kalten Fliesenboden. Ich zog meine Knie zur Brust, schlang meine Arme darum und legte meine Stirn auf ihnen ab. Das Telefon drückte gegen mein Ohr. Ich schluckte ein paarmal, bevor ich antworten konnte.

„Ja, ich glaube, ich habe es mitgenommen. Es könnte unter den Sachen sein, die ich noch nicht ausgepackt habe."

„Könntest du mal nachsehen?"

„Jetzt?"

„Nun ja, wann immer es dir passt", sagte sie.

„Klar." Meine Stimme klang rau und heiser. Ich räusperte mich. „Kann ich machen."

„Gut. Was gibt es sonst so in der großen, aufregenden Stadt?"

Mein Magen beruhigte sich, meine Kopfschmerzen schwanden. Ich fror immer noch, war aber nicht bereit, meinen Platz auf dem Fußboden aufzugeben, um keinen Rückfall zu riskieren. „Nichts. Das Übliche. Nichts Neues."

„Vielleicht kannst du nächste Woche ja mal vorbeikommen", sagte meine Mom. „Du könntest das Kleid mitbringen, und wir gehen gemeinsam zum Abendessen aus. Vielleicht schauen wir uns auch den neuen Film mit Ewan McGregor an. Ich habe gehört, dass er darin seinen nackten Hintern zeigt."

Mein Lachen klang ein wenig gequält, kam aber von Herzen. „Er zeigt in jedem Film seinen Hintern."

„Ich muss los. Dad wartet. Bye, Süße, ich liebe dich."

Und einfach so legte sie auf. Sie hatte nicht einmal gefragt, ob mit mir alles in Ordnung war. Sie hatte sich nicht das kleinste bisschen Sorgen gemacht.

Ich stand auf und legte das Telefon auf die Station zurück. Nachdem ich ins Bad gegangen war, drehte ich das Wasser so heiß an, wie ich es ertrug. Es brannte, als ich mich darunterstellte, aber ich brauchte die Hitze. Ich rieb meine Hände unter dem Strahl aneinander und hockte mich dann in die Mitte der Duschwanne und ließ das Wasser auf meinen Rücken prasseln, bis ich aufhörte, zu zittern. Erst als das Wasser nur noch lauwarm aus dem Duschkopf kam, kletterte ich hinaus.

Ich fühlte mich gut genug, um mich in meinen dicken Bademantel zu kuscheln und mir in der Küche etwas zu essen zu machen. Toast, Marmelade und Tee. Invalidenabendbrot. Dabei fühlte ich mich nicht krank. Ich hatte keine Schmerzen mehr. Himmel, ich konnte mich kaum noch daran erinnern, wie es sich angefühlt hatte, auf Händen und Knien nackt in meinem Flur zu mir zu kommen.

Nachdem ich mir den Magen vollgeschlagen hatte, durchsuchte ich meinen Flur. Keine Klamotten. Zögernd öffnete ich die Haustür und schaute mich auch da um, doch falls ich irgendwie nackt durch die Nachbarschaft gelaufen war, hatte ich meine Kleidung leider nicht auf der Veranda zurückgelassen. Es war kurz nach acht Uhr abends gewesen, als ich Johnnys Haus verlassen hatte. Das Telefon verriet mir, dass meine Mom um 20:17 Uhr angerufen hatte. Der Weg von Johnny hierher dauerte keine

120

fünf Minuten. Was bedeutete, dass meine Episode weniger als zehn Minuten angedauert hatte. Nicht lange genug, um mich in allzu große Schwierigkeiten zu bringen oder sehr weit zu kommen. Trotzdem sah ich in den Büschen auf beiden Seiten meiner Veranda nach, doch alles, was ich zutage förderte, waren ein paar verrottete Blätter, die der Schnee unbedeckt gelassen hatte.

Ich war durch meine Haustür getreten, und als Nächstes hatte ich nackt im Flur gestanden. Jetzt stand ich vor der Tür, mein Bademantel schleifte auf der Erde. Ich schaute mich um. Das ungenutzte Wohnzimmer auf der Rechten, direkt vor mir die Treppe, der Flur zur Küche und dem Esszimmer im hinteren Bereich des Hauses. Wie lange dauerte es wohl, mich auszuziehen, in ein anderes Zimmer in meinem Haus zu laufen und zurück zur Haustür zu kommen? Und warum hätte ich so etwas tun sollen?

Auf dem College hatte ich einen Freund, der gerne einen über den Durst trank. Er schlief dann nicht einfach ein, sondern er fiel in eine Art Koma. Er unterhielt sich ganz normal mit mir, konnte sich aber am nächsten Tag an kein Wort mehr erinnern. Von hellwach zu besinnungslos in weniger als einer Sekunde. So wie ich mit meinen Episoden, abgesehen davon, dass ich während ihnen oft lebhafte, bunte Fantasien erlebte und wusste, dass ich in dem Zustand auf meine Umwelt reagieren konnte, zumindest wenn die Trance nicht allzu tief war und nicht zu lange andauerte.

Ich konnte mich nicht erinnern, jemals länger als für eine oder zwei Minuten weg gewesen zu sein und gleichzeitig geistig anwesend gewirkt zu haben. Und auch wenn ich einfache Fragen beantworten konnte, sodass der Mensch, mit dem ich zusammen war, nichts von meiner Episode mitbekam, enthüllte doch alles, was über „ja", „nein" und „hm" hinausging, schnell die Wahrheit. Auf keinen Fall war ich jemals während einer länger andauernden Episode irgendwo hingegangen oder hatte etwas Derartiges getan wie heute.

Ich zählte die Schritte und Minuten von meiner Tür zum Wohnzimmer. Zur Küche. Zum Schlafzimmer und zurück. Keine Kleider. Keine Anzeichen dafür, dass ich durch die Gegend gestolpert war und Unsinn angestellt hatte.

Ich ging zurück auf die vordere Veranda und schaute zum Bürgersteig. Ich war mir nicht sicher, ob ich hoffte, unter der Straßenlampe einen Stapel Kleider zu sehen oder nicht. Doch ich sah nur Joe, den Typen, der mit seiner Frau eine Straße weiter wohnte und immer mit seinem Hund hier spazieren ging. Er winkte mir mit dem leeren Gassibeutel in der Hand zu.

Ich zog meinen Bademantel enger um mich und winkte zurück. Die kalte Luft sog die ganze Wärme aus der Haustür. Meine Füße waren nackt, also konnte ich nicht zu ihm gehen. Ich rief ihm zu.

„Hi!"

„Hi, Emm. Wie geht's?" Joe sah aus, als friere er.

Chuckles, der Hund, blieb stehen, um meinen Rasen zu beschnüffeln und sein Bein an einem der struppigen Büsche zu heben, die ich sowieso rausnehmen wollte, also war es mir egal. Wenn sein Hund in meinen Garten kackte, machte Joe die Hinterlassenschaften immer weg.

„Gut. Äh, bist du schon länger unterwegs?"

Joe sah erst seinen Hund, dann mich an. „Du meinst mit Chuckles?"

„Ja. Seid ihr schon einmal um den Block?"

„Ja. Ich bin gerade auf dem Heimweg. Wieso?"

„Hast du … mich gesehen?"

Joe schwieg ein paar Sekunden, in denen mir die Hitze in die Wangen stieg, was sich im kalten Wind besonders warm anfühlte. „Hätte ich dich sehen sollen?"

Ich zwang mich zu einem Lachen. „Nein, nein. Ich frage mich nur, ob du mich heute irgendwo anders als an meinem Haus gesehen hast."

Joe zögerte erneut. „Ist mit dir wirklich alles in Ordnung?"

„Oh, sicher, sicher." Ich winkte ab, als wäre es vollkommen normal für mich, an einem eisigen Winterabend einen Halbfremden barfuß und im Bademantel von der Tür aus zu begrüßen. „Ich war vorhin spazieren und dachte, ich hätte euch gesehen und dir zugewinkt, aber … das warst du wohl gar nicht."

„Ah." Joe zog an Chuckles Leine, um ihn daran zu hindern, in den Garten meiner Nachbarin zu gehen, weil die auf das kleinste Tröpfchen Hundepipi höchst allergisch reagierte. „Nein, das war ich wirklich nicht. Ist viel zu kalt, um lange draußen zu bleiben."

„Stimmt. Na dann war es wohl jemand anderes. Sorry."

„Kein Problem. Schönen Abend noch." Joe winkte noch einmal und setzte seinen Weg fort.

„Gleichfalls", rief ich ihm schwach hinterher und schloss meine Tür.

Die Genossenschaftsbank hatte eine großzügige Regelung, was Krankheits- und Urlaubstage anging. Obwohl es mir nicht recht war, Tage, die ich am Strand verbringen könnte, damit zu vergeuden, in meinem Bett zu liegen, rief ich am nächsten Morgen in der Firma an und behauptete, eine böse Erkältung zu haben. Ich fühlte mich ein wenig fiebrig, aber nicht wirklich krank. Ich konnte nur einfach nicht aufhören, an den gestrigen Abend zu denken.

Selbst bei meinen schlimmsten Episoden hatte ich mich immer glücklich geschätzt, dass sie keinen bleibenden Schaden hinterließen. Am Steuer sitzend in Trance zu fallen wäre unglaublich gefährlich, weshalb ich ja auch einen Großteil meines Erwachsenenlebens ohne Führerschein hatte auskommen müssen. Aber egal wie regelmäßig ich das Bewusstsein verlor, keiner der Tests hatte je Beweise für einen echten Gehirnschaden erbringen können. Ich blieb ein medizinisches Rätsel. Es gab dicke Aktenordner voller Testergebnisse und Berichte, aber keine Diagnose. Mein Gehirn zeigte unregelmäßige, irreguläre und unvorhersehbare Aktivitäten, die anscheinend mit Medikamenten und alternativen Heilmethoden unter Kontrolle gebracht werden konnten. Doch niemand hatte je Anzeichen dafür entdeckt, dass es schlimmer wurde.

Was also hatte sich geändert? Hatte der Stress des Alleinwohnens etwas in mir getriggert? War etwas in meinem Gehirn geplatzt, ein Blutpfropf oder ein Aneurysma? Ich lag im Bett, die Decke bis zum Kinn hochgezogen, und zitterte. Würde ich wissen, wenn so etwas passiert wäre? Hätte ich Schmerzen?

Vielleicht würde ich einfach nur in der Dunkelheit versinken und nie wieder auftauchen.

Möglicherweise reagierte ich aber auch über. Ich zwang mich, aufzustehen und heiß zu duschen. Danach ging ich in die Küche und aß etwas Suppe und ein Toastbrot – noch mehr Invalidennahrung, obwohl ich nicht krank war. Also machte ich mir einen Teller hausgemachter Makkaroni mit Käse warm, die meine Mom mir mitgegeben hatte. Mit dem Magen voller Kohlenhydrate und Fett fühlte ich mich schon viel besser.

Ich wusste, ich sollte Dr. Gordon anrufen und einen Termin zur Untersuchung vereinbaren. Aber ich wusste auch, dass sie sich unabhängig von den Ergebnissen verpflichtet fühlen würde, mich dem Staat zu melden. Dann wäre mein Führerschein wieder für ein Jahr weg. Ja, es war unverantwortlich von mir, es ihr nicht zu sagen. Ich könnte mit öffentlichen Verkehrsmitteln zur Arbeit und zum Einkaufen fahren, Dank an Sankt Vitus, den Schutzpatron der Epileptiker. Dabei war ich noch nicht einmal Epileptikerin. Ich wusste nicht, was ich hatte.

An Werktagen war ich nur selten zu Hause, und so erschreckte das Klappern an meiner Haustür mich, als ich durch den Flur ging. Dann erkannte ich, dass es von meinem Briefkasten draußen kam. Ich öffnete die Tür. Die Paketbotin war schon wieder auf halbem Weg zu ihrem Wagen. Ich schnappte mir den gelben Benachrichtigungszettel und winkte damit, um ihre Aufmerksamkeit zu erregen.

„Hallo!"

Sie lächelte. „Oh, Sie sind zu Hause. Sie Glückliche! Ich habe ein Päckchen für Sie, das nicht in Ihren Briefkasten passt. Ich wollte es gerade wieder mitnehmen, damit Sie es später auf dem Postamt abholen können."

„Ja, da habe ich wirklich Glück gehabt." Ich reichte ihr den Schein. Sie übergab mir einen Umschlag mit einem mir unbekannten Absender. „Danke."

Zurück im Haus riss ich den Umschlag auf. Eine DVD fiel mir in die Hände. *Nacht der hundert Monde.* Mein Magen zog sich ein wenig zusammen, so wie in der Achterbahn kurz vor der ersten Abfahrt. Ich schaute mir die Hülle genau an. Der Einleger wirkte kopiert und nicht professionell produziert. Ich drehte die Hülle um. Auf der Rückseite der gleiche Eindruck. Die Bilder und der Text waren ein wenig verblichen und schief. Die DVD selber war schlicht silberfarben mit einem aufgeklebten Label.

Huh.

Ich hatte vor dem Kauf nicht wirklich darauf geachtet, weil Jen gesagt hat, es handle sich um einen seltenen und schwer zu findenden Film. Mir behagte die Vorstellung nicht, eine Raubkopie gekauft zu haben, aber jetzt war es zu spät. Ich konnte nur hoffen, dass mein DVD-Player die Scheibe auch abspielte.

Ich hätte sie anrufen sollen. Ich hatte es versprochen. Aber Jen war jetzt auf der Arbeit, und ich war allein zu Hause. Krankheitstage waren dafür gemacht, den ganzen Tag im Bett zu liegen und Filme zu gucken. Und dieser hier brannte so zwischen meinen Fingern, dass ich auf keinen Fall bis zum Abend warten konnte, um ihn mit Jen gemeinsam anzusehen. Ich war mir sicher, dass ich ihn sowieso noch ein zweites Mal sehen wollte. Sie musste ja nicht wissen, dass ich ihn schon kannte. Obwohl – ich war mir sicher, sie würde es verstehen. Sie hatte sich ja auch alle Filme von Johnny angeschaut, lange bevor sie mich damit angesteckt hatte.

Endlich hatte ich einen Grund, den DVD-Player, den meine Eltern mir letztes Jahr zu Weihnachten gekauft hatten, in meinem Schlafzimmer anzuschließen. Mit dem Geschenk hatten sie die Tatsache feiern wollen, dass ich nun wirklich auszog und meine eigenen Geräte brauchte. Ich hatte dann auch ihren alten DVD-Player mitgenommen und ihnen dafür einen Blu-Ray-Player gekauft. Seit meinem Einzug hier hatte ich bisher nur im Wohnzimmer Filme geschaut, weil ich entschlossen gewesen war, wie eine Erwachsene zu leben und nicht mehr wie ein Teenager, der im Keller seiner Eltern wohnte.

Jetzt kam ich mir allerdings überhaupt nicht wie ein Teenager vor, sondern herrlich dekadent. Ich war Besitzerin von zwei DVD-Playern, zwei Fernsehern, ich war an einem Werktag zu Hause und hatte Zeit, im Bett herumzulungern und mir Kunstfilme anzuschauen. Das war so weit entfernt von letztem Jahr, als ich mich immer noch nach Mitternacht ins Haus geschlichen habe, als hätte ich von meinen Eltern eine Zeit vorgeschrieben bekommen und als dürfte mein Freund nicht bei mir übernachten. Jetzt hatte ich mein eigenes Haus und keinen Freund, aber das war in meinen Augen ein guter Tausch.

Ich holte mir eine Schüssel Eis – Schoko und Karamell – und kroch mit der Fernbedienung in der Hand unter die dicke Decke.

Nachdem ich mir die Kissen zurechtgerückt hatte, drückte ich Play.

Ich kannte das Haus. Ich kannte die Küche. Ich kannte diese Leute. Candy, Bellina, Ed, sogar Paul. Und Johnny, oh Johnny, nur in Tanktop und Jeans, die so altmodisch und lächerlich hätten aussehen müssen, aber seinen Hintern so verdammt gut kleideten, dass ich sie einfach bewundern musste.

Sie saßen um den Küchentisch herum, rauchten und unterhielten sich, während die Kamera von einem Gesicht zum anderen fuhr. Der Ton war grauenhaft, die Musik blechern und leiernd. Die Continuity stimmte auch nicht; es war, als hätten sie die gleiche Szene nur einmal, aber aus verschiedenen Blickwinkeln geschossen, sodass Teile der Unterhaltung fehlten, wann immer ein Schnitt kam. Wenigstens gab es einen Plot – oder so etwas Ähnliches –, obwohl alle vollkommen gestelzt sprachen und überhaupt nicht so wie üblich.

Den Mund voller Eis drückte ich auf Stopp. Ich stellte die Schüssel auf den Nachttisch. Die Leute kannte ich von meinen Recherchen aus dem Internet, oder? Von Stillfotos aus genau diesem Film. Und mein Gehirn hatte sich den Rest ausgedacht. Also konnte ich gar nicht wissen, wie sie wirklich klangen. Außer bei Johnny, und er war ein besserer Schauspieler als sie alle zusammen.

Das Standbild ermöglichte es mir, die Szene genauer zu betrachten. Ich kannte weder die Uhr an der Wand noch die Anzahl an Küchenschränken, aber ich hatte sie ja auch nicht gezählt, oder? Während der Episode war meine ganze Aufmerksamkeit auf Johnny gerichtet gewesen, weil er derjenige war, den mein Gehirn hervorrufen wollte. Der Rest war …

„Mist", murmelte ich laut. „Mist, Mist, Mist. Wo habe ich das schon mal gesehen? *Wie* habe ich das schon mal gesehen?"

Ich drückte wieder auf Play und hüpfte aus dem Bett, um meinen Laptop zu holen. Ich suchte nach dem Film und fand die Seite, auf der ich ihn bestellt hatte, sowie ein paar andere obskure Seiten, die ich mir vorher nicht genau durchgelesen hatte. Mit einem Auge auf den Fernseher gerichtet, scrollte ich durch grauenhafte Seiten mit weißer Schrift auf schwarzem Grund und blinkenden Animationen. Ich musste aufpassen, sie nicht zu lange anzuschauen. Sie würden selbst bei jemandem ohne Gehirnschaden einen epileptischen Anfall verursachen.

Auf einer Seite fand ich die Info, dass *Nacht der hundert Monde* in den Achtzigern fürs nächtliche Kabelfernsehen produziert wurde und oft im Nachtprogramm gezeigt worden war. So wie Jen es mir damals schon gesagt hatte. An diese Sendung konnte ich mich lebhaft erinnern, lief sie doch auf jeder Pyjamaparty, die ich in meinem Leben je veranstaltet hatte. Allerdings hatte ich keine Erinnerung daran, da je einen von Johnnys Filmen gesehen zu haben. Ich hielt den Film erneut an und verglich ihn mit den Standbildern von der Internetseite. Ich kannte den Tisch, die Küche, diese Leute. Ich hatte sie schon mal gesehen, ich konnte mich nur nicht mehr daran erinnern, wo.

Ich stieß den schokoladenhaltigen Atem aus, den ich unbemerkt angehalten hatte. Mein Gehirn nahm sich Teile dessen, was ich erlebte, und webte daraus eine neue, vollkommen fiktionale Geschichte. Diese Episoden waren nicht anders als die, die ich früher erlebt hatte. Meine Schwärmerei für Johnny machten sie nur etwas lebendiger und realistischer, weil ich es so wollte, mehr nicht.

Das erklärte allerdings immer noch nicht, wie ich nackt in meinem Hausflur gelandet war. Doch darüber wollte ich jetzt nicht nachdenken. Ich stellte den Laptop beiseite und konzentrierte mich wieder auf den Film. Johnny hatte darin gerade die Küche in Richtung Garten verlassen, in dem sich ein Swimmingpool befand, von dem ich nichts geahnt hatte. Er zog sich nackt aus und hob sein Gesicht dem Sonnenlicht entgegen, das seiner Haut einen goldenen Schimmer verlieh.

Die Kamera liebte ihn. Wer auch immer die Szene gefilmt hatte, betrachtete Johnny mit dem Auge eines Verehrers. Die Kamera fuhr beinahe zärtlich über seinen Körper und ruhte einen Moment an all den Plätzen, die ich so gerne küssen und beißen und lecken und saugen würde – und zwar in echt, nicht in meiner Fantasie. Er schwamm einmal längs durch den Pool. Das kristallklare Wasser verbarg nichts. Seine Beine öffneten und schlossen sich wie eine Schere, seine Muskeln spannten sich an.

Dieser Teil des Filmes schien etwas besser geschnitten zu sein. Die einzelnen Bilder waren nicht abgehackt aneinandergereiht, sondern gingen fließend ineinander über. Johnny schwamm langsam an den Beckenrand und warf den Kopf in den Nacken.

Ich kam beinahe. Mit einem Stöhnen, das sehr peinlich gewesen wäre, hätte ich Gesellschaft gehabt.

Bei der nächsten Einstellung runzelte ich die Stirn. Sandy, nur mit einem fadenscheinigen T-Shirt und einem Slip bekleidet, wartete am Beckenrand auf Johnny. Sie zog den Saum des T-Shirts hoch, um ihren nackten Bauch zu präsentieren, der, wie mir mit einem Anflug von Gehässigkeit auffiel, nicht flach und straff war. Als Kind hatte ich im Sommer mit meinen T-Shirts das Gleiche gemacht, aber niemals als erwachsene Frau. Ich rief mir in Erinnerung, dass dieser Film dreißig Jahre alt war, und mich über eine Frau lustig zu machen, deren Titten inzwischen vermutlich irgendwo auf Bauchnabelhöhe hingen, würde sich bestimmt später in meinem Leben noch mal rächen.

„Hey, Johnny", sagte Sandy mit der gleichen irritierend nasalen Stimme, die sie auch in meiner Episode gehabt hatte.

Das war echt nervig. Wieso musste mein Gehirn sich ausgerechnet daran erinnern? Andererseits kann ich mir nicht immer nur die Rosinen rauspicken, dachte ich und sah sehnsüchtig zu, wie Johnny aus dem Becken stieg.

„Hey", sagte er.

„Komm mal her. Ich muss mit dir reden."

Johnny rührte sich nicht, sondern betrachtete sie nur mit leicht zugekniffenen Augen. „Was willst du?"

„Komm her." Sie streckte die Hand aus, um seine Haare zu zerwuscheln, und obwohl ich wusste, dass es nur ein Film war, freute ich mich, ihn zurückzucken zu sehen.

„Lass mich in Ruhe", sagte Johnny. Sie griff erneut nach ihm, und er machte einen Schritt zur Seite. Als sie sich dann jedoch von hinten näherte, Arme und Beine um ihn schlang und ihm in die Nippel kniff, wehrte er sich nicht sonderlich stark. „Ich hab gesagt, du sollst mich in Ruhe lassen."

„Nein."

Sie rangelten ein wenig, aber sie ließ nicht los. Ihre Hand glitt tiefer, doch er hielt sie auf, indem er sie packte und flach gegen seinen Bauch drückte. Lächelnd knabberte sie an seinem Hals. Er lächelte nicht. Seine Miene war versteinert, Wassertropfen rannen über seine Schläfen und Wangen und hingen schimmernd an seinem Kinn.

„In deiner Gegenwart fühle ich mich so sexy, Johnny. Jetzt auch wieder."

„Freut mich für dich." Er gab kein Stück nach.

Nicht, als sie an ihm leckte. Nicht, als sie erneut in seine Nippel kniff. Nicht einmal, als ihre Hand das Sichtfeld der Kamera in Richtung seines Schoßes verließ.

„Ich habe Nein gesagt." Auf Johnnys Gesicht spiegelten sich die gleichen Empfindungen, die mir gerade durch den Kopf gingen. Endlich schüttelte er sie ab, ging nackt, wie er war, zu einem Stuhl und nahm sich ein Handtuch.

Ich hätte zu gerne den Grund für diese Szene gewusst. Zu wissen, dass Sandy seine Frau oder Exfrau oder was auch immer war, machte es nur noch schlimmer. Ich war eifersüchtig. Ich lachte laut, aber es klang ein wenig zittrig und gar nicht wie mein übliches Lachen. Ich war eifersüchtig auf etwas, das in einem Film passierte, der lange vor meiner Geburt gedreht worden war.

„Echt peinlich", sagte ich laut.

Es fühlt sich aber nicht peinlich an. Die beiden zu sehen, weckte in mir Gefühle, die ich aus der achten Klasse kannte, als

129

der Junge, in den ich verliebt war, eine andere zum Tanzen aufgefordert hatte. Ich wollte den Film vorspulen oder zumindest diese Szene. Selbst Johnnys nackter Hintern reichte nicht, um mir über dieses komische Gefühl im Magen hinwegzuhelfen.

Mein Eis war inzwischen geschmolzen, und die Heizung war angesprungen, weshalb es unter der Daunendecke langsam zu warm wurde. Ich schob sie beiseite und nahm die Fernbedienung, um vorzuspulen, als es erneut passierte.

Um mich herum wurde es dunkel.

11. KAPITEL

„Hey." Beim Klang von Johnnys Stimme drehe ich mich von der Hecke weg, vor der ich stehe. „Wohin bist du dieses Mal geflüchtet?"

Wenn ich jetzt meinen Mund öffnete, würde ich nur drauflosplappern, also verziehe ich meine Lippen zu einem Lächeln, das hoffentlich echt wirkt. Johnnys Haare, nass am Kopf anliegend, kommen mir bekannt vor, genau wie die Jeans und das Tanktop. Er kommt mit einem leichten Grinsen auf mich zu.

„Du hast Paul verpasst", sagt er. „Er ist gerade eben gegangen. Morgen kommt er wieder. Er meint, er hätte noch ein paar Einstellungen zu drehen."

Ich kann nicht sprechen. Ich lasse zu, dass er mich an sich zieht und küsst. Ich lasse auch zu, dass er sich eine Haarsträhne von mir um den Finger wickelt. Ich kann einfach nicht sprechen.

„Was ist? Bist du böse auf mich? Doch wohl nicht wegen der Szene am Pool, oder? Da war nichts. Das war nur für den Film."

Der Film. Der Pool. Ich hatte gerade gesehen, wie Sandy ihn am ganzen Körper befummelt hat.

Ich finde meine Stimme wieder. „Mit Sandy?"

„Ja. Aber das war nur … sieh mal, sie ist immer noch scharf auf mich, aber das ist nicht wichtig. Sie ist einfach nur verknallt."

„Ich weiß." Ich weiß es wirklich. Ich bin ja selber in ihn verknallt.

„Wie auch immer, wir haben das nur für den Film getan. Sie wollte mehr daraus machen, wollte es echt vor der Kamera tun, aber ich habe ihr und Paul gesagt, dass ich da nicht drauf stehe, verstehst du? Zumindest nicht mit ihr. Aber du warst ja nicht da. Schade eigentlich." Er grinst. „Ich könnte helfen, dich berühmt zu machen."

„Wie … wie lange war ich weg?"

Johnny zuckt mit den Schultern. „Ein paar Stunden? Ich muss dir sagen, Emm, ich hab mir zwar gedacht, dass du wieder abgehauen bist, aber du hast deine ganzen Sachen da gelassen. Wie machst du das nur?"

Er mustert mich von Kopf bis Fuß. Ein kleines misstrauisches Funkeln in den Augen. „Was hast du da überhaupt an?"

Ich trage eine flauschige Pyjamahose mit Batman auf dem Saum und ein Babydoll darüber. Was man halt so anhat, wenn man krank im Bett liegt. Ich hatte geduscht, aber nichts mit meinen Haaren gemacht. Sie hängen feucht und schwer über meinen Rücken.

„Küss mich", sage ich statt einer Antwort. „Küss mich einfach."

Und das tut er. Lang und weich und langsam und süß, genau wie ich es will und brauche. So wie er mich auch im echten Leben küssen würde, wenn ich ihn nur davon überzeugen könnte, es einmal zu versuchen. Ich ziehe mich zurück. Ich weiß, dass ich ziemlich zerzaust und fiebrig aussehen muss. Liebesfieber.

Johnny neigt den Kopf und kneift die Augen zusammen. „Emm?"

Der Boden vibriert unter meinen Füßen. Ich gleite davon. *Slip-sliding away*, wie Paul Simon es ausdrückt, aber ich bezweifle, dass ihm jemals so etwas passiert ist. Verdammt. Ist dieser Song überhaupt schon geschrieben worden? Ich weiß es nicht.

„Küss mich, Johnny", sage ich erneut.

Er tut es. Wieder und wieder, während die Welt sich so schnell dreht, dass ich mir sicher bin, gleich von ihr heruntergeschleudert zu werden. Mit seinen Händen liebkost er mich, lässt sie unter mein Babydoll wandern, um meine Brüste zu umfassen und meine Nippel zu reizen. Wir küssen uns im Garten, in den Büschen, wie ein Liebespaar, das nicht erwischt werden will.

Ich rieche das Chlor auf seiner Haut und irgendetwas Tropisches, vielleicht Sonnencreme. Ich rieche die zerquetschten Äste und Blätter von da, wo ich ins Gebüsch gefallen bin. All das rieche ich, und darunter den übel riechenden Duft von Orangen, der mir die bittere Galle in den Mund schießen lässt.

„Ich muss los", sage ich, als ich nicht länger dagegen ankämpfen kann.

„Aber du kommst wieder, ja? Versprich es mir." Johnny greift in mein Haar und hält mich fest. „Ich lass dich nicht gehen, ehe du es mir versprochen hast."

„Ich verspreche es!" Die Worte kommen als Keuchen. „Wirklich. Ich komme wieder."

„Gut." Johnny küsst mich noch einmal. „Dann sehe ich dich bald?"

„Ja", sage ich. „Ja, ja, ja Johnny."

Ich lasse ihn los, auch wenn er alles ist, was mich noch hält. Ich lächle und winke. Ich drehe mich um und gehe durch den Garten und hinaus auf den Bürgersteig vor seinem Haus.

Ich blinzle.

Mein Bett. Der Fernseher war noch an, der Film lief noch, zeigte immer noch die gleiche Szene. Meine Nippel waren immer noch steif, meine Klit pochte. Mein Atem blieb mir im Hals stecken, als ich mich rücklings in die Kissen fallen ließ.

Ich umfasste meine Brüste, spürte aber keine andere Wärme als meine. Ich hatte mir vorgestellt, wie er mich küsst und berührt, und mein Körper hatte darauf reagiert.

Ich ließ meine Hand unter das Bündchen meiner Hose gleiten und fand meine Muschi, sehnsüchtig, einsam und sehr feucht. Meine Perle pulsierte, als ich sie mit dem Finger umkreiste. Meine Hüften bewegten sich wie von selbst, ich ließ sie kreisen, während ich mich streichelte. Ich hielt inne und schaute an die Decke, die von Johnnys Gesicht verdeckt werden sollte, es aber nicht wurde. Und nie werden würde.

„Verdammtes Hirn. Das ist nicht fair."

Ich fuhr mir mit der Zunge über meine Lippen und stellte mir seinen Geschmack vor. Auf dem Bildschirm lag Johnny jetzt nackt auf dem Bauch auf einem Bett, die Augen geschlossen. Er schlief. Träumte. Seine Lider zuckten, er stöhne leise.

Verdammt. Es durchfuhr mich wie ein Blitz. Dieses Stöhnen war so sexuell aufgeladen, so voller Gier, ähnlich dem, das über meine Lippen schlüpfte. In dem Film träumte Johnny, aber ich war wach. Nicht in der Dunkelheit. Diese Hand auf meiner Klit war real. Es war meine Hand. Der sich langsam aufbauende Orgasmus, meine Bauchmuskeln, die sich anspannten, das war auch real. Das Bett unter mir, meine feuchte Hitze, die meine Finger überzog, als ich mich selber fickte, all das war real. Und als der Höhepunkt mich endlich mit sich riss, war auch er real.

Gegen kurz nach fünf am Nachmittag traute ich mich vor die Tür; zu dieser Zeit fühlte es sich nicht mehr so verboten an, herumzulaufen, wenn ich doch krank im Bett liegen sollte. Der Spaziergang zum *Mocha* war gerade lang genug, dass die kalte Luft mein Blut in Wallung brachte. Nach dem vielen Trostessen tat mir die körperliche Anstrengung gut. Ich würde den Effekt mit einem Stück Kuchen und einem süßen Latte zwar sofort wieder zunichtemachen, aber das war mir egal. Ich brauchte Zucker und Koffein.

„Hey." Ich warf Carlos einen kurzen Blick zu. „Wohnst du hier?"

„Freier Internetzugang." Er zuckte mit den Schultern. „Spart mir um die fünfzig Mäuse im Monat. Das ist mehr als genug, um die Kosten für Kaffee und Donuts aufzuwiegen."

„Dann isst du offensichtlich nicht genügend Donuts und trinkst nicht genug Kaffee."

Er zuckte wieder mit den Schultern und zeigte auf seinen Laptop. „Wenn ich meinen Roman verkaufen kann, spendiere ich dir Latte bis ans Lebensende."

„Abgemacht." Ich zog meine Handschuhe aus und steckte sie in die Taschen meiner Jacke, die für dieses Wetter zwar nicht gemacht war, aber … nun ja, meinen Mantel hatte ich zusammen mit meiner Lieblingsjeans verloren. Ich schaute mich in dem fast leeren Coffeeshop um. „Wer war heute hier?"

„Dein Freund nicht, falls du das gehofft hast." Carlos schenkte mir ein selbstgefälliges Lächeln.

Ich ignorierte es. „Und Jen?"

„Hab sie nicht gesehen. Aber du bist doch ihre beste Freundin, nicht ich."

Mit großer Geste zog ich mein Handy heraus und schrieb ihr eine SMS, ob sie vorhätte, noch vorbeizukommen. „Hast du überhaupt irgendwelche Freunde?"

„Touché." Sein Grinsen wirkte wesentlich freundlicher.

Ich erwiderte es und ging dann an den Tresen, um mir einen doppelten Latte mit weißer Schokolade und Pfefferminz zu holen und dazu ein Stück Kuchen. Ich konnte die Knöpfe an meiner Jeans förmlich protestierend aufschreien hören, aber das war mir egal. Zucker und Koffein hatten mir in der Vergangenheit schon bei Episoden geholfen, das war ein paar Extrastunden auf dem Hometrainer wert.

Ich hatte mich gerade für einen Tisch im hinteren Bereich des Cafés entschieden, da vibrierte mein Handy. Ich dankte dem Schutzheiligen der Handys, dass ich mein kostbares iPhone nicht dabeigehabt hatte, als ich meine Klamotten verlor. Jen schrieb, dass sie auf dem Weg sei. Ich war mir nicht sicher, was ich ihr zu *Nacht der hundert Monde* sagen sollte. Genauso wie ich mir nicht sicher war, ob ich ihn mir noch einmal ansehen konnte. Vielleicht würde ich ihn ihr einfach leihen.

Ich nippte an dem heißen, süßen Kaffee und pickte einen Zimtstreusel von meinem Kuchen. Dabei beobachtete ich die Leute. Das *Mocha* war dafür der perfekte Platz, weil es mitten im Herzen des Wohnviertels lag. Die Leute waren bunt gemischt, trendige Hipster standen hinter alten Frauen mit rotem Lippenstift und Leopardenmänteln. Ich sah ein paar bekannte Gesichter von meinen wenigen Ausgehabenden in der City. Harrisburg war eine kleine Stadt, auch wenn meine Mutter das Gegenteil behauptete.

Als Jen endlich ankam, mit rosigen Wangen und funkelnden Augen, grinste sie mich so breit an, dass ich auch lächeln musste. Meinen Kuchen hatte ich schon aufgegessen, den Kaffee halb ausgetrunken. Beides hatte meine Lebensgeister geweckt; mein Körper summte, aber zum Glück roch ich keine Orangen. Die Welt drehte sich nicht. Und natürlich gab es auch keinen Johnny.

Obwohl ich mir das so sehr wünschte. Selbst wenn ich dafür wieder in die Dunkelheit gehen musste. Der Gedanke erschreckte mich, doch wirklich überrascht war ich nicht.

„Was ist los?", fragte Jen, als ich aufstand und sie mit einer Umarmung begrüßte, die nur sehr guten Freunden vorbehalten war. „Du siehst verwirrt aus."

„Ich … Nein, mir geht es gut. Ich bin nur ein wenig müde. Ich war heute nicht im Büro."

Sie ließ mich los und verzog das Gesicht. „Igitt! Du hast doch wohl keine Erkältung, oder?"

„Nein."

Sie beugte sich vor. „Probleme im Ladyland?"

Ich lachte. „Nein. Nur müde. Und schlimme Kopfschmerzen. Ich glaube, es war mehr ein Tag für die mentale Gesundheit als alles andere."

„Mädchen, davon kann ich auch einen gebrauchen. Ich bin so durch mit Kindergartenkindern und ihren laufenden Schnupfennasen und vollgemachten Windeln."

„Wow, und ich dachte immer, die Jugend dieser Welt wäre in guten Händen."

Sie schüttelte den Kopf. „Was hab ich mir nur dabei gedacht, einen Job in der Kindertagesstätte anzunehmen? Na ja, ich dachte, die Arbeitszeiten sind gut. Und ich mag Kinder. Ich meine, ich liebe meine Neffen und Nichten, und da meine Gebärmutter vermutlich vertrocknen und rausfallen wird, bevor ich jemals jemanden treffe, mit dem ich eigene machen kann …"

„Oh, hör auf. Wie alt bist du? Fünfundzwanzig? Sechsundzwanzig?"

„Ab fünfundzwanzig geht es bergab, Emm." Jen sagte das so ernst, dass ich glaubte, sie meinte es auch so. Bis sie lachend zusammenbrach.

„Puh, danke, was soll ich denn dann sagen?"

Sie winkte ab. „Ach, bei dir ist alles gut."

„Alles gut im Sinne von ‚ich bin eh schon zu alt'?"

„Wir alt bist du?" Sie zog ihren Mantel aus und hängte ihn über die Rückenlehne des Stuhls, setzte sich aber nicht.

„Ich werde demnächst zweiunddreißig."

„Huh." Darüber dachte sie eine Minute nach. „Nun, ich schätze, du kannst immer noch adoptieren."

„Gemeine Kuh", rief ich ihr hinterher, als sie sich auf den Weg zum Tresen machte.

Ein paar Minuten später setzte sie sich mit ihrem Getränk an unseren Tisch und schaute mich eindringlich an. „Du weißt, dass ich nur Spaß gemacht habe, oder?"

„Ja, vielleicht. Ist schon okay. Ich weiß ja selber nicht, ob ich überhaupt Kinder haben will."

„Wirklich?" Sie pustete, um ihren Kaffee ein wenig abzukühlen, bevor sie daran nippte und trotzdem zurückzuckte, weil er wohl ihre Zunge verbrannte.

„Nein." Ich hatte ihr nichts von meiner Gehirnschädigung erzählt. Ich war mir nicht sicher, ob das jetzt der richtige Zeitpunkt oder Ort war, um das zu ändern. „Nicht dass ich mir im Moment darüber Gedanken machen müsste."

„Das kann man nie wissen. Du könntest schon morgen Prince Charming treffen."

„Tja, das Gleiche gilt für dich. Man weiß nie, was passiert."

Jen sah sich im *Mocha* um und runzelte die Stirn. „Na ja, hier wird wohl eher nix passieren."

Wir lachten beide und schauten auf, als die Türglocke ertönte. Ich erstarrte. Jens Lachen endete in einem glücklichen kleinen Seufzer. Wir schauten einander an und dann schnell wieder weg, um nicht erneut laut loszulachen.

Im Vorbeigehen streifte Johnnys Mantel unseren Tisch, und ich ließ meine Finger zärtlich über die Stelle streichen. Jen ertappte mich dabei, doch ich zuckte nur die Schultern.

„Dich hat es ja noch schlimmer erwischt als mich."

„Ich habe heute den Film bekommen." Ich sprach leise, weil ich mir sehr bewusst war, dass er nur wenige Meter von uns entfernt stand. Nachdem er mich nach dem Keksvorfall so grob aus dem Haus geworfen hatte, wollte ich nicht, dass er hörte, wie ich über ihn sprach, als wäre ich einer seiner verrückten Fans, für den er mich ja sowieso schon hielt.

„*Hundert Monde?* Jippieh." Jen dämpfte schnell ihre Stimme, aber Johnny schien sie nicht gehört zu haben. „Super. Geil. Wann kann ich zu dir kommen? Wann wollen wir ihn uns ansehen? Oh, warte. Du hast ihn schon geguckt, oder?"

„Tut mir leid." Ich guckte zerknirscht. „Ich konnte nicht anders."

„Ach, Süße, das ist doch nicht schlimm." Jen prostete mir mit ihrer Tasse zu. „Ich hätte mir die Schlampe auch sofort zu Gemüte geführt. Also, wie war er? Er ist echt schwer aufzutreiben, soll aber total gut sein."

„Er war …" Ehrlich gesagt, konnte ich mich kaum an den eigentlichen Film erinnern. „Ich schätze, wenn man Kunstfilmkritiker ist, kann man bestimmt viele nette Sachen über ihn sagen. Über die Kameraführung oder vielleicht die existenzialistische Bedeutung der Nöte der Jugend in der modernen Gesellschaft."

„Bemerkungen wie diese", sagte Jen feierlich, „sind der Grund dafür, warum ich dich so mag."

„Nein, ernsthaft. Er war den anderen sehr ähnlich, hatte allerdings noch weniger durchgehende Handlung."

Jen senkte die Stimme und schaute kurz zu Johnny, der sich mit seinem Kaffee an einen Tisch auf der gegenüberliegenden Seite des Raumes gesetzt hatte. „Sag mir wenigstens, dass er nackt ist."

„Vollkommen nackt."

„Das reicht mir schon. Denn ein Film mit einem nackten Johnny Dellasandro kann nicht ganz schlecht sein."

„Seine Frau spielt auch mit. Also seine Exfrau."

„Welche?"

„Er hat mehr als eine?"

„Ich glaube, er hatte drei oder vier." Sie warf ihm noch einen verstohlenen Blick zu.

Er musste wissen, dass wir über ihn sprachen. Oder zumindest, dass wir ihn anschauten. Es konnte nicht sein, dass es ihm nicht auffiel. Wir waren schlimmer als ein paar kichernde Teenager, die sich in der letzten Reihe auf Zetteln heimlich über den heißen Vertretungslehrer austauschten.

„Wie konnte mir das entgehen?"

„Vielleicht weil du bei Google nur nach Bildern von seinem Schwanz gesucht hast."

Ich warf eine Serviette nach ihr. „Pst."

Jen hielt sich die Hand vor den Mund, um ihr Lachen zu verbergen. „Tut mir leid."

„Derzeit ist er aber nicht verheiratet, oder?"

„Ich glaube nicht."

„Hat er eine Freundin?"

Jen schaute mich unter erhobenen Augenbrauen an. „Mein Stalking hat auch seine Grenzen. Aber ich glaube nicht. Falls doch, bringt er sie jedenfalls nicht mit hierher. Obwohl er letzte Woche diese Tussi dabeihatte, mit der ich ihn bei unterschiedlichen Gelegenheiten schon ab und zu mal gesehen habe."

„Mist." Ich versuchte gar nicht, meine Enttäuschung zu verbergen.

„Ach, Süße", sagte Jen mitfühlend. „Sieh dich einer an."

Ich runzelte die Stirn und befeuchtete meine Fingerspitze, um die letzten Krümel Zucker von meinem Teller aufzupicken. „Ich weiß. Erbärmlich, oder?"

„Du solltest ihn mal ansprechen. Einfach Hallo sagen oder so."

Seufzend riskierte ich einen Blick, aber Johnny war in sein Buch vertieft, dessen Titel ich nicht erkennen konnte. „Das hab ich schon probiert."

„Und?"

Ich entschied mich, reinen Tisch zu machen. „Ich habe ihm ein paar Kekse vorbeigebracht, um ihm für seine Hilfe an dem Tag zu danken, als ich auf dem Eis ausgerutscht bin."

„Du hast mit ihm *gefickt*!" Köpfe drehten sich zu uns um. Seiner zum Glück nicht. Jen senkte ihre Stimme zu einem Zischen. „Du hast mit Johnny Dellasandro gevögelt?"

„Nein! Nein, nein, nein." Meine Wangen brannten wie Feuer. „Er wollte nichts mit mir zu tun haben. Als ich ihm die Kekse gab, hat er sie nicht einmal probiert. Er hat sich wie ein richtiges Arschloch benommen."

„Nein." Sie sackte geschlagen auf ihrem Stuhl zusammen. „Ich meine, er ist immer sehr reserviert, aber ein Arschloch? Das ist eine große Enttäuschung. Hast du ihm gesagt, dass du auf seinem Gesicht reiten willst oder etwas ähnlich Peinliches? Denn das hätte ich vermutlich getan."

„Nein. Ich habe ihm nur ein paar Kekse gebacken, weil er erwähnt hat, dass er selbst gebackene Kekse mag."

Sie schnaubte. „Wer tut das nicht."

„Offensichtlich Johnny Dellasandro. Und da er nicht einmal meine Chocolate Chips Cookies probieren wollte, bezweifle ich sehr, dass er daran interessiert ist, von meiner Muschi zu kosten."

Jen lachte laut auf, und ich stimmte mit ein, obwohl ich gar nicht versucht hatte, witzig zu sein. Wir beide bekamen uns kaum wieder ein, selbst dann nicht, als Johnny zu uns herüberschaute. Unsere Blicke trafen sich. Seiner ernst und meiner vermutlich voller Freude. Ich hätte unter seinem Blick sofort ernüchtern können, doch ich tat es nicht. Leck mich, dachte ich. Ich würde nicht so tun, als wäre ich eingeschüchtert.

„Oh Mann! Ich muss leider los. Grandma hat einen Friseurtermin." Jen stand seufzend auf. „Wann kann ich vorbeikommen, um mir den Film anzusehen?"

„Donnerstag?"

„Das passt. Willst du ihn auch noch mal gucken?"

Bis eben war ich mir nicht sicher gewesen, aber jetzt nickte ich. „Klar."

„Cool. Dann sehen wir uns am Donnerstag." Lachend schüttelte sie ihren Kopf und murmelte im Weggehen nur: „Kekse."

Ich blieb noch eine oder zwei Minuten sitzen und versuchte, mich innerlich schon einmal gegen die Eiseskälte und Dunkelheit zu wappnen, die mich draußen erwarten würden. Mit einem kurzen Besuch auf der Damentoilette schindete ich ein wenig Zeit. Als ich wieder herauskam, war Johnny weg. Weit war er allerdings nicht gekommen, ich sah ihn vor der Tür des *Mocha* stehen. Er zündete sich eine Zigarette an.

Ich blieb kurz stehen. Beinahe hätte ich Hallo gesagt, dann überlegte ich es mir anders. Dann wieder dachte ich, dass ich jeden anderen Nachbarn auch begrüßen würde, wenn ich auf der Straße an ihm vorbeiginge. Warum sollte ich Johnny anders behandeln?

„Hey", sagte ich leichthin.

Er nickte und stieß einen dünnen Rauchfaden aus, der sofort vom Wind weggeweht wurde. Der Geruch biss mir in der Nase, war aber immer noch besser als Orangen. Ich warf ihm noch einen Blick zu, zwang mich, mich ihm nicht in die Arme zu stürzen und einen noch größeren Idioten aus mir zu machen, als ich es durch meine klappernden Zähne sowieso schon war.

Wir mussten in die gleiche Richtung, und ohne ein Wort gingen wir nebeneinanderher. Es waren die längsten drei Straßenzüge, die ich je gelaufen war, und vermutlich auch die kältesten.

Ich wollte, dass der Weg niemals aufhörte.

Als wir an meinem Haus ankamen, zitterte ich vor Kälte. Mein Kiefer war ganz verspannt, so sehr hatte ich versucht, meine Zähne nicht aufeinanderschlagen zu lassen. Meine Nase lief, meine Finger waren taub. Ich bog auf den Weg zu meiner Haustür ab und dachte, Johnny würde einfach schweigend weitergehen, so wie er auf dem ganzen Weg über geschwiegen hatte.

„Sie sollten sich einen Mantel zulegen", sagte er.

Ich drehte mich zu ihm um. „Wie bitte?"

Er hatte seine Zigarette beinahe aufgeraucht und deutete mit dem Filter auf mich. „Ihre Jacke ist nicht warm genug. Sie sollten sich einen Mantel kaufen."

„Äh, ich habe meinen Mantel verlegt", erwiderte ich.

Er schaute mich sehr lange und sehr intensiv an. „Ach ja?"

„Ja."

„Na dann", er trat ein paar Schritte zurück, „sollten Sie sich einen neuen kaufen."

Das war alles. Ich schaute ihm nach, wie er den Gehweg entlang zu seinem Haus ging. Er drehte sich nicht einmal um.

12. KAPITEL

Auch wenn es kein Heiratsantrag gewesen war, ging ich trotzdem mit bester Laune ins Bett. Ich schlief tief ohne Träume und wachte erholt auf. Keine seltsamen Gerüche, keine Verschiebungen in der Wahrnehmung. Ich fühlte mich so gut wie seit Langem nicht mehr. Der Unterschied war kaum spürbar, aber ich war es gewohnt, auf jedes kleinste Zeichen meines Körpers zu achten.

Nach der Arbeit suchte und fand ich das Kleid, das meine Mom sich ausleihen wollte, und ich beschloss spontan, es ihr vorbeizubringen. Harrisburg war mit dem Auto nur eine gute Dreiviertelstunde von Annville entfernt, und ich hatte gerade nichts Besseres zu tun. Schlimmer noch. Ich … ich wollte meine Mom sehen. Nach allem, was passiert war, musste ich an unserem alten Küchentisch sitzen und einen Kakao trinken. Mich bemuttern lassen. Nur ein klein wenig.

Aber als ich bei meinen Eltern ankam, lag das Haus im Dunkeln. Kein Auto auf der Einfahrt. Ich schloss mit einem Schlüssel auf und fühlte mich trotzdem wie ein Gast. „Hallo?"

Keine Antwort. Ich sah auf die Uhr. Kurz nach sieben, also weiß Gott noch nicht spät am Abend, aber für meine Eltern das Äquivalent zu ein Uhr in der Früh. Ich steckte die Schlüssel in meine Handtasche und stellte sie aus Gewohnheit auf den Stuhl neben der Eingangstür, obwohl meine Mutter mich immer ermahnt hat, ich solle meinen Kram wegräumen. Ich wusste nicht, wo ich sie sonst hinstellen sollte. Ich wohnte hier nicht mehr.

„Mom? Dad?" Ich hängte das schwarze Kleid, das immer noch in der Plastikhülle von der letzten Reinigung steckte, an die Garderobe. „Hallo?"

Das Knirschen von Kies verriet mir, dass jemand vorgefahren war. In der nächsten Sekunde ging das elektronische Garagentor auf und ließ die Dekoteller an der Esszimmerwand klappern. Ich betrat in dem Augenblick die Küche, in dem meine Mutter aus der Garage hereinkam.

Sie schrie. Laut. Ich schrie auch.

„Emmaline!"

„Mom!" Ich fing an zu lachen. „Hast du mein Auto nicht gesehen?"

„Ich habe dich nicht erwartet." Meine Mutter legte eine Hand auf ihr Herz. Sie atmete schwer. „Du hast mich zu Tode erschreckt."

„Tut mir leid." Ich ging zu ihr, um sie in den Arm zu nehmen, da kam mein Dad rein. „Hey, Dad."

Er begrüßte mich mit einem abwesenden Kuss und einer Umarmung. Dann drängte er sich an mir vorbei in Richtung Schlafzimmer, als wenn mein Besuch nichts Besonderes wäre. Gott, ich liebe meinen Dad.

Meine Mom hielt mich auf Armeslänge von sich und schaute mich von oben bis unten an. „Du siehst dünner aus."

„Ich wünschte, es wäre so. Aber du hast definitiv abgenommen." Ich hatte sie das letzte Mal vor ungefähr einem Monat gesehen, aber sie hatte Gewicht verloren. Sie trug einen Trainingsanzug und hatte bei ihrem Aufschrei eine Sporttasche neben sich auf den Boden fallen lassen. „Wart ihr im Fitnessstudio?"

Mom schaute erst die Tasche an, dann ihre Kleidung, dann mich. „Ja. Dein Dad und ich dachten, wir sollten langsam mal etwas für uns tun."

Meine Mom war nie dick gewesen. Nur an Hüften und Busen wohlgerundet. Es war seltsam, ihre Wangen so hohl zu sehen. Ich hatte ihr das Kleid mit dem Gedanken gebracht, dass es ihr wohl kaum passen würde, aber jetzt sah es beinahe so aus, als könnte es ihr zu groß sein.

„Wow", sagte ich. „Ich sollte mir von dir eine Scheibe abschneiden."

Das war ihr Lieblingssatz, und ich klang genauso wie sie. Sie lachte und zog mich in ihre Arme. Ich schloss die Augen und erwiderte die Umarmung innig.

„Ach, mein kleines Mädchen, du hast mir gefehlt."

„Mom", protestierte ich aus Gewohnheit und nicht, weil es mir wirklich etwas ausmachte.

„Was tust du überhaupt hier?" Sie ließ mich los.

143

„Ich habe dir das Kleid gebracht."

„Oh stimmt ja. Toll!" Meine Mom strahlte. „Ich springe nur schnell unter die Dusche, und dann probiere ich es an. Hast du schon gegessen? Für Dad und mich mach ich nur einen Salat, aber im Kühlschrank sind noch Reste."

„Nein, danke, lieb gemeint."

Ich ging an den Kühlschrank und nahm die Milch heraus. Doch als ich den Oberschrank öffnete, konnte ich nirgends das Kakaopulver entdecken. Ich drehte mich um, und mein Blick fiel auf den Tisch. Der war auch neu. Er hatte die gleiche Größe und Form wie der alte, aber er war definitiv anders. Ich stellte die Milch zurück und ließ mich schwer auf einen der ebenfalls neuen Stühle fallen.

„Na, was meinst du?" Beinahe schüchtern kam meine Mom in die Küche. Das Kleid passte ihr perfekt, nur um die Brust war es ein wenig weit. Sie drehte sich langsam um die eigene Achse.

„Du siehst toll aus."

„Findest du?" Sie zupfte am Ausschnitt, der wesentlich tiefer war als bei ihren sonstigen Kleidern. „Ist es nicht zu weit ausgeschnitten?"

„Nein. Überhaupt nicht. Mit hochgesteckten Haaren und einer hübschen Kette wird das großartig aussehen. Du bräuchtest nur andere Schuhe." Ich zeigte auf ihre dicken Socken, und wir lachten beide.

„Gut. Das wäre dann erledigt." Sie strich das Kleid über ihrem Bauch glatt und drehte sich hin und her, um sich in dem Spiegel zu betrachten, der auf der Kellertür befestigt war. „Dann muss ich mir keins kaufen."

„Wozu willst du es anziehen?" Ich dachte, sie würde sagen, zu einer Hochzeit oder so.

„Oh …" Meine Mutter kaute ein wenig auf ihrer Unterlippe, bevor sie mich mit glänzenden Augen anschaute. „Dein Dad hat mich zu unserem Hochzeitstag auf eine Kreuzfahrt eingeladen."

„Was?" Meine Kinnlade fiel herunter.

„Ja. Und an einem Abend ist Kapitänsdinner. Dafür ist das Kleid perfekt."

Ich konnte es kaum fassen. „Eine Kreuzfahrt? Du und Dad?"

„Ja." Sie strahlte. „Vor Alaska."

Nicht einmal in der Karibik, die eindeutig näher war. „Wow. Das ist toll, Mom."

„Wir zwei sind seit … puh, vermutlich seit unseren Flitterwochen nicht mehr alleine verreist."

Sie würde es nie sagen, und ich kenne viele Eltern, die nicht ohne ihre Kinder verreisen, solange die noch klein sind. Aber meine Eltern waren noch Jahre, nachdem ihre Freunde angefangen hatten, alleine Wochenendtrips zu unternehmen, immer zu Hause geblieben.

Plötzlich stand ich kurz davor, in Tränen auszubrechen, die meine Mom nicht sehen sollte. „Das klingt nach verdammt großem Spaß. Wann geht es los?"

„Oh, erst im März. Deshalb gehen wir jetzt ja auch ins Fitnessstudio. Marianne Jarvis – du erinnerst dich doch an sie? Sie hat gesagt, auf einer Kreuzfahrt gibt es so viel zu essen, dass man danach zehn Pfund mehr auf den Rippen hat. Also dachte ich, die sollten wir mindestens vorher abnehmen." Sie strich erneut über die Vorderseite des Kleids.

„Ihr werdet bestimmt eine unvergessliche Zeit haben. Und du siehst fabelhaft aus."

Sie musterte mich. „Emm? Ist mit dir alles in Ordnung?"

Kein Kakao. Ein neuer Tisch. Meine Mutter in einem schwarzen Cocktailkleid, jünger und hübscher, als ich sie je zuvor gesehen habe. Das waren die Veränderungen, die seit meinem Auszug stattgefunden hatten, und ich wollte ihr die Vorfreude nicht mit meinen Ängsten zerstören.

„Das fragst du mich immer. Und was sage ich darauf?"

„Du sagst immer, dass es dir gut geht."

„Also, mir geht es gut."

„Okay, ich ziehe mich nur schnell um. Bleibst du noch ein bisschen? Ich kann dir was zu essen warm machen."

„Ich muss noch ein paar Sachen aus dem Keller holen, wenn das okay ist."

Sie schaute mich merkwürdig an. „Natürlich ist das okay, Liebes. Das hier ist immer noch auch dein Zuhause, und das wird es immer sein."

Ich schaffte es in den Keller, bevor ich in Schluchzer ausbrach, die ich mit meiner Hand erstickte. Der abgenutzte Sessel, den ich hiergelassen hatte, stand immer noch da, und ich ließ mich hineinfallen, beide Hände vor den Mund geschlagen, um ja kein Geräusch von mir zu geben. Ich wiegte mich hin und her und weinte aus Gründen, die ich nicht wirklich verstand.

Ich wollte doch unabhängig sein. Wieso nur fühlte ich mich auf einmal so verlassen?

Ich zwang mich, mich zusammenzureißen, bevor ich endgültig den Halt verlor. Dieser Zusammenbruch war kindisch und rührselig, ganz zu schweigen von selbstsüchtig. Und dumm. Und unehrlich, weil ich ganz genau wusste, hätte ich meiner Mom erzählt, dass ich wieder unter Episoden litt, hätte sie mich an einen Küchenstuhl gebunden und mich erst wieder gehen lassen, wenn ich einen Termin bei meiner Ärztin vorweisen könnte. Und vielleicht nicht einmal dann.

Ich wollte es ihr sagen, damit sie mich umsorgte und verwöhnte. Ich wollte es ihr nicht sagen, weil ich wusste, dass sie genau das tun würde. Ich konnte nicht beides haben; das war eine Last, die ich zu tragen hatte, nicht sie. Ich war beinahe zweiunddreißig Jahre alt, und es war an der Zeit, auf eigenen Füßen zu stehen.

Ich hatte nicht viel hiergelassen, aber in einer Ecke standen ein paar Plastikboxen mit allem möglichen Kram. Alte Jahrbücher und Fotoalben, ein paar lieb gewonnene Puppen. Sachen, von denen ich gedacht hatte, ich würde sie mir nie wieder ansehen wollen und die mir nun doch öfter in den Sinn kamen, je mehr Kartons ich in meinem Haus auspackte. Okay, dann war es halt albern, dass ich die alte My-Friend-Mandy-Puppe wieder so auf dem Regal sitzen sehen wollte, wie sie all die Jahre in meinem Zimmer gesessen hatte. Ich hatte diese Sachen hiergelassen, weil ich ein erwachsenes Haus hatte haben wollen. Aber ohne diese Stücke aus meiner Kindheit fühlt es sich so nackt an.

Ich zog die Boxen aus der Ecke und öffnete sie nacheinander, um sicherzugehen, dass es auch die richtigen waren. Ich wollte nicht aus Versehen die Weihnachtsdekoration meiner Mutter mit nach Hause schleppen. Alles war noch da, genau wie ich es hinterlassen hatte. Und in der dritten und letzten Kiste lag ganz obenauf …

„Hey, Mom?", rief ich ihr auf dem Weg nach oben zu. Sie tauchte am Kopf der Treppe auf, gekleidet in Jeans und Sweatshirt und mit einem Ofenhandschuh in der Hand. „Hast du das in meine Kiste gelegt?"

„Georgette? Ja. Ich habe sie hinter dem Sessel gefunden, als ich da unten ein wenig sauber gemacht habe. Ich nahm an, dass du sie behalten wolltest."

Ich hielt den Stoffkoalabären hoch, der genau in meine Handfläche passte. Das Fell war an einigen Stellen ganz abgewetzt, und ein Auge war sorgfältig wieder festgeklebt worden, nachdem es beinahe einen ganzen Tag lang verschwunden gewesen war. Mein Grandpa hatte mir den Teddy gekauft, als ich nach dem Sturz auf dem Spielplatz im Krankenhaus lag. Ich erinnerte mich noch gut daran, wie es war, aufzuwachen und ihn in meinem Arm vorzufinden. Ein neues, unbekanntes Spielzeug, das mir schnell mehr bedeutete als alles andere.

„Ich kann nicht glauben, dass ich sie hier vergessen habe." Ich drückte die Koaladame an mich.

„Jetzt kannst du sie ja mitnehmen", sagte meine Mom.

„Ja", sagte sich. „Das werde ich auch."

Auf dem Heimweg saß Georgette neben mir auf dem Beifahrersitz. Als ich aus dem Auto stieg, steckte ich sie in die Tasche meines Mantels – ein altes Stück, den ich auch von meinen Eltern mitgenommen hatte, da mein richtiger Mantel immer noch nirgendwo aufgetaucht war. Dann nahm ich eine der Boxen aus dem Kofferraum und hievte sie den Bürgersteig zu meinem Haus hinauf.

Jemand hatte mir ein Päckchen hinterlassen. Nun ja, eher eine braune Papiertüte aus dem Supermarkt. Ich stellte die Box ab und suchte nach meinen Schlüsseln, während ich mit dem Fuß sanft gegen die Tüte stieß. Ich hatte vergessen, die Glühbirne in der Lampe über der Haustür zu wechseln, sodass der Inhalt der Tüte geheimnisvoll im Schatten lag. Ich schob die Tür auf, stellte die Box auf den Teppich, damit kein Schnee auf meinen einigermaßen sauberen Fußboden tropfte, und holte die Tüte rein.

Darin lag mein Mantel.

Und nicht nur er. Alle meine Klamotten, säuberlich zusammengefaltet. BH, Slip, Socken, T-Shirt. Meine Lieblingsjeans. Nur meine Stiefel fehlten. Ich suchte in der Tüte nach einer Nachricht, fand aber keine.

„Mist", sagte ich. „Mist, Mist, Mist."

Jemand hatte Mitleid mit mir gehabt, aber wer? Wohin war ich nackt allein im Dunkeln gegangen? Und was hatte ich dort getan? Ich merkte, dass ich in meinem Körper nachspürte, als könnte ich so herausfinden, in welche Unannehmlichkeiten ich mich hineingeritten hatte. Auf dem College hatte ich eine Freundin, die immer, bevor sie ausging, einen Tampon einführte, selbst wenn sie nicht ihre Tage hatte. Sie sagte, wenn er fehlte, wüsste sie so wenigstens, dass sie etwas angestellt hatte, auch wenn sie sich nicht mehr daran erinnern könnte. Ich habe diesen Trick nie ausprobiert, aber mein Unterleib zog sich trotzdem zusammen, als mir einfiel, welche Tätigkeit mein Gehirn mir während der Trance vorgegaukelt hatte.

Ich schüttelte die Kleidung aus. Sie roch nach Zedernholz. Ein kleines Stück Papier fiel aus meinem T-Shirt. Es schwebte auf der kalten Luft, die durch die immer noch offene Haustür hereinströmte, sanft zu Boden. Ich schloss die Tür und beugte mich dann hinunter, um das Papier aufzuheben. Es war ein Beleg von einer Reinigung. Er sah ziemlich alt und vergilbt aus.

Auf dem Beleg stand ein Name.

„Mist, Mist, Mist." Ich schloss meine Augen und hoffte, wenn ich sie wieder öffnete, würde ich sehen, dass ich mir das alles nur eingebildet hatte. Ich öffnete sie. „Mist."

Der Name auf dem Beleg war ... Johnnys. Ich stöhnte und knüllte den Zettel in der Hand zusammen, dann überlegte ich es mir anders und strich ihn auf meiner Handfläche glatt und steckte ihn in die Hosentasche.

Mein Handy klingelte. Jen. „Hey, Süße."

„Hey", sagte sie. „Hör mal, würde es dir etwas ausmachen, wenn ich unsere Filmnacht absage? Ich fühle mich schrecklich deswegen, aber … na ja, ich habe eine echte Verabredung. Also nicht dass die Verabredung mit dir nicht echt ist", fügte sie hastig hinzu.

Ich lachte. „Natürlich macht es mir nichts aus. Mit wem triffst du dich?"

„Er heißt Jared", sagte sie. „Stell dir vor, er ist Bestattungsunternehmer."

„Wow. Na ja, wenigstens hat er einen Job, was ich von meinem letzten Freund nicht behaupten konnte."

Sie kicherte. „Ja. Wie auch immer, wir wollten eigentlich Freitag weggehen, aber er hat zu den seltsamsten Zeiten Dienst und hat gefragt, ob es mir etwas ausmacht, stattdessen Donnerstag zu gehen."

„Wie hast du ihn überhaupt kennengelernt?" Ich steckte meine Klamotten in die Tüte zurück, froh, sie wiederzuhaben, aber noch nicht bereit, mich der Bedeutung dieser Tatsache zu stellen. „Du hast noch nie von ihm erzählt."

„Es ist mir beinahe ein wenig peinlich."

„Mädchen, wann war dir jemals irgendetwas peinlich?" Ich lachte.

„Ich habe ihn auf einer Beerdigung kennengelernt. Hattie, die Schwester meiner Grandma, ist vor ein paar Monaten gestorben. Jared hat sich um die Beisetzung gekümmert."

„Er hat dich auf der Beerdigung deiner Großtante um ein Date gebeten? Krass." Ich konnte nicht die Box tragen und gleichzeitig telefonieren, also ließ ich die Kiste, wo sie war, ging in die Küche und setzte Teewasser auf. Georgette legte ich auf den Küchentisch.

„Nein. Nicht da. Ich habe ihn übers Internet angeschrieben. Das Beerdigungsinstitut hat eine Fanpage auf Connex."

„Was?" Ich erstarrte mitten in der Bewegung. „Du machst Witze."

„Kein bisschen. Das ist gar nicht so schlimm, wie es sich anhört. Es ist eher eine Informationsseite, obwohl es schon komisch ist, Fan von einem Beerdigungsinstitut zu werden. Auf diese Art haben wir auf jeden Fall angefangen, uns zu schreiben, und dann hat er mich zum Essen eingeladen."

„Vielleicht sollte ich auch mehr Zeit auf Connex verbringen." Das meinte ich nicht ernst. Das soziale Netzwerk war ein unglaublicher Zeitfresser, selbst für jemanden mit einem so leeren Verabredungskalender wie mich.

„Er ist echt süß, Emm. Und lustig."

„Das freut mich für dich. Hab viel Spaß am Donnerstag und mach dir keine Sorgen. Wirklich. Ich hab dir ja gesagt, der Film ist gar nicht so gut."

„Ach, jeder Film mit Johnny ist gut." Sie klang nicht ganz so überzeugt wie sonst.

Jared muss wirklich sehr süß sein, dachte ich, war ihr aber nicht böse.

„Bist du sicher, dass es dir nichts ausmacht? Von wegen Freundschaft geht vor und so?"

„Um Himmels willen, nein!", sagte ich. „Wenigstens eine von uns sollte ein wenig Aufregung im Leben haben."

„Es ist nur ein Abendessen", wiegelte Jen ab, aber ich hörte die Aufregung in ihrer Stimme.

„Genieß es. Ich erwarte Freitag einen ausführlichen Bericht."

„Sollst du kriegen."

Wir legten auf, und in dem Moment fing mein Kessel an zu pfeifen. Ich goss das heiße Wasser über das Tee-Ei und ging dann raus, um den Rest aus dem Auto zu holen. Auf der Straße fuhr ein Wagen an mir vorbei und blieb vor Johnnys Haus stehen. Ich tat so, als müsste ich Sachen in meinem Kofferraum hin und her schieben, während ich unauffällig guckte, wer da wohl ausstieg.

Es war Johnny. Natürlich. Und die Frau, die ich schon einmal mit ihm im Coffeeshop gesehen hatte. Er half ihr über die glatten Stellen auf dem Bürgersteig, indem er sie am Ellbogen festhielt. Eifersucht, irrationale und sinnlose Eifersucht packte mich. Ich knallte den Kofferraumdeckel so heftig zu, dass es auf der ganzen Straße zu hören war. Die beiden drehten sich zu mir um. Ich tat so, als sei ich vollauf mit meiner Box beschäftigt.

Er gehörte mir nicht. Meine zusammengestückelten Fantasien gaben mir keinerlei Rechte an irgendwelchen wie auch immer gearteten Gefühlen bezüglich dessen, was Johnny mit seinem Leben anstellte. Wir waren kein echtes Liebespaar. Himmel, wir waren ja noch nicht mal befreundet.

Trotzdem stieß ich eine Reihe von Flüchen aus, während ich den Kram, den ich von zu Hause mitgebracht hatte, auspackte und im Haus verteilte. Ein paar alte, wunderschöne Kinderbücher stellte ich aufs Regal, und eine gerahmte Kinderzeichnung von mir hing ich an die Wand im Wohnzimmer. Ich hielt inne und schaute mir das Bild an. Gar nicht mal so schlecht – was vermutlich der Grund dafür war, dass meine Mom es hatte rahmen lassen. Ich war künstlerisch begabter, als ich dachte.

Meine Initialen hatte ich in die untere rechte Ecke geschrieben – E.M.M. für Emmaline Marie Moser. Ich lächelte, wie immer, wenn ich meinen Namen so geschrieben sah. Ich hatte wirklich kluge Eltern.

Auf dem Bild war ein Haus zu sehen, vor dem eine Frau und ein Mann standen. Die Frau war eine Prinzessin oder eine Braut, vielleicht auch beides. Das war schwer zu sagen, da der rosafarbene Rüschenrock, der Schleier und die Blumen in ihrer Hand zu beiden passen würden. Sie und der Mann hielten sich an den Händen. Ihr Lächeln war eine gebogene Linie, die von einem Ohr zum anderen reichte. Er sah mehr aus wie ein Prinz als wie ein Bräutigam, weil er keinen Smoking, sondern einen langen schwarzen Mantel und einen noch längeren gestreiften Schal trug.

Ich schaute genauer hin. Langer schwarzer Mantel. Langer gestreifter Schal. Mein Magen schlug einen Purzelbaum. Ich griff nach dem Bild. Das Glas war ganz staubig und fleckig, der Holzrahmen an den Ecken ein wenig lose.

Das war mein Haus. Dieses hier. Hoch und schmal, drei Fenster auf der einen Seite der Haustür, eines auf der anderen. Okay, es könnte jedes Haus sein, aber es sah aus wie meins.

151

Und dann sah ich die *Tardis*, die Raum-Zeit-Maschine aus der britischen Science-Fiction-Fernsehserie *Doctor Who*. Beim ersten Mal war sie mir gar nicht aufgefallen, da sie halb von perspektivisch nicht ganz richtig gemalten Bäumen verborgen stand. *Wow!*

„Hallo, Doktor." Ich berührte die Figur noch einmal. Das Rätsel war gelüftet. Als Kind war ich ein Riesenfan von *Doctor Who* gewesen. Ich will niemandem zu nahetreten, aber auch wenn der Hauptdarsteller schon von vielen Schauspielern verkörpert wurde, wird Tom Baker für alle Zeiten der einzig wahre „Doctor" für mich sein.

„Freak", sagte ich liebevoll zu meinem achtjährigen Ich und hängte das Bild wieder auf.

Das Rätsel um meine Kleidung war hingegen noch immer nicht gelöst, und es nagte den ganzen Tag über an mir. Ich konnte gar nicht aufhören, mir ein Horrorszenario nach dem nächsten auszudenken. Zumindest hatte ich nichts Illegales angestellt, so viel stand fest. Oder man hatte mich dabei nicht erwischt. Ich war weder in den Abendnachrichten noch – soweit ich das beurteilen konnte – auf *YouTube* aufgetaucht. Oder noch schlimmer, auf dem erotischen Gegenstück des Videoportals: *YouPorn*.

Obwohl, wenn etwas in der Art geschehen wäre, *wüsste* ich wenigstens, was ich getan hatte.

Es gab keinen anderen Ausweg mehr: Ich musste mit Johnny darüber reden. Er hatte mir die Kleidung zurückgebracht; er versuchte also nicht, so zu tun, als wäre nichts passiert. *Was auch immer passiert sein mochte ...*

Verdammter Mist.

Dieses Mal ging ich nicht mit einem Teller Kekse zu seinem Haus. Ich hatte keine Ahnung, ob ein Friedensangebot angebracht wäre oder nicht, aber ich wollte nicht noch tiefer in seine Privatsphäre eindringen, als ich es offensichtlich sowieso schon getan hatte. Deshalb suchte ich ihn in seiner Galerie auf.

Das Tin Angel an der Front Street nahm beinahe das gesamte herrschaftliche Gebäude ein, das in ein Geschäftshaus umgewandelt worden war. Ich trat ein und stellte fest, dass die Galerie gut besucht war, was ich für einen Donnerstagabend überraschend fand. Ich war wohl davon ausgegangen, weil ich keinen Kunstverstand besaß, interessierte sich auch kein anderer dafür. Pärchen schlenderten, mit einem Weinglas in der einen und einem Teller mit Käsehäppchen in der anderen Hand, umher und murmelten leise Kommentare zu den Bildern, die an den Wänden hingen, und den auf Podesten im Raum verteilten Skulpturen. Im Hintergrund spielte leise Musik.

Na super. Ich war mitten in eine Feier hineingeplatzt. Wie sich herausstellte, handelte es sich jedoch nicht um einen besonderen Anlass, sondern diese Art von Vernissage fand jeden Donnerstag statt. Ich hörte, wie sich ein Paar darüber unterhielt, dass sie letzte Woche hier gewesen waren und ein Einzugsgeschenk für eine Freundin gekauft hatten. Diese Woche schauten sie sich scheinbar nach einem Geburtstagsgeschenk um.

Ich ließ mir Zeit und wanderte in Ruhe durch die unterschiedlich großen Räume. Die Fußböden aus abgeschliffenem und lackiertem Holz glänzten. Die nicht ganz geraden Wände waren in einem sanften Weiß gestrichen und vor den Fenstern befanden sich hauchdünne Vorhänge. Lichterketten hingen in den Topfpflanzen und waren kreuz und quer unter den hohen Decken gespannt.

„Was für ein wundervolles Haus", sagte ich zu einem älteren Paar, das aussah, als wäre es den Seiten eines Modemagazins entstiegen. Ich war froh, dass ich direkt von der Arbeit hierhergekommen war. So trug ich wenigstens Rock und Pumps statt Jeans und Stiefel.

„Ja, es ist wirklich unglaublich, was Johnny daraus gemacht hat, nicht wahr?", entgegnete die Frau. „Sehen Sie sich nur einige der Stücke an. Kaum zu glauben, dass man so etwas ausgerechnet in Harrisburg findet. Wer hätte geahnt, dass es hier so viele Talente gibt."

„Liegt darauf der Fokus seiner Arbeit?" Ich erinnerte mich dumpf, dass Jen etwas in der Richtung gesagt hatte.

„Ja. Und natürlich auf seiner eigenen Arbeit, mit der Sie ja sicher vertraut sind." Der Mann schlenderte davon, vielleicht, um

153

seinen Käseteller aufzufüllen. Die Frau winkte mit ihrem Weinglas in meine Richtung.

„Natürlich."

Ehrlich gesagt, bei meinen Internetrecherchen zu Johnnys Leben hatte ich seinem künstlerischen Werk sehr wenig Beachtung geschenkt. Ich kannte seine Geschichte ein wenig, aber mehr auch nicht.

„Wir können uns so glücklich schätzen, einen Künstler seines Kalibers in unserer Mitte zu haben, der noch dazu die örtliche Kunstszene unterstützt." Sie war ein wenig angetrunken und lehnte sich zu mir herüber. „Und noch dazu sieht er umwerfend aus, oder?"

Ich zog mich leicht angewidert zurück. „Äh … Ja. Wissen Sie, ob er heute hier ist?"

„Johnny ist donnerstags immer hier. Das hier ist *seine* Galerie", sagte sie, als wäre ich ein totaler Volltrottel.

Nun ja, ganz zurechnungsfähig war ich, was ihn anging, ja tatsächlich nicht. Aber ich beschloss, heute mutig zu sein. Ich dankte ihr und setzte meinen Weg durch die Räume fort, bis ich ihn sah. Er stand ganz hinten im letzten Raum und sprach mit einem Pärchen. Wahrscheinlich Künstler – jedenfalls vermutete ich das anhand ihrer ausgefallenen Kleidung.

Er schmunzelte, lachte sogar. Und wie gut er dabei aussah! Das Verlangen brannte wie Feuer in meinem Bauch, doch ich hieß den Schmerz willkommen, weil ich ihn verdient hatte. Einen Moment lang lungerte ich am Durchgang herum, beobachtet, wie er mit der Gruppe interagierte, die sich um ihn versammelt hatte, und wurde immer eifersüchtiger. Dieses Mal hatte das Gefühl aber keinen sexuellen Hintergrund. Falls Johnny flirtete, war es so subtil, dass es mir nicht auffiel. Aber er sah so aus, als mochte er die Leute, mit denen er zusammen war. Und ich wollte auch dazugehören.

Er schaute auf. Sah mich. Sein Lächeln schwand nicht, sein Lachen blieb. Er winkte mich nicht zu sich, aber er wirkte auch nicht, als wünschte er, dass ich wieder gehe. Eher so, als hätte er mich erwartet.

Ich vertrieb mir die Zeit damit, mir die Kunst in diesem Zimmer anzusehen, während seine Bewunderer ihm ihren Respekt aussprachen und einer nach dem anderen ging, bis wir schließlich die Einzigen in dem Raum waren. Ich spürte ihn hinter mir, bevor ich ihn sah. Ich schaute mir das Werk vor mir noch für einen langen, schweigenden Moment an, in dem ich versuchte, den Mut zusammenzunehmen, um zu sprechen.

Johnny wartete nicht. „Gefällt es Ihnen?"

Ich warf ihm aus dem Augenwinkel einen Blick zu, traute mich aber noch nicht, ihn anzuschauen. „Es ist schön."

„Schön? Zum Teufel mit schön. Kunst ist nicht schön. Kunst soll den Betrachter bewegen."

Ich schaute ihn an. „Tut mir leid. Ich kenne mich mit Kunst nicht aus."

Johnny lachte, es klang nicht unfreundlich. „Was gibt es da auszukennen? Glauben Sie, man braucht ein Diplom oder eine fesche Baskenmütze, um Kunst zu verstehen? Nein. Man braucht nichts davon. Man muss sie einfach nur fühlen."

„Tja", sagte ich nach einer Weile. „Ich schätze, bei dem hier fühle ich nicht sonderlich viel."

„Ich auch nicht", gab Johnny zu. „Ich hab's nur hier hingehängt, weil der Junge ein wenig Geld braucht, um sein College zu bezahlen, und manchen Leuten dieser Stil gefällt."

Ich lachte und drehte mich endlich zu ihm um. „Wirklich?"

„Wirklich."

Wir schauten das Bild noch einen Augenblick an.

„Ich wollte Ihnen dafür danken, dass Sie mir meine Kleidung zurückgebracht haben", sagte ich.

Johnny erwiderte nichts. Die Musik war hier leiser als in den anderen Räumen. Ich konnte das Summen der Unterhaltung aus dem Rest des Hauses hören, das Klappern von Absätzen auf dem Holzfußboden. Aber hier drinnen waren wir immer noch allein.

„Ich habe es Ihnen doch gesagt. Es ist kalt da draußen. Sie brauchen einen Mantel."

„Johnny …"

Seine Augen blitzten, doch ich würde ihn nicht Mr Dellasandro nennen. „Das war gar nichts. Machen Sie sich keine Gedanken."

„Wo hatten Sie sie her?" Ich trat zwei Schritte näher und bemerkte, dass er nur einen Schritt zurückmachte. Ich wollte nicht, dass jemand uns hörte ... und ich wollte ihm näher sein.

„Sie haben Sie in meinem Haus zurückgelassen", sagte Johnny. Mein Magen zog sich schmerzhaft zusammen. Ich schluckte bittere Galle hinunter. „Oh Mist. Was ist passiert? Was habe ich getan? Ich meine ... oh Gott, das ist so peinlich. So ..."

Bevor ich mich versah, hatte er meinen Ellbogen gepackt und führte mich durch eine schmale Tür in ein winziges Büro, wo er mich auf einen Stuhl setzte, meinen Kopf zwischen meine Beine drückte und mir ein Glas Wasser einschenkte.

„Atmen", befahl Johnny. „Und wenn Sie sich übergeben müssen, dann um Himmels willen bitte in diesen Eimer."

Ich musste mich nicht übergeben, aber die Welt drehte sich auf alarmierende Weise. Nicht so, als würde ich wieder in eine Trance fallen – das glich immer eher einem seitlichen Wegrutschen. Das hier war mehr, als hätte ich zu viele Runden auf einem Karussell gedreht. Ich nippte an dem Wasser und atmete tief durch.

„Sie sind weiß wie die Wand. Trinken Sie."

Ich tat es. „Tut mir leid. Aber ich muss es einfach wissen."

„Sie erinnern sich nicht?" Sein Akzent verstärkte sich, wenn er besorgt war.

Ich schüttelte den Kopf. „Nein."

Er rieb sich mit der Hand übers Gesicht und drückte dann mit zwei Fingern seine Nasenwurzel. Er setzte sich auf die Ecke des Schreibtischs. Ich war ihm so nah, dass ich sein Knie hätte berühren können, tat es aber nicht.

„War es ... sehr schlimm?" Ich hatte in der letzten Zeit eine solche Achterbahnfahrt der Gefühle mitgemacht, dass ich meine Tränen erst bemerkte, als sie anfingen, mir über die Wangen zu laufen. „Bitte, Johnny. Bitte sagen Sie mir, dass es nicht schlimm war."

„Hey, hey", sagte er. „Nicht weinen."

Seine Umarmung war so warm und vertraut, obwohl ich wusste, dass es nur mein Gehirn war, das mir diese Vertrautheit vorgaukelte. Es war mir egal. Ich nutzte sein Mitgefühl schamlos aus und drückte meine Wange fest gegen seine Brust. Seinen Herzschlag zu hören beruhigte mich.

Johnny strich mir mit der Hand über den Rücken und mein Haar. „Pst. Es war nicht schlimm."

Ein Schauer der Erleichterung überlief mich. Ich schloss meine Augen. „Es tut mir so leid, was auch immer es war."

Johnny sagte nichts, sondern hielt mich nur fest. Sein Herzschlag beschleunigte sich. Mit einem Finger malte er Muster auf meinen Rücken, und auch mein Herz schlug schneller.

Ich atmete tief ein. Meine Geschichte war kein Geheimnis, ich erzählte sie nur nicht gleich jedem. Selbst Jen wusste nichts davon, und sie war inzwischen meine beste Freundin. Doch Johnny musste ich davon erzählen, ihm musste ich es erklären, auch wenn ich wusste, dass ich sein Mitleid nicht ertragen würde.

„Als ich sechs Jahre alt war, bin ich von einem Klettergerüst gefallen und habe mir den Kopf so stark angeschlagen, dass ich eine Woche im Koma lag."

Seine Hand hielt in der Bewegung inne. Er löste sich nicht von mir, aber ich spürte, wie sich jeder Muskel in seinem Körper anspannte. Sein Herz schlug noch schneller, doch er sagte nichts.

„Ich erlitt eine unbestimmte Hirnschädigung, die glücklicherweise keinerlei motorische Einschränkungen mit sich zog. Aber seitdem erleide ich immer wieder mal … Blackouts. Eine Art von Anfällen. Sie halten meistens nur ein paar Sekunden an, aber sie können auch mehrere Minuten dauern."

„Halluzinationen", sagte Johnny.

Erstaunt lehnte ich mich zurück, um ihn anzuschauen. „Was?"

„Sie haben Halluzinationen", sagte er.

„Ja. Ich weiß. Aber woher wissen Sie das?"

„Ich kenne mich eben gut aus."

Ich entzog mich ihm ein wenig, doch er hielt mich immer noch fest, und auf keinen Fall wollte ich, dass er mich losließ. Mein Bauch drückte auf eine Weise gegen seine Gürtelschnalle, dass mir die Knie weich wurden. „Ich nenne sie Episoden, obwohl sie medizinisch gesehen als alles Mögliche von kleinem bis großem epileptischem Anfall diagnostiziert wurden. Ich hatte eine sehr lange Zeit Ruhe vor ihnen. Bis vor ein paar Wochen. Da kehrten sie zurück. An jenem Abend in Ihrem Haus."

„Sie sind ohnmächtig geworden", sagte Johnny. „Ihr Gesicht wurde ganz ausdruckslos."

„Oh Gott", sagte ich verzweifelt. „Wie peinlich. Was ist noch passiert? Wie kam es, dass ich ohne …"

„Machen Sie sich darüber keine Gedanken", unterbrach Johnny mich. In seinen grün-braunen Augen blitzte es. „Ich habe Ihnen doch gesagt, dass es nicht schlimm war. Sie konnten nichts dagegen tun, richtig?"

Das Letzte, was ich wollte, war, dass er mich anschaute, als wäre ich irgendein medizinischer Freak. Anormal. Behindert. „Nein, aber …"

„Dann machen Sie sich keine Sorgen. Es ist alles vergessen."

Er hielt mich immer noch fest. Sein Blick brannte förmlich auf mir. Ich hatte gedacht, dieses intensive Starren zu kennen, aber es live zu sehen war etwas ganz anderes als auf dem Bildschirm. Wir beide atmeten schneller. Bauch an Bauch, in enger Umarmung – ich müsste mich nur auf die Zehenspitzen stellen, um ihn zu küssen.

Ich küsste ihn.

Nur eine kurze Berührung unserer Lippen. Mehr traute ich mich nicht. Als sein Mund sich aber unter meinem öffnete und er mich fester an sich zog, keuchte ich erstaunt auf. Unsere Zungen trafen einander, die Welt neigte sich, aber ich klammerte mich an ihn und verhinderte so, zu fallen.

Zumindest dachte ich das. In der nächsten Sekunde stand ich einen halben Meter von ihm entfernt, meine Lippen waren noch feucht von unserem Kuss, und mein Herz schlug so schnell, dass es in meinen Ohren dröhnte. Es gab für ihn nicht viel Raum, sich zurückzuziehen, also lehnte er sich gegen den Tisch und hielt mich auf Armeslänge von sich.

Ich wimmerte, als er mich losließ.

Es war ein dummes, peinliches Geräusch, aber was machte eine Demütigung mehr schon aus? Ich schlug mir eine Hand vor den Mund. Meine Augen fühlten sich so weit aufgerissen an, als könnte ich die ganze Welt sehen.

Johnny erschauerte und wandte sich von mir ab. „Gehen Sie. Gehen Sie einfach nach Hause."

„Aber …"

„Emm." Mein Name brachte mich zum Schweigen. „Ich sagte, geh jetzt. Bitte."

Und das tat ich. Mit zwei wackligen Schritten war ich an der Türschwelle und blieb stumm stehen, während er die Tür hinter mir zumachte. Seinen Geschmack noch auf der Zunge, ging ich mit weichen Knien los. Mein Herz schlug so schnell, dass ich fürchtete, wirklich ohnmächtig zu werden. Und trotzdem lächelte ich.

Er kannte meinen Namen.

13. KAPITEL

Die Euphorie hielt ungefähr dreißig Sekunden an. Gerade so lange, bis mir wieder einfiel, dass ich ihn geküsst und er mich weggeschoben hatte. Glücklicherweise hatte niemand mich aus seinem Büro kommen sehen, sodass ich mir keine Sorgen um den großen „Abgelehnt"-Stempel machen musste, der bestimmt deutlich sichtbar auf meiner Stirn prangte. Ich verließ das Tin Angel, ohne mir noch ein einziges Kunstwerk anzusehen.

Am Montag kam Johnny nicht ins *Mocha*.
Auch nicht am Dienstag.
Oder am Mittwoch.
Bis Donnerstag hatte ich mich davon überzeugt, dass ich ihn für immer vergrault hatte, doch ich traute mich nicht, es Jen zu sagen. Ich wusste nicht, warum ich ihr noch nichts von dem Kuss erzählt hatte. Weil ich fürchtete, sie könne das Gefühl haben, ich würde ihr etwas stehlen, was ihr sowieso nie gehört hatte? Oder weil ich nicht zugeben wollte, dass Johnny mich nicht wollte? Aber Jen spürte, dass etwas nicht in Ordnung war. Immerhin war sie meine Freundin.

„Also", sagte sie zwischen zwei Bissen von ihrem Sandwich. Leider war das Mittagsangebot im *Mocha* nicht so gut wie die Kuchen und Muffins. „Raus damit. Was ist los?"

„Was sollte los sein?" Ich hob die obere Hälfte meines leicht durchgeweichten Croissants an und nahm das Salatblatt heraus. „Sieh dir das an. Was für eine Schande. Auf dieses Sandwich gehört nichts anderes als Baby-Radicchio."

„Hm-mh." Jen hatte die Kruste ihres Sandwiches bereits abgeschnitten. Sie hatte ein „PB & J für Erwachsene" bestellt – wir waren uns allerdings nicht klar, was an einem Peanutbutter-und-Jelly-Sandwich erwachsen sein könnte.

Ich seufzte. „Ich muss dir etwas erzählen, aber ich will nicht, dass es unsere Freundschaft beeinflusst."

„Süße!", seufzte Jen. „Was um alles in der Welt ist denn nur los?"

„Na ja …"

Sie wartete. Ich versuchte es. Wirklich. Aber es war so schwer, es zuzugeben. Manche Sachen kann man nicht mal seiner besten Freundin erzählen.

Sie legte ihre Hand auf meine. „Ist es was wirklich Schlimmes? Du kannst es mir sagen, Emm. Ehrlich. Bist du krank oder so?"

Ich drehte meine Hand um und drückte ihre. Ich wollte ihr die Wahrheit sagen – über mein gestörtes Gehirn, die Episoden, darüber, wie ich nackt in meinem Hausflur zu mir gekommen bin. Aber ich konnte es nicht. Ich wusste, sie würde es verstehen, zumindest den Teil mit den Episoden, aber ich wollte es ihr nicht zumuten. „Nein. Das ist es nicht."

„Was dann?"

„Ich habe was gemacht und bin mir nicht sicher, was du davon hältst."

„Hast du ein Nacktfoto von mir auf Connex hochgeladen?" Ich lachte. „Nein. Guter Gott."

„Dann bin ich mir ziemlich sicher, dass ich kein Problem damit haben werde, was auch immer es ist." Jen ließ meine Hand los und biss von ihrem Sandwich ab. „Oh. Crunchy Peanutbutter und exotische Marmelade und das zum Preis von ungefähr fünfzig regulären PB & J Sandwiches. Ist das der Grund, warum es ‚für Erwachsene' heißt? Dann hätte ich lieber Truthahn nehmen sollen."

„Ich habe ihn geküsst", sagte ich.

Sie schluckte und trank einen Schluck Milch, bevor sie etwas sagen konnte. „Wen?"

Ich schätze, mein Gesichtsausdruck war Antwort genug, denn sie riss ihre Augen auf.

„Ja", sagte ich, bevor sie etwas sagen konnte. „Ich war so dumm."

„Wie? Wo? Was ist passiert? Oh mein Gott, wie war es?" Ihr aufgeregtes Quieken sorgte dafür, dass sich mehrere Köpfe zu uns umdrehten.

Ich bedeutete ihr mit einer Geste, sich zu beruhigen, und erzählte ihr dann mit leiser Stimme die ganze Geschichte. Ich ließ nur den Teil mit den Halluzinationen aus, die ich während meiner dunklen Phasen hatte. Sie hörte mir zu, ohne mich zu unterbrechen. Ab und zu schüttelte sie ungläubig den Kopf. Als ich fertig war, biss ich in ihr Sandwich, damit ich nicht noch mehr erzählte.

„Oh Mann", sagte Jen schließlich. „Das ist aber ein ganz schöner Schlamassel."

„Ich weiß", sagte ich elendig. „Und dieses Sandwich ist nicht lecker."

Sie lachte. „Du weißt schon, dass es tausend andere Restaurants gibt, wo wir uns zum Mittagessen treffen können."

„Ja. Ich schätze, ich wollte herkommen, weil … Na ja, du weißt schon."

„Ich weiß." Sie leckte sich einen Klecks Marmelade vom Daumen. „Ich kann dir keinen Vorwurf machen. Ich meine, ich wusste, dass es dich schwer erwischt hat, aber ich wusste nicht, dass es so ernst ist."

„Es ist nicht ernst", sagte ich.

„Bist du sicher?"

„Er hat mich weggeschubst, schon vergessen? Männer schieben keine Frauen weg, auf die sie stehen."

„Manchmal schon. Vielleicht gab es einen Grund dafür, den du nicht kennst. Vielleicht hat er eine Freundin."

Ich schnaubte. „Das wäre noch schlimmer, als wenn er mich einfach nicht leiden könnte."

„Findest du?" Jen wirkte nicht überzeugt.

„Ja. Wenn er nicht auf mich steht – was meiner Überzeugung nach Fakt ist – kann ich einfach weitermachen. Aber wenn er nur wegen einer anderen Frau nicht mit mir zusammen sein kann, obwohl er es will …"

„Ich verstehe, was du meinst. Das wäre echt doof."

Ich lachte. Nach dem Geständnis ging es mir ein bisschen besser. „Und vor allem total unrealistisch. Er hat mich von sich geschoben, als wäre mein Mund vergiftet. Das ist echt peinlich."

„Stimmt", sagte Jen.

Wir schauten einander eine halbe Minute in die Augen, bevor wir in lautes Lachen ausbrachen. Das tat gut. Es half mir viel mehr als mitfühlende Worte oder Beteuerungen, dass alles gut würde.

„Du bist nicht sauer?", fragte ich, als ich mich wieder einigermaßen gefangen hatte.

„Nein, wieso sollte ich?" Jen wirkte ernsthaft verwirrt.

„Na ja, weil … weil es um Johnny geht."

Sie lachte auf. „Ja, aber er hat mich ja nicht deinetwegen sitzen gelassen oder so."

„Aber du hast ihn zuerst gemocht."

„Sind wir in der sechsten Klasse oder was? Süße", Jen wurde ernst. „Du wirst mir einen gehörigen Tritt versetzen, aber ich sagte es trotzdem, auch wenn du mir nicht glaubst: Ich denke, er mag dich."

„Auf gar keinen Fall."

Sie nickte. „Oh doch. Ich glaube schon. Ich war letzte Woche einmal alleine hier, und er kam rein und schaute sich um. Schaute mich an, hat mir direkt ins Gesicht gesehen, aber wahrgenommen hat er nur den leeren Stuhl mir gegenüber, wenn du verstehst, was ich meine."

„Ach, hör auf! Warum hast du mir das nicht erzählt?" Sofort war es mir peinlich, dass ich so anklagend klang, wo ich doch selber gerade erst aufgehört hatte, mich schuldig zu fühlen, weil ich ihr ihren Schwarm ausspannen wollte.

„Bis du mir das eben erzählt hast, habe ich mir nichts dabei gedacht. Aber jetzt ergibt es für mich Sinn."

„Ich erzähle dir, dass ich von ihm abgewiesen wurde, und dir fällt ein, dass er sich nach mir umgesehen hat?" Ich schüttelte seufzend den Kopf. „Tut mir leid, aber der Strohhalm ist mir etwas zu brüchig, um danach zu greifen."

„Hey. Was ist vor dem Kuss passiert?"

Ich dachte daran, wie er mich gehalten und mir übers Haar gestreichelt hatte. „Er war einfach nur nett."

„Und du glaubst, Männer sind nur so einfach nett?"

„Einige schon. Oh Gott." Mein Magen verkrampfte sich. Ich verbarg mein Gesicht in den Händen.

163

„Komm, da ist doch nichts dabei." Sie stupste mich so lange an, bis ich aufschaute.

Ich konnte ihr nicht sagen, dass ich mit Johnny schon auf tausend Arten gevögelt hatte. Zumindest in meinem Kopf. Dass ich süßen, schmutzigen, göttlichen Sex mit ihm gehabt hatte und mir Sorgen machte, dass meine Fantasien durch irgendetwas angeregt wurden, das mein Körper in seinem unbewussten Zustand getan hatte.

Das Klingen der Glocke ließ Jen über meine Schulter zur Tür schauen. Ich musste mich nicht umdrehen, um zu wissen, wer da gekommen war. Ich erkannte es an der Art, wie ihre Pupillen sich weiteten, an dem Blick, den sie mir zuwarf, ihrem Mund, dem starren Lächeln. Ich versteifte mich und schloss kurz die Augen. Ich hörte Schritte. Wartete auf die Berührung seines Mantels im Vorbeigehen. Ich öffnete die Augen.

Johnny stand an unserem Tisch und schaute uns beide an.

Jen, das musste ich ihr zugutehalten, wirkte kaum überrascht. Ich achtete darauf, meinen Mund fest geschlossen zu halten und Johnny nicht wie ein Idiot anzuglotzen. Wir schauten zu ihm auf. Er schaute auf uns herunter.

„Mädels", sagte er mit einem Nicken und ging zum Tresen weiter.

In dem Moment erkannte ich, dass von ihm bemerkt zu werden wesentlich schlimmer war, als ignoriert zu werden.

„Wow", sagte Jen leise. „Er sagt zu kaum jemandem Hallo."

„Mädels?", flüsterte ich. Mein Blick war die ganze Zeit auf ihn gerichtet, doch er hatte nicht ein einziges Mal zu uns zurückgeschaut. „Mädels? Sind wir zwölf oder was?"

Sie lachte leise. „Wir sind zumindest sehr viel jünger als er."

Ich vergrub mein Gesicht in den Händen und stöhnte leise auf. „Als ob wir Kniestrümpfe und Ballerinas tragen und unsere Haare zu Zöpfen flechten."

„Vielleicht hat er ein Faible für Schulmädchen", zog Jen mich auf.

„Igitt." Ich warf ihr durch meine Finger einen Blick zu und sah dabei aus dem Augenwinkel, dass Johnny sich mit dem Rücken zu uns in eine der hinteren Sitzecken verzogen hatte. Wenigstens musste ich so nicht drauf achten, keinen Blickkontakt zu ihm herzustellen.

„Was ich damit sagen wollte, er hat mich noch nie vorher begrüßt." Jen zog eine Augenbraue hoch. „Und außerdem hat er nur dich angeschaut."

Ich ließ nicht zu, dass die Hoffnung sich in mir breitmachte. „Mal ehrlich, erst überfalle ich ihn in seinem Haus, dann suche ich ihn in seiner Galerie auf und versuche, mit ihm rumzumachen. Er denkt vermutlich, es ist besser, wenn er mir einen kleinen Knochen hinwirft, bevor ich einen auf Glenn Close in „Eine verhängnisvolle Affäre" mache und seine Tochter entführe oder so."

Jen lachte. „Der war gut."

„Ich meine es ernst!"

Die Türglocke klingelte erneut, und ein paar Minuten später saß Johnny nicht mehr allein da. Die Frau, die sich zu ihm gesellt hatte, war die gleiche, mit der er schon mal hier gewesen war. Modisch, glamourös … und offensichtlich genervt. Sie ging nicht zum Tresen, um sich etwas zu bestellen, sondern setzte sich nur ihm gegenüber und fing an, ihre Lederhandschuhe auszuziehen, wobei sie ihn mit wütender Miene musterte.

Jen hatte der Frau hinterhergeschaut, als sie an uns vorbeigegangen war. Nun dreht sie sich wieder zu mir um. „Er scheint eine Schwäche für jüngere Frauen zu haben. Kein Wunder, dass er uns im Vergleich zu ihr als ‚Mädels' bezeichnet."

„So viel älter als wir ist sie auch nicht."

„Mindestens sieben oder acht Jahre, vielleicht sogar zehn, wenn sie was an sich hat machen lassen. Und ihre Kleidung lässt auch darauf schließen."

Ich fühlte mich nicht besser, die Frau auseinanderzunehmen, die vielleicht oder vielleicht auch nicht mit dem Mann ausging, nach dem ich so verrückt war. Ich wurde langsam wirklich verrückt … „Wie auch immer, wenn sie zusammen sind, sind sie zusammen. Das macht nichts von dem, was zwischen uns passiert ist – oder nicht passiert ist –, besser."

„Aber macht es das schlimmer?", fragte Jen. „Das hast du vorhin behauptet. Es wäre schlimmer, wenn er mit jemandem zusammen wäre."

„Ja, aber – wie gesagt – nur, wenn er eigentlich mit mir zusammen sein wollte und es aufgrund dieser anderen Frau nicht könnte."

„Weißt du was?" Mit einem Seufzer schob Jen ihren Teller beiseite. „Ich finde, du denkst zu viel darüber nach. Warum kaufst du nicht einfach eine Flasche Wein, ein wenig gute Schokolade und gehst damit abends zu ihm. Trag was Nettes, aber nicht zu offenherzig. Entschuldige dich für das, was passiert ist – oder nicht passiert ist –, und guck, was sich daraus entwickelt."

Ich verdrehte die Augen. „Ja. Genau. Du spinnst wohl."

„Warum denn nicht?"

„Ich habe es schon mal mit einem Friedensangebot probiert. Hat man ja gesehen, wie gut das funktioniert."

„Du bist so pessimistisch!"

Ich schickte ihr einen bösen Blick. Jen zuckte nur mit den Schultern und schaute noch mal zu der anderen Frau. Dann beugte sie sich vor und flüsterte: „Ich meine ja nur."

„Ich komme mir so schon dumm genug vor, Jen. Nein. Ich werde ihm einfach aus dem Weg gehen. Jede Begegnung mit ihm meiden."

„Viel Spaß dabei." Jen schaute über ihre Schulter, dann sah sie mich mit erhobenen Augenbrauen an.

Johnny war aufgestanden. Seine Begleiterin ebenfalls. Er wartete wie ein Gentleman, bis sie an uns vorbeigerauscht war. Sie schenkte uns keinerlei Beachtung, aber er zögerte auf Höhe unseres Tisches. Dieses Mal sagte er nichts. Schaute mir nur so lange in die Augen, wie das Universum brauchte, um aus dem Staub einer explodierenden Sonne geboren zu werden. Mit anderen Worten, eine halbe Sekunde. Dann war er weg, folgte ihr zur Tür hinaus und ließ mich zurück, atemlos und mit einem Kribbeln im Bauch.

„Mensch, Süße!", sagte Jen mitfühlend. „Da hast du dir wirklich was eingebrockt."

Ich schaffte es gerade noch, meinen Hausflur zu betreten und zwei, drei Schritte zu machen, da überrollte es mich wie ein Tsunami. Meine Augen tränten von dem Gestank überreifer, schimmliger Orangen. Bisher war der Geruch immer schwächer gewesen. Weicher. Nie unangenehm, trotz allem, was er ankündigte. Aber das hier war ein Frontalangriff auf meinen Geruchssinn, vor dem ich zurücktaumelte.

Ich streckte meine Hand aus, griff blind nach dem Treppengeländer, doch meine Finger glitten daran vorbei. Ich stolperte ein paar Schritte vor und schlug mir eine Hand vor Mund und Nase in dem Versuch, den Geruch davon abzuhalten, tiefer in mich einzudringen, doch er war schon auf meiner Haut.

Angeekelt riss ich meine Hand von meinem Gesicht und rieb sie hektisch an meiner Kleidung ab, doch es wurde immer nur schlimmer. Egal wohin ich mich wendete, der Geruch erhob sich um mich herum wie ein Pesthauch. Ich konnte mich nicht von ihm befreien, weil er nicht nur um mich herum war. Er war in mir. Er war auf mir.

Er war ich.

Die Welt neigte sich, und ich rutschte auf Händen und Knien mit, so als wenn ich aus einem Karussell geflogen oder von einer Schaukel gefallen und falsch gelandet wäre. So als ... so als ...

So als würde ich fallen.

14. KAPITEL

*H*ey."

Beim Klang der leisen, tiefen Stimme öffne ich meine Augen. Ich kenne die Stimme. Ich kenne die Berührung der Hand auf meinem Arm, auch wenn ich ihn nicht sehen kann. Noch bevor ich meine Augen öffne, weiß ich, dass es Johnny ist.

„Hey." Ich blinzle im hellen Sonnenschein.

Die Hitze überfällt mich zusammen mit tausend verschiedenen Gerüchen, doch keiner davon nach Orangen. Ich atme in tiefen Zügen ein und bemühe mich, mir nicht anmerken zu lassen, wie durcheinander ich bin. Was würde Johnny tun, wenn ich zuckend und zitternd zu Boden sinken würde? Wenn ich mich wie eine Verrückte benähme?

In dem einen Arm hält er eine Papiertüte mit Lebensmitteln, und mit der anderen Hand schirmt er seine Augen vor der Sonne ab. „Du kommst gerade rechtzeitig für die Party."

Er klingt ein wenig distanziert. Misstrauisch. Der Blick, mit dem er mich mustert, ist ebenfalls nicht sonderlich herzlich.

„Super!" Ich hingegen klinge zu warm, zu aufgesetzt fröhlich.

„Kommst du mit rein?" Er rückt die Tüte auf seiner Hüfte zurecht und schirmt seine Augen noch immer mit der Hand ab, um mich einmal von oben bis unten anzusehen. „Und vielleicht willst du das auch ausziehen?"

Kein Wunder, dass ich schwitze. Ich trage immer noch meinen Wintermantel, allerdings nicht den, den Johnny mir zurückgebracht hat. Obwohl das mein absoluter Lieblingsmantel ist, habe ich es nicht über mich gebracht, ihn anzuziehen. Es ist mir einfach zu peinlich, an den Vorfall erinnert zu werden. Neben dem Mantel trage ich auch noch einen Schal und Handschuhe.

„Stimmt." Mein Lachen klingt brüchig. „Ich wette, du fragst dich, wieso ich so angezogen bin."

„Nicht wirklich."

Wir stehen schweigend voreinander. Ich schwitze. Johnny nimmt seine Hand von den Augen. Die Sonne knallt auf uns beide herab, aber ihn lässt sie wie einen Diamanten funkeln. Er ist zu hell und zu schön, um ihn direkt anzuschauen.

„Komm mit rein und nimm dir was zu trinken, bevor du noch einen Hitzschlag erleidest", sagt Johnny nach einer halben Minute. „Komm, Emm."

Ich folge ihm ins Haus, den Flur entlang und in die Küche, die zur Abwechslung still und verlassen daliegt. Es ist hier auch kühler, die leichte Brise kommt durch die offenen Fenster, nicht durch eine Klimaanlage. Ich rufe mir in Erinnerung, dass das hier die Siebziger sind, vielleicht zur Zeit der Energiekrise, als Klimaanlagen ein Luxus waren, den selbst Leute, die es sich leisten konnten, nicht immer nutzten. Wieder einmal staune ich über die Details, die mein Gehirn sich so ausdenkt.

Johnny räumt seine Einkäufe weg. Ich ziehe meine warmen Sachen aus und seufze erleichtert. Mein Hemd, schlicht weiß mit Perlmuttknöpfen, fühlt sich besser an, nachdem ich ein paar der Knöpfe aufgemacht und die Ärmel aufgerollt habe. Ich fächle mir Luft zu und hebe das schwere Haar, das mir feucht im Nacken liegt, an. Was gäbe ich jetzt für eine Spange oder ein Haargummi.

„Hier." Johnny wirft mir ein dickes Lederstück zu, das von einem Holzstab durchbohrt wird.

Ich schaue ihn fragend an. „Was ist das?"

„Das ist deine", sagt er. „Für deine Haare."

Ich habe so etwas noch nie zuvor gesehen. Ich wende es zwischen meinen Fingern, befühle das weiche Leder, in das eine Art Blume mit Weinranken geprägt ist. Wieder schaue ich Johnny an. „Das ist meins?"

„Ja." Johnny zuckt mit den Schultern. „Du hast es letztes Mal hier vergessen."

„Bist du sicher? Weil ich …" Ich will es nicht benutzen, wenn es jemand anderem gehört. Andererseits kann ich es kaum erwarten, endlich meine Haare hochzustecken.

„Ja, ich bin sicher." Noch ein Schulterzucken. „Aber wenn du es nicht willst, benutz es einfach nicht."

Ich erinnere mich, ein Gummiband eingesteckt zu haben, und hole es heraus. „Schon okay. Ich hab das hier."

Er schüttelt ein klein wenig den Kopf. Wenigstens lächelt er jetzt. „Wie du willst."

Gegen die Arbeitsplatte gelehnt, sieht er zu, wie ich meine Haare auf dem Kopf zusammenbinde. Er trägt heute wieder ein Bandana, vermutlich aus dem gleichen Grund, aus dem ich mir einen Dutt mache. Mir gefällt es ja, wenn ihm die Haare in die Augen fallen, aber ihm vermutlich nicht.

„Also", sage ich nach einer langen Minute, in der wir uns einfach nur angestarrt haben. „Wann ist die Party?"

„Wann ist die Party?" Johnny lacht.

Er hat mir immer noch nichts zu trinken gegeben, dabei brauche ich dringend etwas. Mein Mund fühlt sich an wie ausgedörrt, und ich zucke beim Schlucken leicht zusammen. Der Schweiß auf meiner Haut trocknet langsam. Mein Herzschlag, der, seitdem ich die Augen aufgeschlagen habe, ruhig und stetig war, beschleunigt sich jetzt, als ich ihm in die Augen schaue.

„Komm her", sagt er.

Ich stehe auf und bewege mich wie in Zeitlupe durch die sirupartige Luft auf ihn zu. Ich trinke seinen Kuss, als wäre er Wasser, allerdings dient er nicht dazu, mich abzukühlen. Mit seinen Händen streichelt er meine nackten Unterarme und packt sie dann kurz über dem Ellbogen. Diese kleine Berührung reicht, um mir einen Schauer über den Rücken zu jagen. Meine Brustwarzen richten sich sofort schmerzhaft auf. Zwischen meinen Beinen brennt das Verlangen.

Johnny unterbricht den Kuss, zieht sich aber nicht zurück. „Wie kommt es, dass ich, wenn du weggehst, nie sicher sein kann, dass du wiederkommst?"

Ich habe da so eine Ahnung, schüttle aber den Kopf. „Ich weiß es nicht."

Er befeuchtet seine Lippen, seinen Blick auf meinen Mund gerichtet. Dann beugt er sich erneut vor, um mich zu küssen. Sanfter dieses Mal. Seine Zunge lockt mich vorsichtig, während seine Hand sich um meinen Nacken schließt. Wir passen so perfekt zusammen. Ich schiebe eine Hand unter sein T-Shirt und lege sie flach auf seinen göttlichen Bauch. Die Muskeln zucken unter meiner Berührung, und Johnny lacht leise.

„Das macht mich verrückt", sagt er.

Ich höre auf, ihn zu küssen. Ich nehme sein Gesicht zwischen meine Hände und schaue ihm in die Augen. Ich suche etwas. Ich weiß nicht, was. „Wirklich?"

„Zum Teufel, ja. Jedes Mal, wenn du verschwindest, denke ich, dass ich dich zum letzten Mal gesehen habe. Und ich will nicht, dass ich dich nie wiedersehe, Emm. Es ist mir egal, ob …"

„Ob was?", hake ich nach, als er nicht weiterspricht. „Was, Johnny?"

„Es ist mir egal, ob das hier halten kann oder nicht. Ich will nur so viel wie möglich davon haben."

Ich blinzle ein paarmal. Dann küsse ich ihn und schaue ihm wieder in die Augen. „Ich verstehe nicht … was veranlasst dich, zu denken …"

„Du hast es mir gesagt", erwidert Johnny. „Du erinnerst dich nicht. So wie du dich nicht an die vergessene Haarspange erinnerst. Aber du hast es mir gesagt."

Ich trete einen Schritt zurück. Seine eine Hand umfasst mein Handgelenk, während seine andere zu meiner Hüfte gleitet. Ich bin dankbar für den Halt, ansonsten wäre ich vielleicht auf den nicht allzu sauberen Küchenfußboden gefallen. Johnny zieht mich wieder an seine Brust, legt sein Kinn auf meinem Kopf ab. Er schlingt seine Arme um mich, hält mich fest, als wolle er mich nie wieder loslassen.

Genauso hat er mich in seinem Büro festgehalten. Die Umarmung ist die gleiche, nur dieses Mal ohne Schamgefühle. Ich weiß, wenn ich jetzt meinen Kopf in den Nacken lege, wird er mich lange und intensiv küssen und danach nicht von sich schieben. Ein Schauer überläuft mich.

Nichts hiervon ist real. Ich werde immer wieder gehen.

Trotzdem kann ich mir nicht vorstellen, dass ich ihm davon erzählt habe. Welchen Sinn hätte es, in einem Traum jemandem zu offenbaren, dass er nicht real ist? Ich weiß, das Ganze hier wird durch einen seltsamen Kurzschluss in meinem Kopf verursacht, von einem Impuls, der von einem Nerv zum anderen reisen soll und sich dabei verfährt, wie ein Zug, bei dem eine Weiche falsch gestellt wurde. Ich weiß, dass nichts hiervon wirklich passiert. Dass ich vermutlich immer noch auf Händen und Knien in meinem Hausflur hocke und, wenn ich Glück habe, dorthin zurückkehre und nicht nackt im Haus eines Fremden zu mir komme.

Und dann weiß ich auf einmal noch etwas anderes. Ich will das hier nicht verlieren. Ich will die Realität nicht, in der Johnny mich wegschiebt oder, schlimmer noch, durch mich hindurchsieht. Ich will diese Zeit, diesen Ort.

Wo er mich liebt.

„Ich gehe nirgendwohin", sage ich und biete ihm meine Lippen an.

Er küsst mich und murmelt: „Wirst du doch. Das tust du immer."

„Dann lass uns die Zeit genießen, die wir haben", flüstere ich an seinem Mund.

„Ja", sagt Johnny. „Zeit."

Es hätte mich nicht überrascht, würde er mich hier auf den Küchentisch legen und gleich an Ort und Stelle ficken, aber bevor einer von uns etwas in der Richtung unternehmen kann, schwingt die Hintertür auf und Candy, beladen mit zwei Lebensmitteltüten, tritt ein, gefolgt von Bellina und Ed, die ebenfalls Tüten und Weinflaschen tragen.

„Sieh an, sieh an", sagt Bellina. Ihre Stimme ist rau von zu vielen Zigaretten. Sie mustert mich von Kopf bis Fuß. „Wir wollten nicht stören."

In ihrer Stimme schwingt keine Boshaftigkeit mit, also lächle ich nur kurz an Johnnys Lippen, bevor ich mich zurückziehe. „Hey, Bellina."

„Hilf uns mal bitte. Candy hat ziemlich viel zu essen eingekauft. Wir machen heute eine Party." Ed sieht schon leicht stoned aus.

„Ja, eine Party in meinem Haus." Doch es wirkt nicht so, als würde es Johnny etwas ausmachen. „Nett von euch vorbeizukommen."

Sie alle lachen. Sogar ich hab den Witz verstanden. Das hier ist Johnnys Haus, aber es ist, als würden alle hier wohnen, so oft sind sie hier. Wie eine Kommune eben. Oder ein Bienenstock.

Zusammen packen wir die Lebensmittel weg. Jede Verpackung ist für mich eine Überraschung. Dosen, die keinen Ring zum Öffnen haben. Marken, die ich nicht kenne. Um mich herum lachen alle und machen Witze. Anfangs mache ich mit, aber mit jedem Teil, das ich in den Schränken oder im Kühlschrank entdecke, werde ich stiller.

Normalerweise hätte ich mich bei jemand anderem niemals so schnell zu Hause gefühlt. Aber hier scheinen Privatsphäre und persönlicher Besitz keine sonderlich große Bedeutung zu haben. Ich gehe von Schrank zu Schrank, schaue mir die Kartons, Tüten und Dosen an. Ich öffne die Schubladen, um einen Blick auf das Besteck zu werfen. Ich betrachte die Tupperdosen, die auf den Regalen stehen. Und dann, als ich merke, dass alle mich beobachten und dabei vorgeben, es nicht zu tun, drehe ich mich mitten in der Küche einmal um die eigene Achse und schaue sie alle an.

Ich gucke auf den Kalender, der an der Wand hängt.

„Es gibt hier so viel", sage ich laut, und es ist mir egal, was sie von mir denken.

Denn was sollen sie schon denken? Nichts anderes als die Gedanken, die mein Gehirn ihnen gibt. Sie können nichts tun als das, was ich für sie vorsehe. All diese Leute sind Marionetten, dieser Ort eine Bühne, die ich gebaut habe. Und doch stehe ich hier und staune, der Schweiß läuft mir über den Rücken, und ich zittere.

Johnny verschränkt seine Finger mit meinen. Hält mich fest. Hindert mich daran, zu zittern. Als ich ihn anschaue, schmilzt unter seinem Lächeln alles andere dahin.

„Lass uns nach oben gehen", sagt er. „Komm, meine Schöne."

„Oh-oh, Emm. Pass bloß auf. Er wird dich fragen, ob du seine Radierungen sehen willst." Ed kichert und zündet sich eine von seinen selbst gedrehten Zigaretten mit dem strengen Geruch an.

„Wie sieht's aus, Emm?" Johnny lässt meinen Blick nicht los

und zieht leicht an meiner Hand. „Willst du mit mir nach oben kommen?"

„Ja." Ein kleines Wort, einer trockenen Kehle entrungen.

Es ist mir egal, dass uns alle hinterherstarren, egal, was sie über uns denken. Ich will mit Johnny nach oben gehen. Natürlich will ich das. Ich will ihn nackt ausziehen und mir einen Weg von seinen Knöcheln bis zu seiner Brust hinauf küssen. Ich will ihn tief ihn mir spüren und so lange reiten, bis wir beide kommen und erschöpft und schweißnass zusammenbrechen.

Als ich noch bei meinen Eltern gewohnt habe, war ich für sehr wenig verantwortlich. Trotz meiner Proteste hatte meine Mutter darauf bestanden, meine Wäsche zu machen. Ich gab ihnen was zu den monatlichen Haushaltskosten dazu, musste mich aber nicht darum kümmern, dass die Rechnungen auch bezahlt wurden. Ich habe nicht gekocht, und meistens ging ich mit meiner Mutter gemeinsam einkaufen, sodass auch das nur der halbe Aufwand war. Zu Hause bei meinen Eltern hatte ich wesentlich mehr Freizeit gehabt, die in meinem neuen Haus jetzt von so Alltäglichkeiten wie Toilettenpapierrollen tauschen und aufräumen aufgefressen wurde. Ich wollte es gegen nichts auf der Welt eintauschen, aber ich hatte doch einige der Aktivitäten vergessen, mit denen ich mir damals die Zeit totgeschlagen habe.

So wie die *Sims* zu spielen. Ich hatte Stunden vor dem Computer verbracht und mich in ihrer Welt verloren. Häuser bauen, Familien zusammenbringen, zusehen, wie sie leben, arbeiten, schlafen, essen, sich verlieben, heiraten, Kinder kriegen … sogar sterben. Ich war der Gott dieses Universums, ein manchmal gar nicht sehr gütiger Gott. Die Höchstzahl an *Sims*, die man spielen konnte, waren acht, aber ich schaffte es nie, mehr als drei von ihnen glücklich zu machen, ihnen ihre Wünsche zu erfüllen und sie auf einen positiven Lebensweg zu schicken. Ich war kein sehr guter Gott.

Ich will mit Johnny nach oben gehen, weil ich in der Küche Kopfschmerzen bekomme. All diese Teile. All die Einzelheiten. All die Menschen. Ich bin nicht gut im Jonglieren. Alle Bälle befinden sich in der Luft, und ich stehe da mit ausgestreckten Hän-

174

den. Ich werde es versuchen, doch ich bin mir ziemlich sicher, dass ich sie nicht alle wieder auffangen werde.

„Komm", sagt Johnny noch einmal. Seine Augen blitzen. Mit einem dicken Grinsen geht er rückwärts aus der Küche und ignoriert alle Pfiffe und anzüglichen Kommentare seiner Freunde. „Ich will dir meine Bilder zeigen."

Das ist keine Lüge. In seinem Zimmer holt er ein in Leder gebundenes Skizzenbuch aus einer Schublade und schlägt es auf, um mir eine Bleistiftzeichnung zu zeigen. Eine Serie von Linien und Schatten. Ich schaue sie mir genau an. Ich bin mit seiner Arbeit nicht vertraut genug, um zu wissen, ob ich das Bild wiedererkennen sollte.

„Du bist gut." Ich meine das ernst. So viel weiß sogar ich, um das zu erkennen.

„Nee, ich kann das nicht. Ich kritzel nur so rum."

Johnny streckt sich neben mir auf dem Bett aus. Ich setze mich in den Schneidersitz und blättere in dem Block. Ab und zu steckt ein Foto zwischen den Seiten, meistens ein kleines, manchmal aber auch ein größeres. Ich nehme eines in die Hand und betrachte es eingehender als seine Kunst.

„Netter Arsch." Ich wedele mit dem Bild vor seiner Nase herum.

Johnny lacht und legt sich mit hinter dem Kopf verschränkten Händen zurück. „Dieser Arsch hat ein paar Monate die Miete für dieses Haus gezahlt."

Es ist ein Schwarz-Weiß-Foto von Johnny, nackt, in der klassischen Römerpose. Fehlt nur das Feigenblatt. Sein Gesicht im Profil ist ernst, sein Körper angespannt und straff, sein Hintern äußerst lecker. Ich finde ein weiteres Bild aus der Serie, es ist schon ein wenig geknickt. Es zeigt ihn ebenfalls von vorne.

„Du solltest damit vorsichtiger sein." Ich entdecke eine Signatur in der unteren Ecke. „Wow. Die sind signiert?"

„Ja. Paul hat sie gemacht."

Das weiß ich natürlich, auch wenn der Name mir nicht sofort eingefallen ist. Das erste Bild habe ich schon einmal online gesehen. Das zweite kenne ich nur in beschnittenen, körnigen

175

Versionen, die der Schönheit des Originals nicht das Wasser reichen können. Und die anderen, ein gutes Dutzend weiterer Fotos, alle noch neu und hochglänzend, habe ich noch nie gesehen.

Ich schaue mir jedes sorgfältig an, sehe darin mehr als nur seinen Körper. Er ist knackig, ja, aber das ist nicht alles. Es sind weder Pin-up- noch Gay-Fotos, obwohl ich sie bisher hauptsächlich auf einschlägigen Seiten gesehen habe. Ich lege sie sorgfältig in die richtige Reihenfolge. Diese Bilder erzählen nach und nach eine Geschichte.

„Du solltest gut auf sie aufpassen", merke ich an, als ich ein Bild sehe, das vor Kurzem auf einer Onlineauktion für knapp viertausend Dollar weggegangen ist. „Gerade auf die Signierten."

Johnny stützt sich auf einen Ellbogen. „Warum? Die sind nichts wert. Ich hab sie Paul zum Gefallen gemacht. Er hat mir ein paar Hundert Dollar dafür gezahlt. Mehr nicht. Er hat sie noch nicht mal irgendwo veröffentlicht."

Ich drehe ein Bild um und sehe, dass auf der Rückseite ein Gedicht steht. Jetzt erinnere ich mich wieder, warum dieses Bild, das ich im Moment in Händen halte, auf der Auktion so viel Geld gebracht hat. Die professionelle Rahmung hatte nichts damit zu tun. „Hat Ed das geschrieben?"

„Ja. Er schreibt alle naslang irgendwelches Zeug irgendwohin."

Nach dem Tod des Künstlers ist alles mehr wert. Ed D'Onofrio hatte sich vor einigen Jahren umgebracht. Er schlitzte sich die Pulsadern auf und ertrank in einem Swimmingpool. Ich hatte seinem Tod keine besondere Aufmerksamkeit geschenkt. Ich wusste nur, dass er der Auslöser für den Zusammenbruch der *Enklave* war, nach dem die Mitglieder sich in alle Himmelsrichtungen verteilt und mehr oder weniger erfolgreich ihre eigenen Projekte verfolgt hatten.

Mein Mund wird trocken. Ich schaue Johnny an. Es gibt noch ein Informationsfitzelchen, über das ich bei meiner Onlinerecherche gestolpert bin. Nach Eds Tod und dem Ende der *Enklave* war Johnny verschwunden.

176

Einige Quellen behaupten, er habe sich aus lauter Trauer zurückgezogen. Andere sagen, dahinter habe mehr gesteckt. Er sei heroinsüchtig geworden und in eine Entzugsklinik gegangen, von der aus man ihn in eine Nervenheilanstalt eingewiesen habe. Die hätte er clean und trocken und, soweit man das beurteilen konnte, mental gesund verlassen, und kurz darauf hatte er angefangen, Kunst zu erschaffen, richtige Kunst, nach der die Kritiker sich alle Finger leckten. Für die Geschichte mit der Entzugsklinik und der Nervenheilanstalt habe ich nie eine Bestätigung finden können, aber Tatsache war, dass er in diesem Zeitraum zu einem anerkannten Künstler geworden war.

Johnny setzt sich auf und nimmt mir das Foto und das Buch aus der Hand. Er legt beides zur Seite und zieht mich in seine Arme. „Mach dir jetzt keine Gedanken über solche Sachen."

In meiner echten Welt ist Flirten etwas, worin ich nie richtig gut war. Ich habe keine Probleme, mit Männern zu sprechen. Mein Problem ist eher, dass ich zu geradeheraus bin, zu praktisch, zu ehrlich. Das raffinierte Spiel, das meine Freundinnen mit potenziellen Lovern spielen, habe ich nie beherrscht. Ich bin mir nicht sicher, ob mir dadurch Verabredungen entgangen sind, aber ich habe mir mehr als einmal Schwierigkeiten eingehandelt, weil etwas weniger Offenheit angebrachter gewesen wäre. Wenn es um erste Dates geht, ist Ehrlichkeit nicht immer die beste Wahl.

Hier jedoch, mit diesem Johnny mit den längeren Haaren und dem jüngeren Gesicht, entdecke ich meine Fähigkeit zu flirten. Ein Vamp zu sein. Ich spüre, wie mein Mund sich zu einem aufreizenden, sexy Lächeln verzieht, meine Augenbrauen sich leicht heben, meine Lippen sich öffnen. Einladend strahle ich ihn an.

„Worauf soll ich meine Aufmerksamkeit denn dann richten?" Sogar meine Stimme ist anders, irgendwie sinnlich.

„Auf mich."

„Oh, wirklich? Auf dich?"

Er nimmt meine Hand und legt sie auf seinen Schritt, wo er sie in langsamen Bewegungen über seinen härter werdenden Schwanz reibt. „Ja. Und zwar auf diese Stelle von mir."

Ich lache und rücke näher, um ihn rückwärts aufs Bett zu schubsen und mich auf seinen Schoß zu setzen. Ich halte seine Handgelenke fest und beuge mich vor, um ihn zu küssen, ziehe mich aber schnell wieder zurück, als er den Kuss erwidern will. Mit einem gespielten Knurren schnappt er nach mir.

„Nein", sage ich. „Nicht so schnell."

Johnny legt sich zurück, seine Augen blitzen, doch er versucht nicht, sich zu befreien – was er ohne Probleme könnte. „Was hast du mit mir vor?"

„Was hättest du denn gerne?"

„Alles, was du willst." Er grinst durchtrieben. „Und noch mehr."

Ich neige meinen Kopf, schaue ihn von oben bis unten an und werfe dann über meine Schulter einen Blick zu dem Buch, das er zur Seite gelegt hat. Ich lasse seine Handgelenke los und setze mich auf. „Ich will, dass du für mich posierst."

Er blinzelt, sein Lächeln verblasst. „Was meinst du?"

„So wie auf den Fotos, Johnny. Ich möchte, dass du so für mich posierst."

„Willst du Fotos von mir machen?" Er klingt leicht amüsiert.

„Nein, ich habe keine Kamera."

„Mich zeichnen?"

Bei der Vorstellung lache ich laut. „Oh nein, auf keinen Fall."

„Also willst du mich einfach nur anschauen?"

„Oh ja." Die Vorfreude lässt mein Herz schneller schlagen. „Und vielleicht noch ein paar andere Sachen. Aber ja. Dich anzusehen ist ein Anfang."

Ich gleite von ihm herunter. Johnny steht grinsend auf und stellt sich neben das Bett. Erst zieht er das T-Shirt über den Kopf und wirft es zu Boden. Er macht das gut. Ich lege mich auf den Bauch, stütze mein Kinn in die Hände und schaue ihm zu.

„Weiter", sage ich.

Johnny fährt sich mit den Händen über Brust und Bauch. „Bist du sicher?"

„Ja", setzte ich an, aber die Worte, die folgen sollten, fallen mir nicht mehr ein, als er sich mit den Daumen über seine Brustwarzen reibt.

„Macht dich das an?"

Ich nicke. „Ich liebe es."

Er leckt sich über die Fingerspitze und umkreist seinen Nippel, dann fährt er mit einem Finger über seinen Bauch. „Und das?"

„Ja", flüstere ich.

Sein Grinsen wird breiter, sein Blick heißer. Er führt seine Hände zum Gürtel und lässt sich Zeit, ihn zu öffnen. Mit einer schnellen Handbewegung zieht er ihn aus den Gürtelschlaufen, spannt ihn dann zwischen seinen Händen und lässt ihn schnalzen. „Und das?"

„Mmmmhhmm."

„Du magst Leder?"

Ich nicke. „Oh ja, Johnny. Sehr sogar."

Er schaut mich mit geneigtem Kopf an und wirft den Gürtel zur Seite, um seine Hose aufzuknöpfen. Es folgt der Reißverschluss. Er lässt die Jeans über seine nackten Hüften und Oberschenkel nach unten gleiten. Keine Unterwäsche. Sein Schwanz, dick und halb erigiert, bewegt sich zwischen seinen Schenkeln, als er die Hose erst über den einen, dann über den anderen Fuß zieht. Nun steht er da, nackt und wunderschön, und ich sehne mich so sehr nach ihm, dass mein gesamter Körper schmerzt.

„Posieren." Es ist ein Befehl, der wie ein Flehen klingt.

Er tut es. Er dreht seine Hüften, seinen Kopf, beugt die Arme. Die Muskeln arbeiten und bewegen sich unter seiner sonnengebräunten Haut. Seine Linien werden zu Kurven, Kurven zu Ebenen. Er dreht sich auf der Stelle, präsentiert mir seinen unglaublichen Arsch und die kleinen Grübchen direkt darüber.

Ich stütze mich auf den Händen ab. „Dreh dich um. Langsam."

Während er gehorcht, klettere ich aus dem Bett. Voll bekleidet stehe ich vor ihm. Wir schauen einander in die Augen. Wir lächeln nicht. Das hier ist ernst. Ist mehr als ein Spiel. Das hier ist auf einmal alles.

179

Ich lege meine Hände so leicht an seine Hüften, dass er mich eigentlich nicht fühlen können sollte – und ich ihn auch nicht. Die feinen Haare auf seiner Haut richten sich auf, ich spüre seine Erregung. Ich fahre mit meinen flachen Händen über seine Seiten, über seine Brust und seinen Bauch. Alles mit diesem mikroskopischen Abstand zwischen seiner Haut und meiner.

Johnny erschauerte. „Emm."

„Pst."

Ich setze meine Phantomberührung über seinen Oberschenkeln fort. Gehe um ihn herum, sein Rücken, seine Schultern, sein Arsch. Die weiche Haut auf der Rückseite seiner Knie. Seine Waden. Zurück zu seiner Vorderseite.

Dann berühre ich ihn in echt. Meine Hände umfassen seine Knöchel. Johnny stöhnt. Ich lasse meine Hände an seinen Beinen entlanggleiten, Schienbeine, Waden, Knie, Oberschenkel; lasse sie einen Moment ruhen, direkt unter der Kurve seines Pos.

Sein Schwanz ragt jetzt hart direkt vor meinem Gesicht auf. Ich will ihn schmecken. Meine Hände bleiben, wo sie sind. Ich beuge meinen Kopf vor und vergrabe mein Gesicht an seinem Oberschenkel. Lecke mit meiner Zunge seine Eier, seine Schwanzwurzel. Er zuckt zusammen, seine Finger vergraben sich in meinem Haar, aber ansonsten steht er ganz still da.

Ich nehme ihn langsam zwischen meine Lippen, genieße jeden Zentimeter. Ich sauge sanft und nutze meine Hände, um ihn in meiner Geschwindigkeit in meinen offenen, willigen Mund zu dirigieren. Seine Finger in meinem Haar verkrampfen sich. Er stöhnt.

Ich schaue zu ihm hoch. „Das fühlt sich gut an, was?"

Seine Antwort ist ein Lächeln. Der feste Griff in meinem Haar löst sich, und er streicht mir mit der flachen Hand über den Kopf und über meine Wange. „Ja. Das ist großartig."

Es ist ein so süßes Vergnügen. Gar nicht mal so sehr der Akt selber, aber Johnny. Wie er klingt und sich bewegt, wie er meinen Namen sagt, als wäre ich das wertvollste Geschenk, das er je erhalten hat.

Ich weiß, dass er schon vorher Blowjobs bekommen hat, vielleicht von talentierteren Verführerinnen. Doch als ich zu ihm aufschaue, sehe ich in ein vor Verlangen verzerrtes Gesicht. Ich sehe keinen Mann, der das hier gewohnt ist oder es für selbstverständlich hält. Johnny schaut mich mit einem Staunen in seinen Augen an, als wäre das hier ein Traum. Eine Fantasie.

Nicht real.

Er kommt in meinem Mund, und ich schlucke die heiße, klebrige Flüssigkeit, ohne mit der Wimper zu zucken. Seltsam, wie das hier geht. Mit ihm.

Seine Lider flattern. Er murmelt meinen Namen. Seine Hüften stoßen nach vorne, sein Schwanz pocht. Und Wunder über Wunder, ich komme auch. Ein überwältigendes Gefühl, das keine Ähnlichkeit mit meinen bisherigen Orgasmen hat.

Ich fange an zu lachen.

Da, auf den Knien, die langsam wehtun, und mit seinem Geschmack auf meiner Zunge, fange ich an zu lachen. Ich schmiege mein Gesicht an seinen weichen Schwanz und küsse ihn. Dann lasse ich mir von ihm aufhelfen und küsse ihn auf den Mund.

„Emm, Emm, Emm", sagt Johnny.

„Mmhhm", flüstere ich an seinem Mund. „Ich mag es, wenn du meinen Namen sagst."

„Emm", sagt er erneut.

Er schiebt mich rückwärts aufs Bett, aber bevor er mich hinlegen und die köstlichen Dinge mit mir anstellen kann, die ihm vorschweben, fliegt die Tür auf. Sandy kommt herein. Sie ist schon in voller Fahrt und hört auch nicht auf zu reden, als sie uns sieht.

„Johnny, hör mal, ich muss mit dir reden." Sie stemmt die Hände in die Hüften.

„Sandy", erwidert Johnny mit der Stimme eines Mannes, dessen Geduld erschöpft ist. „Verpiss dich. Raus hier."

„Nicht, ehe du mir Geld gegeben hast."

„Was? Ich soll dir noch mehr Geld geben? Was ist mit den zweihundert Dollar passiert, die du letzten Monat von mir bekommen hast?"

„Ich … ich warte draußen", sage ich und entferne mich, obwohl er versucht, mich am Handgelenk zurückzuhalten.

„Du bleibst", sagt Johnny zu mir. Und an Sandy gewandt: „Du gehst."

Sie verschränkt die Arme vor der Brust und zieht einen perfekten Schmollmund. „Nein."

„Jesus, Sandy. Dafür kriegst du sie richtig, das weißt du hoffentlich."

„Hörst du das?", sagt sie zu mir. „Das ist zu viel. Er bedroht mich. Was für ein Mann bedroht die Mutter seines Kindes? Das ist doch Schwachsinn. Komm schon, Johnny. Gib mir einfach ein bisschen Geld, und ich bin weg."

„Wofür brauchst du die Kohle überhaupt? Ich dachte, du wohnst bei deiner Mutter? Und ich gebe dir Geld für Kimmy. Sag bloß nicht, das hast du alles schon ausgegeben. Braucht das Kind vergoldete Windeln oder was?"

„Ich brauche es einfach", beharrt Sandy. Sie mustert mich mit einem kalkulierenden Blick. „Es ist wichtig."

„Für was?"

„Für … eine Abtreibung", sagt sie mit erhobenem Kinn. Ihre Lippen sind zu einer dünnen Linie verzogen, doch ihre Mundwinkel heben sich ein wenig, als könne sie sich das Lächeln nicht ganz verkneifen.

Das scheint mir das richtige Stichwort für meinen Abgang zu sein. Nicht aus Eifersucht – wie könnte ich auf etwas eifersüchtig sein, das mein eigenes Gehirn mir vorgaukelt? Sondern weil mich das, was da zwischen ihnen passiert, nichts angeht. Ich will nicht da hineingezogen werden. Ich gehe in Richtung Tür. Ich habe keine aktive Kontrolle über das, was passiert, ich kann nicht eine Handvoll Fäden aufnehmen und sie zusammenweben oder auseinanderziehen so wie in einem echten Traum. Aber was ich nicht sehe, passiert auch nicht – das glaube ich zumindest.

Johnny hält mich an meinem Arm zurück, lässt aber los, als er merkt, dass ich weitergehe. „Emm. Geh nicht."

Ich schaue ihn über meine Schulter hinweg an. „Doch, Baby, du musst das hier klären."

Das zu sagen erscheint mir richtig. Seine Augen leuchten auf. Er lässt mich ziehen. Ich gehe an Sandy vorbei, ohne sie auch nur eines Blickes zu würdigen. Frauen wissen, wie man einander auf diese Weise schneidet. Und auch wenn ich nicht eifersüchtig bin, habe ich trotzdem keinerlei Interesse daran, ihr Aufmerksamkeit zu schenken.

Ich gehe durch die Tür.

Dann stand ich in meinem Wohnzimmer.

15. KAPITEL

Wenigstens war ich dieses Mal nicht nackt.

Ich atmete allerdings schwer. Mein Magen zwickte. Mein Kopf schmerzte so sehr, dass ich laut aufschrie und zur Couch hinüberstolperte, wo ich mich hinlegte und ein Kissen in den Arm nahm. Zum Glück drehte sich die Welt nicht, aber ich brauchte ein paar Minuten, bis ich mich beruhigt hatte.

Ich setzte mich langsam auf. „Was zum Teufel ...“

Ich klang jämmerlich. Und so fühlte ich mich auch. Nicht so sehr körperlich. Die Schäden in meinem Gehirn verursachten mir niemals körperlichen Schmerz. Es war nicht mein Magen, nicht mein Kopf. Es war das Wissen, dass die Episoden immer schlimmer wurden, was vermutlich bedeutete, dass in meinem Gehirn irgendetwas unwiderruflich zerstört worden war.

Und obwohl ich jeden Augenblick ins Vergessen abdriften könnte ... wollte ich nicht, dass die Episoden aufhörten.

Ich mochte es, mich an einem Ort zu befinden, an dem jemand wie Johnny Dellasandro auf mich stand, wo ich mir keine Sorgen über Kondome und Schwangerschaften machen musste oder darum, meine Beine zu rasieren. Oder Rechnungen zu bezahlen und Sport zu treiben. Aber am meisten genoss ich es, an einem Ort zu sein, an dem Johnny mich überall mit seinen Händen und Lippen berührte, an dem er seinen köstlichen Schwanz in mich hineinstieß, an dem ich ihn anfassen und küssen konnte und wusste, dass er mich genauso sehr begehrte wie ich ihn.

Im Moment wollte ich allerdings mehr als alles andere eine heiße Dusche. Ich blieb lange unter dem prasselnden Wasserstrahl stehen und fühlte mich danach nur wenig besser. Ich kämmte mir die Haare, cremte mein Gesicht ein. Zog ein verblichenes T-Shirt über, das mir bis zur Mitte der Oberschenkel reichte und so dünn war, dass es sich an jede üppige Kurve von mir schmiegte, die der Spiegel mir so großzügig zeigte. Ich betrachtete mein Spiegelbild, stellte mich seitlich, fuhr mit meinen Händen über Brüste und Bauch und Hüfte. Ich wollte niemals an den Punkt kommen, wo ich meinen Körper hasste, wie so viele meiner Freundinnen es taten, weil sie sich von den Fernsehserien und Zeitschriften dazu gedrängt fühlten.

„Mach mehr Sport", riet ich mir und zog Bauch und Wangen ein, um die Illusion eines schlankeren Ichs heraufzubeschwören. Doch ich wusste, ich würde nicht mehr Sport treiben. Und selbst wenn, gäbe es immer einen Muffin zu viel im *Mocha*, einen Löffel zu viel Zucker im Kaffee … weil Zucker und Koffein das schafften, was Tabletten nur mit mäßigem Erfolg gelungen war.

Das Wasser aus meinen nassen Haaren lief mir kalt über den Rücken. Ich zitterte und schlüpfte in ein Sweatshirt vom Lebanon Valley College und ein Paar dicker, selbst gestrickter Socken in Regenbogenfarben. Dann ging ich in die Küche, um mir ein bis drei Becher heiße Schokolade zu machen. Vor mir lag die Aussicht auf ein Buch und mein Bett und vielleicht meinen Laptop, auf dem parallel ein Film lief. Ein ruhiger Abend zu Hause.

Es klingelte an der Tür. Anfangs traute ich meinen Ohren nicht. Ich war überzeugt, es müsse bei den Nachbarn gewesen sein, auch wenn ich unsere Klingeln noch nie zuvor verwechselt hatte. Als es erneut klingelte, gefolgt von einem Klopfen, nahm ich mein Handy, bereit, bei Bedarf den Notruf zu wählen.

Ich hatte eindeutig zu viele Horrorfilme gesehen.

Meine Tür hatte keinen Spion, oder wie dieses Guckloch auch immer hieß, aber ein nerviges und nutzloses Sprossenfenster viel zu hoch über ihr. Ich hatte mir fest vorgenommen, es so schnell wie möglich auszutauschen, was mir jetzt aber auch nichts nutzte, als ich mit nassen Haaren und ohne Hose in meinem Foyer stand, während der nächtliche Himmel sich durch die Glasscheiben drückte und ein Fremder hartnäckig weiterklopfte.

Mit dem Handy in der Hand löste ich die Kette und den Verriegelungsbolzen. Ich öffnete die Tür ein Stück. Und schwang sie dann weit auf.

„Hey." Johnny sah unglaublich unbehaglich und gleichzeitig umwerfend aus in seinem langen schwarzen Mantel und dem Schal, der in mir den Wunsch auslöste, mich hineinzukuscheln.

Ich fand meine Stimme schneller wieder als erwartet. „Hey."

Wir schauten einander an, keiner rührte sich.

„Kann ich reinkommen? Es ist arschkalt hier draußen."

„Ich ... äh. Ja. Klar. Sicher." Ich trat beiseite, um ihn hereinzulassen. Er brachte einen Hauch schneeflockenkalte Luft mit sich. Ich schloss die Tür hinter ihm.

Er drehte sich zu mir um. „Ich weiß, es ist schon spät."

„Ach, so spät ist es doch noch gar nicht. Es wird nur so früh dunkel. Wirklich, kein Problem." Ich zwang mich, den Mund zu halten.

Warum konnte ich in Gegenwart des echten, heutigen Johnnys nicht genauso sein wie mit seinem imaginären Gegenstück aus der Vergangenheit? Wo war der Vamp, die Sirene, die wusste, wie man flirtete und die Situation unter Kontrolle hatte? In dieser Welt stand ich einfach nur da und starrte ihn an, während ich leise vor mich hin fluchte. „Ach, was soll's."

„Macht es dir was aus, wenn ich meinen Mantel ausziehe?"

„Oh, nein. Gar nicht. Ich hänge ihn schnell auf." Seit dem Vorfall im Büro war auch das förmliche Sie zwischen uns weggefallen. Ich nahm seinen Mantel und wusste nicht, wohin damit. Unsere Blicke trafen sich. Die Stille zwischen uns war unangenehm und zerbrechlich. Schließlich legte ich den Mantel über das Treppengeländer, wo der gedrechselte Pfosten ihn halten würde.

„Willst du mit in die Küche kommen? Ich war gerade dabei ...", der Kessel pfiff, „... heiße Schokolade zu machen".

Das ist ein Getränk für „Mädels", dachte ich. Ich versuchte zu erkennen, was Johnny dachte, doch auf seinem Gesicht sah ich nichts außer der Schönheit, die auch die Zeit nicht hatte verblassen lassen. Ich überlegte, ihm etwas Erwachseneres anzubieten. Einen Likör oder einen Cocktail, den ich ganz beiläufig mixen würde, weil ich zufällig die ganzen Zutaten und Gerätschaften dazu dahatte.

„Oh ja, das klingt gut. Danke."

Er rührte sich nicht, sondern wartete, dass ich voranging. Ich tat es und fragte mich etwas zu spät, ob mein T-Shirt zu kurz war und meine Arschbacken darunter hervorschauten. Und ob er hinsehen würde, wenn es so wäre.

„Fühl dich wie zu Hause." Ich zeigte auf den Barhocker, der neben der Insel stand, die ich so sehr liebte. „Willst du auch eine heiße Schokolade? Oder etwas anderes? Ich habe auch Saft oder ... Bier?"

„Nein. Heiße Schokolade klingt super. Das ist an so einem Abend wie heute genau das Richtige."

„Ja, die Temperaturen sind noch mal ein ganzes Stück gefallen, was?" Ich nahm Milchpulver und Kakao aus dem Regal. Zucker. Vanille. Marshmallows. Schokostreusel.

Johnny schaute zu, wie ich die Zutaten auf der Arbeitsplatte aufreihte. „Das ist mal eine Auswahl."

Es war leicht, ihn anzulächeln, und irgendwie nahm das Lächeln der Situation ein wenig die scharfen Kanten. „Ich nenne es Gourmetkakao für Faule. Obwohl, wie köstlich er wirklich ist, wird man sehen ..."

Sprechdurchfall. Ich schluckte meine weiteren Erklärungen hinunter und versuchte es noch einmal.

„Es geht schneller, als Milch zu kochen", sagte ich. „Und außerdem hasse ich diese Haut auf warmer Milch. Mit Milchpulver ist der Kakao so cremig wie mit Milch, aber ohne die ekligen Stücke."

„Und der Rest?"

„Das", erwidere ich mit einem Grinsen, „ist rein zum Vergnügen."

Auf Johnnys Gesicht breitete sich ein Lächeln aus – so langsam, als hätte er vergessen, wie das geht. „Klingt gut."

Ich reichte ihm eine übergroße Tasse mit einem Totenkopf darauf und nahm mir meinen Lieblingsbecher. Er war auch übergroß und hatte ein Bild von TARDIS. Ich mischte den Kakao in einem gläsernen Messbecher zusammen und benutzte dazu sogar meinen tollen Schneebesen.

Johnny sah schweigend zu. Ich tat so, als bemerkte ich es nicht.

Dann goss ich den dampfenden Kakao in die Becher und schob Johnny die Schokostreusel und Marshmallows hin. „Hier. Zu Verfeinerung nach eigenem Geschmack."

„Ich glaube, er ist gut so, wie er ist."

„Wirklich?" Ich ließ drei Marshmallows in meinen Becher plumpsen, wo sie schnell schmolzen und zuckrige weiße Wolken bildeten, die ich mit einer Handvoll Schokostreuseln besprenkelte. „Das ist echt lecker."

Johnny nahm einen Marshmallow und ließ ihn in seinen Becher fallen, dazu ein paar Schokostreusel.

„Ja, gut so." Ich nippte an meinem Kakao und beobachtete Johnny durch den Dampf. „Du wirst es mögen, glaub mir."

Er hob den Becher an die Lippen, probierte und nickte dann. „Ja, der ist wirklich gut."

Ich war dankbar für die Insel zwischen uns. Mit einer Hüfte lehnte ich mich dagegen und nippte ganz langsam, damit wir beide so tun konnten, als würde das Trinken der heißen Flüssigkeit so viel Aufmerksamkeit erfordern, dass Reden nicht möglich war. Ich nahm mir sogar die Zeit, ein wenig zu pusten, um mir nicht die Zunge zu verbrennen. Normalerweise war ich immer so ungeduldig, dass ich darauf keine Rücksicht nahm.

„Also", sagte Johnny nach ein paar weiteren Minuten, die mit unangenehmem Schweigen gefüllt waren, das nur von unserem Pusten und Schlürfen unterbrochen wurde.

Ich wartete. Er fuhr nicht fort. Stellte seinen Becher beiseite und stützte sich mit den Händen auf der Arbeitsfläche ab. Er schaute mich an, aber nicht so wie in meinen Fantasien. In den Episoden sah Johnny mich an, als wäre ich etwas ganz Besonderes, von dem er nicht wusste, wie es in seine Hände gelangt war. Der Johnny hier hingegen sah mich nur so an, als ob er nicht wüsste, was er von mir halten sollte.

„Ja?" Ich tat ruhig und gefasst, doch in mir tobte ein Wirbelsturm.

„Ich wollte mit dir sprechen."

Ich konnte nicht anders, ich fing an zu lachen. Erst leise, mehr ein Kichern, dann immer heftiger, bis ich mir die Hand vor den Mund halten musste, um nicht herauszuplatzen. Ich schaffte es, ein „Wirklich!" herauszuquetschen.

Sein Lächeln hatte ich schon auf so vielen Fotos, in Filmen und in diesen magischen Momenten gesehen, wenn ich im Dunkeln wanderte. Jetzt sah es genauso aus, aber irgendwie anders. Er hielt sich ein wenig zurück.

„Ja. Wirklich."

Mein Lachen verebbte, meine Bauchmuskeln taten ein wenig weh, aber auf gute Art. Ich wischte mir die Lachtränen aus den Augenwinkeln. „Dann rede."

„Ich dachte, wir sollten darüber sprechen, was in der Galerie geschehen ist."

Das ernüchterte mich ein wenig, aber nicht vollständig. „Hm, hm."

„Und dass du wissen solltest, warum … warum es nicht funktionieren würde."

Es war nicht so, dass ich diesen Satz noch nie zuvor gehört oder gesagt hatte, aber er war absolut nicht das, was ich von ihm erwartet hätte. Ich stellte meine Tasse ab und leckte mir über den Mund. Ich wollte ihm nicht schokoladenverschmiert gegenüberstehen. „Was genau würde nicht funktionieren?"

Seine Hände lagen immer noch auf der Arbeitsplatte, doch seine Finger zuckten. „Das mit uns."

„Aha." Ich war nicht gut im Flirten, aber darin, mangelndes Interesse vorzutäuschen, war ich noch schlechter. „Warum nicht?"

Johnny blinzelte, sein Lächeln wurde eine Winzigkeit breiter. „Emm."

Mein Atem stockte kurz, als er meinen Namen sagte. Ich wollte meine Augen schließen und auf dem Klang dahinschweben, auf dieser einen Silbe. Ich tat es aber nicht, sondern hielt meinen Blick auf ihn gerichtet und weigerte mich, wegzusehen, weil er es auch nicht tat.

„Johnny." Es gelang mir nicht, die Sehnsucht in meiner Stimme zu verbergen, und ehrlich gesagt hätte ich das auch gar nicht gewollt.

Er stöhnte, leise, aber dennoch deutlich hörbar.

Ein unerwartetes Kribbeln schoss durch meinen Körper. Einen Wimpernschlag später richteten sich meine Nippel auf. Meine Klit bebte. Ich war froh, dass ich meinen Becher weggestellt hatte, denn ansonsten hätte ich ihn jetzt fallen lassen. So jedoch konnte ich mich mit beiden Händen an der Kücheninsel festklammern und damit verhindern, dass meine Knie unter mir nachgaben. So intensiv war das Gefühl. So mächtig.

„Ich sollte gehen", sagte Johnny einen Augenblick später, bevor ich Zeit gehabt hatte, das Geräusch, das er ausgestoßen hatte, wirklich zu verarbeiten.

Er erhob sich. Ich ging um die Insel herum und stellte mich vor ihn. „Warte."

Darauf setzte er sich wieder, als hätte ich ihn geschubst, obwohl ich gar nicht nah genug dran war, um ihn zu berühren. *Noch nicht …* „Emm …"

„Oh, verdammt, ich liebe die Art, wie du meinen Namen sagst", sagte ich, ohne nachzudenken.

Erneut stöhnte er, heiser, voller Verlangen. Sein Adamsapfel hüpfte, als er schluckte.

Vier, maximal fünf Schritte trennten uns. Ich machte drei von ihnen, meine Füße glitten über den gewachsten Boden, der Saum meines T-Shirts rutschte höher, als der Anstand es gestattete. Ich wollte ihn riechen. Es war mir egal, wie mein plötzlicher Angriff wirkte.

„Emm", sagte er wieder, und dieses Mal klang es nicht wie eine Warnung oder ein Protest.

Es klang wie eine Einladung.

Ich ging weiter. Er verlagerte das Gewicht. Sein Hocker war hoch genug, dass seine Knie, als ich mich zwischen sie schlängelte, gegen meine Hüften drückten. Mit halb geschlossenen Augen beugte ich mich vor, atmete tief ein. Johnny rührte sich nicht, kam nicht näher, blieb einfach stocksteif sitzen.

Ich öffnete die Augen. Ich war ihm so nah, ich konnte die Flecken in seiner Iris sehen. Seine Wimpern zählen.

Aber ich küsste ihn nicht.

Er küsste mich.

Begierige, offene Münder, gleitende Zungen, Zähne, die aneinanderschlugen. Es war perfekt. Seine Hand legte sich um meinen Nacken, seine Finger vergruben sich in meinem Haar. Ich keuchte an seinem Mund auf, so sehr wollte ich ihn. Er schmeckte so verdammt gut. Ich wollte ihn aufessen.

Der Hocker wackelte bedenklich, als ich mich auf Johnnys Schoß setzte, aber er schlang einen Arm um mich, packte meinen Hintern und stützte sich mit dem Fuß auf dem Boden ab, um uns am Umfallen zu hindern. Mein T-Shirt rutschte hoch. Seine Gürtelschnalle drückte kalt gegen meinen Bauch, der Jeansstoff seiner Hose war so herrlich rau. Als seine Hand auf mein nacktes Fleisch traf, stöhne Johnny laut auf und unterbrach den Kuss lange genug, um meinen Namen zu flüstern.

Ich nahm sein Gesicht in meine Hände und hörte auf, ihn zu küssen, um ihm in die Augen zu sehen. Unsere Lippen waren noch so nah, dass sie sich bei jedem Wort, das ich sagte, berührten. „Was daran funktioniert nicht?"

Seine andere Hand wanderte zu meinem Arsch und drückte fest zu. Ich umklammerte Johnnys Hüften mit meinen Oberschenkeln und fuhr mit meinem Daumen über seine Unterlippe.

Er nahm ihn in den Mund und saugte vorsichtig daran, bevor er leicht hineinbiss. „Nichts davon. Alles. Wie auch immer. Ich kann nicht klar denken, wenn du so auf meinem Schoß sitzt."

„Ich kann mich auch gerne auf dein Gesicht setzen", schlug ich unschuldig vor.

Was er daraufhin von sich gab, war so dahingenuschelt, dass ich nicht sagen konnte, ob es sich um einen Fluch oder ein Gebet handelte. Er küsste mich wieder. Sein Mund bestrafte meinen, und ich nahm die Strafe dankbar an. Ich rutschte ein wenig und verlagerte das Gewicht, während er versuchte, mich vorm Herunterrutschen und den Hocker vorm Umfallen zu bewahren. Es war chaotisch, und es war schön, aber ich musste von ihm herunterklettern, wenn ich mich nicht unter ihm liegend auf dem Boden wiederfinden wollte – aber nicht auf die Art, die ich mir wünschte.

Meine Füße fanden Kontakt zum Boden, während unsere Lippen immer noch aneinanderhingen. Ich streckte eine Hand aus und drückte sanft gegen die Wölbung in seiner Jeans. Noch nie zuvor bin ich so hemmungslos gewesen. Nur mit ihm. Dort … und hier.

Er legte seine Hand auf meine und unterbrach den Kuss. „Mein Gott."

Ich nahm mir Zeit, wieder zu Atem zu kommen. Meine Hand ließ ich da, wo sie war. Ich schaute ihm in die Augen. Seine Pupillen waren vor Erregung geweitet. Das konnte er nicht vortäuschen. Ich leckte mir seinen Geschmack von den Lippen und erinnerte mich daran, wie er in meinem Mund gekommen war. Ein Schauer überlief mich, und die Welt neigte sich, aber nicht so wie vor einer Episode. Mir war einfach nur schwindelig.

„Ich will dich so sehr." Meine Stimme klang hilflos, doch wie alles, was bisher passiert war, machte es mir nichts aus. Anstand, Würde, Stolz – das alles war mir gerade egal.

Ich drehte die Hand, die auf seinem Schritt lag, um und hielt seine Hand fest. Ich führte sie zwischen meine Beine, an meine heiße, feuchte Muschi. Ich rieb mit seinen Fingern über meine Klit, die ganz hart und geschwollen war, und weiter hinunter. Ich schob seine Finger in mich hinein und erschauerte. Dabei schaute ich ihm die ganze Zeit in die Augen.

„Siehst du?", fragte ich.

Johnny bewegte seine Hand, seine Finger weiteten mich auf so köstliche Weise. Tief in mir drin krümmte er sie ein wenig und traf dabei eine verborgene Stelle, über die ich schon gelesen, die ich aber noch nie gespürt hatte. Jeder Nerv in meinem Körper erwachte zum Leben. Mit meiner anderen Hand klammerte ich mich an seiner Schulter fest, grub meine Finger in seine Haut, um nicht umzufallen. Sein Daumen kreiste genau richtig um meine Perle, so perfekt, wie ich es von ihm erwartet hatte. So perfekt, wie er es in meinen Gedanken immer getan hat.

Er rutschte auf dem Hocker vor, um einen festeren Stand auf dem Boden zu haben. Während er mich mit den Fingern fickte, küsste er mich und hielt mich mit der anderen Hand an der Hüfte fest, damit ich nicht zusammensackte. Ich lehnte mich gegen seinen Oberschenkel. Es war mir egal, wie sehr ich meinen Kopf verrenken musste, um mich sowohl von seinem Mund als auch von seiner Hand weiter bearbeiten zu lassen. Ich verlor meine Konzentration auf seinen Schwanz, war vollkommen hilflos und konnte nichts mehr tun, außer auf der Welle des Verlangens zu reiten, die kurz davorstand, zu brechen.

Ich war so feucht, dass er seine Finger ohne Schwierigkeiten in mich hinein- und wieder herausgleiten lassen konnte. Er bewegte sie langsam, während sein Daumen einen köstlichen Gegendruck aufbaute. Ich schob ihm mein Becken entgegen. Ich saugte an seiner Zunge und nahm ihm den Atem, bis er stöhnte. Ich konnte meine Augen nicht offen halten; die Lust hatte meine Lider zu schwer gemacht. Ich konnte auch nicht reden. Ich konnte mich ihm nur hingeben.

Und er machte es mir gut. Sein Mund, seine Finger. Seine Stimme, die immer wieder meinen Namen flüsterte, wenn er meine Lippen kurz verließ, um eine heiße Spur über meinen Hals zu ziehen, den er mit leichten Bissen reizte.

Mein Orgasmus rollte wie ein Güterzug über mich hinweg. Mächtig und schnell und ohne Gnade. Ich drohte, unter seiner Kraft zusammenzusacken, aber Johnny hielt mich aufrecht. Als ich kam, öffnete ich meine Augen und schaute Johnny an. Er lächelte nicht. Sein Blick war dunkel und erhitzt, seine Wangen gerötet, die Lippen geöffnet und feucht von unserem Kuss.

Als die Gefühle abebbten, merkte ich, dass sich meine Finger in seiner Schulter verkrallt hatten. Ich ließ los. Die Nachbeben durchliefen meinen Körper, als er seine Finger aus mir herauszog und ich zu spät bemerkte, dass ich auf Zehenspitzen stand. Mit weichen Knien stellte ich mich auf die flachen Füße.

„Wow." Mehr konnte ich nicht sagen.

Ich hob mein Gesicht, um ihn noch einmal zu küssen, doch er drehte seinen Kopf ein winziges Stück, sodass meine Lippen seine Wangen berührt hätten, wenn ich hartnäckig genug gewesen wäre, mein Vorhaben durchzuziehen. Doch das war ich nicht. Dieses Mal war ich klug genug, mir rechtzeitig Einhalt zu gebieten.

„Tut mir leid", sagte Johnny und schob mich vorsichtig von sich. „Ich kann nicht."

Dann stand er auf und ging einfach.

16. KAPITEL

*I*ch denke, ich brauche vielleicht auch einen neuen Koffer", fuhr Mom mit unserer Unterhaltung fort, auf die ich mich schon seit zwanzig Minuten nicht mehr konzentrieren konnte.

Aber das machte nichts. Sie war zufrieden damit, von ihrer bevorstehenden Kreuzfahrt zu erzählen, während wir gemeinsam durch die Einkaufspassage schlenderten und ich ab und zu ein „Hm-hm" von mir gab, sobald sie stehen blieb und so tat, als erwarte sie eine Meinung von mir. Ich hätte allerdings wissen müssen, dass ich ihr nichts vormachen konnte. Sie wartete nur auf den richtigen Moment, um mich auszuquetschen, und es stellte sich heraus, dass der bei einer Portion Frozen Yoghurt gekommen war.

„Also", sagte sie und steckte ihren Löffeln in den Berg aus Vanille und Beeren. „Was ist los?"

Ich hatte einen Becher mit Schokolade und Toffee vor mir, aber bislang hatte ich noch nicht davon gekostet. „Hm?"

„Emmaline", sagte meine Mutter warnend. „Ich weiß, dass etwas nicht stimmt. Sprich mit mir."

Ich öffnete den Mund, um ihr alles zu erzählen. Von den Episoden, den Situationen mit Johnny – natürlich nur in einer wesentlich entschärften Version. All das wollte plötzlich aus mir hervorsprudeln, doch dann fiel mein Blick auf die Tüten zu ihren Füßen, und ich schluckte jedes einzelne Wort herunter.

Meine Mom würde mit meinem Dad auf eine Kreuzfahrt gehen. Ein Urlaub ohne mich, der erste überhaupt in ihrer Ehe. Ich kannte meine Mom gut genug, um zu fürchten, dass ein einziger Satz von mir reichen würde, damit sie die Reise absagte. Deshalb sagte ich nichts.

Außer: „Ach, nur ein wenig Ärger mit den Jungs, Mom."

Sie strahlte. „Wirklich?"

Ich musste lachen, obwohl es mir im Herzen wehtat. „Könntest du deine Freude bitte ein wenig dämpfen?"

„Ärger mit Jungs bedeutet aber doch, dass es da einen gibt." Sie leckte genüsslich ihren Löffel ab.

„Du tust gerade so, als hätte ich noch nie einen Freund gehabt."

„Seit deinem Auszug hast du zumindest keinen mehr erwähnt."

Ich ließ meinen Löffel in dem Becher kreisen und machte aus dem ehemals gefrorenen Joghurt eine Suppe. Ich hatte keinen Appetit, nahm aber trotzdem einen Löffel, weil ich wusste, nichts ließ die Alarmglocken meiner Mutter schneller schrillen, als wenn ich nichts aß. Ich zuckte mit den Schultern.

„Also erzähl mir davon."

„Nun ja, zum einen ist er kein Junge."

Meine Mom schwieg einen Moment, und als sie sprach, klang ihre Lockerheit gezwungen. „Ist es … ein Mädchen?"

Ich lachte aus vollem Herzen. „Nein, nein."

„Oh. Okay. Es ist nur, du erinnerst dich an Gina Wentzel, oder? Ich denke, sie war eine oder zwei Klassen über dir. Ihre Mutter arbeitet bei Weis Markets."

Ich wusste, wenn ich nur lange genug warten würde, bekäme die Geschichte noch einen Sinn. „Ja. Ich kenne sie. Sie war Cheerleaderin."

„Und eine Lesbe."

Ich lachte wieder. „Oh Mom."

„Das stimmt. Ihre Mutter hat es mir selbst gesagt. Sie sagt, sie ist mit einer Frau zusammen, die sie in ihrer Zeit in Arkansas kennengelernt hat."

„Weil Arkansas voller Lesben ist?", fragte ich nach einer kurzen Pause, in der ich vergeblich versucht hatte, die Puzzleteile richtig aneinanderzulegen.

„Ich habe keine Ahnung", antwortete meine Mutter. „Ich hab nur wiederholt, was ihre Mutter mir erzählt hat. Sie denken daran, gemeinsam ein Baby zu adoptieren."

„Oh, das freut mich für sie." Gina war mir als aufreizende, fast schon nuttig wirkende Blondine in Erinnerung, die einmal einen fiesen Kommentar über meine Klamotten abgegeben hatte. Ansonsten war sie eine Fremde für mich.

„Oh ja, das wäre schön für die beiden." Meine Mutter nickte und leckte an ihrem Löffel. „Für dich wäre es auch schön."

„Wenn ich lesbisch wäre?"

Mom zeigte mit dem Löffel auf mich. „Ich meine ja nur, dein Dad und ich würden dich genauso lieben, selbst wenn du lesbisch wärst. Ich meine, stell dir nur vor, wie die Eltern von dem Mädchen aus dem Radio sich fühlen müssen."

Die Tatsache, dass ich den unlogischen Schlussfolgerungen meiner Mom nicht mehr so ohne Weiteres folgen konnte, stimmte mich ein wenig traurig. „Was für ein Mädchen aus dem Radio?"

„Dieses ,I Kissed a Girl'-Mädchen. Stell dir nur vor, was ihre Eltern gedacht haben."

„Ich bin sicher, die sind auch stolz auf sie, Mom."

„Nun, dein Dad und ich sind auf jeden Fall stolz auf dich, Emmaline. Egal ob lesbisch oder nicht." In den Augen meiner Mom glitzerten Tränen, aber sie lächelte. „Du hast dich so gut entwickelt. Ich meine, ich hatte immer gehofft, aber nie gedacht … wir waren uns nie sicher …"

„Ich bin keine Lesbe", schob ich dem sich anbahnenden emotionalen Zusammenbruch einen Riegel vor. Ich stand selber schon zu kurz vor einem von PMS veranlassten Heulanfall. Ich wollte aber nicht hier in der Einkaufspassage zusammenbrechen, geschweige denn meine Mutter dazu ermutigen, es zu tun.

„Also, Ärger mit den Jungs. Aber nicht mit einem Jungen. Also mit einem Mann", sagte meine Mutter, als wäre das reine Haarspalterei.

„Äh, ja. Er ist ein Mann. Kein Junge. Überhaupt nicht." Ich runzelte die Stirn und dachte daran, wie Johnny mich „Mädel" genannt hatte.

„Ich denke, das ist in Ordnung. Du bist selber über dreißig. Zeit, mit Männern auszugehen, würde ich sagen." Mom lächelte. „Also, wie ist er so?"

„Wir gehen nicht miteinander aus. Ich meine, ich mag ihn sehr …" Ich seufzte und räusperte mich, um die Gefühle, die hochkamen, wieder ganz nach unten in ihre Ecke zu drücken. „Er mag mich nicht."

„Dann ist er ein Idiot."

„Puh, Mom, danke, aber ich glaube, du bist ein wenig voreingenommen."

Sie lächelte wieder und kratzte ihren Becher aus. „Ist mir egal. Ich bin deine Mutter. Ich darf sagen, dass irgendein Junge – tut mir leid, ein Mann – ein Idiot ist, weil er dich nicht mag. Wie heißt er?"

„Johnny."

Sie schnaubte. „Das ist kein Männername."

„Es ist … ich schätze, der ist irgendwie von früher an ihm hängen geblieben, und nun kennt ihn jeder so. Ich glaube nicht, dass er ein John ist. Er ist einfach … Johnny. Das passt zu ihm."

„Bist du sicher, dass er dich nicht mag?"

Ich dachte daran, wie er einfach gegangen war, mich nackt in meiner nach Sex riechenden Küche allein gelassen hatte. „Ja, ich bin mir sicher."

„Er ist ein Idiot. Vergiss ihn."

„Ich bin mir nicht sicher, dass ich das kann, Mom. Er ist ziemlich einmalig."

„Kein Mann ist *so* unvergesslich", sagte Mom mit finsterem Blick.

Ich seufzte. „Der hier schon."

„Oh, Emm. Liebes. Ich hasse es, dich so zu sehen. Warum lässt du dir so was immer so nahegehen?"

Meine Kehle schmerzte. „Mein Gott, Mom, wo bleibt dein Mitgefühl?"

„Ich habe doch gesagt, dass er ein Idiot ist."

„Stimmt, das ist er wohl."

„Aber du magst ihn. Das sehe ich."

„Er ist so … anders. Unglaublich talentiert. Und weit gereist. Er hat so viel gelebt und erlebt, Mom, dass ich mir neben ihm wie die letzte Hinterwäldlerin vorkomme. Wie … na ja, wie ein Mädchen eben."

„Du bist ein Mädchen", sagte sie.

„Ich bin eine Frau", widersprach ich.

Sie schaute mich mit einem sanften Ausdruck in den Augen an. „Das weiß ich, Honey. Und kein Junge oder Mann ist so besonders, dass du dich nicht so fühlen kannst."

Ich liebe meine Mom!

„Ich weiß. Ich kann nicht anders. Er ist einfach so … Ahh. Dumm! Er ist dumm! Dummer Johnny Dellasandro!"

Meine Mom kicherte und hielt dann inne. „Wieso kommt mir der Name so bekannt vor?"

„Er ist Künstler." Ich wusste, dass sie die Verbindung nicht herstellen würde. „Er hat eine Galerie in Harrisburg, die Tin Angel heißt."

„Nein, daher nicht." Sie zog ein Päckchen Taschentücher hervor und fing an, sich die Finger abzuwischen.

„Er war mal … Schauspieler", sagte ich zögerlich.

Sie hob die Augenbrauen. „Jemand Berühmtes? So wie Tom Cruise?"

„Nicht ganz so berühmt, aber ein bisschen schon." Ich dachte an die Artikel, die Websites, die Fanseiten. „Das ist allerdings schon lange her."

„Wie lange?" Sie klang misstrauisch und sah mich auch so an.

„Äh … in den Siebzigern."

Meine Mom lehnte sich mit verschränkten Armen auf ihrem Stuhl zurück. „Ich nehme an, er war kein Kinderdarsteller?"

„Nein."

„Oh, Emmaline!" Sie runzelte die Stirn. „Das ist doch wohl nicht der Mann aus den Spätfilmen im Kabelfernsehen? Derjenige, der seinen … du weißt schon, zeigt?"

„Äh …"

„Emmaline Marie Moser", rief meine Mutter fassungslos.

Egal wie alt man ist, wenn man alle seine drei Namen hört, weiß man, dass man in Schwierigkeiten steckt.

„Ich glaube es nicht." Sie rutschte auf ihrem Stuhl vor und senkte die Stimme, als würde sie über etwas Anrüchiges sprechen. „Er muss mindestens so alt sein wie dein Dad. Mindestens!"

„Ist er nicht", widersprach ich. „Dad ist neunundfünfzig, Johnny ist erst siebenundfünfzig."

„Oh Gott. Oh mein Gott." Sie presste eine Hand auf ihr Herz. „Dank dem Herrn, dass er dich nicht mag. Er *sollte* dich nicht mögen. Wenn er es täte, wäre er Schlimmeres als ein Idiot. Er wäre eine … Pädophiler."

„*Mom!*"

„Er ist zu alt für dich, Emmaline."

„Mom", sagte ich ruhiger. „Ich bin beinahe zweiunddreißig Jahre alt. Das macht ihn wohl kaum zu einem Pädophilen."

„Trotzdem ist er zu alt für dich", beharrte sie stur.

Ich runzelte die Stirn. „Wenn ich mit einer Frau ausginge, fändest du das nicht schlimm, aber mit einem älteren Mann schon?"

Da war sie einen Moment ratlos. Ihr Blick wurde noch finsterer. Wenigstens schimpfte sie mit mir und erdrückte mich nicht mit ihrer Fürsorge.

„Er mag mich nicht", wiederholte ich zum tausendsten Mal.

Dann dachte ich daran, wie sehr er mich nicht gemocht hatte, als er mich mit seinen Fingern verwöhnt und zum Orgasmus gebracht hatte …

Um nicht knallrot anzulaufen, betrachtete ich eindringlich meinen geschmolzenen Joghurt. Es gab Dinge, die man niemals mit seiner Mutter teilen wollte, egal wie sehr man sie liebt und wie gut man sich mit ihr versteht. Ich zwang mich, einen Löffel der cremigen Soße zu essen, aber sie schmeckte mir nicht.

„Du magst ihn wirklich, hm?" Meine Mutter kannte mich zu gut. Das war manchmal wirklich nervtötend.

„Na ja. Ja. Ich hab dir ja gesagt …"

„Er ist etwas Besonderes. Ich weiß. Aber sind sie das am Anfang nicht alle?"

Ich schaute sie an. „Bleiben sie das nicht?"

Sie lächelte und bekam einen verträumten Gesichtsausdruck. „Einige schon. Ich meine, ich finde deinen Dad immer noch ziemlich sexy."

Ich rümpfte die Nase. „Äh, hallo, ich bin nicht deine beste Freundin. Du sprichst hier von meinem Dad."

Sie lachte. „Du hast mich gefragt."

Ich war froh, dass ihre Ehe glücklich war. Das machte mich zu einer glücklichen Tochter, deren Eltern sich liebten. Und ich wusste, es war nicht falsch, das zu wollen.

„Komm. Wenn Schokolade deine Laune nicht hebt, hilft vielleicht eine kleine Shoppingtherapie." Meine Mom stand auf, um ihren Müll wegzuwerfen, und ich erhob mich ebenfalls.

„Ja. Zu dumm, dass ich pleite bin."

„Emm, diese dreiste Methode, mich dazu zu bringen, dir ein Paar Schuhe zu kaufen, hat in der achten Klasse aufgehört zu funktionieren."

Ich lächelte und schenkte ihr einen Dackelblick, während wir ihre Tüten aufsammelten und unseren Weg fortsetzten. „Nein, hat sie nicht."

„Erzähl das bloß nicht deinem Dad. Er flippt wegen der Reise sowieso schon aus."

Ich wollte wirklich nicht, dass meine Mom mir etwas kaufte, aber es war nett zu wissen, dass ich sie eventuell dazu überreden könnte. „Wieso flippt er aus?"

Sie fing an, es mir zu erzählen, aber ein kleiner Stand verlangte meine Aufmerksamkeit. Ich war schon tausendmal an ihm vorbeigegangen, ohne ihn eines Blickes zu würdigen. Ich brauchte keinen handgemachten Ledergürtel oder ein geflochtenes Lederarmband. Doch heute … wie so oft in letzter Zeit war heute alles anders.

„Warte kurz", murmelte ich meiner Mom zu, die immer weiterredete und auf einen Buchladen zuging. „Mom, warte."

„Hi", sagte der Junge an dem Stand. Er war sehr süß, sein schwarzer Emo-Pony hing ihm über ein Auge, und ich sah einen Hauch Eyeliner, was in mir vor noch gar nicht allzu langer Zeit ein Bauchkribbeln verursacht hätte.

Jetzt wirkte er auf mich einfach nur zu jung.

„Hey", sagte ich. „Kann ich die mal sehen?"

Ich zeigte auf eine Haarspange. Das Leder hatte an zwei Stellen Löcher, durch die ein Stab gesteckt wurde. Die Spange war so überhaupt nicht das, was ich normalerweise tragen würde. Zumindest nicht hier, in der Gegenwart. Aber mein Gehirn war offenbar der Meinung, dass sie mir steht, denn in meinen Episoden hatte es genau eine solche Haarspange für mich fabriziert.

„Sicher." Er nahm sie mit einem Finger vom Regal und reichte sie mir. „Die können auch personalisiert werden."

Ich nahm die Spange und hielt einen Moment inne. Der Junge betrachtete mich von Kopf bis Fuß. Das fühlte sich gut an. Richtig gut. So war ich nicht mehr angeschaut worden seit … nun ja, seit dem letzten Mal, als alles um mich herum dunkel wurde. Ich runzelte die Stirn.

„Ich brauche keine Personalisierung." Ich steckte den Holzstab in die Löcher und zog ihn wieder heraus, versuchte, mich daran zu erinnern, ob die Spange in meiner Episode genauso gewesen war. Ich hatte ihr keine große Aufmerksamkeit geschenkt und erinnerte mich nicht mehr, welches Design sie gehabt hatte.

„Die sieht an Ihnen bestimmt toll aus." Der Junge klang, als ob er es ehrlich meinte. „Sie haben so schön dickes Haar."

„Danke", sagte ich nach einer Sekunde. Ich berührte den Pferdeschwanz, der mir über die Schulter hing. Ich hatte wirklich dickes Haar, teilweise sogar zu dick für ein normales Haargummi. Die rissen immer in den unpassendsten Augenblicken. „Ich nehme sie."

Ich bezahlte weniger als zehn Dollar, was für eine Haarspange nicht gerade wenig war, aber günstiger, als ich sie schon woanders gesehen hatte. Ich zog das Haargummi heraus, und meine Haare fielen mir über Gesicht und Schultern. Einen Augenblick genoss ich das vertraute Gewicht, bevor ich die Haare zusammendrehte und mit der neuen Spange am Hinterkopf befestigte. Ich drehte meinen Kopf nach rechts und links, um zu sehen, ob es hielt. Tat es.

„Sieht toll aus", sagte der Junge. „Sind Sie sicher, dass Sie sie nicht personalisiert haben wollen? Ich könnte Ihnen ein Bild draufmachen oder Ihre Initialen oder so."

„Was hast du dir gekauft?", fragte meine Mom, die von einem Ausflug in den Buchladen zurückkehrte. „Oh mein Gott, Emm. Was ist das denn?"

„Eine Haarspange."

Sie lachte. „Ich habe genauso eine getragen, als ich deinen Dad kennengelernt habe. Guter Gott."

Ich lächelte. „Hattest du sie personalisiert mit deinem Namen?"

Sie lachte wieder. „Ich glaube nicht. Wenn ich mich recht erinnere, hatte sie Blumen drauf. Ich denke, die hatten alle Blumen. Oder vielleicht waren es auch Haschpflanzen, ich weiß es nicht mehr."

Der Junge verschluckte sich beinahe an seinem Lachen. Ich wusste, dass ich nicht so schockiert sein sollte, aber ich war es trotzdem. „Mom!"

„Was?" Sie schaute mich ganz unschuldig an. „Ich sage ja nicht, dass ich es geraucht habe. Ich meine nur, es gab viele Sachen, die damit verziert waren. Das ist alles. Komm schon, Emm, das waren die Siebziger."

„Ich will definitiv keine Haschpflanze auf meiner Haarspange." Ich schaute den Jungen an. „Wie viel kostet die Personalisierung?"

„Die ist umsonst. Deshalb sollten Sie es ja machen. Ist sowieso schon im Preis inbegriffen."

„Wir wäre es dann mit meinen Initialen?", sagte ich. „E.M.M."

Es dauerte nur ein paar Minuten, aber als er mir die Spange wieder zurückgab, schaute er mich entschuldigend an. „Irgendetwas stimmt mit der Maschine nicht. Ich habe Ihre Initialen eingegeben, muss aber wohl auf den falschen Knopf gedrückt haben, denn das hier ist dabei rausgekommen."

Blumen und Weinranken. Es war hübsch. Es kam mir bekannt vor. Ich schluckte den bitteren Geschmack im Mund runter. „Oh, das ist eigentlich ganz schön."

„Sicher? Ich kann Ihnen eine Neue machen …"

„Nein." Ich schüttelte den Kopf. „Das ist perfekt."

Er gab mir die Spange und noch etwas. Seine Telefonnummer. Ich wartete, bis wir außer Sichtweite waren, bevor ich sie in den Müll warf.

„Warum tust du das?", fragte meine Mom. „Das war so ein süßer Junge."

„Ja, er war ein süßer *Junge*", stimmte ich zu.

Aber ich wollte keinen Jungen. Ich wollte einen Mann. Ich wollte Johnny.

17. KAPITEL

Bist du sicher, dass du da hingehen willst?", fragte Jen. „Es gibt haufenweise andere Läden, Emm. Und *so* gut ist der Kaffee im *Mocha* nun auch wieder nicht." Ich reckte das Kinn, zog meine Schultern hoch und stellte gegen den pfeifenden Wind den Kragen meines Mantels auf. Von unserem Platz auf der anderen Straßenseite betrachtete ich mein Lieblingscafé. Ich stand hier schon seit zehn Minuten und wartete auf Jen. Johnny hatte ich noch nicht hineingehen sehen. Auch nicht herauskommen.

„Nein. Ich werde mir von diesem Idioten nicht alles verderben lassen. Johnny Dellasandro kann sich mal gehackt legen. Was glaubt er denn, wer er ist?", sagte ich grimmig. Der unangenehme Nachgeschmack meiner Worte klebte mir auf der Zunge wie saure Milch.

„Dann gehen wir rein." Jen zitterte und machte sich daran, die Straße zu überqueren.

In den letzten Tagen war die Temperatur noch einmal gefallen und versprach noch mehr Schnee. Die grauen Wolken waren ein perfektes Spiegelbild meiner Stimmung. Seitdem Johnny mich vor ein paar Tagen in meiner Küche hatte stehen lassen, schwankte ich zwischen beschämter Verzweiflung und langsam köchelnder, selbstgerechter Wut hin und her.

„Es ist nur …" Ihre Stimme verebbte.

Ich sah sie an. Ich fühlte meine Nase nicht. Oder meine Zehen. Oder meinen Nacken, da ich mein Haar mit meiner neuen Spange hochgenommen hatte und so dummerweise ein Streifen Haut über meinem Schal frei lag. Ich wollte nicht an der Straßenecke stehen wie eine Zwei-Dollar-Nutte – obwohl ich mich dank ihm so fühlte. „Du willst nicht rein?"

„Ich will nicht, dass du reingehst, wenn das bedeutet, dass du dann traurig wirst."

Ich antwortete ganz langsam, weil ich mich bemühte, meine Zähne nicht klappern zu lassen. „Hast du Angst, ich mache ihm eine Szene? Das werde ich nicht, Jen. So ein Typ bin ich nicht.

Aber eher lasse ich mich von einem Stacheldrahtdildo ficken, als dass er es schafft, mich aus dem *Mocha* zu vertreiben. Das ist *unser* Café, und das war es schon, bevor ich überhaupt etwas von seiner Existenz wusste."

„Autsch." Sie zuckte zusammen und lachte.

„Ohne Gleitgel, in den Hintern", fügte ich hinzu, und auch wenn mir nicht nach Lachen zumute war, entschlüpfte mir doch ein kleines Kichern. „Komm schon, hier draußen ist es eiskalt. Mir ist es egal, ob er da ist. Ich will jetzt nur irgendetwas mit viel Fett."

„Ich bin dabei", sagte Jen. „Wenn du dir sicher bist. Ich meine, ein Stacheldrahtdildo im Arsch wirkt auf mich sehr überzeugend, aber …"

„Ich bin mir sicher." Ich konnte das Zähneklappern nicht mehr unterdrücken. „Wirklich. Ich weiß nicht, was für ein Problem er hat, aber meinetwegen soll er dran ersticken."

„Oookay." Sie lachte laut und klatschte in die Hände. „Dann los."

Er war nicht da, was unsere Unterhaltung ziemlich überflüssig erscheinen ließ. Wir gaben unsere Bestellungen auf und nahmen sie mit an einen Tisch, an dem wir uns aus unseren Mänteln und Schals pellten und dann unsere Hände um die Becher legten, um unsere Hände zu wärmen. Mir war immer noch nicht sehr nach Lachen zumute, aber es war quasi unmöglich, nicht mit Jen mit zu kichern.

„Erzähl, wie läuft es mit dem Beerdigungstypen?", fragte ich sie und leckte die Marshmallows vom Schaum meines Mint Chocolate Latte, den ich heute zum ersten Mal probierte. Es steckte ein Pfefferminzröllchen darin, und wer konnte dem selbst ein paar Monate nach Weihnachten schon widerstehen?

„Oh, Süße", sagte Jen. „Ich mag ihn."

„Wow. Das ist gut, oder?"

Sie rührte mit dem Löffel in ihrem Latte und zuckte mit den Schultern. „Ich schätze schon."

„Warum schätzt du das nur?"

Sie seufzte. „Nun ja, du weißt, wie es ist. Man mag einen Mann.

Sehr sogar. Er mag dich. Alles läuft super ... Ich warte trotzdem nur auf den großen Knall."

„Aber warum?", fragte ich.

Sie seufzte erneut. „Weil es immer so ist."

„Nicht immer", sagte ich und fügte hinzu. „Das hab ich zumindest gehört."

„Ja, ich weiß. Liebe ist wie Bigfoot oder eine Entführung durch Außerirdische: Man hört von vielen anderen Leuten, denen es passiert ist, aber es gibt keine echten Beweise. Und das ängstigt mich zu Tode." Jen zog eine Grimasse.

Jetzt war ich dran, zu seufzen. „So ist die Liebe."

„Oh, Emm. Es tut mir leid. Sorry, dass ich so unsensibel bin." Sie drückte meine Hand. „Übrigens, süße Bluse."

„Netter Versuch eines Themenwechsels." Ich schaute auf die Bluse, die ich bei der Heilsarmee gekauft hatte. Sie hatte Puffärmel und eine Schleife am Kragen. „Sie war fünfzig Prozent reduziert, weil sie so hässlich ist."

„Das ist eine witzige Kombination aus Weste und Hemd. Sehr ... ähm ... retro."

Ich lachte. „Die Taschen sind auch nicht echt."

Plötzlich glitt Jens Blick über meine Schulter hinweg. „So viel zum Themenwechsel."

Meine Muskeln spannten sich an, mein Rücken richtete sich wie von alleine auf. „Er ist da, oder?"

Die Türglocke erklang. Die kühle Luft an meinem Nacken stellte ich mir eher vor, als dass ich sie wirklich spürte. Ich drehte mich zu ihm um, erwartete, dass er mich wie üblich ignorieren würde. Dieses Mal wollte ich ihm das nicht durchgehen lassen.

Johnny blieb an unserem Tisch stehen. Er nickte Jen zu, schaute aber mich an. „Emm. Hey. Kann ich mal kurz mit dir sprechen?"

Ich ignorierte Jens atemloses Quieken und den Tritt, den sie mir unter dem Tisch gab. Ich verschränkte meine Finger über meiner Tasse und schaute ihn ohne den Hauch eines Lächelns an. „Du sprichst doch gerade mit mir, oder nicht?"

Er wirkte weder bestürzt noch verlegen – beides Reaktionen,

205

die mir äußerst gut gefallen hätten. Johnny jedoch neigte nur den Kopf ein wenig und sagte: „Unter vier Augen."

„Ich bin mit meiner Freundin zusammen hier."

„Ehrlich gesagt", schaltete Jen sich entschuldigend ein, obwohl ich mir sicher war, dass es ihr überhaupt nicht leidtat, „muss ich jetzt sowieso los. Ich hatte Jared versprochen, ihn anzurufen."

Obwohl ich sie flehend ansah, konnte ich sie nicht dazu bringen, bei mir zu bleiben. Sie war bereits aufgestanden und zog sich den Mantel an. „Verräterin", murmelte ich.

„Nett, dich getroffen zu haben", sagte sie zu Johnny.

Er lächelte sie an. „Du bist schon lange nicht mehr in der Galerie gewesen."

Sie blieb erstaunt stehen. „Ich, äh ..."

„In den nächsten Monaten stelle ich neue Künstler vor. Du solltest mir mal etwas von deinen Sachen vorbeibringen."

Dieses Mal quiekten wir beide überrascht auf. Johnny wirkte jedoch nicht genervt, sondern wartete geduldig auf eine Antwort.

„Äh, sicher, klar." Jen klang erst zögerlich, aber dann wurde ihr Lächeln immer breiter. „Ja, gerne. Das mache ich."

„Bring es irgendwann diese Woche abends vorbei. Ich bin immer bis sieben Uhr da."

„Super. Okay." Sie nickte und warf mir einen nervösen Blick zu. „Wir sehen uns, Emm."

„Ja, bis später." Ich wartete, bis sie weg war und Johnny sich auf ihren Stuhl gesetzt hatte, bevor ich ihn wütend anfunkelte. „Was soll das?"

„Was?" Er schob Jens Becher zur Seite und legte seine Hände vor sich auf den Tisch. Er trug noch seinen Mantel, vermutlich hatte er nicht vor, lange zu bleiben.

„Woher weißt du überhaupt, dass sie Künstlerin ist?" Ich wollte mein Getränk auf einmal nicht mehr und drehte das halb geschmolzene Pfefferminzröllchen hin und her.

Johnny hob die Augenbrauen. Und einen Mundwinkel. Ich hasste dieses Lächeln. Es verlockte mich, es zu erwidern, und das wollte ich nicht. Schweigend zeigte er auf die Rückwand des *Mocha*, an der viele Fotos und Bilder zum Verkauf hingen. Einige davon waren von Jen.

„Ich dachte, das wäre dir nicht aufgefallen", sagte ich kühl. „Und dass du sogar weißt, wer sie ist, hätte ich auch nicht gedacht."

„Du glaubst, ich weiß nicht, wer regelmäßig herkommt und wer nicht?" Johnnys Lächeln hatte noch nicht seine volle Kraft entfaltet, aber ich sah, dass er auf gutem Wege war. „Du meinst, ich komme einfach her und trinke meinen Kaffee, ohne auf meine Umgebung zu achten?"

„Ja, das meine ich." Das Pfefferminzröllchen zerbrach zwischen meinen Fingern, und ich ließ beide Hälften in meinen Kaffeebecher gleiten.

„Tja", sagte er mit leiser Stimme, „dem ist nicht so."

Sein Blick war ungerührt. Sein Lächeln wurde noch ein kleines Stück breiter. Doch auf keinen Fall wollte ich seinem Charme erliegen.

Dann roch ich Orangen …

Gegen meinen Willen flatterten meine Augenlider. Ich atmete schnell ein; nicht absichtlich, sondern als unbewusste Reaktion. Der Geruch wurde stärker. Ich stand auf und schob meinen Stuhl so heftig zurück, dass er laut über den Boden kratzte.

„Ich muss los."

„Emm." Johnny erhob sich ebenfalls. „Warte."

Ich wartete nicht. Ich verlor mich in der Dunkelheit. Ich fiel kopfüber hinein und kam keuchend wieder heraus, als wenn ich mich vom tiefen Grund eines Sees an die Oberfläche gekämpft hätte.

Mir ist nicht kalt. Mir ist heiß. Ich bin in einem Badezimmer, unter meinen Händen das kühle Porzellan des Waschbeckens. Wasser läuft. Ich schwitze. Als ich meine Oberlippe ablecke, schmecke ich Salz.

Ich lasse Wasser in meine Hände laufen und führe sie an meinen Mund. Ich trinke. In großen Schlucken. Ich spritze mir

Wasser ins Gesicht. Es ist mir egal, dass meine Bluse auch etwas abbekommt. Sogar die Vorderseite meiner hochgeschnittenen Jeans wird nass. Ich schaue mein Spiegelbild an. Wilde Augen, tropfnasses Gesicht.

Ich drehe mich langsam herum, schaue mich um. Es gibt leider keinen Kalender, der mir das Datum anzeigt, aber der Duschvorhang mit seinem geometrischen Muster in Braun, Orange und Grün gibt mir einen Hinweis. Na ja, das und die Tatsache, dass ich vor einer Minute noch im *Mocha* war, bereit, aus der Tür zu stürmen und zu denken: *„Fick dich*, Johnny Dellasandro, du arroganter Arsch!"

Jetzt, hier in meiner Episode, würde *ich* ihn gerne ficken. Ich trockne meine Hände an einem Handtuch ab, das nicht ganz sauber ist. Dann drücke ich die Badezimmertür auf. Johnny liegt inmitten total zerwühlter Laken nackt auf dem Bett.

„Hey, Baby." Er hält inne, schaut mich fragend an. „Warum hast du dich angezogen?"

Ich sehe an mir herunter. „Ich …"

„Mist", er lacht. „Sandy wird ganz schön sauer sein, dass du ihre Klamotten trägst. Aber egal. An dir sieht das Hemd sowieso besser aus. Sie hat nicht die richtigen Titten dafür."

Ich bin immer noch sauer. Das hier macht es nicht besser. Ich stemme eine Hand in die Hüfte. Mir ist egal, dass das hier eine Episode ist und ich eigentlich mit mir selber streite. „Und was machen Sandys Klamotten in deinem Badezimmer? Warum geht diese Schlampe hier ein und aus, als gehöre ihr das Haus? Als wärst du ihr Eigentum? Und mich lässt du einfach links liegen?"

Johnny setzt sich auf und macht sich nicht die Mühe, sich zu bedecken. „Wovon zum Teufel redest du?"

Ich atme schwer. Ich bin ein wenig desorientiert und muss mich am Türrahmen festhalten. „Von ihr. Sandy. Deiner Frau. Erinnerst du dich an sie?"

„Ich hab dir doch gesagt, dass wir uns getrennt haben." Er steht auf und kommt auf nackten Füßen zu mir.

Sein Körper ist göttlich. Johnny schiebt sich sein seidiges Haar aus dem Gesicht und zieht mich an sich, um mich zu küssen.

„Sei nicht böse, Baby", murmelt er an meinen Lippen. „Los, zieh dich aus. Komm wieder ins Bett."

Ich drücke mit beiden Händen gegen seine Brust, bis er einen Schritt zurück macht. „Nein."

Seine Miene verfinstert sich. „Oh Mann, Kleines. Das ist total verwirrend. Du verschwindest mit einem strahlenden Lächeln im Badezimmer, und als du wieder herauskommst, siehst du aus, als wolltest du mich umbringen."

„Wie lange ist das her?", will ich wissen.

„Sandy und ich haben uns vor ungefähr einem Jahr getrennt."

„Nein. Wie lange ist es her, dass ich ins Badezimmer gegangen bin?" Das Sprechen fällt mir schwer, meine Zunge fühlt sich an wie betäubt.

„Ich weiß nicht. Fünf, zehn Minuten?"

„Oh Gott." Ich bin nicht nur zurück in der Welt, die ich mir aus Wunschdenken und zu vielen Internetrecherchen zurechtgebastelt habe. Ich scheine auch in ihr vollkommen unberechenbar aufzutauchen und wieder zu verschwinden.

Ich stolpere zurück ins Badezimmer, beuge mich über das Waschbecken und würge krampfartig. Ich bin mir sicher, dass ich gleich einen Mint Chocolate Latte ausspucken werde. Mit geschlossenen Lidern sehe ich Johnny zwar nicht, aber ich höre seine Schritte auf den Fliesen und fühle dann seine Hand auf meiner Schulter. Ohne die Augen zu öffnen, taste ich nach dem Wasserhahn und lasse das kühle Wasser über meine Finger laufen, die ich dann gegen meine Wange und meine Stirn drücke.

„Alles okay?" Seine Finger kreisen beruhigend über meinen Rücken. „Was ist los?"

„Die Hitze. Es liegt an der Hitze." Die Worte purzeln aus mir heraus, und ich frage mich, warum ich lüge.

„Trink einen Schluck." Er streicht mir weiter über den Rücken.

Ohne seine Berührung fühlte ich mich besser, aber meine Finger umklammern das Waschbecken, und ich bewege mich so lange nicht, bis ich sicher bin, dass ich mich nicht übergeben muss. Dann spritze ich mir erneut Wasser ins Gesicht und drehe mich tropfend zu ihm um. „Was ist das, Johnny?"

„Was ist was?" Er nimmt ein Handtuch vom Haken und tupft mir zärtlich das Gesicht ab. Dann umfasst er mit einer Hand mein Kinn und schaut mir in die Augen, bevor er mir einen Kuss auf die Stirn gibt. Er zieht mich an seine Brust, schlingt die Arme um mich.

Mir ist es egal, dass es zum Kuscheln zu heiß ist oder dass seine nackte Brust unter meiner Wange vor Schweiß klebt. Ich drücke meine Lippen auf seine Haut und schmecke Salz und Sex.

„Das hier. Wir."

Er lacht. „Ich weiß es nicht. Was möchtest du denn, dass es ist?"

„Ich will, dass es alles ist, Johnny." Meine Stimme klingt ängstlich.

„Hey", sagt er leise. „Hey, pst."

Ich weine nicht, zittere aber vor Anspannung, und Johnny muss denken, dass ich heule. Es ist beruhigend, so von ihm umarmt zu werden. Wie vor einigen Tagen in seinem Büro, aber viel besser. Denn ich weiß, wenn ich ihn jetzt küssen würde, würde er es zulassen.

„Warum kann es das nicht sein?", fragt er nach einer Minute.

Die Hitze im Badezimmer ist unerträglich. Das Atmen fällt mir schwer. Das Sprechen auch.

„Weil nichts hiervon real ist."

„Hey." Er schiebt mich sanft von sich, ohne meine Oberarme loszulassen. Er hält mich fest. „Sag das nicht. Ich bin doch hier, du bist hier …"

„Nein." Ich schüttle den Kopf, lasse meine Hände über seine Brust zu seinem Bauch gleiten. „Du bist nicht hier. Ich bin nicht hier. Das hier ist überhaupt nicht real."

„Was ist es dann?" Er neigt den Kopf und schenkt mir ein schwaches Lächeln. „Für mich fühlt es sich echt an."

Seine Hand gleitet unter meine Bluse und umfasst meine Brust. „Die auch."

Er nimmt meine Hand und führt sie an seinen halb erigierten Schwanz. „Und der ist auch real."

Ich löse mich von ihm, drehe mich weg. Das Waschbecken

in meinem Rücken beraubt mich jeglicher Fluchtmöglichkeit. „Natürlich fühlt es sich für dich real an. Du bist für dich immer echt. Das Problem ist jedoch, Johnny, dass sich das hier alles nur in meinem Kopf abspielt. Ich denke mir das aus. Alles geschieht nur in meinem Gehirn."

Er lacht nicht. Er versucht nicht, mich an sich zu ziehen, rührt sich aber auch nicht, um mir den Weg frei zu machen. „Emm. Sieh mich an."

Ich tue es. Er ist so schön, so jung. Weiches Gesicht, keine Falten. Ist es falsch, eine solche Schönheit in seiner Jugend zu sehen, vor allem wo ich die Erinnerung an sein echtes Gesicht in mir trage? Die Falten in den Augenwinkeln, die silbernen Strähnen an den Schläfen, das alles gehört zu dem echten Johnny, den ich umwerfend finde. Aber ich kann nicht abstreiten, dass der Mann vor mir auf der Höhe seine Knackigkeit ist.

„Was stört dich denn? Ich weiß, wir kennen uns noch nicht so lange, aber …"

„Das ist es nicht." Ich schüttle den Kopf. Mein Haar löst sich aus der Spange, die es am Hinterkopf zu einem Knoten festhält.

Ich löse die Spange und halte sie Johnny auf der ausgestreckten Hand hin. „Die ist echt. Ich habe sie wegen etwas gekauft, das du mir hier gesagt hast. Dass ich sie hier habe liegen lassen. Dass sie mir gehört."

Er wirkt verwirrt. „Hast du? Wann?"

„Du hast es mir gesagt. Erinnerst du dich, in der Küche? Dass sie mir gehört, obwohl ich sie nie zuvor gesehen hatte. Dann sah ich sie in der Einkaufspassage und kaufte sie, weil sie mich an dich erinnert hat. Das ist verrückt, Johnny. Vielleicht bin ich verrückt."

„Wir sind alle ein wenig verrückt. Das ist in Ordnung." Er lächelt.

Nein! Ich werfe die Spange ins Waschbecken, wo die Feuchtigkeit das Leder dunkel färbt. Wieder schaue ich Johnny an.

„Alles ist nur ein Traum. Nichts davon wird bleiben."

„Scheiße." Er runzelt die Stirn. „Es gibt aber Sachen, die halten. Beende es nicht, bevor es begonnen hat."

„Aber es ist schon vorbei!", rufe ich.

Er tritt ein paar Schritte zurück, die Augen verengt, die Fäuste geballt, nur ein wenig, als wenn er fürchtet, dass ich ihn schlagen könnte. Er war mit Sandy verheiratet, einer Frau, von der ich mir sehr gut vorstellen kann, dass sie einem nackten Mann in die Eier tritt. Ich hingegen bin nicht so.

„Es ist vorbei", flüstere ich. „Weil es nie angefangen hat. Verstehst du das nicht?"

„Nein. Ich verstehe das nicht."

„Alles ist nur Fantasie." Ich mache eine Geste, die das gesamte Badezimmer einschließt. „In der Realität schüttelst du mich grade … und schüttelst … und schüttelst …"

Ich schwanke, als würde eine unsichtbare Hand mich packen und mich vor und zurück schieben.

„Emm!" Johnny klingt alarmiert.

„Schüttel mich", flüstere ich heiser, dann lauter. „Schüttel mich und hol mich hier raus."

„Wo raus?", ruft Johnny und greift nach mir. „Emm, du machst mir Angst."

„Ich will raus aus der Dunkelheit … bring mich zurück." Ich schiebe mich an ihm vorbei. „Ich gehe."

„Wohin gehst du?", ruft er mir von der Tür aus nach, während ich mich zwinge, mit stetigen Schritten durch das Schlafzimmer zu gehen, ohne zu wissen, wohin.

Weil ich weiß, dass es egal ist.

„Kommst du zurück?" Er weint fast. „Emm! Sag mir, dass du zurückkommst."

„Ich weiß es nicht", sage ich über meine Schulter und öffne die Schlafzimmertür. „Ich weiß es nie."

18. KAPITEL

Ich blinzelte, meine Sicht war leicht verschwommen, und Johnnys Hand lag auf meiner Schulter.

„Emm", sagte er leise. „Du musst mir glauben, wenn ich dir sage, dass es mir leidtut."

„Was tut dir leid?", frage ich dümmlich. Ich habe irgendetwas Wichtiges verpasst. Als ich seine Hand anschaue, zieht er sie fort.

Er hält einen Moment inne, bevor er mir antwortet. „Du warst ... wieder weg?"

Mein Kinn hob sich ein wenig. „Keine große Sache."

„Natürlich ist das eine große Sache." Doch bevor er mehr sagen konnte, klingelte sein Handy.

Er griff danach, und während er den Anruf annahm, nutzte ich die Chance, aufzustehen. Er bedeutete mir, zu warten, doch das tat ich nicht. Ich schnappte mir meinen Mantel und meine Tasche und eilte vom Tisch, ohne mein Geschirr wegzubringen. Sollte er sich doch darum kümmern. Ich musste hier raus.

Ich nahm den langen Weg nach Hause. Die kalte Luft fühlte sich auf meinem erhitzten Gesicht gut an, obwohl ich, als ich endlich zu Hause ankam, meine Nase nicht mehr fühlte. Oder meine Zehen. Der Himmel war noch dunkler geworden, eine dicke, geschlossene Wolkendecke. Bald würde es schneien.

Mein Telefon klingelte in dem Augenblick, in dem ich meinen Hausflur betrat. Unbekannte Nummer. „Wer ist da?"

„Meldest du dich immer so?"

„Nur wenn du dran bist. Woher hast du überhaupt meine Nummer?", fauchte ich.

Er lachte und ignorierte meine Frage. Ich hasste es, dass er meiner Wut etwas Lustiges abgewinnen konnte. „Ich weiß, ich habe dich bisher noch nie angerufen."

„Vielleicht hättest du es auch dieses Mal sein lassen sollen."

„Emm, es tut mir leid. Ich musste mit dir reden."

Ich ballte meine Hände zu Fäusten, eine nach der anderen, die Blutzirkulation anzuregen. „Warum?"

„Du weißt, warum."

„Nein." Ich füllte den Kessel mit Wasser, überlegte erst, mir einen Tee zu machen, entschied mich dann aber für Kakao. Dann fiel mir das letzte Mal ein, als ich heißen Kakao gemacht hatte, und ich entschied mich noch mal um.

„Was an dem Abend vor Kurzem passiert ist … Das war falsch."

„Verdammt richtig, was du gemacht hast, war falsch." Ich stellte den Herd an, und langsam war mir warm genug, dass ich den Mantel ausziehen konnte.

„Es tut mir leid", sagte Johnny. „Ich hätte es nicht so weit kommen lassen dürfen."

„Nein, du solltest dir viel mehr Gedanken darüber machen, dass du danach einfach so hier rausmarschiert bist, als wäre ich irgendeine billige Nutte."

Johnny schwieg ein paar Sekunden. „Das Gefühl wollte ich dir nicht vermitteln, Emmaline."

Es war das erste Mal, dass er meinen vollen Namen benutzte, dabei war ich nicht einmal sicher, ob ich ihm den je verraten hatte. Ich stellte den Herd ab und goss mir eine Tasse Teewasser ein.

„Tja, das hast du aber", sagte ich nur.

Sein Seufzen kitzelte mir durch die Telefonleitung in den Ohren. „Es tut mir leid."

„Mach es wieder gut."

Manchmal kann man aus dem Schweigen eines Menschen eine Menge herauslesen, doch dieses Mal gelang es mir nicht. Lächelte er wieder? Runzelte er die Stirn, sodass sich diese steile Falte zwischen den Brauen bildete, die ich mit meinem Daumen wegstreichen wollte? Oder schaute er das Telefon mit diesem abwägenden Blick an, den er mir schon ein paarmal geschenkt hatte?"

„Wie?"

„Für den Anfang könntest du mich zum Essen einladen." Meine Kühnheit überraschte mich selber, und doch spürte ich, dass es zwischen uns schon immer genauso hatte sein sollen. „Ich mag italienisches Essen."

„Okay, für den Anfang ein Abendessen. Und dann?"

„Lass uns erst einmal damit anfangen. Mal sehen, ob es ausreicht, mich zu besänftigen."

214

Dieses Mal hörte ich sein Lächeln so deutlich, als wenn ich es sehen könnte. „Um wie viel Uhr soll ich dich abholen?"

„Morgen Abend um halb acht."

„Sei bereit", sagte Johnny.

„Du bist derjenige, der bereit sein sollte", erwiderte ich. „Bereit, mich davon zu überzeugen, dass du kein Arschloch bist."

Ich hörte sein leises Lachen. „Ich werde tun, was ich kann."

„Bis morgen, Johnny." Ich legte auf, bevor er etwas erwidern konnte.

Er stand mit einem Strauß Blumen in der Hand vor meiner Tür. Das war einer der Unterschiede, ob man mit einem Mann oder einem Jungen ausging. Das hier versprach, ein echtes Date zu werden, nicht nur ein Aufriss. Nicht Bier und Chickenwings in einer Bar, auf deren Flachbildfernsehern Sport lief und alle naslang irgendwelche Kumpel an den Tisch kamen, um mich nicht sonderlich verstohlen zu mustern. Das hier war etwas Besonderes.

„Du siehst hübsch aus." Johnny reichte mir das Bukett aus Lilien und Gänseblümchen, zwei Blumen, die ich niemals in einem Strauß vereint hätte.

Ich steckte meine Nase hinein. „Danke. Die sind auch hübsch. Ich stelle sie nur schnell ins Wasser, dann können wir los."

Er trat ein. Ich bedeutete ihm, mit in die Küche zu kommen, wo er zögernd im Türrahmen stehen blieb. Ich unterdrückte ein Lächeln und schnitt die Blumen an, bevor ich sie in eine gläserne Vase stellte. Als ich mich umdrehte, ertappte ich ihn dabei, wie er den Hocker betrachtete, auf dem er bei seinem letzten Besuch gesessen hatte.

„Bereit?", fragte ich.

Mir wurde ganz schwindelig, als er mich anschaute.

„Ich glaube nicht", sagte er. „Aber ich denke, ich führe dich trotzdem aus."

Und das tat er. In ein wundervolles Restaurant, das zwanzig Minuten mit dem Auto entfernt lag und von dem ich schon viel gehört, das ich aber noch nie besucht hatte. Er öffnete mir alle

Türen und zog mir am Tisch sogar den Stuhl hervor. Es war die perfekte First-Class-Behandlung, und ich genoss sie, als wäre sie der Hauptgang und nicht die köstliche Lasagne, die der Kellner uns empfahl.

Ich hätte nicht gedacht, dass die Unterhaltung fließen würde. Johnny hatte sich bisher nicht als großer Redner hervorgetan – zumindest nicht in der Gegenwart. Doch als er nun mir gegenüber am Tisch saß, stellte sich heraus, dass er zu vielen Themen etwas zu sagen hatte, und ich ließ mich auf seiner wundervollen Stimme dahintreiben.

„Du bist so schweigsam." Er trank einen Schluck von dem ausgezeichneten Rotwein, den zu probieren er mich überzeugt hatte.

„Ich höre gerne zu." Ich nippte ebenfalls an meinem Wein und ließ ihn eine Weile über meine Zunge rollen, bevor ich ihn herunterschluckte.

„Wie schmeckt der Wein?"

„Wunderbar. Ich mag eigentlich keinen Rotwein, aber der hier ist wirklich gut." Ich nahm noch einen Schluck und brach mir dann ein Stück von dem dicken, italienischen Brot ab, um es in das würzige Olivenöl zu tauchen. „Sprich weiter."

Er kam meinem Wunsch nicht gleich nach, sondern musterte mich über den Tisch hinweg. Wir hatten sogar Kerzen. Deren goldener Schimmer malte ihm Strähnen in die Haare und spiegelte sich in seinen Augen. Das erinnerte mich an die erste Episode, in der ich ihn im Sonnenlicht hatte stehen sehen.

„Was?", fragte er.

„Du", sagte ich. „Du bist so …"

„Alt?"

„Pst. Du bist nicht alt. Ich wollte sagen, so … schön."

Johnny lehnte sich in seinem Stuhl zurück, den Kopf ein wenig geneigt, die Andeutung eines Lächelns in den Mundwinkeln. Ich kannte den Blick. Ich hatte ihn schon auf vielen Fotos und in seinen Filmen gesehen. Und bei dem Johnny in meinem Kopf.

„Ich bin alt", sagte er. Sein Handy klingelte. „Tut mir leid."

Ich beschäftigte mich damit, mein Brot in das Olivenöl und die restliche Soße meiner Lasagne zu dippen, zu kauen und zu schlucken. Ich kostete den Geschmack von Öl und Knoblauch und dachte, dass ich ein paar Pfefferminzbonbons oder Kaugummis hätte mitnehmen sollen. Ich wollte seine Unterhaltung nicht belauschen, kam aber nicht umhin.

„Honey, hör mir zu … Nein. Ja, natürlich werde ich da sein. Das wollte ich um nichts in der Welt verpassen." Johnny runzelte die Stirn. „Ich habe dir doch gesagt, dass ich es letztes Mal nicht geschafft habe, weil ich … Ich weiß, dass er das tut. Hör zu, hat sich der Kleine beschwert? Denn ich habe erst vor ein paar Abenden mit ihm gesprochen und ihn gefragt, ob er damit einverstanden ist, wenn ich ihn ein anderes Mal nehme. Er hat Ja gesagt … Ja, ich weiß, er fühlt sich verpflichtet, aber ich habe nichts in der Richtung zu ihm gesagt … Honey … Ich weiß … Ja. Ich werde da sein. Versprochen. Hab ich dir gegenüber jemals ein Versprechen gebrochen?"

Eine Pause. Noch mehr Stirnrunzeln. Ich nippte an dem Wein, um den Knoblauchgeschmack herunterzuspülen. Johnny rieb sich mit dem Daumen über die Nasenwurzel.

„Innerhalb der letzten zwei Jahre?" Pause. „Ja, ich dachte auch … Nun dräng du mich auch nicht, okay … Ja. Tut mir auch leid … Ich weiß … Wir sprechen später."

Er legte auf und steckte das Telefon in die Manteltasche zurück. Dann schaute er mich an und seufzte. „Sorry."

Ich tupfte mir den Mund mit der Serviette ab. „Kein Problem."

Johnny lachte. Ich mochte den Klang seines Lachens. „Du siehst mich so komisch an."

„Weißt du nicht, dass es unhöflich ist, während einer Verabredung den Anruf einer anderen Frau anzunehmen?" Ich wusste nicht, woher mein forsches Auftreten auf einmal kam. Ich hatte nur den Mund geöffnet, und da war es herausgerutscht.

„Eine andere … Aaah." Johnny nickte lächelnd. „Ach ja, du hast mich mit ihr im *Mocha* gesehen."

Ich leckte mir über die Lippen und schmeckte Knoblauch und Öl. Johnnys Augen glänzten im Kerzenlicht. Er betrachtete meinen Mund.

217

„Und?", sagte ich. „Macht es das weniger unhöflich?"

„Es gefällt dir, es mir schwer zu machen, oder?"

Ich lächelte und schwieg.

„Sie ist meine Tochter", erklärte er schließlich. „Kim."

Bilder eines Kleinkinds, das nach vollen Windeln und Spucke roch, schossen mir durch den Kopf. „Aber sie ist …"

Natürlich war sie kein Baby mehr. Ich hatte irgendwo etwas über seine Frau und sein Kind gelesen. Das erklärte, wieso sie in meinen Episoden auftauchten. Ich hatte nur nie das verschwommene Bild eines Kleinkinds mit der Frau aus dem Coffeeshop in Verbindung gebracht.

„Ich weiß", sagte Johnny, obwohl er unmöglich wissen konnte, was ich hatte sagen wollen. „Vielleicht verstehst du nun, wieso ich so ein … unhöfliches Arschloch war."

Tat ich nicht, und das musste er meinem Gesicht deutlich angesehen haben.

„Es liegt am Altersunterschied." Er sprach leise und beugte sich vor.

„Das schon wieder …" Das war genau das, was meine Mom gesagt hatte. Ich verdrehte genervt die Augen. „Viele Männer haben wesentlich jüngere Frauen."

„Jünger als mein Kind?" Er schüttelte reumütig den Kopf. „Kimmy ist mindestens ein paar Jahre älter als du. Und ich sag dir eins, Emm: Ich bin gerade erst seit ein paar Jahren wieder Teil ihres Lebens. Ich weiß, sie würde ausflippen, wenn ich eine Freundin mit nach Hause brächte, die ihre jüngere Schwester sein könnte."

Das ergab so viel Sinn – für jemand anderen. Nicht für uns, aber ich wusste nicht, wie ich das begründen sollte. „Lass mich dir eine Frage stellen. Ist sie verheiratet?"

„Ja. Sie hat ein Kind und so. Ich bin Opa." Johnnys Grinsen ließ sein gesamtes Gesicht strahlen. „Ein tolles Kind noch dazu. Er ist jetzt sechs."

„Hast du ihr gesagt, wen sie heiraten soll? Oder irgendwelche Kommentare über das Alter ihres Ehemannes abgegeben?"

Er schaute mir direkt in die Augen. „Ich werde dich nicht

anlügen. Du findest, ich bin ein Arschloch? Nun, meine Tochter findet das auch. Und ihr habt beide Grund dafür, so von mir zu denken."

Ich bereute, dass er sich jetzt meinetwegen schlecht fühlte, obwohl ich es immer noch irgendwie blöd fand, dass er einfach so aus meiner Küche marschiert war. Ich sagte jedoch nichts, sondern ließ ihn weiterreden.

„Ihre Mom und ich haben uns vor ihrer Geburt getrennt. Wir waren beide jung und dachten, zu heiraten wäre ein großer Spaß. Als Sandy schwanger wurde, wollte ich eine Familie mit ihr gründen, aber ..." Er zuckte mit den Schultern. „Es ist beinahe unmöglich, mit Sandy zusammenzuleben. Und ich habe mit diesen ganzen Leuten zusammengearbeitet, den ganzen Frauen ..."

„Du musst mir das nicht in allen Einzelheiten erzählen", sagte ich. „Ich habe die Filme gesehen."

Er wirkte nicht beschämt, sondern neigte nur den Kopf ein wenig, um mich eindringlich zu betrachten. „Dann weißt du es ja."

„Das ist schon lange her", merkte ich an. „Meinst du wirklich, dass mir das heute noch etwas ausmachen würde?"

„Die Frauen? Nein. Aber die Tatsache, dass ich nicht Teil des Lebens meiner Tochter war, wie sie es verdient hätte? Die Tatsache, dass ich sie ihrer Mutter überlassen habe, obwohl ich wusste, dass sie bei ihr nie ein stabiles Zuhause haben würde?" Johnny schüttelte erneut den Kopf. „Nein, Emm, das ist etwas, das nicht besser wird, weil es lange her ist oder weil ich jung und dumm war. Ich bin diesem Kind etwas schuldig, und jetzt gebe ich mein Bestes, es wiedergutzumachen."

„Das ist genau das, was dich nicht zu einem Arschloch macht."

Er lächelte. „Das soll keine Entschuldigung sein. Aber es ist der Grund, warum ich mich dir gegenüber an dem Tag so verhalten habe. Und warum ich versuche, dir aus dem Weg zu gehen."

Ich streckte meinen Arm aus und nahm seine Hand. Er zog sie nicht weg. Ich drehte sie mit der Handfläche nach oben und zog mit meinen Fingerspitzen die Linien nach, als wenn ich ihm die Zukunft vorhersagen wollte – was ich nicht konnte, weil ich nur zurück, aber nicht nach vorne reisen konnte. „Wie kommt es dann, dass du jetzt mit mir hier bist?"

Johnny schloss seine Finger um meine und hielt meine Hand fest. „Weil … egal wo ich hinging, warst du immer schon da."

„Das klingt ja so, als hätte ich dich verfolgt." Meine Worte waren nur ein heiseres Flüstern.

Seine Augen strahlten. Mit dem Daumen strich er über meinen Handrücken. Ich spürte die Berührung am ganzen Körper. „Nein, du hast mich nicht verfolgt. Es war nur unmöglich, dir zu entkommen."

„Und das wolltest du? Mir entkommen?" Das schmerzte weniger, als es sollte, weil die Glut in seinen Augen ein Gegengewicht zu seinen Worten bildete.

„Ja."

„Warum, Johnny? Warum wolltest du mir entkommen?"

„Weil du mir Angst gemacht hast."

Ich drückte seine Hand. „Ich bin gar nicht so schrecklich. Wirklich nicht, versprochen. Herrisch vielleicht …"

„Definitiv herrisch." Er erwiderte den Druck.

„Ich bin nur … Ich kann es dir nicht erklären", gestand ich ihm leise.

Das Murmeln der Gespräche und das Klappern von Besteck auf Tellern um uns herum erinnerte mich daran, dass wir nicht alleine waren, und doch sah ich nichts außer Johnnys Gesicht. Wir hielten Händchen wie Liebende, obwohl wir das eigentlich nicht waren, aber auch irgendwie nicht *nicht* waren.

„Du hast einfach was an dir. Ich weiß, das haben dir bestimmt schon viele Frauen gesagt, aber …"

„Hunderte."

Ich drückte seine Hand fester. „Hey!"

Er lachte, und ich löste meinen Griff. Wir verschränkten unsere Finger miteinander. Es war ein wenig seltsam, meinen Arm auf diese Weise über den Tisch zu strecken, aber ich wollte ihn nicht loslassen. Nicht jetzt, wo ich ihn endlich festhielt.

„Aber keine war wie du, Emm", sagte Johnny. „Keine war wie du."

19. KAPITEL

*I*ch beschloss, das als Kompliment zu nehmen, auch wenn ich nicht sicher war, dass er es so gemeint hatte. Ich brachte das Dinner hinter mich, ohne mich zu blamieren, obwohl ich mir jedes Mal, wenn er sich den Mund mit der Serviette abwischte, wünschte, die Serviette wäre meine Muschi. Ich dachte, das müsste er wissen, doch wenn er es ahnte, ließ er es sich nicht anmerken. Er redete einfach.

Und dann ... brachte er mich nach Hause.

Vor der Haustür zögerte ich, hoffte, er würde mich küssen. Und das tat er auch. Auf die Wange, süß und sanft, und auf den Mundwinkel. Ich schmeckte Knoblauch und Öl, doch als ich meinen Mund öffnete, war es zu spät, er hatte sich schon zurückgezogen.

In der kalten Luft lag ein Hauch von Zitrusfrüchten.

Ich trat einen Schritt zurück.

„Johnny", sage ich, aber es ist nicht der Johnny, mit dem ich gerade essen war.

„Ist das gut, Baby?" Seine butterweiche Stimme erklingt hinter mir, zäh fließend und süß und tief, und ich drehe mich um ... und finde mich mit Johnny zusammen im Bett wieder.

„Johnny?"

Ich liege nackt neben ihm, ein Schweißfilm auf meinem Körper, seine Hand liegt zwischen meinen Beinen. Seine Finger bewegen sich. Und einfach so erschauere und zittere ich und werde von meinem Verlangen überrollt.

Blinzelnd fuhr ich von meiner Couch hoch. Ein feuchtes Tuch fiel von meiner Stirn. Wasser war über meine Wangen gelaufen und hat mein T-Shirt vorne benetzt. Meine Haare waren ebenfalls nass.

„Was zum Teufel ist hier los?"

Johnny tigerte im Zimmer auf und ab, knabberte an seinem Daumen. Bei meinen Worten wirbelte er herum und sank neben mir auf den Fußboden. „Mein Gott, Emm!"

Er kniete sich vor mir hin und nahm meine Hände in seine; er rieb sie aneinander. Ich setzte mich hin, doch er drückte mich wieder in die Kissen zurück.

„Was ist passiert?" Mein Magen fühlte sich gar nicht gut an. Ich war mir sicher, er wusste es bereits.

„Du bist in die Dunkelheit gegangen."

Mir fiel die Kinnlade herunter, als er die gleichen Worte benutzte, mit denen ich die Episoden beschrieb. „Was? Wie … wie lange?"

„Fünfzehn Minuten. Mist." Johnny stand auf und ging wieder auf und ab. Er fuhr sich mit der Hand durchs Haar, das ihm daraufhin in die Augen fiel. „Noch fünf Minuten länger und ich hätte den Notarzt gerufen."

„Oh Gott." Ich setzte mich hin und schwang meine Beine über den Rand der Couch. Dann schlug ich die Hände vors Gesicht und beugte mich vor, um die Gefühle zurückzudrängen, die über mich hinwegbrandeten.

Ich spürte sein Gewicht neben mir. Seinen Arm um mich. „Du hast mir einen fürchterlichen Schreck eingejagt, Emm."

Nach einer halben Minute stand er auf und setzte sein Herumwandern fort. „Ich rufe einen Arzt."

„Nein!" Ich schaute auf, Johnny blieb stehen. „Bitte nicht."

Vorsichtig setzte er sich wieder hin und nahm meine Hände in seine. „Emm … das muss ich aber. Du bist ausgegangen wie eine Kerzenflamme. Ich habe dich geschüttelt, aber du hast nicht reagiert. Ich habe deinen Namen gesagt. Nichts. Fünfzehn verdammte Minuten lang, Emm. Ich habe mir solche Sorgen gemacht."

Ich hörte, dass seine Stimme zitterte, und schaute ihm in die Augen. „Es tut mir leid. Aber bitte, Johnny, ruf nicht den Arzt an."

„Aber wenn da etwas ist …"

Ich schüttelte den Kopf. „Ich habe es dir doch schon gesagt. Das passiert mir seit Jahren. Es gibt keine Behandlung. Und wenn du mich ins Krankenhaus bringst, machen sie nur alle möglichen Tests, bei denen sowieso nichts herauskommt.

Außer dass ich meinen Führerschein abgeben muss. Ohne den kann ich aber nicht arbeiten. Und ohne Arbeit kann ich mir dieses Haus nicht leisten. Ich würde wieder bei meinen Eltern einziehen müssen …"

„Pst", sagte er. „Nein, das würdest du nicht."

Ich schüttelte den Kopf und kämpfte mit den Tränen. „Doch."

„Ich fahre dich zur Arbeit."

Ich schluckte schwer. „Du bist ja nicht mal … Warum solltest du das tun?"

„Damit du in Sicherheit bist", sagte er. „Damit die anderen Menschen auf der Straße sicher sind."

„Nein, ich meine, warum solltest du so eine Verpflichtung eingehen? Warum würdest du mir helfen wollen? Wir hatten ein Date." Ich schaute ihn an. „Abgesehen von dem, was in der Küche passiert ist. Und davor hast du kaum mit mir gesprochen. Ich meine, ich denke, wir haben einigermaßen geklärt, warum, aber das ändert nichts an der Tatsache, dass du keinen Grund hast, dich so auf mich einzulassen. Mir so etwas zu versprechen."

„Dir zu helfen?", fragte er und schob mir den Pony aus den Augen. „Warum sollte ich dir das nicht versprechen, Emm?"

„Dass du mich zur Arbeit fährst?" Ich lachte auf, ein kurzes, hartes Lachen, und stand auf. „Das ist keine Hilfe, das ist … Warum willst du mich beschützen?"

„Was ist daran verkehrt?"

Ich drehte mich zu ihm um. „Du kennst mich kaum."

Er öffnete den Mund, doch es kamen keine Worte heraus. Er schluckte und sah mich schmerzerfüllt an. „Wenn du mich dich nicht fahren lässt, rufe ich die 911 an und sage ihnen, dass ich dich bewusstlos aufgefunden habe. Sie werden jemanden herschicken, und du kannst versuchen, zu lügen, aber bei deiner Krankengeschichte … meinst du nicht, dass sie schnell dahinterkommen?"

„Das würdest du nicht tun." Tränen sprangen mir in die Augen, und meine Kehle wurde eng.

Johnny schaute mich ernst an. „Doch, das würde ich."

„Was für eine miese Nummer", rief ich, obwohl ich wusste,

dass er recht hatte. Das hier lief schon zu lange … Es war nicht richtig, dass ich mich und andere so gefährdete.

„Ich weiß." Er streckte eine Hand aus und packte mein Handgelenk, um mich ein wenig näher an sich zu ziehen. „Ich weiß. Es tut mir leid. Aber es geht nicht anders."

Ich ließ ihn mich an seine Brust ziehen, und auch wenn ich es nicht wollte, fing ich an zu weinen. Er strich beruhigend über mein Haar, wieder und wieder, während ich die Augen schloss und mich an ihn drückte.

„Aber du bist ja nicht mal …" Ich schluckte jeglichen Protest herunter. Wieso sollte ich weiter dagegen ankämpfen, wo ich mich doch so nach ihm sehnte?

„Ich will es einfach."

Dankbar nickte ich und rieb meine Wange über die Vorderseite seines Hemdes. Die Knöpfe kratzten. Ich löste mich aus seiner Umarmung und legte den Kopf in den Nacken, um ihn anzuschauen.

„Johnny?"

„Ja, Baby?"

Bei dem vertrauten Kosewort blinzelte ich. „Danke."

Er lächelte und fuhr mit einem Finger meine Augenbrauen nach. Dann nahm er mein Gesicht in beide Hände und gab mir einen Kuss auf die Stirn. „Gern geschehen. Mein Gott, ich bin den ganzen Tag zu Hause, was könnte da schöner sein, als den Chauffeur für ein schönes Mädchen zu spielen."

Er hatte mich wieder „Mädchen" genannt, und das „schön" davor half auch nicht. Ich schaute ihn an. „Dafür hältst du mich wirklich, oder? Ein kleines Mädchen?"

Er strich meine Haare glatt. „Bist du das denn nicht?"

„Ich bin eine Frau."

Er lachte. „Wo ist da der Unterschied?"

Ich leckte über meine Lippen und schmeckte Tränen. „Komm mit nach oben, dann zeig ich es dir."

Etwas flackerte in seinem Blick, flammte kurz und heiß auf und verschwand wieder, um von einem angestrengten Lächeln ersetzt zu werden. Er sagte jedoch nicht Nein. Ich nahm seine

Hand und legte sie auf meine Hüfte. Strich mit ihr über meinen Oberschenkel. Bevor ich sie zwischen meine Beine schieben konnte, zog er sie weg.

„Emm. Nicht."

Ich runzelte die Stirn. „Warum nicht? Vor Kurzem in meiner Küche schien es dir nichts ausgemacht zu haben."

„Das war … anders."

„Warum?", forderte ich ihn heraus. „Du hast mich in meinem Haus besucht, bist in meine Küche gekommen und hast es mir mit der Hand besorgt. Der einzige Unterschied zwischen damals und jetzt ist, dass wir heute eine echte Verabredung hatten."

„Bist du die Art Mädchen – entschuldige, Frau –, die gleich beim ersten Date mit dem Mann ins Bett geht?" Sein Akzent wurde stärker, wenn er sich aufregte.

Es war einfach zu sexy. „Nur mit dir."

Seine Augen flammten erneut auf. Seine Zunge blitzte kurz hervor. Er fickte mich tatsächlich mit seinen Augen. Hitze stieg zwischen uns auf, und ich hätte schwören können, dass ich fühlte, wie sein Schwanz an meinem Oberschenkel hart wurde. Aber er schüttelte den Kopf.

„Vielleicht bin ich altmodisch", sagte er.

„Blödsinn", hauchte ich, ohne meinen Blick von seinem zu lösen. „Du hast mit Frauen gevögelt, deren Namen du nicht einmal kanntest."

„Das ist lange her. Damals war alles anders. Was es nicht richtiger macht."

„Willst du, dass ich bettle?", fragte ich ihn.

„Bloß nicht, Emm. Nein."

Alles an ihm machte mich verrückt. Unruhig. Wild. Ich hatte noch nie einen Mann um etwas angebettelt.

Ich sank auf die Knie und presste meine Wange an sein Knie. Er legte seine Hand auf mein Haar. Ich kuschelte mich an ihn, der Stoff seiner Hose war ein wenig rau.

„Ich werde es tun", sagte ich leise. „Ich werde dich bitten, deinen wunderschönen Schwanz in den Mund nehmen zu dürfen."

Johnny stieß ein tiefes, heiseres Stöhnen aus.

„Ich werde dich bitten, mich zu ficken, wenn es sein muss."
Ich flüsterte, hatte aber keinerlei Zweifel, dass er mich hören
konnte. Ich hatte meine Augen geschlossen und konnte ihn nicht
sehen. Aber das musste ich auch nicht. Ich spürte, wie er seine
Finger in meinem Haar anspannte. „Bitte, Johnny. Fick mich!"

Er zog mich auf die Füße, zog mit der einen Hand an meinen
Haaren und packte mit der anderen meinen Oberarm hart genug,
um einen blauen Fleck zu hinterlassen. Ich stand nicht auf Schmerzen, aber ich genoss es, dass er mich so fest hielt. Ich wollte, dass er
mich zeichnete. Ich wollte später einen Beweis für das hier haben.

Seine Lippen waren feucht, als er sprach. „Willst du das wirklich?"

„Ja!" Ich beugte mich vor, doch er hielt mich auf Armeslänge
von sich. „Ja, das will ich. Das will ich, seitdem ich dich das erste
Mal gesehen habe."

Er stöhnte erneut. Ich kannte das Geräusch. Seine Augen ließen meine nicht los. Er lächelte nicht, sondern zog mich näher. Ließ eine Hand zwischen meine Beine gleiten. Der Ballen
drückte gegen meine Muschi.

Nun war es an mir, zu stöhnen.

Er zog seine Hand weg, blieb aber nah bei mir stehen. „Du
solltest ins Bett gehen."

„Ich versuche ja gerade, dich dorthin zu locken."

Er schüttelte den Kopf. „Nein, ich meine … wirklich ins Bett
gehen. Schlafen. Du warst nur … Du hattest gerade …"

Ich wusste, was er meinte, doch ich rührte mich nicht. „Noch
nie ist eine Episode durch Sex ausgelöst worden. Im Gegenteil,
die Befriedigung meiner Lust hilft mir sogar dabei, sie in Schach
zu halten."

„Du …", sagte Johnny, „treibst deine Spielchen mit mir."

„Das würde ich gerne."

In seinem Blick las ich Erstaunen, aber dann wurde er ernst.
„Ich werde nichts tun, bevor du nicht eine Nacht geschlafen und
deinen Arzt aufgesucht hast."

Ich blinzelte. „Du nimmst deinen Schwanz als Geisel, um
mich zum Arztbesuch zu erpressen?"

Er lachte überrascht auf. „Du hast ein ziemlich loses Mundwerk, weißt du das?"

Ich lächelte. „Nur bei dir."

Er neigte den Kopf ein wenig auf die mir schon so vertraute Art und schaute mich an, als wenn ich ihn an etwas erinnerte. „Ja."

„Bring mich ins Bett", flüsterte ich. Mit einem Mal war ich müde, mein Kopf schmerzte. Glücklicherweise nahm ich keinen Orangenduft wahr, und mir war auch nicht schwindelig. Ich war nur müde, wie immer nach elf Uhr abends. „Komm mit mir. Bleib einfach nur … bei mir, okay?"

Er schaute in den Flur hinaus. „Ich sollte gehen."

„Was, wenn ich dich in der Nacht brauche?", fragte ich.

Seine Augen suchten meine. „Meinst du, das könnte passieren?"

Ich nickte. Johnny seufzte und schaute wieder in Richtung Haustür, dann zu mir. Er nahm mein Gesicht in beide Hände und hielt mich ganz ruhig. Sein Blick durchbohrte mich förmlich, und ich wartete angespannt darauf, dass er mich küssen würde.

„Du willst bleiben", flüsterte ich. „Genauso sehr, wie ich will, dass du bleibst. Egal was du hiervon hältst, du willst es. Hab ich recht?"

Johnny seufzte. „Nur um sicherzugehen, dass mit dir alles in Ordnung ist."

Ich legte meine Hände über seine und drehte sie ein wenig, damit ich seine Handflächen küssen konnte, bevor ich unsere Finger miteinander verschränkte und einen Schritt zurück machte. Bis zu meinem Schlafzimmer zog ich ihn. Leider war es nicht so aufgeräumt, wie es hätte sein sollen, aber ich hatte schließlich keinen Besuch erwartet. Ich ließ seine Hände los, und er blieb im Türrahmen stehen.

„Ich gehe nur schnell ins Bad", sagte ich. „Mach es dir bequem."

Im Badezimmer stellte ich erleichtert fest, dass ich nicht so schlimm aussah, wie befürchtet. Meine Haare waren durcheinander und meine Augen leicht gerötet, aber das kam von den

227

Tränen, nicht von der Episode. Ich drehte meinen Kopf hin und her und versuchte, mein Gesicht so zu sehen, wie er es sah, aber ich konnte mich nur als mich selber sehen.

Ich wusch mich schnell und warf meine Klamotten in den Wäschekorb. Dann zog ich mein übergroßes T-Shirt über. Der Boden war kalt an meinen Füßen, und ich hüpfte über den Flur in mein Schlafzimmer. An der Tür blieb ich stehen. Johnny drehte sich um. Die *Cinema Americana* lag offen auf meinem Schreibtisch, und er blätterte darin. Mir fiel ein, dass daneben ein Album mit Hochglanzfotos lag, die ich aus dem Internet ausgedruckt hatte. Bilder von ihm aus seinen Filmen und seinen Modeltagen. Ein paar von seinen Kunstwerken. Die DVD von *Nacht der hundert Monde* lag dort auch.

„Äh", sagte ich. „Ich bin wirklich keine verrückte Stalkerin. Versprochen."

Er schlug das Album zu. „Du weißt, dass all das schon lange her ist."

„Ich weiß." Ich ging zum Bett und zog die Decke zurück, dann schlüpfte ich mit einer Grimasse zwischen die kalten Laken. Sie wärmten sich schnell auf, aber einen Moment lang zitterte ich. Mir fiel etwas ein. „Ich habe leider nichts für dich zum Anziehen. Tut mir leid."

Seine Finger waren bereits dabei gewesen, den obersten Hemdknopf zu öffnen. Er hielt inne. „Ich kann in meinen Boxershorts schlafen, wenn das für dich in Ordnung ist."

Ihm beim Ausziehen zuzusehen war irgendwie irreal – wie einen Film anzugucken, nur vollkommen anders. Ich hatte ihn diese Bewegungen schon in Filmen und pixeligen Clips im Internet machen sehen. Und in meinem Kopf, wenn ich im Dunkeln war. Nun wusste ich schon, wie er sein Handgelenk drehen würde, bevor er den Knopf geöffnet hatte.

Johnny zog das Hemd aus und schaute sich um, bevor er es sorgfältig über die Lehne meines Schreibtischstuhls hängte. Seine Brust war glatt und geschmeidig, weit und breit kein Haar in Sicht. Er war auch immer noch durchtrainiert – nicht ganz so muskulös wie in seinen Zwanzigern, aber es reichte, um mir das Wasser im Munde zusammenlaufen zu lassen. Er öffnete seinen Gürtel. Seinen Hosenknopf. Den Reißverschluss. Erst als er den Bund seiner Hose anfasste, sie aber nicht auszog, merkte ich, dass ich mich unwillkürlich vorgebeugt hatte und ihn mit offenem Mund und voller Erwartung anstarrte.

Ich schloss meinen Mund. Lehnte mich gegen das Kopfteil. Wischte mir heimlich den Mund ab, weil ich fürchtete, gesabbert zu haben.

Johnny rührte sich nicht. „Wie wär's, wenn du das Licht ausmachst?"

„Was?" Ich schaute die Lampe auf meinem Nachttisch an, machte aber keine Anstalten, sie auszuschalten. „Warum?"

„Warum brauchst du hier so viel Licht?"

Da er während meines Ausflugs ins Badezimmer die Deckenbeleuchtung ausgeschaltet hatte, bestand das viele Licht einzig aus dem schwachen Schein, den meine Nachttischlampe auf mein Bett warf. Ich schaute ihn an. „Also weißt du, für einen Mann, der den Großteil seiner Karriere nackt verbracht hat, bist du auf charmante Weise schüchtern."

„Ja, damals", sagte Johnny. „Da war ich aber auch noch ein paar Jahre jünger. Das war was anderes."

Eigentlich war ich es gewohnt, dass ich diejenige mit Komplexen war, die sich Gedanken über das eine oder andere Gramm zu viel an der falschen Stelle machte. Oder über Cellulitis. Die Männer, mit denen ich bisher im Bett war, hatten sich nie ihrer Pickelchen auf dem Rücken, haariger Hintern oder kleiner Rettungsringe geschämt. Johnnys Zögern nahm mich noch mehr für ihn ein, wenn das überhaupt möglich war.

„Es ist kalt." Ich klopfte auf die Bettdecke. „Komm her."

Stirnrunzelnd zog er die Hose und die Socken aus. Selbst dieser normalerweise ungelenke Akt, sah bei ihm anmutig aus. In seinen dunklen, eng anliegenden Boxershorts hatte er zwar nicht mehr den Körper eines Zwanzigjährigen. Auch nicht eines Dreißigjährigen. Aber das war egal, er war immer noch Johnny. Umwerfend und sinnlich.

Ich streckte ihm meine Hand hin. „Nun komm."

Er schlüpfte zwischen die Laken und lehnte sich gegen das Kopfteil des Bettes. Er schaute mich nicht an. Ich ihn schon. Seine Brust hob und senkte sich sehr schnell. In seiner Wange zuckte ein Muskel.

„Johnny, ehrlich …"

„Diese verdammten Bilder", sagte er.

„Was ist mit ihnen?"

Nun drehte er den Kopf und sah mich an. Das gedämpfte Licht glättete die Krähenfüße in seinen Augenwinkel, das Silber in seinen Haaren. Er sah anders aus, ja. Älter, natürlich. Aber nichtsdestotrotz war er der Johnny von damals. Mein Herz setzte einen Schlag aus, als mir erneut bewusst wurde, wie surreal die Situation war.

„Ich war so verdammt jung", sagte er leise.

Ich legte eine Hand auf seine Schulter und fuhr mit meinen Fingern an seinem Arm entlang bis zu seiner Hand. „Du bist wunderschön. Du bist einer der schönsten Männer auf dem gesamten Planeten."

Sein Mund zuckte ein wenig. „Ja, laut den Kunstkritikern aus dem Jahr 1978."

„Und laut vielen Menschen aus der heutigen Zeit." Ich dachte an all die Fanseiten.

„Es ist mir egal, was die von mir halten."

Ich malte Kreise auf sein Handgelenk und spürte seinen Puls unter meiner Fingerspitze. „Und laut mir."

Wir schauten einander einen Moment lang schweigend an, bevor ich mich umdrehte, um das Licht zu löschen. Dunkelheit deckte uns zu, und ich blinzelte gegen sie an. Silbernes Mondlicht fiel durchs Fenster und malte Schatten in das Zimmer. Johnny rutschte im Bett nach unten und zog mich eng an sich. In Löffelchenstellung lagen wir nebeneinander. Und auch wenn das nicht ganz das war, was ich mir mit ihm in meinem Bett vorgestellt hatte, kuschelte ich mich so eng an ihn, wie es nur ging, und fiel in einen tiefen Schlaf.

Aber ich schlief nicht …

20. KAPITEL

Ich drehe mich im Bett um und verfange mich in Laken, die nicht meine sind. Ich höre das Rauschen einer Toilettenspülung, das Tapsen nackter Füße, und einen Moment später schlüpft Johnny neben mir ins Bett. Nackt. Ich bin auch nackt.

„Bist du wach?" Johnny lässt seine Hände über meinen Körper gleiten.

Ich rolle mich zu ihm herüber. „Ja."

„Denkst du wieder nach?"

„Wieder?" Ich lache leise und kuschele mich enger an ihn. „Ich denke immer."

„Worüber denkst du nach?"

„Über dich", sage ich. „Das hier. Uns. Alles."

Seine Hand ruht auf meinem Bauch. „Was ist mit uns? Mit diesem und allem?"

„Es ist nur, dass …" Ich seufze und drehe mich so um, dass ich ihm ins Gesicht sehen kann. Meinen Oberschenkel schiebe ich zwischen seine Beine, damit wir so nah wie möglich beieinanderliegen. „Ich weiß nicht, wie lange es halten wird. Das ist alles."

„Man kann sich nie sicher sein, das ist doch normal."

„Das ist im Dunkeln leicht zu sagen."

Johnny lacht. „Es ist dunkel. Und es stimmt. Willst du etwa, dass das hier endet? Das hier, wir, alles?"

„Nein, das will ich nicht. Aber das tut es. Das wird es."

„Dann sollten wir das Beste daraus machen."

Ich spüre, wie sein Schwanz hart wird, und mein Lachen verwandelt sich in ein Seufzen. „Ja, ich schätze, das sollten wir."

Er küsst mich, und ich blinzle. Ich lasse meine Hände über seine breiten Schultern gleiten, seine glatte Brust. Über seinen Arsch, der nicht länger nackt ist, sondern von weicher Baumwolle bedeckt wird.

„Johnny?"

„Ja, Baby." Das war der Jetztzeit-Johnny, der zu mir sprach. Das erkannte ich an dem etwas raueren Timbre seiner Stimme.

„Ich dachte, du hast gesagt …" Der Atem stockte mir in der Brust. „Ich dachte, du hast gesagt, du willst nicht …"

„Oh, Emm." Er ließ seine Hand über den Saum meines T-Shirts gleiten, über meinen nackten Oberschenkel. „Wie konntest du jemals glauben, dass ich das hier nicht will?"

Er rollte sich auf mich und drückte mich in die Matratze. Meine Hände drückte er über meinem Kopf zusammen, verschränkte seine Finger mit meinen, um mich ruhigzuhalten. Obwohl ich gar nicht vorhatte, mich zu wehren, gefiel mir das sehr.

Wir küssten uns sehr lange. Ein sanfter, langsamer Kuss, der nach und nach immer tiefer und leidenschaftlicher wurde. Er ließ meine Hände los, um mir das T-Shirt über den Kopf zu ziehen, küsste meine Brüste, saugte sanft an meinen Nippeln, bis ich das Gefühl hatte, keine Luft mehr zu bekommen. Dann strich er mit seinen heißen Lippen über meinen Bauch, und immer tiefer. Ich spürte das Kratzen seiner Bartstoppeln an meinen Oberschenkeln.

Als er mich zwischen den Beinen küsste, keuchte ich auf und legte eine Hand auf seinen Kopf. Er hielt inne.

„Das magst du doch", murmelte er an meiner Haut.

Er hatte recht.

Mit seinen Lippen, seiner Zunge, verwöhnte er alle meine geheimsten Stellen. Seine Finger glitten in mich hinein. Ich streckte mich ihm entgegen, um sie noch tiefer in mich aufnehmen zu können.

Der erste Orgasmus erschütterte mich so sehr, dass meine Beine zu zittern begannen. Johnny rutschte zu mir hinauf und küsste mich. Ich konnte *mich* auf seinen Lippen schmecken. Ich zog ihn näher, spürte seinen dicken, erregten Schwanz durch den Stoff seiner Shorts. Mein Gehirn war vor Lust ganz benebelt, doch ich schaffte es trotzdem, ihm ins Ohr zu flüstern: „Kondome liegen in der Nachttischschublade."

Er stützte sich auf seine Hände und schaute mir ins Gesicht. Ich machte mir kurz Sorgen, dass er gegen den Gebrauch eines Gummis protestieren würde – und wie enttäuscht ich wäre, wenn wir deswegen keinen Sex haben könnten. Aber er schüttelte einfach nur ein wenig den Kopf und griff nach der Schachtel Kondome im Nachttisch – von denen ich mir nicht sicher war, ob sie nicht schon ihr Mindesthaltbarkeitsdatum überschritten hatten.

Nachdem er sich ausgezogen und das Kondom übergestreift hatte, richtete er sich auf und war bereit, in mich einzudringen. Ich hielt ihn mit einer Hand auf seiner Brust zurück.

„Bist du sicher?", fragte ich.

Johnny küsste mich. „Ja, bin ich."

Dann stieß er ganz in mich hinein, tief, kraftvoll, wieder und wieder … Wir bewegten uns miteinander, bis ich erneut kam, dieses Mal mit einem lauten Schrei. Er kam kurz darauf und stöhnte immer wieder meinen Namen.

Danach schloss ich die Augen und öffnete sie bis zum nächsten Morgen nicht mehr.

„Guten Morgen", sagte Johnny von der Tür aus. Er war bereits geduscht und angezogen. Sein Haar sah gut aus, so glatt aus dem Gesicht gekämmt. Dass er sich nicht rasiert hatte, tat seinem Aussehen keinen Abbruch. Er trug andere Kleidung. „Wann musst du los zur Arbeit?"

Ich setzte mich auf und rieb mir übers Gesicht. „Ich muss um neun Uhr da sein. Das heißt, wir müssen gegen halb neun hier los. Was ist los, warst du bei dir zu Hause und bist wieder hergekommen?"

„Zeit fürs Frühstück", sagte er nur.

Ich sah ihn an und lachte. „Haha! Du bist den ,Walk Of Shame' gegangen." So nannten Jen und ich es, wenn man nach einer heißen Nacht den Heimweg in den Klamotten vom Vortag zurücklegen musste.

„Wie sonst hätte ich mir etwas anderes zum Anziehen besorgen sollen?"

„Du bist früh aufgewacht. Hast du dich im Dunkeln nach Hause geschlichen?" Ich lachte wieder und stand auf. Er zuckte nicht zurück, als ich mich auf die Zehenspitzen stellte, um ihm einen Kuss zu geben. „Es war dir peinlich."

„Ich stehe immer so früh auf."

„Das war nicht immer so." Ich wusste nicht, wieso ich das sagte.

„Früher bin ich ja auch immer viel später ins Bett gegangen." Seine Hände ruhten auf meinen Hüften. „Meinst du nicht, dass du dich auch anziehen solltest?"

„Machst du mir Frühstück?"

„Möchtest du das gerne?" Er lachte. „Lieber nicht. Ich bin ein verdammt schlechter Koch."

„Dann bringst du mich besser ins *Mocha*", erwiderte ich.

Das war ein Test. Fast dachte ich, er würde ihn nicht bestehen. Aber Johnny nickte nur und schaute mich von Kopf bis Fuß an.

„Dann solltest du dich besser beeilen, damit du nicht zu spät zur Arbeit kommst."

Ich duschte, zog mich an und schminkte mich, aber als ich die Haare mit der Lederspange hochstecken wollte, konnte ich sie nicht finden.

„Emm! Jetzt komm!"

„Bin schon da." Ich band meine Haare schnell zum Zopf und rannte nach unten, wo Johnny auf mich wartete.

Gemeinsam mit ihm zum *Mocha* zu gehen war ein wenig, wie als das berühmteste Pärchen der Highschool den Abschlussball zu betreten. Alle starrten uns an. Und Johnny nahm meine behandschuhte Hand in seine und verschränkte unsere Finger.

„Hey", sagte er zu Carlos, der seinen Laptop noch nicht aufgebaut hatte. „Wie geht's?"

„Guten Morgen, Carlos." Mein Lächeln war triumphierend, vielleicht sogar ein wenig gehässig, aber das war mir egal.

Carlos nickte uns beiden zu. „Sie haben heute Kürbis-Latte auf der Karte. Der ist gut."

„Ich weiß schon, was ich will", erwiderte ich.

Johnny drückte mich an sich. „Ja, ich auch."

Es fühlte sich ein wenig seltsam an, von ihm zur Arbeit gefahren zu werden, aber wirklich nur ein bisschen. Auf dem Parkplatz küsste er mich und sagte mir, dass ich ihn eine halbe Stunde vor Dienstschluss anrufen sollte, damit er mich abholen käme.

Und so fing es an.

Das. Wir. Alles.

Und es war gut. Wirklich gut. Johnny war ein Mann, kein Junge, genau wie ich meiner Mutter gesagt hatte.

Und er hielt, was er versprach. Wenn Johnny mir sagte, er würde mich von der Arbeit abholen, dann war er nie zu spät. Wenn er versprach, was zum Abendessen mitzubringen, tat er es. Da er seine Arbeitszeit selbst bestimmen konnte, war er flexibler als ich, was mir gut zupasskam. Denn er bestand weiterhin darauf, dass ich entweder einen Arzt aufsuchte oder freiwillig darauf verzichtete, Auto zu fahren. Ich nahm sein Angebot, mein Chauffeur zu sein, dankend an.

Wir sprachen nicht über die Episoden, worüber ich froh war. Wenn ich ihn manchmal dabei ertappte, wie er mich neugierig musterte, ignorierte ich es. Was wir hatten, war gut und echt, und es funktionierte.

Mit Johnnys Tochter Kimmy hingegen war es eine ganz andere Geschichte. Er hatte mich vorgewarnt, dass sie mich nicht mit offenen Armen aufnehmen würde, und genauso war es. In meinen Augen war sie ganz die Tochter ihrer Mutter ... auch wenn ich nur meine Vorstellungskraft hatte, um mir zu sagen, wie ihre Mutter so war.

Es war Johnnys Tag, sich um seinen Enkel Charlie zu kümmern, der gerade zur Tür hineinstürzte und sich Johnny in die Arme warf, nur um gleich darauf ins Fernsehzimmer zu sausen, um auf dem großen Fernseher mit der Wii zu spielen. Kimmy blieb in der Tür stehen, als bräuchte sie eine Einladung, um einzutreten – was, wie ich wusste, nicht der Fall war.

„Emm, ich möchte dir meine Tochter Kimmy vorstellen. Kimmy, das ist Emm. Ich habe dir schon von ihr erzählt."

Kimmy schaute mich mit erhobenen Augenbrauen von Kopf

bis Fuß an und sagte dann zu ihrem Vater: „Sie werden immer jünger, Dad."

„Vielleicht wirst du nur älter." Das war vermutlich nicht die beste Reaktion von mir, aber anstatt mir eine zu knallen, lächelte Kimmy tatsächlich.

„Sie spricht. Stell dir das mal vor."

„Kimmy", sagte Johnny seufzend, doch er entschuldigte sich nicht für sie. „Lass gut sein, okay?"

Es gefiel mir, dass er nicht versuchte, beste Freunde aus uns zu machen. Nicht dass es mir etwas ausgemacht hätte, mit Johnnys Tochter befreundet zu sein, die in meiner Vorstellung immer noch einen Strampler und eine volle Windel trug. Ich hatte es nur nicht nötig, ihr den Hintern zu küssen, um Anerkennung zu bekommen.

„Mein Vater", sagte Kimmy, „ist bekannt dafür, dumme Blondinen zu daten. Ich meine wirklich dumm. Staubdumm."

„Ich bin nicht blond." Im Gegensatz zu dir, dachte ich, verkniff mir die Bemerkung aber.

„Und wohl auch nicht dumm", erwiderte Kimmy widerstrebend. „Kinder?"

„Kimmy, mein Gott", sagte Johnny.

„Noch nicht", sagte ich. „Machst du dir Sorgen, Daddys Zuneigung zu verlieren?"

„Nein", sie lächelte grimmig. „Ich schätze, er hat dir nicht erzählt, dass er sterilisiert ist."

Johnny schlug sich stöhnend die Hand vor Augen. „Um Himmels willen."

Wir hatten nie über Ehe oder Kinder gesprochen, was aber nicht bedeutete, dass ich nicht darüber nachgedacht hatte.

Kimmy lachte. „Dad, du hättest sie warnen sollen, dass du alle Kinder hast, die du brauchst. Stimmt's nicht? Das waren doch deine Worte? Du weißt doch", wandte sie sich an mich, „dass er noch mehr Kinder hat, oder? Ich bin die Älteste. Dann gibt es noch Mitchell und … wie heißt der andere noch mal?"

„Logan", sagte Johnny.

„Wenigstens er ist jünger als du", sagte Kimmy, als wäre das eine besondere Ehre.

„Ich weiß über Johnnys Kinder Bescheid." Aus dem Internet. Woher sonst.

Er warf mir einen überraschten Blick zu. „Jetzt hör auf, Kimmy. Es reicht."

„Granpa!" Charlie erschien im Flur und winkte mit dem Wii-Controller. „Der hier funktioniert nicht. Er braucht neue Batterien."

Johnny schaute von seiner Tochter zu mir und wieder zurück und hob dann die Hände. „Ich muss mich um das Kind kümmern. Emm, wirf sie raus, wenn sie zu frech wird."

Ich hob meine Augenbrauen, als er mit Charlie zusammen im Wohnzimmer verschwand. Ich wandte mich Kimmy zu. „Du weißt, dass er kein Knochen ist, um den wir uns streiten müssen. Ich bin nicht daran interessiert, mich zwischen euch zu stellen. Und ich habe einen eigenen Dad, darum geht es also auch nicht. Du solltest dich einfach beruhigen und mich in Ruhe lassen."

Zu meiner Überraschung tat sie das. Sie lachte sogar. „Ich wollte dich nur warnen, worauf du dich einlässt. Du bist jung, Emm. Er ist alt. Das ist alles."

„Ich schätze, das ist meine Sache. Bist du immer so nett, seine Freundinnen vorzuwarnen?"

Kimmy schüttelte den Kopf. „Da bisher keine von ihnen länger als ein paar Monate geblieben ist, war das nicht nötig."

„Oh." Ich musterte sie. „Wir treffen uns erst seit ein paar Wochen, und doch bekomme ich schon eine Spezialbehandlung."

Sie schaute mich mit hartem Blick an. „Du bist die erste Freundin, die er je in Charlies Nähe gelassen hat. Ich habe ihm vor langer Zeit schon gesagt, ich gestatte es nicht, dass er meinen Sohn mit seinen Teilzeitficks belästigt. Und das hat er bisher auch nie getan."

Ich biss mir eine Sekunde auf die Innenseite meiner Wange und empfand Mitgefühl für sie. Es stimmte, ich kannte ihre Mutter nicht, aber ich hatte auf mehreren Fanseiten über sie gelesen, und Johnny hatte auch Anspielungen über Kimmys Kindheit gemacht. „Ich habe auch nicht die Absicht, mich zwischen Johnny und Charlie zu drängen."

237

„Mein Dad war in der Vergangenheit ein Arschloch, aber ich vertraue ihm, was mein Kind angeht. Wenn du ihm so wichtig bist, dass er Charlie mit dir teilt, hat das was zu bedeuten." Sie musterte mich noch einmal von Kopf bis Fuß. „Du bist wirklich nicht sein üblicher Typ."

Ich lachte. „Das nehme ich als Kompliment."

Kimmy schenkte mir ein widerwilliges Grinsen. „So war es auch gemeint."

„Ich werde nicht versuchen, deine Stiefmutter zu sein."

Sie verdrehte die Augen. „Als ob du das könntest. Und bitte, tu mir einen Gefallen, nenn mich Kim."

Jetzt lachten wir beide, und aus dem Wohnzimmer ertönte Jubel. Kim schaute in die Richtung, dann wieder mich an. „Er ist toll mit Charlie. Wirklich gut. Manchmal bin ich eifersüchtig, dass mein Sohn meinen Vater auf eine Weise erlebt, die mir nicht gegönnt war."

„Das verstehe ich."

Sie zuckte mit den Schultern. „Na ja, ich bin außerdem eine erwachsene Frau, die darüber hinwegkommen sollte. Außerdem, wenn Charlie bei meinem Dad ist, habe ich ein wenig Zeit und Ruhe für mich."

„Das verstehe ich auch."

Sie nickte langsam. „Solange du weißt, auf was du dich da einlässt. Mehr sag ich nicht dazu."

„Danke für die Warnung." Ich parodierte ihr Augenrollen. „Aber ich bin auch eine erwachsene Frau. Ich komme schon klar."

„Ja", stimmte sie zu. „Das kommst du."

Nachdem ich Kimmy sozusagen „gemeistert" hatte, stand die nächste Hürde auf dem Programm: meine Eltern. Natürlich musste ich meiner Mutter erzählen, dass Johnny und ich angefangen hatten, miteinander auszugehen. Obwohl sie mich nicht mehr wie früher jeden Tag anrief, konnte ich meine Beziehung auf keinen Fall vor ihr verbergen. Und ich hatte auch keinen Grund dafür. Ich wusste, dass sie nicht sonderlich erfreut war über den Altersunterschied, aber ich nahm an, dass mein Dad größere Schwierigkeiten haben würde, Johnny als meinen Freund zu akzeptieren. Immerhin konnten sie vom Alter her Brüder sein.

Ein Abendessen schien mir eine gute Idee zu sein. Ich konnte meinen Eltern mein neues Haus zeigen, sie mit meiner Unabhängigkeit beeindrucken und ihnen meinen neuen Freund, seine Tochter und deren Sohn vorstellen. Alles in einem Abwasch. Ich lud auch Jen und ihren Freund Jared ein. *Nun war es also offiziell!*

„Warum hab ich mich nur darauf eingelassen?" Ich steckte bis zu den Ellbogen in einer Lasagne, die nicht gar werden wollte, und einem Schokokuchen, der in der Mitte zusammengefallen war. „Das ist doch der helle Wahnsinn!"

„Sparta war schlimmer", sagte Johnny von seinem Hocker an der Kücheninsel, wo er hausgemachte Guacamole auf Tortillachips löffelte und sie hinunterschlang, als kämen sie morgen aus der Mode.

„Sehr lustig. Du glaubst also nicht, dass deine kostbare Kimmy merkt, was für eine miese Köchin ich bin?"

Johnny lachte. „Du machst dir Gedanken darüber, was Kimmy von deinen Kochkünsten hält? Sie kommt wirklich, oder? Wenn sie dich nicht mögen würde, hätte sie dir auf die Einladung ein freundliches ‚Fick dich' an den Kopf geworfen. Das ist mehr ihr Stil."

„Ja, sie ist ziemlich geradeheraus, nicht wahr?" Ich stellte die Lasagne in den Ofen zurück und wusch mir die Hände.

Johnny kam zu mir und schlang seine Arme von hinten um mich. „Glaubst du etwa, ich bin nicht nervös, deine Eltern kennenzulernen?"

Ich lehnte mich gegen ihn. „Hast du Angst, mein Dad könnte dir die Hölle heißmachen?"

„Ich schätze, ich werde es über mich ergehen lassen müssen." Johnny knabberte an meinem Ohr und schickte mir heiße Schauer über den Rücken. „Um den Frieden zu wahren, meine ich."

Ich drehte mich in seinen Armen um und verschränkte die

Hände hinter seinem Rücken. „Mein Dad wird nicht begeistert sein, aber meine Eltern werden dich beide mögen."

„Bist du dir da sicher?"

Ich stellte mich auf die Zehen und küsste ihn. „Ja, ganz sicher. Sie sind gute Eltern. Sie wollten, dass ich glücklich bin. Das ist das Einzige, was für sie zählt."

Johnny schaute mir in die Augen. „Und, bist du das?"

„Glücklich?" Ich wunderte mich, dass er das fragen musste. „Ich bin wahnsinnig glücklich."

Er hätte mich vermutlich noch einmal geküsst, wenn es nicht in dem Augenblick an der Tür geläutet hätte. Wir lösten uns lachend voneinander, und Johnny klatsche mir auf den Hintern, als ich an ihm vorbei zur Haustür ging. Ich schaute über meine Schulter zurück. Er stand da so vollkommen natürlich in meiner Küche, dass ich mir ein paar Sekunden gönnte, um ihn zu bewundern und mir vor Augen zu halten, was für ein Glück ich hatte, bevor ich die Tür öffnete.

Jen und Jared kamen als Erste und brachten einen Laib knuspriges italienisches Brot und eine Flasche Wein mit. Kimmy und Charlie kamen kurz darauf. Sie hatten Nachtisch und ein Bild dabei, das Charlie extra für meinen Kühlschrank gemalt hatte. Es bekam einen Ehrenplatz und wurde mit Werbemagneten des örtlichen Pizzalieferdienstes gesichert. Ich fing Kimmys zustimmenden Blick auf, als Charlie die Hand seines Großvaters nahm und anfing, ihm ohne Punkt und Komma von seinem Tag zu erzählen. Meine Eltern kamen als Letzte, beladen mit Tüten. Ich hielt den Atem an, als Johnny die Hand von Charlie losließ, um die meines Vaters zu schütteln.

„Schön, Sie kennenzulernen." Von der Nervosität, die er vorhin noch gehabt hatte, war Johnny nichts mehr anzumerken.

„Das finde ich auch", erwiderte mein Dad.

Und damit hatte es sich.

Charlie umgarnte meine Mutter, während Kimmy sich aus Gründen, die mir nicht ganz klar waren, hervorragend mit Jen und Jared verstand. Nach dem ersten Glas Wein taute sie auch mir gegenüber etwas auf. Mein Dad und Johnny unterhielten sich über Sport und Politik, zwei Themen, die leicht zu Streit führen konnten, aber beide schienen einer Meinung zu sein.

Die Lasagne sah nicht sonderlich hübsch aus, aber sie schmeckte fantastisch. Nun, wo alle Leute, die in meinem Leben wichtig waren, um meinen Tisch herumsaßen, war ich doch froh, mich für dieses Abendessen entschieden zu haben. Ab und zu legte Johnny seinen Arm um meine Schultern, drückte mich leicht an sich, hielt meine Hand. Kleine, beiläufige Berührungen, die deutlich machten, dass wir ein Paar waren. Und niemand schien sich daran zu stören.

„Er ist nett." Meine Mutter kam in die Küche, wo ich gerade die Reste der Lasagne in eine Tupperdose packte und die Auflaufform zum Einweichen ins Spülbecken stellte. „Sehr nett."

„Ich weiß, Mom. Johnny ist ... toll." Sie kicherte und ich drehte mich um. „Was?"

„Ich habe dich noch nie so verrückt nach einem Mann gesehen, das ist alles."

Ich zuckte mit den Schultern. „Er ist anders."

„Das sehe ich. Oh, hör mal. Ich habe dir ein paar Sachen mitgebracht. Wo hat Dad die Tüten hingestellt? Ah, da sind sie ja", beantwortete sie ihre eigene Frage. „Waschmittel, etwas Putzzeug ..."

„Mom, ich gehe selber einkaufen."

„Ich weiß, ich weiß, aber dein Dad kauft so gerne bei Costco, und es ist viel zu viel für uns, seitdem du nicht mehr zu Hause wohnst. Deshalb hab ich dir was davon mitgebracht. Sieh nur, diese Reinigungstücher." Sie hielt sie hoch. „Die sind antibakteriell."

Ich steckte bis zu den Ellbogen in Spülwasser, drehte mich aber trotzdem lachend zu ihr um und schüttelte den Kopf. „Super. Vielen Dank."

Antibakterielle Reinigungstücher mit Zitrusduft. Genau das, was ich brauchte.

Zitronen.

Orangen.

Dunkelheit.

21. KAPITEL

*N*ein. Nein, nein, nein, nein!" Ich stolpere vorwärts, meine Hände immer noch mit Seifenschaum aus der Spüle bedeckt, die ich zurückgelassen habe. „Oh verdammt, nein."

Dunkelheit. Ich blinzle schnell, meine Augen justieren sich. Der Geruch von Orangen ist verflogen, ersetzt von einem Hauch Hitze und Chlor und Autoabgasen – vertraute Gerüche. Ich bin wieder in der Welt, die mein Geist für mich kreiert hat, damit ich bei Johnny sein kann.

Aber ich brauche diese Welt nicht mehr. Ich habe ihn jetzt in echt. In meinem wahren Leben. Ich balle die Hände zu Fäusten, beiße die Zähne zusammen und konzentriere mich darauf, zurückzukehren.

Nichts.

Ich stehe im Garten neben Johnnys Haus. Dem Planschen und Lachen nach zu urteilen, das ich von hier höre, muss hinter dem Haus eine Poolparty im Gange sein. Vielleicht drehen sie gerade einen weiteren Film. Ich will hier raus, will wieder aufwachen. In meine eigene Welt zurückkehren.

Ich gehe in die Küche, wo ich Johnny erwarte, aber stattdessen auf Ed treffe. Er sitzt zusammengesackt am Küchentisch, eine Zigarette in der Hand und einen vollen Aschenbecher vor sich. Dazu eine beinahe leere Flasche Wodka. Daneben liegt eine zusammengerollte Stofftasche mit einer Spritze darauf.

„Emm. Emma. Emmaline. Emm." Er lallt nicht, obwohl seine Augen blutunterlaufen sind.

Er stinkt. Das rieche ich bis hierher. Ich zucke zusammen. „Ed. Wo sind alle?"

„Schwimmen. Nacktschwimmen. Ficken." Sein Lachen verursacht mir Gänsehaut. „Kiffen. High werden. Wo sind sie nur immer? Was tun sie nur immer? Du bist auf der Suche nach Johnny, oder? Er wartet auf dich."

„Was meinst du damit, er wartet auf mich?"

„Johnny hat gesagt, dass du kommst." Ed wedelt mit der Zigarette, und der Rauch weht in meine Richtung. „Johnny sagt, er wartet auf dich. Du wirst auftauchen. Das tust du immer. Er ist ein bisschen betrunken, ein bisschen high, aber er vögelt nicht herum. Warum vögelt er nicht, Emm? Weil er auf dich wartet."

Ich runzle die Stirn und schlinge meine Arme um meinen Oberkörper, obwohl es in der Küche so heiß ist wie immer, wenn mein Kopf mich hierherbringt. „Danke, Ed. Wo ist er jetzt? Oben?"

„Er ist am Pool. Paul macht Fotos von ihm. Nacktfotos." Er lässt ein weiteres so gruseliges Lachen hören, dass mir die Haare im Nacken zu Berge stehen. „Er zeigt wieder aller Welt seinen Hintern. Ich hab dir doch gesagt, sie sind alle betrunken und high."

„Und vögeln oder eben nicht. Ich verstehe." Ich lasse etwas kaltes Wasser ins Spülbecken laufen und spritze es mir ins Gesicht.

Es sieht so aus, als würde ich das hier bis zum Ende durchstehen müssen. Beinahe wollte ich Johnny hier gar nicht finden. Irgendwo erzählte meine Mutter mir etwas über Reinigungstücher. Ich kann nicht tun, was ich sonst hier immer getan habe, nicht, wenn ich weiß, dass sie auf eine Antwort von mir wartet. Sich vielleicht sogar ein wenig sorgt, mich an der Schulter schüttelt. Ich kann Johnny nicht vor den Augen meiner Mutter ficken, selbst wenn sie nicht wirklich da ist und ich nicht wirklich hier bin.

„Willst du wissen, was Johnny über dich sagt, Emmaline?"

Ich schaue Ed an. Mir fällt erst jetzt auf, dass er einen Stift und ein ledergebundenes Notizbuch vor sich liegen hat. Das war eben noch nicht da. All diese Einzelheiten, die winzigen Details, vernebeln mir das Gehirn.

„Was sagt er?"

„Er sagt, dass du nicht echt bist. Du bist kein Mädchen, du bist eine Fantasie. Vielleicht stellen wir alle uns dich nur vor, sagte ich, aber er sagt, so ist das nicht. Du kommst einfach nur von einem anderen Ort. Stimmt das, Emmaline? Kommst du von einem anderen Ort?"

„Ja, Ed, das tue ich", antworte ich müde. „Und ich würde gerne dorthin zurückkehren."

Sein Lachen endet in einem Niesen. Er zieht noch mal tief an seiner Zigarette. „Viel Glück dabei. Wollen wir nicht alle an einen anderen Ort?"

Die Arbeitsplatte drückt sich in meinen Rücken, als ich mich dagegenlehne. Von draußen höre ich wieder Gelächter. Muss eine ganz schöne Party sein. Es klingt nach viel Spaß. Nach mehr Spaß als diese bizarre und verdrehte Unterhaltung mit einem Mann, der sich irgendwann die Pulsadern aufschneiden wird.

„Er sagt, du bist aus der Zukunft."

„Was?" Ich richte mich verblüfft auf. „Das hat Johnny gesagt?"

„Er sagt, das hättest du ihm erzählt."

Ich blinzle und tigere dann auf dem Linoleum-Fußboden auf und ab. „Das ist verrückt."

„Ja. Das sagt Johnny auch. Er meint, er muss verrückt sein. Wir alle müssen verrückt sein. Wir sollten alle ins verfickte Irrenhaus eingeliefert werden, oder? Alle. Johnny sagt, du hättest ihm erzählt, dass du dir uns alle nur ausgedacht hast. Also lass mich dir eine Frage stellen, Emmaline. Wenn du mich nur ausgedacht hast, wieso hast du dann so ein Wrack aus mir gemacht?"

„Ich weiß es nicht. Ich weiß nicht, was ich dazu sagen soll." Ist es eine Lüge, wenn ich sage, dass er recht hat? *Was passiert, wenn deine eigenen Halluzinationen erfahren, was sie sind?*

„Sag mir nur, ob es stimmt. Mehr will ich gar nicht wissen." Ed trinkt einen großen Schluck aus der Flasche und spielt einen Moment mit der Spritze, benutzt sie aber Gott sei Dank nicht. „Ich will nur wissen, ob ich real bin. Oder nicht real."

„Du bist ... real", sage ich zögernd. „Ich meine, du bist ein echter Mensch, Ed. Aber das hier ist nicht real. Das hier geschieht nur in meinem Kopf. Diese Unterhaltung ist nicht echt."

„Heute ist die Nacht", sagt Ed plötzlich und nickt in Richtung Kalender.

„Welche Nacht?"

„In der ich real werde, schätze ich." Er nickt, als würde das

Sinn ergeben. Was es zumindest für mich nicht tut. Er trinkt erneut, leert die Flasche mit einem letzten gurgelnden Zug. „Also, wem kann ich die Schuld für all den Scheiß hier geben?"

„Ich weiß nicht. Mir?" Ich spreize die Finger. „Du könntest mir die Schuld geben."

Er schaut mich aus glasigen Augen an und verzieht seinen Mund zu einem schiefen Grinsen. „Ich schätze, das könnte ich. Aber ich glaube, ich werde es nicht tun. Weißt du, dass ich ein Gedicht über dich geschrieben habe?"

Ich erschauere. „Nein, das wusste ich nicht."

„Hab ich aber." Er zieht sein Notizbuch zu sich heran, räuspert sich und liest laut vor.

Sie geht durch die Nacht,
eine Schönheit.
Einzelne, winzige Schritte auf bloßen Sohlen, zurückgelassene Schuhe.
Puppenspielerin, Mädchen, das zur Frau wurde, sie kommt und geht.
Sie erschafft und sie zerstört uns. Sie spinnt ihre Träume,
Sie ist das, was sie wird. Sie kann alles sein, was sie sein will.
Emmaline.

Ich weiß über Poesie nicht mehr als über Kunst, aber das Gedicht klingt in meinen Ohren nicht sonderlich gut. Zu überheblich und aufgeblasen, die Art Gedicht, die Goth-Kids einander laut vorlesen, während sie ihren Eyeliner auftragen und über die verschiedenen Bedeutungsebenen diskutieren. Menschen werden es in Blogs zitieren, ohne genau zu wissen, was es wirklich bedeutet.

„Das bedeutet gar nichts", sage ich säuerlich.

„Nein?" Ed klingt überrascht und fährt noch einmal mit dem Finger an seinen Worten entlang. „Du hast recht. Es bedeutet verfickt noch mal gar nichts."

Weil er es nicht geschrieben hat. Das war mein Episoden-Gehirn. Und weil ich keine Dichterin bin, ist das Gedicht doof. So sieht die Wahrheit aus. Ich bin die Puppenspielerin, die die Fäden zieht. Die hier alles erschafft und zerstört. Und ich will mit dem Erschaffen endlich aufhören.

Ich will das alles hier zerbrechen.

Und das tue ich auch.

Helles Licht. Stimmengemurmel. Ich blinzelte, zuckte zusammen. Irgendetwas Weiches lag unter meinem Kopf, und etwas stach mir in die Hand. Auf der anderen Hand lastete Gewicht, Finger, die sie festhielten.

„Hey", sagte Johnny leise vom Rand meines Betts. „Du bist wach."

„Was?" Ich versuchte, mich aufzurappeln, der Geruch nach Krankenhaus stieg mir in die Nase. Ich glaubte, zu ersticken.

Das Stechen an meiner Hand kam von einem Tropf. Johnny versuchte, mich zu beruhigen. Ich wurde sofort still und ließ mich in die Kissen zurückfallen. Ich trug immer noch meine Kleidung von der Dinnerparty, also war ich zumindest noch nicht so lange hier, dass man mich ausgezogen und in ein Krankenhausnachthemd gesteckt hatte. Meine Kehle war trocken, und bevor ich fragen konnte, hielt Johnny mir einen Becher Wasser mit Strohhalm hin.

Ich nippte vorsichtig. „Was ist passiert? Wo sind meine Eltern und alle anderen?"

„Deine Mom und dein Dad sitzen vermutlich im Wartezimmer. Die anderen sind nach Hause gegangen. Jen wollte dableiben, aber ich habe ihren Freund überzeugt, sie mit nach Hause zu nehmen. Ich rufe sie nachher an und sage ihr, dass es dir gut geht."

„Mist", murmelte ich. „Ich bin wieder in die Dunkelheit gegangen, nicht wahr?"

„Ja, Baby, das bist du."

„Wie lange dieses Mal?"

„Ungefähr drei Stunden. Deine Mom hat nicht so lange gewartet wie ich letztes Mal." Johnny schüttelte lachend den Kopf. „Du warst keine zehn Minuten weg, da hat sie schon den Krankenwagen gerufen."

„Oh Gott", stöhnte ich und bedeckte meine Augen mit der

Hand, die am Tropf hing, was ein Fehler war, weil die Bewegung an der Nadel zog, was wehtat. „So ein Mist."

„Du bist einfach weg gewesen", sagte Johnny.

Ich schaute ihn durch meine Finger hindurch an. „Einfach? Das ist nicht sehr beruhigend. Außer du findest es besser, als mit Schaum vor dem Mund hinzufallen und sich einzunässen. Verglichen damit ist es bestimmt besser."

Tränen erstickten meine Stimme, und Johnny stand auf, um mich sanft zu küssen, obwohl ich versuchte, meinen Kopf wegzudrehen. Er küsste mich trotzdem und strich mir das Haar aus der Stirn. Er küsste meine Lippen, meine Wange, dann drückte er meine Hand.

„Sie werden ein paar Tests mit dir machen. Und du musst vermutlich über Nacht hierbleiben."

„Nein", sagte ich. „Auf gar keinen Fall."

„Emm", ermahnte er mich.

„Ich bleibe nicht. Du weißt, dass sie sowieso nichts tun können, Johnny. Du weißt es." Es gab keinen Grund, warum er das wissen sollte, da wir kaum jemals über die Einzelheiten meines Problems gesprochen hatten, aber er nickte dennoch widerstrebend. „Aber dann verliere ich meinen Führerschein. Ich verliere … ich verliere einfach alles."

„Nicht alles", sagte Johnny leise. „Mich nicht."

Ich weinte. Er saß da und hielt meine Hände und reichte mir Taschentücher. Es dauerte nicht lange – ich hatte für Situationen wie diese nicht mehr viele Tränen übrig. Als es vorbei war, küsste er mich erneut. Mir fiel etwas auf.

„Sie haben dich zu mir gelassen? Nicht meine Mom oder meinen Dad?"

„Sie sagten, also deine Mom sagte, ich sollte bei dir bleiben."

Ich blinzelte mit vom Weinen geschwollenen Lidern. „Du machst Witze."

„Nein." Johnny grinste.

„Sie muss dich wirklich mögen", flüsterte ich und weinte wieder.

Dieses Mal dauerte es ein wenig länger, und wieder reichte

Johnny mir ein neues Taschentuch, wenn das aktuelle durchnässt war und auseinanderfiel. Er reichte mir auch den Becher mit Wasser, hielt ihn für mich, obwohl ich nun wirklich nicht invalide war. Und dann ging er ins Badezimmer und kehrte mit einem nassen Lappen zurück, damit ich mir das Gesicht waschen konnte.

Wie angekündigt, wurde ich diversen Tests unterzogen, die bis tief in die Nacht andauerten. Man nahm mir Unmengen an Blut ab. Ordnete eine Computertomografie an, für die erst der Techniker gerufen werden musste, zu der ich aber meine Zustimmung trotzdem verweigerte, auch wenn der Oberarzt mich förmlich dazu zwingen wollte. Ich hatte viele Jahre Erfahrung im Umgang mit Ärzten und Krankenhäusern und wusste, wie ich mich zur Wehr setzen konnte. Die Tests würden sowieso ergebnislos verlaufen. Man würde mir ein paar Medikamente verschreiben, mich vielleicht noch eine Weile länger hierbehalten. Meiner Krankenversicherung Tausende von Dollars in Rechnung stellen, von denen ich einen Großteil zurückzahlen müsste.

„Ich will nach Hause", erklärte ich dem Arzt entschlossen. „Schauen Sie sich meine Akte an. Das ist schon öfter passiert und wird vermutlich auch in der Zukunft wieder passieren."

Ich hasste es, das zuzugeben.

„Und ich habe jemanden, der bei mir bleibt", fügte ich mit Blick auf Johnny hinzu, der nickte. „Ich fahre kein Auto. Ich unterschreibe gerne auch, dass ich mich entgegen ärztlichem Rat auf eigenen Wunsch entlassen habe, wenn Sie wollen."

Der Arzt, der müde aussah und vermutlich nicht viel älter war als ich, rieb sich über die Augen und die Bartstoppeln. Er seufzte schwer. „Na gut. Ich lasse die Entlassungspapiere fertig machen."

Er zeigte mit dem Finger auf mich. „Aber wenn Sie sterben, bring ich Sie um."

Ich hätte nicht gedacht, dass ich schon lachen könnte, aber ich tat es. „Abgemacht."

Meine Eltern erwarteten uns im Eingangsbereich. Mein Dad sah müde aus, und meine Mom war kreidebleich. Ich wappnete mich dagegen, dass sie darauf beharren würde, bei mir zu bleiben oder, schlimmer noch, mich wieder mit zu sich nach Hause zu nehmen. Doch meine Mom zog mich nur fest in die Arme. Sie ließ mich los und schaute Johnny an.

„Sie werden sich gut um sie kümmern", sagte sie.

„Ja, Ma'am, das werde ich." Johnny legte einen Arm um meine Schultern.

Aber das reichte mir nicht. Ich konnte es ehrlich gesagt nicht glauben. Ich folgte meinen Eltern zu ihrem Auto, das neben Johnnys geparkt war. Meine Mom saß schon auf dem Fahrersitz, und Johnny stieg in sein Auto, um es wegen der Heizung schon mal ein wenig laufen zu lassen.

„Mom", sagte ich.

„Emmaline", erwiderte sie. „Dieser Mann ... Dein Johnny ..."

„Ich kann nicht glauben, dass du mich mit ihm nach Hause gehen lässt."

Sie umarmte mich fest. Ich erwiderte die Umarmung.

„Ich habe keine Wahl", flüsterte sie mir ins Ohr. Sie nahm mein Gesicht in ihre Hände und hielt es ganz still, damit sie mir tief in die Augen schauen konnte.

„Warum nicht?"

Sie schüttelte den Kopf und schaute zu Johnny in seinem Auto hinüber. Dann schüttelte sie wieder den Kopf, runzelte die Stirn und sah mich an. Sie unterdrückte ein Schluchzen und versuchte, sich wieder unter Kontrolle zu kriegen. Ihr zuzusehen, wie sie die Tränen zurückdrängte, machte es mir nicht leicht, meinen eigenen nicht freien Lauf zu lassen, aber ich schaffte es. Meine Mom kniff mir in die Wangen und ließ mich los.

„Er ist ein guter Mann. Und auch wenn ich vor Sorge um dich beinahe umkomme, bin ich mir sicher, dass du lieber ihn als mich an deiner Seite hast. Also ... ich überlasse dich ihm. Aber du rufst mich gleich morgen früh an, ja?" Sie drohte mir mit dem Finger und zog mich dann noch einmal in ihre Arme. „Oh, mein süßes Mädchen, es bringt mich um, aber ..."

„Danke, Mom", flüsterte ich ihr ins Ohr, als wir einander drückten. „Danke."

249

„Ruf mich an." Sie löste sich von mir. „Morgen."

„Das werde ich."

Sie nickte und zog mich ein letztes Mal an sich. Dann stieg sie wieder ein und zog die Tür ins Schloss. Ich sah, dass sie sich mit meinem Vater unterhielt, konnte aber nicht hören, was sie sagten. Johnny stieg aus seinem Wagen, ging zur Beifahrerseite und hielt mir die Tür auf.

„Was für ein Gentleman", sagte ich, als er wieder auf dem Fahrersitz Platz nahm.

Er schaute mich an. „Bist du sicher, dass du nicht hierbleiben willst?"

Ich nickte. „Ja. Sie können sowieso nichts tun, und ich fühle mich gut. Ich will einfach nur nach Hause in mein eigenes Bett. Morgen ist Samstag, da können wir ausschlafen."

Johnny beugte sich zu mir herüber und küsste mich. Er streichelte mir übers Haar. Dann fuhren wir schweigend nach Hause. Ich schaute aus dem Fenster auf die vereisten Straßen, die Schneewehen. Die Scheibe beschlug unter meinem Atem. Ich ballte die Hände in meinem Schoß zu Fäusten, dachte an die Episode, an den damaligen Johnny und den heutigen. Ich fragte mich, wie das alles enden würde. Mir gefiel es gar nicht, dass ich von ihm abhängig war, und ich hoffte, es würde nicht alles kaputt machen, was gerade erst begonnen hatte.

22. KAPITEL

Zu Hause blieb Johnny bei mir, während ich duschte. Er sagte nicht, dass er es tat, weil er Angst hatte, ich könnte in der Dusche bewusstlos werden und ertrinken oder so, aber ich wusste, dass das der Grund war. Und obwohl wir uns das Wasser und den Schwamm teilten, versuchte ich gar nicht erst, ihn zu verführen. Wir trockneten uns ab, und ich zog ein vollkommen unerotisches Flanellnachthemd an. Johnny steckte mich ins Bett und legte sich zu mir.

Ich drehte mich auf die Seite, wandte ihm den Rücken zu und starrte in die Dunkelheit. Ich war nicht müde. Johnnys Atem wurde tiefer. Ich spürte, wie sich die Matratze unter seinem Gewicht bewegte, als seine Muskeln erschlafften und er in Tiefschlaf fiel. Ich blinzelte und blinzelte, das Muster des Lichts, das durchs Fenster fiel, veränderte sich. Genau wie die Temperatur. Die Laken unter mir.

Als er sich gegen meinen Rücken drückte und seine Hand flach auf meinen Bauch legte, wollte ich mich zu ihm umdrehen und ihn ansehen. Ich wollte sehen, ob es der jetzige Johnny oder der damalige Johnny war. Ob ich träumte oder in die Dunkelheit gegangen war oder einfach nur so müde war, dass ich das Gefühl hatte, das Bett hätte sich unter mir bewegt. Aber ich drehte mich nicht um. Ich sprach nicht. Und Johnny, welcher es auch immer war, drückte sich ganz echt ganz eng an mich. Ob es nun die Wahrheit war oder eine Illusion, die mein Gehirn sich ausgedacht hatte, er war real.

Am Montag ging ich wieder zur Arbeit. Johnny fuhr mich hin und beugte sich für einen Kuss zu mir herüber. Noch vor einer Woche hatte ich seine Abschiedsküsse leidenschaftlich erwidert, jetzt hielt ich mich zurück. Ich wollte nicht übellaunig sein, ich wollte ihn nicht abweisen, aber auf diese Weise von ihm abhängig zu sein machte mich unerwartet nervös.

Meine Arbeit erledigte ich routiniert, aber nicht besonders enthusiastisch. Als Johnny mich am Ende des Tages wieder abholte, stieg ich in der Hoffnung ins Auto, dass mich keiner meiner Kollegen sah. Natürlich hatte ich den Vorfall der Personalabteilung melden müssen. Nicht etwa, weil ich es wollte, sondern damit irgendjemand wusste, was zu tun war, sollte mir während der Arbeit etwas passieren. Ich schnallte mich an und starrte den ganzen Rückweg über aus dem Fenster, ohne Johnny einmal anzusehen.

Er brachte mich nach Hause und kam mit rein, zog aber seinen Mantel nicht aus. „Emm."

Ich hob den Kopf. „Ja?"

„Willst du, dass ich dich allein lasse? Ich kann nach Hause gehen."

„Nein. Du kannst ruhig bleiben."

Johnny sah mich forschend an. „Ich dachte, wir könnten heute vielleicht zum Essen ausgehen. Hast du Lust? Du darfst dir auch das Restaurant aussuchen."

Normalerweise hätte ich das Angebot strahlend angenommen. Heute aber schüttelte ich nur meinen Kopf. „Mir ist heute nicht nach Ausgehen. Ich will mich einfach auf die Couch kuscheln, vielleicht ein wenig fernsehen."

Johnny steckte die Hände in die Taschen. „Wenn du willst, dass ich gehe, musst du es nur sagen."

„Du kannst bleiben", wiederholte ich.

„Ja, aber *willst* du auch, dass ich bleibe?" Ich wollte am liebsten alle auslachen, die jemals behauptet hatten, Johnny Dellasandro wäre nicht besonders intelligent. Er durchschaute mich immer.

„Wenn du willst, kannst du bleiben." Ich schaffte es nicht, mehr als das zu sagen, weil ich weder lügen noch seine Gefühle verletzen wollte.

„Ach, weißt du, ich gehe lieber nach Hause. Kümmere mich mal wieder um ein paar meiner Sachen."

Er küsste mich, bevor er ging. Wenigstens das. Er zog mich in seine Arme und hielt mich fest, bis ich die Umarmung erwiderte, was mich allerdings ein paar Sekunden Überwindung kostete. Er drückte mir einen Kuss auf die Schläfe und drückte mich, dann ging er.

Ich sah ihm hinterher.

Ich war nicht böse auf Johnny, sondern ziemlich wütend auf mich selbst. Endlich hatte ich, was ich wollte, und ich schob es von mir. Aber ich konnte nicht anders. Johnny war nicht alles, was ich haben wollte. Ich wollte ein funktionierendes Gehirn, verdammt noch mal. Eines, das mich nicht die ganze Zeit willenlos durch die Zeiten reisen ließ und ein kleines Kind aus mir machte, um das man sich kümmern musste.

Ich legte mich auf die Couch und sah fern. Besser gesagt, ich zappte durch die Kanäle, ohne etwas zu finden, das meine Aufmerksamkeit fesseln konnte. Ich schickte eine SMS an Jen, die zurückschrieb, dass sie mit Jared abhing und ob ich rüberkommen und ihnen dabei Gesellschaft leisten wollte.

Wollte ich nicht.

Ich ging allein und schlecht gelaunt zu Bett und konnte daran niemand anderem die Schuld geben als mir.

Johnny floh nicht schreiend vor meinen Launen, so wie ich es an seiner Stelle getan hätte. Er war unglaublich geduldig mit mir. Fuhr mich zur Arbeit, holte mich ab, saß schweigend neben mir auf der Couch, wenn ich mir schlechte Filme ansah, schlief neben mir im Bett, anscheinend ohne sich daran zu stören, dass ich ihm jeden Abend den Rücken zudrehte.

Ich wollte kein asexuelles, gereiztes Jammerbündel werden. Im Gegenteil, ich hasste mich dafür, konnte mich aber irgendwie nicht daraus befreien. Mit Jen zusammen zu sein half auch nicht. Sie war bis über beide Ohren in Jared verknallt, der genauso verliebt wirkte. Natürlich freute ich mich für sie, aber nun, da aus unserem Samstagmorgenduo im *Mocha* ein Quartett geworden war, konnte ich unmöglich mit ihr über das reden, was in mir vorging.

Carlos schien etwas zu ahnen. Eines Morgens, Johnny wartete im Auto, und ich huschte schnell in den Coffeeshop, um uns zwei Kaffee zu holen, fing er mich ab. „Ärger im Paradies, hm?"

„Was redest du da?"

„Du guckst so miesepetrig. Was ist los? Willst du ihn nicht mehr, jetzt, wo du ihn hast?"

Ich blieb stehen, zwei Pappbecher in den Händen, die so heiß waren, dass ich die Hitze sogar durch meine Handschuhe hindurch spürte. „Ich weiß nicht, was du meinst."

Carlos schnaubte. „Du siehst einfach nicht glücklich aus, das ist alles."

„Das hat nichts mit Johnny zu tun", erwiderte ich.

„Ach ja? Na ja, wenn ich an deiner Stelle wäre, würde ich dafür sorgen, dass er das auch weiß." Carlos warf einen bedeutungsvollen Blick zu dem Auto, das mit laufendem Motor am Bürgersteig wartete. „Ich meine, ein Kerl wie er muss sich diesen Mist nicht antun, weißt du?"

Ich wusste es. Als ich ins Auto stieg und Johnny seinen Kaffee reichte, beugte ich mich zu ihm hinüber und gab ihm einen Kuss. Er sah mich erstaunt an.

„Wofür war das?"

„Es tut mir leid", sagte ich, „dass ich so eine Zicke war."

Er lachte und küsste mich. „Ach ja? Ich finde, dazu hast du ein wenig Anrecht. Außerdem wusste ich, dass es nicht ewig anhalten würde."

Wenn einem verziehen wird, vor allem etwas, von dem man weiß, dass es nicht richtig gewesen ist, hebt das die Laune ungemein. „Ach ja? Das wusstest du?"

„Ja", sagte er nur und fädelte sich in den fließenden Verkehr ein.

„Woher? Was, wenn ich mich für alle Zeiten zu einer Supermegazicke entwickelt hätte?"

Lächelnd schüttelte er den Kopf und warf mir einen kurzen Blick zu, bevor er sich wieder auf die Straße konzentrierte. „Nein. Ich sagte es doch. Ich wusste, dass es besser wird."

Ich setzte mich so hin, dass ich ihn anschauen konnte, ohne vom Gurt stranguliert zu werden. „Woher?"

Er seufzte. „Weil du es mir erzählt hast, Emmaline."

„Ich hab es dir erzählt?" Ich runzelte die Stirn. „Wann?"

Johnny zögerte und griff nach meiner Hand. „Einmal, als …"

„Ich rede, wenn ich in der Dunkelheit bin?" Das war bisher nur selten passiert.

„Ja." Er zögerte, nickte aber.

„Was habe ich noch gesagt?"

„Nichts. Aber es ist gut, Honey. Ich bin einfach froh, dass es dir besser geht."

Dass er es mir so leicht machte, hatte ich nicht verdient, und das sagte ich ihm auch. „Das ist keine gute Entschuldigung, Johnny."

Er bog gerade auf den Parkplatz der Genossenschaftsbank und drehte sich erst um, als das Auto zum Stehen gekommen war. „Nein, das ist es nicht. Aber es ist in Ordnung. Glaub mir, ich habe mich oft genug wie ein Arschloch aufgeführt. Deshalb bin ich der Letzte, der mit Steinen werfen sollte."

„Ich liebe dich." Ich küsste ihn, bevor die Worte, die mir da entschlüpft waren, peinlich werden konnten. „Ich meine …"

„Ich liebe dich auch, Emm", sagte Johnny und küsste mich.

Dieser Kuss war intensiver und dauerte wesentlich länger. Wir verschlangen uns mit unseren Mündern, ließen unsere Hände gierig über den Körper des anderen wandern, bis die Fenster beschlugen.

Für eine Sekunde lehnte ich meine Stirn gegen seine Schulter. Ich hatte nie ein Mädchen sein wollen, das fragte: „Wirklich? Liebst du mich wirklich? Ganz ehrlich?" Und lustigerweise hatte ich bei Johnny auch nicht das Bedürfnis dazu. Dennoch fragte ich: „Liebst du mich wirklich?"

Er küsste mich auf die Stirn. „Verdammt, ja."

Ich lachte und küsste ihn auf den Mund. „Ich liebe dich. Liebe, liebe, liebe."

„Jetzt raus mit dir", sagte er. „Bevor du noch zu spät zur Arbeit kommst."

„Ah, da ist der alte Griesgram, den ich von früher kenne", neckte ich ihn. „Das gefällt mir."

„Du magst es, wenn ich griesgrämig bin?"

„Ein wenig. Das hat was von Mr Darcy. Düster, faszinierend und so." Ich kitzelte ihn, und Johnny lehnte sich lachend zur Seite. Ich bekam das Ende seines Schals zu fassen und zog ihn daran zu mir für einen weiteren Kuss. „Sag es noch mal."

255

„Ich liebe dich", sagte Johnny.

„Ich liebe dich auch." Dann ließ ich ihn los und stieg aus dem Auto.

In dieser Nacht wandte ich mich im Bett nicht von ihm ab. „Macht es dir was aus, so oft hier zu schlafen?"

Johnny, der lesend neben mir gelegen hatte, nahm die Brille ab, die er nicht mochte, die ich aber insgeheim unglaublich scharf fand. „Nein. Aber willst du lieber zu mir kommen?"

„Nein, das meine ich nicht." Ich zerzauste ihm die Haare und dachte daran, wie es sich in meinen Episoden anfühlte. Wie rohe Seide. Im echten Leben war es genauso. „Ich wollte nur sichergehen, dass es für dich in Ordnung ist."

„Nun ja …" Er klappte seine Brille zusammen und legte das Buch auf den Nachttisch. Dann drehte er sich auf die Seite und schaute mich an. „Ich mag dein Haus. Und in meinem verbringe ich ja den ganzen Tag, während du in der Bank bist. Außer ich bin in der Galerie. Also ist es in Ordnung."

Mit einer Fingerspitze fuhr ich die Linie seiner Lippen nach und zuckte nicht weg, als er mir zärtlich in den Finger biss. „Ich will nur, dass sich keiner von uns benachteiligt fühlt."

„Emm." Johnny setzte einen Kuss in meine Handfläche. „Solange ich mit dir zusammen in einem Bett schlafe, ist es mir völlig egal, wessen Bett es ist."

Wir küssten uns. Der Kuss führte zu einer Umarmung, dann zu mehr. Ich konnte nicht glauben, dass ich das Nacht für Nacht ausgeschlagen hatte. Okay, nur für eine Woche oder so, aber trotzdem waren das zu viele Nächte. Als ich spürte, wie sich Johnnys Schwanz zwischen uns regte, konnte ich mir nicht vorstellen, mir dieses Vergnügen jemals wieder entgehen zu lassen.

„Das ist schön", sagte er, als ich seinen Schwanz streichelte. „Mach weiter."

„So etwa?" Ich schaute ihn herausfordernd an und behielt meinen Rhythmus bei, bis seine Lider ganz schwer wurden. „Gefällt dir das?"

„Ich liebe es", sagte er.

„Ich weiß noch etwas, das du liebst." Grinsend schlüpfte ich unter die Laken, in die Dunkelheit, und fand seinen Schwanz mit meinem Mund. Sein Stöhnen drang gedämpft zu mir herunter, doch ich hörte die Zufriedenheit darin, als ich ihn ganz in den Mund nahm.

Hier unten war die Luft stickig, aber das machte mir nichts aus. Sein Geruch umhüllte mich. Das war verdammt sexy. Seine Erektion, so steif in meinem Mund, schmeckte unglaublich gut. Ich verlor mich darin, an ihm zu saugen, ihn zu lecken, vorsichtig mit meinen Lippen an ihm zu knabbern und ihn ganz sanft zu beißen.

Er stieß ein wenig in mich, aber nicht zu sehr. Nicht so, dass ich meinte, zu ersticken. Ich streichelte seine Eier und folgte dann dem Weg meiner Hand und leckte ihn auch dort. Als ich seinen unterdrückten Fluch hörte, verkniff ich mir ein Grinsen. Seine Finger vergruben sich in meinem Haar, bestimmten mit leichtem Druck meinen Takt. Ich ließ ihn. Mir gefiel es, zu wissen, dass es ihm gefiel.

Ich fühlte mich sogar noch besser, nachdem ich meine freie Hand zwischen meine Beine hatte gleiten lassen, um mich auch zu streicheln. Mein Geruch vermischte sich mit seinem, hier in dieser Höhle, die ich aus Laken und Decken gebaut hatte. Ich umkreiste meine Klit langsam mit einem Finger und überließ mich ganz meinen Gefühlen.

Je heißer ich wurde, desto wärmer wurde die Luft. Ich fuhr mit meinen feuchten Lippen an seinem Schwanz auf und ab, saugte an der Spitze etwas fester, wenn er in meinen Mund stieß. Mit einer Hand folgte ich dem Weg meines Mundes und strich an ihm auf und ab. Er bestimmte die Geschwindigkeit, aber ich reizte ihn, indem ich zwischendurch langsamer wurde, meine Zunge um seinen Schaft herumwirbeln ließ, meine Finger fester um ihn schloss. Ich wollte das hier zu einem unvergesslichen Blowjob machen. Ich ertrug jedoch die Hitze nicht mehr und hielt inne, um die Laken wegzuschieben.

Kühle, nicht kalte Luft, überflutet mich. Ich lecke an Johnnys Schwanz, spüre, wie er fester an meinen Haaren zieht, damit ich zu ihm aufsehe. Lächelnd tue ich es.

Der damalige Johnny zieht mich hoch zu seinem Mund, seine Hände wandern über meinen Körper, umfassen eine Brust, zwicken in eine Brustwarze, sein Mund ersetzt die Finger, während seine Hand zwischen meine Beine gleitet.

Ich bin zu perplex, um mich zu rühren. Es hat keine Vorwarnung gegeben. Und mein Körper wehrt sich überhaupt nicht gegen das, was hier geschieht.

„Johnny …"

„Pst", sagt er gegen meine Brust, seine Finger kreisen um meine Klit. Er zieht mich wieder hoch, um mich zu küssen, und ich erwidere den Kuss keuchend.

Ich will nicht dagegen protestierten, aber ich habe das Gefühl, ich sollte es. Mit seinen Händen drängt er mich, sich auf ihn zu setzen. Er nimmt seinen Schwanz in die Hand und führt ihn in mich ein. Ich lasse es zu. Als er mich küsst, küsse ich ihn auch.

Den damaligen Johnny.

Den heutigen Johnny.

Gibt es einen Unterschied? In diesem Augenblick, verloren in unserer Lust und Hingabe, schmeckt und riecht und klingt er gleich.

Er stößt langsam, aber tief in mich hinein, seine eine Hand liegt so, dass er mich weiter streicheln kann. Der Orgasmus baut sich in mir auf, macht mich willenlos vor Verlangen. Lässt alles andere egal sein.

Damals.

Jetzt.

Ich lege meinen Kopf in den Nacken, meine Haare fallen mir über die Schultern und kitzeln mich am Rücken. Ich reite ihn. Wir bewegen uns gemeinsam. Er gibt ekstatische Geräusche von sich, die mir einen Schauer nach dem nächsten durch den Körper jagen. Ich komme stotternd, bebend, zitternd.

Ich sacke auf ihm zusammen, vergrabe mein Gesicht an seinem Hals. Rieche ihn. Fühle ihn. Schmecke ihn. Mit geschlossenen Augen weiß ich nicht, ob ich mich in meiner Fantasie befinde oder in der echten Welt. Seine Hände streicheln über mein

Haar. Er zieht die Decke über uns. Ich behalte meine Augen geschlossen, mein Gesicht an seine Haut gedrückt.

„Das war verdammt fantastisch", sagt Johnny.

„Das ist es immer."

Er lacht. „Ja, das ist es immer."

„Hör mal, Johnny …" Ich lecke das Salz von seiner Haut, und er zuckt unter der Berührung meiner Zunge wohlig zusammen. „Danke."

„Wofür?"

„Dafür, dass du mich liebst, selbst wenn ich eine Zicke bin."

Er schweigt. Wir atmen im Gleichtakt. Seine Finger verfangen sich in meinen Haaren im Nacken. „Du bist keine Zicke, Emm."

„Ich war wütend … Nicht auf dich. Einfach auf alles. Und es kann sein, dass ich das wieder sein werde, Johnny. Denn es ist schwer zu ertragen, dass mein Kopf mich jederzeit wieder betrügen könnte."

Er schweigt ein paar Sekunden, bevor er spricht. „Jeder hat mal einen schlechten Tag."

Ich lache heiser. „Soll das eine Entschuldigung dafür sein, dass ich mich dir gegenüber wie ein Idiot verhalten habe?"

Er gibt mir einen Kuss auf den Scheitel. „Was willst du von mir hören?"

„Ich schätze … Ich will hören, dass du mir vergibst, wenn ich noch mal so ätzend zu dir bin."

Sein ganzer Körper erzittert unter seinem Lachen. „Was zum Teufel ist … Ach Emm. Natürlich. Ich werde dir vergeben."

Nach einem weiteren Kuss auf meinen Scheitel zieht er mich an sich. Ich halte meine Augen immer noch geschlossen und schwebe im Halbschlaf dahin. Kann ich innerhalb einer Episode schlafen? In einem Traum träumen?

„Ich vergebe dir", sagt Johnny.

23. KAPITEL

Wen auch immer ich in der vorherigen Nacht gefickt hatte, ich wachte mit dem heutigen Johnny auf. Wir liebten uns noch einmal, bevor ich mich zwang, unter die Dusche zu gehen und dann zu frühstücken. Kein *Mocha* für uns heute, sondern Bagels und Kaffee an meiner Kücheninsel. Sehr häuslich. Sehr süß. Sehr normal.

Da er an diesem Tag bis abends spät in der Galerie arbeiten würde, hatte ich Jen gebeten, den Abend mit mir zu verbringen. Wir hatten schon seit langer Zeit keinen Mädelsabend mehr gemacht. Als Erstes kehrten wir in *Arooga's Sports Bar* ein und nahmen uns ein Dutzend Chickenwings in verschiedenen Geschmacksrichtungen und ein paar Sixpacks Bier mit. Bei mir zu Hause schlüpften wir dann in etwas Bequemes und machten es uns gemütlich.

„Das ist ein weiterer Grund, warum wir Freundinnen sind." Ich zeigte auf ihre Pyjamahose mit dem Entendruck. „Du kommst immer vorbereitet."

Jen lachte. „Süße, weißt du, wie lange es her ist, dass ich einfach in einer ausgeleierten Hose herumgelungert habe? Viel zu lange, das kann ich dir sagen."

„Was, du und Jared verbringt eure Abende nicht in Schlafanzughosen im Partnerlook?"

„Noch nicht. Tragen du und Johnny im Haus überhaupt jemals Hosen?"

Lachend öffnete ich den Pappbehälter mit den Chickenwings, der auf dem Couchtisch stand. „Na klar. Wenn wir nicht zu sehr damit beschäftigt sind, nackt zu sein."

„Ja, ja." Jen grinste. „Also, raus damit. Ich weiß, es ist irgendwie gruselig, aber ich will alle schmutzigen Details wissen. Und ich meine *alle*."

„Nur, wenn du auch deine erzählst." Ich öffnete eine Flasche Guiness und sah entzückt zu, wie der weiße Schaum aus dem Flaschenhals quoll. „Nur der Fairness halber."

„Süße, ich bin mir sicher, dass meine Details nicht so aufregend sind wie deine."

Ich griff nach einem Chickenwing mit Wasabi-Marinade und leckte mir die Soße von den Fingern ab, wobei ich sie herausfordernd anschaute. „Ach komm. Jared ist extrem süß."

„Oh, das ist er. Aber weißt du, er ist einfach nicht Johnny *fucking* Dellasandro." Jen nahm sich einen Chickenwing mit Old-Bay-Soße und knabberte daran.

Ich legte meine Hühnerflügel auf den Teller. „Bist du wirklich nicht sauer auf mich? Ich weiß, du hast gesagt, du wärst es nicht. Aber … ganz ehrlich, Jen?"

Sie wirkte überrascht. „Mein Gott, nein! Ich meine, ich habe es nie bei ihm probiert, und außerdem ganz ehrlich, Emm … er war immer nur eine Fantasie. Nicht real. Ich freue mich, dass es für dich anders ist."

Ich dachte an die Episoden. „Für mich ist er auch eine Fantasie."

„Nun … na ja." Jen klang verwirrt, was mich nicht wunderte. „Ich bin sicher, das macht einen Teil seiner Anziehung aus."

Wie gerne würde ich es ihr sagen, es irgendjemandem erzählen, aber ich wollte Johnny nicht gestehen, dass ich mich erst in sein jüngeres Selbst verliebt hatte, bevor ich das erste Wort mit dem Mann gewechselt hatte, der er jetzt war. Ich wollte nicht, dass er dachte, es läge nur an den Filmen und Bildern. Er sollte wissen, dass *er* es war, den ich wollte, egal wie es dazu gekommen war, selbst wenn … selbst wenn ich mir selber nicht so sicher war.

„Was ist los?" Jen leckte sich die Fingerspitzen ab. „Ist es … nicht so gut? Ich meine … ist die Wirklichkeit nicht so gut? Du kannst es mir sagen. Es würde mir das Herz brechen, aber du kannst es mir sagen."

„Nein. Nein, nichts dergleichen. Wenn überhaupt, ist es besser, als ich es mir je erträumt habe." Ich nahm einen Schluck Bier.

Jen lachte. „Hey, das ist eindeutig die bessere Alternative. Ich meine, es gibt Momente mit Jared, da bin ich mir nicht sicher, ob es überhaupt hinhaut, wenn du verstehst, was ich meine."

„Wirklich? Warum nicht? Na ja, ich schätze, es liegt daran, dass man am Anfang immer ein wenig unsicher ist … aber warum ist das bei euch so?"

„Okay, Plappermaul", unterbrach mich Jen. „Was ist los? Jetzt mal ehrlich."

„Ich muss mit dir über das sprechen, was neulich beim Abendessen mit mir passiert ist."

Sie schwieg einen Moment, trank einen Schluck Bier und leckte ihre Finger sauber, bevor sie sich einen neuen Chickenwing nahm. „Deine Mom hat mir von dem Unfall erzählt. Von deinen Anfällen."

„Ja, nur dass es keine wirklichen Anfälle sind. Eher Blackouts. Episoden nenne ich sie. Es fühlt sich an, als gehe ich mitten hinein in die dunkelste Dunkelheit. Normalerweise dauert es nur ein paar Sekunden. Vielleicht eine Minute. Ich hatte seit Ewigkeiten keine Episode mehr, die so lange angedauert hat."

Sie nickte und zupfte mit den Fingern das Fleisch vom Flügel, um es sich in den Mund zu stecken. „Deine Mom sagt, dass es die letzten Jahre über gut war und der Rückfall für sie echt überraschend kam. Es tut mir leid, Emm, so was ist echt ätzend."

„Ja, das ist es. Ich kann nicht Autofahren, bis ich ein Jahr lang keinen Anfall hatte. Johnny fährt mich zur Arbeit und holt mich wieder ab." Ich verzog das Gesicht. „Ich hasse es. Ich dachte, endlich wäre ich frei, wohne in meinem eigenen Haus, habe einen guten Job ... Ja, es ist echt ätzend, Jen. Richtig ätzend."

Sie runzelte die Stirn. „Und jetzt? Wie geht es dir seitdem?"

„Gut." Das war nicht gelogen. Die Episode, in die ich in der Nacht geglitten war, in der ich Johnny einen geblasen hatte, war ohne Nachwirkungen geblieben. „Ich habe meine Termine bei der Akupunkteurin auf einmal pro Woche erhöht und bemühe mich darum, wieder regelmäßig zu meditieren. Das hilft. Zucker und Koffein helfen auch, also esse ich viele Brownies und trinke viel Kaffee."

„Du Glückliche." Jen grinste.

„Ich habe noch ein paar Medikamente verschrieben bekommen, aber die nehme ich nicht gerne, weil ich mich dann immer so matschig fühle. Außerdem helfen sie sowieso nicht wirklich."

„Ich mache dir keinen Vorwurf. Trotzdem ..." Sie nagte einen weiteren Flügel ab und säuberte sich dann die Finger an ei-

262

ner feuchten Serviette. „Es tut mir leid, dass du das alles durchmachen musst. Wenn ich dir irgendwie helfen kann, lass es mich wissen. Ich kann dich gerne an ein paar Abenden pro Woche von der Firma abholen und so."

Ich wollte nicht weinen, aber ihr Angebot trieb mir Tränen in die Augen. „Danke. Glaub mir, ich hasse es, darum bitten zu müssen."

„Hey, da ist doch nichts bei." Sie drehte ihren Kopf und machte eine dazu passende Handbewegung. „Ehrlich nicht."

Ich lachte schwach. „Es ist nur … es ist wegen Johnny."

„Stört es ihn?" Sie schenkte mir einen mitfühlenden Blick. „Er benimmt sich doch deswegen nicht wie ein Arsch, oder?"

„Nein, ganz im Gegenteil. Er ist einfach fabelhaft. Zu gut sogar, um ehrlich zu sein. Wenn du glaubst, ich hasse es, *dich* zu bitten, mich zu fahren, stell dir mal vor, wie sehr ich es hasse, mich auf ihn verlassen zu müssen, obwohl er es angeboten hat. Vor der Dinnerparty, meine ich. Er … er hat sogar darauf bestanden." Ich nahm noch einen Schluck Bier. „Er weiß von den Episoden."

Ich hatte ihr die Geschichte mit den Keksen erzählt, aber den Teil ausgelassen, in dem ich nackt in meinem Hausflur kniete. Auch dass Johnny mir meine Sachen zurückgebracht hatte, wusste sie nicht. Jetzt erzählte ich ihr davon und endete mit dem Abend, an dem ich in die Galerie gegangen war und er mir versichert hatte, dass nichts Schlimmes vorgefallen war.

„Wow", sagte sie nach einer Weile des Schweigens. „Wie kommt es, dass du mir bisher nicht davon erzählt hast?"

„Weil es mir peinlich ist", sagte ich tonlos. „Einige Geschichten sind nicht leicht zu teilen. Tut mir leid."

Sie winkte ab. „Das ist doch nicht schlimm, wie oft muss ich dir das noch sagen? Ich meine, es hätte die Geschichten ein Fitzelchen interessanter gemacht, aber ich verstehe, warum du es mir nicht früher erzählt hast. Also weiß er quasi von Anfang an davon und ist trotzdem noch bei dir."

„Ja." Ich atmete tief durch. „Aber da gibt es noch mehr. Etwas, das er nicht weiß."

Sie hob beide Augenbrauen und beugte sich vor. „Ach ja?"

Ich nickte. „Wenn ich in die Dunkelheit gehe, habe ich manchmal Halluzinationen. Sehr lebendige, reale Halluzinationen."

„Wow." Jen sah mich gebannt an. „Erzähl mir mehr."

„Direkt nach dem Unfall, als ich im Koma lag, hatte ich bereits sehr intensive Träume über viele Dinge. An die meisten kann ich mich noch erinnern, obwohl sie ziemlich durcheinander sind. Versatzstücke und zufällige Fetzen. Ich habe viel von dem *Doctor* geträumt ..."

„Klingt logisch, immerhin warst du im Krankenhaus."

Ich lachte. „Nein, nicht von den Ärzten im Krankenhaus. Vom *Doctor*."

„Von welchem Doktor?"

„Von Doctor Who."

„Huh?"

Ich lachte wieder. „Nein, Doctor Who. Die Science-Fiction-Serie aus dem Fernsehen. Er trägt einen langen, gestreiften Schal. Es gibt auch eine neue Fassung. Sagen dir ‚Daleks' etwas? ‚Tardis'?"

„Ah, stimmt. Ich hab davon gehört, die Serie aber nie gesehen. Du hast also von Doctor Who geträumt."

„Und von seinem langen, gestreiften Schal", sagte ich und erinnerte mich wieder. „Er trug einen langen dunklen Mantel und einen langen gestreiften Schal."

„Hey, Johnny trägt einen langen dunklen Mantel und einen langen gestreiften Schal", warf Jen ein.

Ich sah sie an. „Ja, ich weiß."

„Du meinst, wegen deiner Träume als Kind hast du dich in ihn verliebt?"

„Nein." Ich schüttelte den Kopf. „Das ist reiner Zufall. Es ist nur so, dass ich mich aus meiner Krankenhauszeit daran erinnere. Als ich wieder nach Hause durfte, wurde ich ziemlich oft ohnmächtig, manchmal mehrmals pro Tag, meistens aber einmal die Woche. Im ersten Jahr danach beschränkte es sich dann auf einmal im Monat. Ich habe viel in der Schule versäumt, den Stoff aber den Sommer über aufgeholt, weil meine Mom ent-

264

schlossen war, mich die Klasse nicht wiederholen zu lassen. Zu dem Zeitpunkt hatte ich bereits Hunderte von Tests über mich ergehen lassen, die alle keine Resultate zeigten, nicht einmal ein Gehirnschaden konnte nachgewiesen werden. Also setzte man mich auf Medikamente, die die Episoden unterdrückten. Zumindest die, die sie erkannten. Ich wurde richtig gut darin, so zu tun, als wüsste ich genau, was um mich herum vorgeht, selbst wenn ich durch eine Episode ein paar Minuten einer Unterhaltung verpasste."

Sie verzog das Gesicht. „Mein Gott, das ist ja superätzend."

„Na ja. Es hätte schlimmer sein können. Ich hätte einen permanenten Gehirnschaden erleiden und behindert bleiben können. Noch behinderter", fügte ich hinzu und gab mir keine Mühe, die Bitterkeit in meiner Stimme zu unterdrücken. „Denn ehrlich gesagt hat mir das mein Leben ganz schön vermasselt."

Sie nahm meine Hand und drückte sie.

„Danke. Wie auch immer, zurück zu dem, was ich eigentlich sagen wollte. Je älter ich wurde, desto öfter hatte ich in der Dunkelheit Halluzinationen. Es waren keine echten Träume, dafür hingen sie zu fest zusammen. Außerdem wusste ich meistens, dass ich nicht wirklich gerade das tat, was mein Gehirn mir vorgaukelte. Das war ganz hilfreich, denn manchmal fand ich mich mitten im Unterricht in einem Feld voller Blumen wieder, wo ich Schmetterlinge fing. Ich wusste, dass ich in die Dunkelheit gegangen war und konnte sofort versuchen, mich wieder zurückzuholen."

„Kannst du das wirklich? Also dich da wieder rausholen?"

„Manchmal. Aber ab und zu …" Ich zuckte mit den Schultern und dachte daran, wie ich im Krankenhaus aufgewacht war und Johnny meine Hand gehalten hatte.

„Puh." Jen seufzte und schaute mitfühlend, aber nicht mitleidig.

„Bevor ich hierhergezogen bin, hatte ich über ein Jahr lang keine Episode und die Jahre davor auch keine besonders schweren. Die letzten Halluzinationen waren noch länger her. Vielleicht drei oder vier Jahre."

„Und jetzt?"

„Ich habe über Johnny halluziniert."

Ihre Augenbrauen schossen wieder hoch. „Echt? Und was?"

„Das erste Mal war ein totales Durcheinander. Ich war in dem Zug aus dem Film *Zug der Verdammten* und war die Gräfin oder was auch immer die Frau darstellen sollte. Und wir haben … na, du weißt schon."

„Krass, du hast ihn im Zug gevögelt? Gegen so einen Traum hätte ich nichts einzuwenden."

„Ja." Ich lächelte. „Es war gut. Abgesehen von dem Teil, wo mir bewusst wurde, dass ich eine Episode hatte, war es sogar sehr gut. Aber das war noch normal. Seitdem hatte ich weitere, die ganz anders waren als alle vorherigen. Aber sie gehören alle zusammen. Ich bin immer in Johnnys Haus in den Siebzigern. Meistens ist gerade eine Party im Gange. Ich denke manchmal, es ist immer die gleiche Party, und ich schaue immer nur zu verschiedenen Zeiten rein. Auf jeden Fall ist es immer innerhalb weniger Tage oder Stunden um das gleiche Datum herum. Da sind auch andere Leute. Paul Smiths, Candy Applegate."

„Ach du Scheiße, du meinst die Leute aus der *Enklave*?"

„Ja. Auch Ed D'Onofrio."

„Der Autor? Der gestorben ist?"

„Ja, genau der." Ich dachte an das letzte Mal, als ich in die Dunkelheit gegangen war. Wie ich in der Küche des damaligen Johnny gestanden und zugesehen hatte, wie Ed sich selbst zerstörte. „Und Sandy."

„Seine erste Frau?"

Ich verzog das Gesicht, als hätte ich etwas Fieses gegessen. „Ja. Genau die."

„Sie hat in *Nacht der hundert Monde* mitgespielt, oder? Ist sie nicht Kimmys Mutter?"

„Ja. Die Sache ist die, Jen, und es ist wirklich verrückt: Ich hatte diese Halluzinationen über den Film, die Leute, die darin mitspielten und alles, bevor ich ihn überhaupt gesehen hatte. Ich schätze, ich muss ihn mir aus den Internetrecherchen zusammengestückelt haben."

„Du hast ihn vielleicht mal nachts im Fernsehen gesehen. Wie *Zug der Verdammten*. Vielleicht ist es lange her, und du konntest dich nicht mehr erinnern, bis du ihn jetzt wiedergesehen hast."

„Ja, ich schätze, so muss es gewesen sein." Aber die Erklärung fühlte sich nicht richtig an. „Es ist allerdings eher so, als hätte ich diese Welt erschaffen. Also Johnnys damalige Welt. Von dem Mann, der in den Filmen mitgespielt und gemodelt hat. Die supersexy Version von ihm. Und in diesen Halluzinationen reise ich in der Zeit zurück und ... ficke ihn einfach bis zur Besinnungslosigkeit."

Sie lachte. „Und das ist schlimm? Ich meine, abgesehen von der Tatsache, dass du unter den Episoden leidest?"

„Ich meinem Kopf läuft da diese großartige, aufregende Sache zwischen uns. Alles ist so frei. Sex, Drugs and Rock 'n' Roll. Es ist eine vollkommen andere Welt. Aber sie ist nicht real", erkläre ich ihr. „Anfangs war es echt toll – wenn ich schon einen Hirnschaden habe und unter Blackouts leide, dann ist es ziemlich nett, mit Johnny Dellasandro herumzuhängen."

„Kann ich nachvollziehen." Wieder klingt sie mitfühlend, ohne mich zu bemitleiden. „Also, wo ist das Problem? Ich weiß, dass du die Episoden lieber nicht hättest."

Ich lache auf. „Ja, so in der Art. In den Träumen ist es einfacher. Ich muss mir über nichts Sorgen machen und habe trotzdem Johnny."

„Du hast ihn doch auch im echten Leben."

„Ich habe ihm nichts von den Halluzinationen erzählt. Ich will nicht, dass er denkt, es geht mir nur um die Filme oder das Modeln oder das ganze Zeug, das er hinter sich gelassen hat, verstehst du? Ich liebe den heutigen Johnny." Ich mache eine kurze Pause. „Zumindest glaube ich das."

„Ist es so falsch, sich aufgrund seiner Vergangenheit in ihn verliebt zu haben?", fragte Jen. „Das, was er erreicht hat, zu bewundern, ist nichts Schlimmes. Johnny schämt sich nicht für das, was er getan hat, er hat sich einfach nur weiterentwickelt, oder?"

„Ja, ich schätze schon." Ich konnte nicht erklären, wieso sich das alles so verdreht und durcheinander anfühlte. „Ich sollte ihm nur sagen, dass meine Ohnmachtsanfälle immer damit enden, dass ich mit seinem Siebzigerjahre-Ich mit Koteletten und langen Haaren vögele. Was übrigens echt scharf ist. Verdammt scharf."

Sie kicherte. „Solange es nicht schärfer ist als im wahren Leben."

„Nein, das ist es nicht. Es ist einfach anders. Und nicht echt", sagte ich trocken. „Also meinst du, ich sollte es ihm nicht sagen?"

„Ich weiß nicht, ob du es für dich behalten solltest, aber ich bin mir auch nicht sicher, ob du es ihm sagen solltest. Würdest du es ihm erzählen, wenn es sich in deinen Fantasien um einen anderen Mann handelte?"

„Vielleicht. Wobei, wenn der Sex dann genauso schmutzig wäre wie mit ihm, vermutlich nicht."

„Du meinst, er könnte eifersüchtig auf … sich selber sein?"

Ich kicherte. „Vielleicht. Zumindest fühlt es sich bestimmt komisch an. Aber es geht nicht immer nur um Sex. Das letzte Mal hatte ich diese Szene mit Ed D'Onofrio, und glaub mir, das war echt unheimlich und überhaupt nicht sexy. Ich weiß, man sagt, er war ein Genie und alles, aber seine Gedichte gruseln mich. Und stell dir vor, ich habe mir eingebildet, er hätte ein Gedicht über mich geschrieben."

„Puh, das ist wirklich unheimlich."

„Ja. Siehst du, ich will Johnny diese Sachen nicht erzählen. Es ist peinlich und gruselig und schon schlimm genug, dass er mit meinen Anfällen zurechtkommen und mich überall hinfahren muss. Ich will ihm nicht erzählen, dass mein Gehirn sich totalen Mist über ihn und seine alten Freunde ausdenkt, verstehst du? Das fühlt sich unheimlich an. Das *ist* unheimlich", sage ich unglücklich. „Ich komme mir dabei vor wie ein Stalker."

„Der du ja überhaupt nicht warst." Jen verdreht die Augen.

„Das war was anderes", widerspreche ich. „Und daran warst außerdem du schuld."

Sie lachte und trank den letzten Schluck Bier, dann stellte sie die Flasche auf den Tisch. „Ja, ja, ich habe dich mit dem Johnny-Fieber angesteckt. Willst du ein Gegenmittel? Ich glaube nicht."

Wir lachten zusammen. Ihr die ganze Geschichte zu erzählen hatte mir ein wenig die Last von den Schultern genommen. „Du findest das nicht total krank? Ich meine, was ich mir vorstelle, wenn ich in die Dunkelheit gehe? Das bedeutet nicht, dass ich nicht glücklich bin mit dem, was ich mit ihm habe. Mit dem echten Johnny, meine ich. Denn das ist besser als alles, was ich mir je vorgestellt habe."

„Wenn du aktiv versuchen würdest, Zeit in dieser Fantasiewelt zu verbringen, würde ich mir Sorgen machen. Aber das tust du nicht. Du verursachst die Episoden nicht, sie passieren einfach, oder?"

„Ja. Ich würde sie aufhalten, wenn ich könnte, selbst wenn ich dadurch den heißen Siebzigerjahre-Porno verlieren würde."

„Du hast gesagt, du wüsstest immer, wenn du eine Episode hast und nicht einfach nur träumst, oder?"

Ich leckte etwas Soße von einem Chickenwing und schluckte. „Ja."

„Hast du jemals versucht, die Halluzinationen zu leiten? So wie einen Traum? Manche Menschen können das."

Ich dachte darüber nach. „Nein. Normalerweise verstehe ich, dass ich gerade im Dunkeln bin, aber ich versuche nicht, irgendetwas geschehen zu lassen. Was hätte das auch für einen Sinn?"

Jen beugte sich vor und sah mich ernst an. „Wenn du kontrollieren könntest, was passiert, könntest du vielleicht auch bestimmen, wann du wieder aufwachst. Absichtlich, meine ich. Wenn du Einfluss darauf hättest, was passiert, könntest du es vielleicht beenden, wann du willst, anstatt darauf zu warten, dass es von alleine aufhört."

„Meinst du?" Ich beugte mich auch vor. „Wie kommst du darauf? Ich habe diese Anfälle beinahe mein ganzes Leben lang und habe darüber noch nie nachgedacht."

Jen wackelte mit den Fingern und gab ein gespenstisches Heulen von sich. „Ich bin üüüüübersinnlich begabt."

Ich schlug sie mit einem Kissen. „Es könnte funktionieren. Meinst du, es klappt?"

„Es gibt nur eine Möglichkeit, das herauszufinden", erwiderte sie. „Du musst es ausprobieren."

24. KAPITEL

*D*as fühlt sich komisch an." Ich hatte es mir mit ein paar Kissen auf meinem Bett gemütlich gemacht und mir eine Decke über die Beine gelegt.

Wir hatten Kerzen angezündet, und im Hintergrund spielte leise Musik. Ich fühlte mich wie bei einer Verführung, was es ja auch irgendwie war, nur nicht von meinem Körper, sondern von meinem Geist.

„Pst. Wie willst du dir je sicher sein, wenn du es nicht ausprobierst?"

„Ich habe noch nie zuvor versucht, eine Episode herbeizuführen. Im Gegenteil, normalerweise tue ich alles, um sie abzuwehren."

Jen, die in dem Sessel neben meinem Bett saß, schüttelte den Kopf. „Vielleicht ist es wie eine Hypnose. Die Macht der Einbildungskraft und so. Du hast gesagt, du kennst dich mit geführten Geistreisen und Meditation aus. Dann probier es damit. Nur versuchst du diesmal, wenn du in eine Halluzination gerätst, herauszufinden, wie du sie verändern kannst, damit du beim nächsten Ernstfall schneller wieder aufwachst. Ach, verdammt, was weiß ich."

Wir lachten. Ich gähnte. „Das ist verrückt."

„Na, dann beweg endlich deinen verrückten Arsch", sagte Jen. „Ich könnte in diesem Moment meinem Freund heiße Sex-SMS schreiben, aber nein, ich sitze hier und versuche, dich ins Masturbations-Nirwana zu befördern."

„Okay, okay."

Die Minuten vergingen. Ich dachte, ich würde vielleicht einschlafen. Aber obwohl ich ein paarmal gähnte, döste ich nicht wirklich. Mein Bett war weich und bequem. Mein Kissen hielt mich. Schweigend führte ich mich durch meine Meditationspraxis.

Und dann setze ich mich auf.

Johnnys Bett. Das von damals. Zerknüllte Laken. Der Geruch nach Sex. Aus dem Badezimmer das Geräusch von fließendem Wasser.

Ich stehe auf und flüstere laut: „Jen!"

Keine Antwort. Ich sehe mich um, denke, dass mein Gehirn sie vielleicht mit in diesen Raum gebracht hat, aber sie ist nicht da. Ich versuche es noch einmal und ernte wieder nur Schweigen.

Johnny tappt aus dem Badezimmer. Er trägt nur ein Handtuch um die Hüften, Wasser glitzert auf seiner nackten Haut, seine Haare sind aus dem Gesicht gekämmt und hängen ihm nass über den Rücken. „Emm? Hast du was gesagt?"

„Nein. Nur … wie lange habe ich geschlafen?"

„Ein paar Stunden?" Er grinst. „Ich dachte schon, du würdest die Party verpassen."

„Wie könnte ich, hier ist doch immer Party."

Johnny geht ans Fenster und zieht den Vorhang beiseite, um in den Garten zu schauen. „Aber keine wie diese. Heute sind viele Leute hier. Große Namen. Sogar ein paar Promis."

„Sollte mich das beeindrucken?"

Er sieht mich komisch an und löst das Handtuch, um sich die Haare trockenzurubbeln. Wie immer kann ich meinen Blick nicht von seinem Körper lösen. Er ist so schön. Die einzige Art von Kunst, die ich wirklich zu schätzen weiß.

„Ich weiß nicht." Er zuckt mit den Schultern. „Wahrscheinlich nicht. Mir ist es jedenfalls nicht wichtig. Sie kommen her, um meinen Alkohol zu trinken, mein Essen zu verputzen, mein Dope zu rauchen und in meinem Pool zu ficken."

„Warum gibst du dann diese Partys, wenn du die Leute gar nicht wirklich magst?"

Johnny lässt das Handtuch fallen und kommt zu mir herüber. Er zieht mich auf die Füße und schaut sich meine Klamotten an. Mein *Tanz mit dem Teufel*-Shirt, meine weiche Pyjamahose. Er reibt mit dem Daumen über meine Nippel und zieht mich ein wenig näher.

„Wer sagt denn, dass ich sie nicht mag?"

Als er mich küsst, öffne ich meinen Mund. Zunge an Zunge.

Ich bin mir bewusst, dass Jen mich beobachtet, und lege einen Finger auf seine Lippen, bevor wir zu weit gehen.

„Johnny?"

„Ja, Baby?"

„Du weißt, dass du mehr bist als die Filme und Fotos, oder?"

Er schaute mich wieder seltsam an. „Willst du mir damit wieder sagen, dass ich Künstler werden soll?"

„Nein, nicht dass du einer werden sollst, sondern dass du einer bist." Ich schaue zu dem Album mit seinen Zeichnungen, das ich auf der Kommode liegen sehe. „Du bist wirklich, wirklich gut."

Er zuckt mit den Schultern. Seine Hände umfassen meinen Hintern. Dann drückt er seinen Schwanz gegen mich, er ist noch nicht ganz hart, aber definitiv auf dem Weg dahin. „Danke."

„Ich meine es ernst."

Er lehnt seine Stirn gegen meine und schaut mir in die Augen. „Emm, Emm, Emmaline."

Ich lächle. Ich soll das hier zwar irgendwie leiten, gebe mir aber gerade keine besondere Mühe. Stattdessen schlinge ich meine Arme um seinen Hals. „Ja, ja, ja."

Sein Blick sucht meinen. Er schaut ernst. „Wenn du das sagst, glaube ich dir beinahe."

„Es ist wahr. Du bist sehr talentiert."

Seine Augen verengen sich ein winziges bisschen. „Kunst ist nicht so einfach wie Schauspielerei. Oder modeln."

„Wird sie dadurch nicht nur noch erstrebenswerter?"

Er lacht leise. Wir bewegen uns, wiegen uns im Takt der Musik, die aus dem Garten zu uns hinaufweht. Ich höre Lachen und Wasserplatschen. Ja, die Party geht wirklich langsam los.

„Ich weiß nicht", sagt Johnny. „Es gibt viele Dinge, die ich für erstrebenswert halte."

„Ja? Was zum Beispiel."

„Dich", sagt er.

Ich nehme sein Gesicht in meine Hände. „Johnny. Du weißt … das hier ist nicht echt. Das weißt du doch, oder? Wir? Das hier?"

Er schüttelte leicht den Kopf. „Du irrst dich. Es ist alles echt. Du und ich, Emm. Das hier ist real."

Ich seufze. „Nein, ist es nicht. Es kann nicht halten. Ich kann das nicht weitermachen."

„Warum nicht?"

Das ist eine einfache Frage, aber meine Lippen weigern sich, die Antwort zu formen. Ich versuche es, wirklich, aber Johnny unterbricht meine Anstrengungen mit einem Kuss, der immer tiefer und intensiver wird. Ich weiß, ich sollte ihn beenden, sollte das hier irgendwie führen und zu meiner Fantasie machen, anstatt mich dem hilflos auszuliefern, aber ich bin zu abgelenkt.

Und welchen Schaden kann es schon anrichten? Der Kuss? Das Fummeln? Es ist gut. Es fühlt sich gut an. Es tut uns nicht weh. Es ist nicht real. Ich kann jederzeit aufwachen, wenn ich das will, richtig?

„Komm mit runter zur Party", murmelt Johnny an meinem Mund, während seine Hände meinen Hintern streicheln. „Das wird lustig. Sandy ist nicht da."

„Das will ich ihr auch geraten haben." Wenn es eine Sache gibt, die ich hier wirklich unter Kontrolle haben will, dann das.

Er lacht. „Lass dich doch von ihr nicht ärgern. Sie bedeutet mir nichts. Das weißt du."

„Ja, abgesehen davon, dass sie deine Exfrau und die Mutter deiner Tochter ist." Ich ziehe eine Grimasse.

„Jeder macht Fehler."

„Aber man soll auch aus seinen Fehlern lernen." Ich pikse ihm mit dem Zeigefinger in die Brust und lege dann meine flache Hand auf sein Herz.

Ich spüre es schlagen. Ich fühle seine Wärme, höre seinen Atem. Ich rieche ihn. Meine Lider flattern, ich schließe die Augen. All das hier ist so echt.

All das hier ist so unecht.

„Ich muss los", sage ich, weil es sich selbst in einer Halluzination unhöflich anfühlt, einfach so zu gehen.

„Geh nicht."

Ich lache und gebe mir keine sonderlich große Mühe, mich ihm zu entziehen. „Ich muss aber!"

„Musst du nicht. Du kannst für immer hier bei mir bleiben."

Er verstärkt den Griff um meinen Hintern, hält mich fest. Mir wird ein wenig unbehaglich zumute. Sein Blick ist hart, sein Mund eine dünne Linie. Weder lächelt er, noch macht er Witze.

„Johnny, nicht. Ich meine es ernst. Ich muss los."

Er schüttelt erneut den Kopf. „Warum? Warum musst du immer gehen?"

Er küsst mich. Der Kuss hat nichts Weiches, Sinnliches an sich. Ich werde wütend.

„Hör auf." Ich schiebe ihn von mir.

Dieses Mal lässt er mich los. Er wischt sich mit dem Handrücken über den Mund, geht zum Stuhl, schnappt sich seine Jeans und zieht sie über seinen nackten Hintern. Dann schlüpft er in sein weißes Tanktop und fährt sich mit den Fingern durch die Haare, bevor er sie zum Zopf bindet.

Ich sehe ihm zu und habe dabei meine Arme vor der Brust verschränkt. Wütend fühle ich mich gerade und dumm, weil ich mich absichtlich in diese Situation gebracht habe und anscheinend keinerlei Kontrolle darüber habe. Wenn ich ihn schon nicht dazu bringen kann, zu tun, was ich will, könnte ich jetzt wenigstens aufwachen.

Aber das kann ich nicht.

Ich schließe meine Augen. Öffne sie. Er ist immer noch da. Ich versuche es erneut. Nichts.

„Mist", sage ich verdrossen.

„Stimmt, ganz schöner Mist", sagt Johnny.

„Nein. Nicht … Das ist nicht …" Ich schüttle den Kopf. Obwohl das hier nicht echt ist, will ich nicht, dass er denkt, irgendetwas von dem, was zwischen uns passiert ist, wäre Mist.

Ich Dummkopf.

Johnny schaut erneut aus dem Fenster. „Liegt es an den Leuten da draußen?"

Er hat so leise gesprochen, dass ich ihn kaum verstanden habe. Ich gehe ein paar Schritte auf ihn zu, spüre den nackten Holzfußboden unter meinen Füßen. Ich höre mehr Gelächter, Planschen, Musik.

Johnny sieht mich an. „Ist es, weil ich nichts Besonderes bin?"

„Nein! Wie kannst du das nur denken ... Wie könnte ich nur?" Denn wenn er es sagt, bedeutet das, dass ich es denke. Das hier kommt alles von mir. Alles. Ich schüttle den Kopf.

„Liegt es daran, dass ich Angst habe?"

„Ich weiß nicht, was ich sagen soll." Mein Mund bewegt sich, Worte kommen heraus, aber ich bin mir nicht sicher, woher sie kommen. Wieder und wieder blinzle ich, aber nichts verändert sich. Mein Herzschlag beschleunigt sich auf das Dreifache. Ich schwitze.

„Ich meine, weil ich Angst davor habe, mehr zu sein als der Typ aus den Filmen. Der, mit dem jeder ficken will, den aber keiner liebt. Das hübsche Gesicht mit dem leeren Kopf dahinter. Kommt es dir deshalb nicht real vor?"

„Das meinte ich überhaupt nicht. Und das denke ich auch nicht. Ich weiß es besser. Ich kenne dich, Johnny. Ich weiß, was aus dir werden wird. Wer du bist. Wer du sein kannst. Das ist alles." Ich schlucke, die Gefühle schnüren mir den Hals zu. Gefühle, die ich nicht deuten kann.

Ich muss mich hinsetzen, begnüge mich aber damit, mich mit einer Hand an der Stuhllehne festzuhalten. Ich berühre ihn und erwarte fast, dass meine Hand durch ihn hindurchgeht wie durch Rauch. Durch einen Geist. Wie durch die Fantasie, die, wie ich weiß, in echt ist.

Er dreht sich zu mir um. „Dann geh nicht. Bleib hier bei mir, okay? Komm mit auf die Party. Bleib über Nacht. Wach morgen früh mit mir zusammen auf."

„Ich gehöre hier nicht hin", hauche ich. „Es tut mir leid, aber so ist es nun mal."

„Aber irgendetwas hält dich hier", widerspricht er. „Irgendetwas bringt dich immer wieder zurück."

„Alles ist nur ein Traum."

„Für mich ist es aber real!" Johnny sagt das so laut und entschieden, dass ich vor Schreck einen Schritt zurück mache. „Für mich ist es verdammt echt, Emm, okay? Es ist echt, seitdem du das allererste Mal auf meiner Treppe aufgetaucht bist und jedes Mal danach. Es ist mir egal, ob du verrückt bist oder was auch immer hier vor sich geht. Es ist mir scheißegal. Nur ... bleib. Bitte."

275

Er streckt die Hand nach mir aus, und ich lasse es zu, dass er meine Hand ergreift. Ich lasse mich von ihm näher ziehen. Ich lasse ihn mich küssen. Sanft. Weich. Und ich spüre, wie ich schwebe. Nachgebe. Anstatt aufzuwachen, falle ich immer tiefer in diesen Traum.

„Ich tue, was immer du willst. Ich höre mit den Filmen auf. Zum Teufel, ich höre mit den Partys auf. Ich suche mir einen echten Job, wenn du willst. Ich trage einen verfickten Anzug mit Krawatte, kaufe ein Auto, zahle rechtzeitig meine Rechnungen. Ich werde derjenige sein, den du haben willst, Emm. Nur hör auf, in meinem Leben ein und aus zu gehen und mich in den Wahnsinn zu treiben."

„Ich will, dass du ein Künstler bist", sage ich. „Ich will, dass du alles bist, was du sein kannst. Mehr will ich nicht. Und ich will mit dir zusammen sein, Johnny. Aber das kann ich hier nicht."

„Warum nicht?" Er schaut mich flehend an.

„Weil ich nicht hierher gehöre. Ich gehöre nicht an diesen Ort."

Er umfasst meine Brüste, streicht mit dem Daumen über meine Nippel. „Du fühlst dich an, als gehörtest du hierher."

Ich lege meine Hand auf seine. „Aber … das tue ich nicht. Und was auch immer ich hier tue, es wäre falsch von mir, es weiter zu tun."

„Was auch immer es ist", wiederholt Johnny mit einem freudlosen Lachen. „Was ist es für dich?"

„Ich weiß es nicht."

„Doch, das tust du", sagt er. „Ich liebe dich, Emm. Und ich will bei dir sein."

„Du bist bei mir." Tränen rinnen mir über die Wangen. Ich schmecke ihr Salz. „Wir sind zusammen. Nur nicht hier. Nur nicht jetzt."

„Wann dann?"

„In der Zukunft." Das klingt verrückt, aber er zieht sich nicht zurück. „Ich bin aus der Zukunft. Ich bin verrückt. Ihr alle seid nur etwas, das ich mir ausgedacht habe."

„Bleib trotzdem", sagt Johnny.

Ich versuche noch einmal, wach zu werden. Nichts. Ich versuche, etwas zu verändern. Das Zimmer. Aus seinem Stirnrunzeln ein Lächeln zu machen. Dafür kenne ich nur einen Weg.

„Nur ein kleines bisschen noch", sage ich. „Ich komme noch für einen Augenblick mit auf die Party."

Habe ich jemals zuvor jemanden so glücklich gemacht? Johnny umarmt mich. Küsst mich. Er strahlt und nimmt meine Hand. Gemeinsam gehen wir die Treppe hinunter und zur hinteren Tür in den Garten hinaus. Er hält meine Hand, als er mich den Leuten vorstellt, deren Namen mir bekannt sind, auch wenn ich ihre Gesichter nicht kenne. Er küsst mich vor ihnen, bringt mir einen Drink, von dem ich ein wenig angetrunken werde.

Die Zeit vergeht. Der Abend schreitet voran. Die Party wird wilder. Ich sehe Pärchen in seinem Pool vögeln, genau wie er es gesagt hat. Ich sehe Leute, die Hasch rauchen. Ich sehe, wie sich welche einen Schuss setzen, und wende mich schnell ab, denn der Anblick der Nadeln in ihren Venen ist ekelerregend und Furcht einflößend. Ich sehe auf dieser Party vieles, aber wohin ich auch gehe, ich sehe immer Johnny.

Bin ich jemals zuvor so lange hier gewesen? Vielleicht ist etwas zerbrochen, und wenn, dann habe ich dafür gesorgt. Ich habe mich hierzu gezwungen, weil ich versuchen wollte, einen Weg heraus zu finden. Jetzt habe ich langsam Angst, dass ich tatsächlich niemals mehr nach Hause komme.

Menschen sprechen mit mir, und ich antworte ihnen. Wenn sie mich für betrunken halten, liegt das daran, dass ich ein wenig lalle. Mein Gang ein wenig schwankend ist. Ich sehe Johnny auf der anderen Poolseite. Er schaut mich an, leichte Besorgnis im Blick, während eine junge Frau in einem Nickioberteil, in dem ihre Brüste aussehen wie Wassermelonen, erfolglos versucht, seine Aufmerksamkeit zu erregen.

Alles ist leicht verschwommen, als wenn die Welt sich drehen will, es aber nicht tut. Ich kann nicht aufwachen. Ich nehme noch einen Drink, schütte ihn in einem Schluck herunter, wie ich es im echten Leben noch nie getan habe. Er brennt wie Feuer in meiner Kehle.

Ich stolpere durch die Hintertür in die Küche. Ed ist da. Er schaut auf, große Augen, offener Mund.

„Heilige Scheiße. Wo kommst du denn her?"

„Von draußen." Ich gucke auf die Flasche vor ihm. Die Zigarette. Die Drogen. Das Notizbuch.

Es ist genau wie beim letzten Mal, nur ist jetzt die Flasche bereits leer, der Aschenbecher quillt über, die Drogen sind mit der letzten sauberen Nadel injiziert worden. Ich blinzle und drehe mich zur Spüle, um mir kaltes Wasser ins Gesicht zu spritzen. Genau wie beim letzten Mal.

„Heilige verdammte Scheiße", sagt Ed. „Du warst da, dann warst du weg. Was soll das? Was zum Teufel soll das?"

„Vielleicht bist du high", sage ich, meine Stimme fließt zäh wie Honig. „Vielleicht bist du verrückt."

„Ich bin verrückt", sagt Ed.

Wir schauen einander quer über die Küche an. Hitze flimmert zwischen uns. Das denke ich zumindest. Aber das ist es nicht. Es ist etwas anders. Etwas Unsichtbares zieht mich, zerrt an meinem Bauch, als wäre da ein Bindfaden angebracht. Ich zucke.

„Verdammt verrückt", sagt Ed. „Du warst da und dann nicht mehr. Weißt du, dass ich ein Gedicht über dich geschrieben habe, Emm?"

„Ja, du hast mir davon erzählt."

„Du magst es nicht. Du bist nicht beeindruckt."

Irgendetwas zieht stärker an mir. Ich falle auf die Knie, direkt hier auf dem Küchenboden. Sie schlagen hart und schmerzhaft auf dem Linoleum auf. Ich drücke beide Hände flach auf den Boden, frage mich, ob ich jetzt falle. Mich übergeben werde. Ohnmächtig werde? Wie kann ich ohnmächtig werden, wenn ich bereits bewusstlos bin?

„Oh Scheiße", höre ich Ed sagen.

Ich schließe die Augen.

Die Erde bebt.

Dann war ich plötzlich wieder in meinem Bett. Allein. Ich öffnete die Augen, blinzelte, und Johnnys Gesicht nahm Kontur an. Er hielt mich an den Schultern und schüttelte mich.

„Emm!", rief er, als ich meinen Blick auf ihn konzentrierte. „Was zum Teufel tust du da?"

„Sie hat nur versucht …", setzte Jen an und rieb sich die Augen.

Johnny funkelte sie an und zog mich an sich. „Verdammt clevere Idee."

Jen wirkte verängstigt. „Geht es ihr gut?"

„Mir geht es gut, Johnny. Wirklich." Ich schob ihn ein wenig von mir, damit ich Luft holen konnte. „Ehrlich, beruhig dich."

Er nahm mein Gesicht in seine Hände und schaute mir in die Augen. Zu Jen sagte er mit gepresster Stimme: „Ich denke, du gehst jetzt besser."

Sie drückte kurz meine Schulter, bevor sie ging. „Ich rufe dich an."

„Ja, okay." Ich war zu müde, um aufzustehen und mich gegen Johnny zur Wehr zu setzen, um Jen hinterherzugehen. Also rollte ich mich einfach neben ihm zusammen. Ich wusste, meine Freundin würde es verstehen.

Als sie weg war, küsste Johnny mich. Er hielt mein Gesicht immer noch zwischen seinen Händen. Er schaute mir erneut in die Augen. „Was zum Teufel hast du da gemacht?"

„Ich habe versucht, herauszufinden, ob ich die Episoden kontrollieren kann", flüsterte ich und hasste mich dafür, dass es mir peinlich war.

Er atmete tief und zitternd ein. Gefühle huschten über sein Gesicht, zu viele, als dass ich sie auseinanderhalten konnte. „Und, kannst du?"

„Offensichtlich nicht", sagte ich missmutig.

Johnny schüttelte den Kopf. „Tu das nie wieder."

Genervt wandte ich mich von ihm ab. „Ist es das, was du willst? Dass ich einfach tue, was du sagst?"

„Nein, Emm." Johnny drehte meinen Kopf vorsichtig zu sich herum, damit ich ihn anschaute. „Ich will dich nur nicht noch einmal verlieren."

25. KAPITEL

Es fühlte sich an, als wäre etwas in mir zerbrochen, was nicht unbedingt etwas Schlechtes bedeuten musste. Was auch immer mein Gehirn dazu veranlasste, zwischen Bewusstsein und Traum hin und her zu springen, schien … nein, repariert ist das falsche Wort. So dumm war ich nicht, zu glauben, alles wäre wieder gut. Es war eher schlimmer als je zuvor und doch irgendwie besser.

In der Woche, in der Johnny mich so sehr umsorgte, dass ich zwischendurch den Wunsch verspürte, ihn umzubringen, ging ich nicht wieder in die Dunkelheit. Eine weitere Woche verging mit klarem Kopf. Noch eine. Am Ende des Monats lag Frühling in der Luft, und ich hatte noch nicht mal in meinem regulären Schlaf von dem damaligen Johnny geträumt.

Ich vereinbarte einen Termin bei Dr. Gordon, vorgeblich für meine jährliche Vorsorge, aber ich ließ sie auch alles andere untersuchen, inklusive einem CT. Ich protestierte nicht einmal, als sie es vorschlug. Wir sprachen über meinen Abend im Krankenhaus und die Behandlungsoptionen. Sie hätte mir gerne erneut Tabletten gegen epileptische Anfälle verschrieben, doch dagegen wehrte ich mich.

„Ich habe schon Probleme, jeden Tag daran zu denken, die Pille zu nehmen. Eine zweite Tablette pro Tag würde mich vollkommen überfordern", sagte ich.

Dr. Gordon schüttelte den Kopf. „Sind Sie sicher, dass Sie nicht auf ein Verhütungsmittel umsteigen wollen, das für Sie einfacher zu handhaben ist, Emm?"

Ich lachte, was sich immer seltsam anfühlte, wenn man in einem dünnen Hemdchen auf einem gynäkologischen Untersuchungsstuhl saß. „Nein. Ist schon in Ordnung. Ich bin im Moment in einer festen Beziehung, habe keine wechselnden Partner – bla, bla, bla –, und wir benutzen Kondome, obwohl ich glaube, dass wir uns bald mal über sexuell übertragbare Krankheiten unterhalten sollen, um die Dinger endlich weglassen zu können. Außerdem hatte er eine Vasektomie."

Sie lächelte. „Klingt, als hätten Sie alles im Griff."

Ich zuckte mit den Schultern. „Ich will nicht wieder Medikamente nehmen, wenn es nicht unbedingt sein muss."

Sie legte mir eine Hand auf die Schulter. „Ich weiß. Aber als Ihre Ärztin muss ich Ihnen wenigstens die Behandlung anbieten, die ich für die beste halte, selbst wenn Sie meinem Rat dann nicht folgen wollen."

Ich nickte. Dr. Gordon kannte mich seit vielen Jahren. „Das verstehe ich. Aber ich glaube, wir wissen beide, dass es für die Episoden keinen wirklichen Unterschied macht. Sie kommen. Sie gehen."

„Sie kommen, sie gehen", wiederholte sie. „Ich wünschte, wir wüssten eine bessere Antwort."

Natürlich wünschte sie das. Ich wünschte mir das auch. Genau wie meine Eltern und Freunde. Und Johnny. Aber niemand von uns würde jemals eine Erklärung finden, also musste ich es so akzeptieren, wie es war.

Meine Mom hatte mich zu Dr. Gordon gefahren. Nicht weil Johnny nicht konnte, sondern weil wir heute einen Mutter-Tochter-Tag machen wollten. Nach meinem Termin gingen wir gemeinsam Mittagessen, schauten uns danach einen Film an und fuhren schließlich zurück zu mir nach Hause, wo meine Mutter meinen Kleiderschrank durchging, ob ihr irgendwelche von den Sachen, die ich nicht mehr anzog, passten.

Ganz schön deprimierend, der eigenen Mutter abgelegte Sachen zu geben, weil sie Gewicht verliert, während man selber … es nicht tut.

Ich freute mich jedoch für sie, als sie sich vor mir drehte, sodass der lange Zigeunerrock, den ich im Ausverkauf erstanden, aber nie getragen hatte, sich um ihre Beine aufbauschte. Ich würde ihn sowieso nie tragen – und zwar nicht, weil er nicht meine Größe hatte. Es war ein Impulskauf gewesen, er hatte die falsche Farbe, das falsche Material. Aber an meiner Mom sah er großartig aus, was ich ihr auch sagte.

„Oh, findest du?" Sie strich den Rock mit den Händen glatt und drehte sich noch einmal vor dem Spiegel hin und her. „Mir gefällt er, obwohl ich ihn mir niemals ausgesucht hätte."

„Ich weiß. Vielleicht war es Schicksal, dass ich ihn an dem Tag bei Marshalls gesehen habe."

Wie ich schon vermutet hatte, schaute sie aufs Preisschild. „Ich gebe dir das Geld dafür."

„Nein, tust du nicht." Ich schüttelte meinen Kopf und drohte ihr mit dem Finger. „Auf gar keinen Fall."

Sie seufzte. „Emmaline."

„Nein, Mom." Ich fand eine passende Bluse in meinem Schrank und reichte sie ihr. „Probier die mal dazu an."

Sie hielt sie sich an und warf mir über die Schulter einen Blick zu. „Oh, bevor ich es vergesse, ich habe im Kofferraum noch ein paar Kisten für dich. Dein Dad hat sie auf dem Dachboden gefunden, als wir ihn für den Kirchenflohmarkt ausgeräumt haben."

„Ich hole sie eben." Ich warf den Rest der Klamotten, die ich aussortieren wollte, aufs Bett und schnappte mir ihre Autoschlüssel.

Die Kisten hatten Deckel und Henkel, sodass sie einfach zu tragen waren, doch ihr Inhalt machte sie ganz schön schwer. Ich stellte sie alle ins Wohnzimmer und ließ die Haustür offen stehen, damit durch die Fliegentür ein wenig frische Luft hineinkam. Inzwischen hatte meine Mom sich wieder umgezogen und kam in ihren Sachen die Treppe hinunter.

„Was ist das alles?" Ich nahm den Deckel von einer Kiste und fand einen Stapel Papiere, Bücher und kleine Spielzeuge.

„Ach, nur Sachen, die du zurückgelassen hast."

Ich schaute sie an. „Hast du mal daran gedacht, dass ich sie zurückgelassen habe, weil ich sie nicht brauche?"

Sie verdrehte die Augen. „Dann wirf sie weg. Ich kann zusätzlichen Müll genauso wenig gebrauchen wie du."

Ich wusste, sie meinte es nicht so, aber die Worte trafen mich trotzdem. Ich merkte, wie es in meinem Gesicht zuckte. Meine Mom sah es auch, denn sie setzte sich neben mich und nahm mir den Deckel aus der Hand.

„Emm, so habe ich es nicht gemeint."

„Ist schon okay", sagte ich.

„Nein. Sieh mich an."

Ich wollte sie nicht anschauen; ich wusste, ich würde sofort anfangen zu heulen. Diese tränenreiche Reaktion auf Gefühle können nur Mütter und Töchter beieinander auslösen.

„Ach Süße." Meine Mom umarmte mich und streichelte mir übers Haar. „Was ist denn los? Fühlst du dich wieder krank? Ist was mit deinem Mann?"

Lustig, wie sie ihn die ganzen Wochen über Johnny genannt hatte, aber jetzt, beim ersten Verdacht, dass er mich zum Weinen gebracht hat, *meinen Mann* nannte. „Nein. Er ist toll. Ich meine, du und Dad, ihr wisst nicht so recht, was ihr davon halten sollt, aber an ihm liegt es wirklich nicht."

„Es stimmt nicht, dass ich nicht weiß, was ich von ihm halten soll", widersprach meine Mom. „Ich frage mich nur manchmal, wie es sein wird, einen Schwiegersohn zu haben, der vom Alter her mein Ehemann sein könnte."

Ich lachte unter Tränen. „Heiraten ist bei uns derzeit kein Thema, Mom. Mach dir also keine Sorgen."

Sie schnaubte; ein vertrauter Ausdruck dafür, dass sie es besser wusste. „Das werden wir ja sehen."

„Auf jeden Fall liegt es nicht an ihm. Ich habe in letzter Zeit auch keine größeren Probleme. Ganz im Gegenteil. Dr. Gordon hat ein weiteres CT gemacht, aber selbst das war nur für die Akten. Sie erwartet nicht, irgendwelche neuen Erkenntnisse zu gewinnen."

„Was ist es dann, Liebes?"

„Ich will einfach …" Ich seufzte und zupfte an meinen abgewetzten Jeans. „Ich will nie wieder bei euch einziehen, aber zu wissen, dass du froh über meinen Auszug bist, gefällt mir auch nicht … Verstehe mich nicht falsch, ich weiß sehr gut …"

„Emm!", rief meine Mom schockiert. „Wie kannst du so etwas nur denken? Ich soll froh darüber sein, dass du nicht mehr zu Hause wohnst? Allein so etwas zu sagen … dafür könnte ich dich ohrfeigen."

Ich zuckte übertrieben zusammen, obwohl ich wusste, dass sie mich niemals schlagen würde. „Komm schon, Mom. Du weißt, dass ich recht habe."

Sie legte ihre Hände auf meine Schultern und schaute mir in die Augen. „Emmaline, ich bin froh, dass du ausziehen konntest, um auf eigenen Füßen zu stehen und dir ein eigenes Leben aufzubauen. Ich bin froh, dass du dich zu dieser entzückenden, unabhängigen jungen Frau entwickelt hast, die ihr Leben selbst in die Hand nimmt. Aber auf gar keinen Fall bin ich froh, dass du nicht mehr bei uns wohnst. Und wenn du jemals wieder zu uns zurückziehen müsstest, würdest du es viel mehr hassen, als ich es je könnte."

Wir weinten beide ein bisschen, bis unsere Tränen sich in feuchtes Lachen verwandelten.

„Wenn du den Kram aus den Kisten nicht willst, schmeiß ihn auf den Müll", riet meine Mutter mir. „Das meiste ist so alt, dass du dich vermutlich gar nicht mehr daran erinnerst. Aber ich wollte es nicht einfach ohne deine Zustimmung wegwerfen."

Ich nickte und blätterte durch die Papiere. Alte Zeugnisse, Valentinskarten. Ich konnte kaum glauben, wie viele der kleinen Spielzeuge, die es zu den Kindermenüs in Fastfood-Restaurants dazugab, sie aufbewahrt hatte. Und ganz unten in der ersten Kiste lag ein Buch.

„Ach du meine Güte", sagte meine Mom, als ich es herausholte. „Das habe ich ja seit Jahren nicht mehr gesehen."

Ich wog das dicke Taschenbuch in der Hand, dessen Seiten schon ganz vergilbt waren. Die Bindung hielt jedoch noch. Ich blätterte darin, bemerkte die Eselsohren an Seiten, die jemand sich markiert hatte. Das Buch fühlte sich klebrig an und roch ein wenig muffig.

„Das hat mal mir gehört?"

„Eigentlich war es meins. Ich glaube, damals hatte jeder eine Ausgabe von dem Buch. Ich habe oft darin gelesen, als ich mit dir schwanger war." Meine Mom nahm es mir beinahe zärtlich aus der Hand. „Ed D'Onofrios Gedichte waren eine Zeit lang sehr populär, allerdings haben mir nur wenige gefallen. Na ja, ehrlich gesagt sogar nur eins."

Ich schaute sie an. „Welches denn?"

Meine Mom lächelte. „*Sie wandert in der Nacht* natürlich,

Dummerchen. Du hast es doch mal gelesen, oder? Bestimmt, Emm."

Ich schüttelte den Kopf. „Ich glaube, das haben wir in der Schule nie durchgenommen."

Sie lachte und blätterte zu der am meisten gelesenen Sektion in dem Buch. „Nein, Liebes. Hier, siehst du? *Sie wandert in der Nacht.* Das war das erste Mal, dass ich deinen Namen gehört habe. Darum haben wir dich so genannt."

Mein Magen zog sich zusammen, mein Mittagessen brannte mir in der Speiseröhre. Ich stand so schnell auf, dass das Buch zu Boden fiel. Ich hob es nicht auf. Meine Mom sah mich besorgt an und erhob sich ebenfalls.

„Emm, was ist los?"

„Nichts." Ich zwang mich, mich hinzusetzen und das Buch zur Hand zu nehmen, die Seite zu überfliegen. Das Gedicht auf der Seite war anders als das, was Ed mir in meiner Episode vorgelesen hatte, aber es war nah genug dran, um die Ähnlichkeiten zu erkennen. „Ich wusste das nur nicht. Ich meine, es überrascht mich."

„Ich dachte, du wüsstest es", sagte sie. „Ich war mir sicher, es dir erzählt zu haben. Aber das ist schon so lange her, vielleicht erinnerst du dich nicht mehr. Ich habe während meiner Schwangerschaft immer wieder laut aus dem Buch vorgelesen. Dabei habe ich meistens in dem alten Schaukelstuhl gesessen, den Gran mir hinterlassen hat. Und im Krankenhaus habe ich es dir auch vorgelesen. Ich schätze … nun ja, jetzt, wo ich so darüber nachdenke, danach habe ich es dir nie wieder vorgelesen. Vielleicht haben wir wirklich nie darüber gesprochen."

„Es ist ein etwas seltsames Gedicht, um es seinem Kind vorzulesen, findest du nicht?" Ich fuhr mit dem Finger die Zeilen entlang. „Ganz was anderes als Humpty Dumpty."

Meine Mom neigte den Kopf. „Honey, ist mit dir alles in Ordnung?"

„Ja, alles super." Ich zwang mich zu einem Lächeln. „Mir geht es gut. Wirklich. Ich bin nur müde. Das mit dem Gedicht ist echt schön zu wissen, Mom. Danke."

„Zu meiner Jugend war Ed sehr bekannt", sagte meine Mutter verträumt. „Ich frage mich, was aus ihm geworden ist? Könntest du nicht mal im Internet nachschauen? Es würde mich interessieren, ob er noch andere Bücher veröffentlich hat."

Nur nach seinem Tod. Wenn ich mich richtig erinnere, hat er sogar die Veröffentlichung dieses Buchs schon nicht mehr erlebt. Das erzählte ich ihr jedoch nicht. Genauso wie ich ihr nichts von den Episoden erzählte oder von dem „Zufall", dass Johnny damals einer von Ed D'Onofrios besten Freunden gewesen war.

„Dein Dad hat die anderen Gedichte nie gemocht", gestand sie mir plötzlich. „Nur dieses eine. Es war seine Idee, dich Emmaline zu nennen. Wir konnten uns nicht auf einen Namen einigen und haben uns wieder und wieder darüber gestritten. Er wollte etwas Modernes und anderes, und ich dachte, ein altmodischerer Name wäre besser. Also schlossen wir einen Kompromiss. Du warst immer die einzige Emmaline in deiner Klasse."

„Ich bin überhaupt die einzige Emmaline, die ich kenne."

„Ja, du bist einzigartig", sagte meine Mom und zog mich in ihre Arme.

Später, nachdem wir uns verabschiedet hatten und sie mir das Versprechen abgenommen hatte, sie bald anzurufen, kam Johnny. Er brachte köstlich duftendes Thai-Essen mit und stellte es auf die Insel in meiner Küche. Ich deckte Teller und Stäbchen, goss uns beiden heißen Tee ein und wärmte mir meine Hände an der Tasse, während Johnny die Essensbehälter öffnete.

Er ertappte mich dabei, wie ich ihn anstarrte. „Was ist?"

„Ich gucke nur."

Er lächelte und kam um die Insel herum, um mir einen Kuss zu geben. „Gefällt dir, was du siehst?"

„Oh, sehr sogar." Ich kniff in seinen Po. „Und was ich fühle, auch."

Er schaute über seine Schulter auf das Essen, dann sah er mich wieder an. „Wie viel Hunger hast du?"

„Das kommt drauf an, was du mir servieren willst."

Er nahm meine Hand und legte sie auf seinen Schritt. „Wie wäre es damit?"

„Ich bin so froh", sagte ich, „dass du auch nach mehreren Monaten, in denen du mit mir schläfst, noch so romantisch sein kannst."

Er rieb mit meiner Hand in kleinen Kreisen über seinen Schritt, während wir beide lachten und küssten und uns mit schimmernden Augen und feuchten Mündern voneinander trennten. Ich umarmte ihn, zog ihn ganz fest an mich. Es war ein seltsamer Tag gewesen. Mit Johnny zusammen zu sein machte ihn irgendwie besser.

„Was ist los?", murmelte er an meinem Haar.

Ich drückte ihn fester und schob ihn dann ein wenig zurück, damit ich ihn anschauen konnte. „Bin ich zu jung?"

Seine Augenbrauen gingen nach oben, die Mundwinkel nach unten. „Ist Kimmy wieder auf dich losgegangen?"

„Nein. Nicht Kimmy. Ich will wissen, was du darüber denkst."

Er atmete laut aus und ließ mich los, um sich mir gegenüber an die Arbeitsfläche zu lehnen. „Du bist jung. Ja. Oder vielleicht bin ich nur alt."

„Aber stört es dich noch?"

Er schaute mich ernst an. „Warum? Stört es dich?"

„Nein." Ich war mir nicht sicher, was mich wirklich störte. Ich wollte ihn küssen, vielleicht gleich hier und jetzt den Reißverschluss seiner Jeans öffnen, ihn in den Mund nehmen und uns beide vergessen machen, dass ich diese Unterhaltung überhaupt angefangen hatte.

„Emm. Bitte sprich mit mir."

Es gefiel mir, dass er darauf beharrte, darüber zu sprechen. Dass es ihm wichtig war, das angespannte Schweigen nicht einfach unter den Teppich gemeinschaftlicher Heuchelei zu kehren. Ich liebte ihn aus so vielen Gründen, aber sie waren so verworren.

„Stört es dich, dass ich so viel über dich wusste, bevor wir uns kennengelernt haben?"

Er lachte. „Du meinst, stört es mich, dass du mich nackt gesehen hast, bevor du mich das erste Mal nackt gesehen hast?"

„Das auch, ja. Aber auch alles andere." Er wusste, dass ich seine Filme gesehen und im Internet recherchiert hatte. Aber wir hatten noch nie darüber gesprochen. „Hast du jemals befürchtet, dass ich mich wegen dem, was du bist, in dein Leben gedrängt habe?"

Johnny lachte erneut und kam zu mir, um mich zu küssen. „Emm, ich *will*, dass du wegen dem, was ich bin, mit mir zusammen bist."

„Aber nicht wegen dem, der du warst", murmelte ich.

„Das ist die gleiche Person", sagte Johnny an meinen Lippen. Er strich mir mit der Hand übers Haar und schaute mir in die Augen. „Willst du wissen, wie viele liebestolle Mädchen ... und Jungs versucht haben, mir wegen dem, was ich vor dreißig Jahren gemacht habe, an die Wäsche zu gehen?"

Ich runzelte die Stirn. „Nicht wirklich."

„Sehr viele", sagte er trotzdem. „Bist du wie die?"

„Nein!"

Er zuckte mit den Schultern und fuhr die Linie meiner Unterlippe mit seinem Daumen nach, bevor er mich erneut küsste. Er schmeckte gut. Fühlte sich gut an. Ich schloss die Augen und versuchte, mich von ihm ablenken zu lassen, doch es funktionierte nicht.

„Ich liebe dich", sagte ich. „Aber ... ehrlich, all der andere Kram – die Filme, die Bilder, die Interviews ..."

Er nickte. „Ja."

„Die sind nicht der Grund, warum ich dich heute liebe", sagte ich.

„Die waren auch nicht der Grund, warum du mich damals geliebt hast", erwiderte er.

Ich erstarrte. Schaute ihn an, suchte in seinem Gesicht nach einem Anzeichen dafür, dass er mich nur aufzog. „Was meinst du damit?"

„Als du mich im Coffeeshop das erste Mal gesehen hast", sagte er, „wusstest du noch nichts von dem ganzen Zeug, oder? Also sehen wir den Tatsachen ins Auge. Es lag an meinem Hintern."

Das war nicht die Antwort, die ich erwartet hatte – nicht dass ich überhaupt wusste, was ich erwartet hatte. Ich brach in Lachen aus. „Ja. Der war's. Dein unglaublich geiler Arsch."

Dieses Mal schaffte er es, mich mit seinem Kuss abzulenken. Erst später dachte ich wieder darüber nach, was er gesagt hatte. Er hatte mit seiner Antwort nicht gezögert, hatte nicht so ausgesehen, als versuche er, etwas zu verheimlichen.

Warum hatte ich dann trotzdem das Gefühl, dass er genau das tat?

26. KAPITEL

Komm schon, du weißt, dass ich von Kunst keine Ahnung habe." Ich duckte mich unter Johnnys ausgestreckter Hand weg und trat einen Schritt zurück, wobei ich beinahe eine Statue umgestoßen hätte, die auf einem Podest stand. Ich fing sie auf, bevor sie auf den Boden fiel. „Siehst du? Ich bin eine Bedrohung für die Kunstwelt."

„Du hast ein gutes Auge, und ich würde gerne deine Meinung hören", sagte er ernst. „Und außerdem ist es die Arbeit deiner Freundin, also könntest du mir ruhig ein wenig helfen, oder?"

„Ich finde, es sieht toll aus." Ich zeigte auf die weiße Wand, an der bereits drei von Jens Bildern hingen. „Da ist noch ausreichend Platz für mindestens vier weitere Bilder."

„Ja, aber welche?" Johnny klang genervt.

„Woher soll ich das wissen? Wähl du sie aus." Ich schaute mir die gerahmten Fotos an, die auf dem Fußboden der Galerie lagen. Ich wollte nicht näher herangehen, weil ich Angst hatte, auf eines draufzutreten.

Johnny zeigte auf eine Aufnahme von Jared, die in ganz weichem Licht gemacht worden war. „Das da?"

„Das ist nett. Ich meine gut."

Er zeigte auf ein anderes. „Und das?"

„Das ist auch gut! Sie sind alle gut!"

Er fing an zu lachen und schüttelte den Kopf. „Ach du Scheiße, Baby, du hast wirklich keine Ahnung von Kunst, oder?"

Ich tat beleidigt. „Hab ich doch gesagt."

„Du glaubst nur, dass du kein Kunstverständnis hast", widersprach er. „Wenn du dich einfach gehen lässt, hast du einen großartigen Instinkt. Du siehst sehr viel. Aber es ist okay, ich kann das auch alleine. Zerbrich du dir darüber nicht deinen hübschen kleinen Kopf."

Ich streckte ihm die Zunge heraus. „Jetzt bist du doof."

Johnny hob abwehrend die Hände. „Autsch, das tut weh."

Er beugte sich vor und arrangierte die Bilderrahmen neu. Ich sah ihm dabei zu. Seit unserer Unterhaltung in der Küche waren ein paar Tage vergangen, und irgendetwas nagte immer noch an mir.

„Johnny."

Er schaute nicht auf. „Ja, Baby?"

„Was hat dich dazu getrieben, Künstler zu werden?"

Langsam ließ er seine Hände über die Ausdrucke fahren. Er setzte sich auf seine Fersen. Ein paar Sekunden lang blieb er reglos so sitzen, dann schaute er zu mir auf. Sein Blick war wachsam.

„Was meinst du?"

„Nun ja ... du hast mit Filmen und so angefangen, und ich weiß, dass du eine Pause eingelegt hast, bevor du dich der Kunst zugewendet hast ..."

„Ich habe mich immer künstlerisch betätigt", unterbrach er mich leise. „Ich habe es nur niemandem gezeigt. Ich habe nicht versucht, den Eindruck zu erwecken, ein Künstler zu sein. Es gibt einen Unterschied, ob man sich entscheidet, Künstler zu sein, oder ob man sich einfach so akzeptiert, wie man ist."

„Ich weiß." Ich biss mir kurz auf die Unterlippe. „Also ... wann war das bei dir?"

Johnny kam auf die Füße und klopfte sich die Hände ab. „Ich brauche einen Drink. Du auch?"

Ohne auf mich zu warten, ging er zu seinem Büro – an das ich nicht die besten Erinnerungen hatte. Ich konnte es nicht betreten, ohne an die Peinlichkeit meines Kusses zu denken und daran, wie Johnny mich von sich gestoßen hatte.

Johnny öffnete eine Schublade in seinem Schreibtisch und holte eine Flasche Glenlivet heraus. Er goss zwei Gläser ein und reichte mir eines. Ich nippte daran, zog eine Grimasse und hustete.

„Gott", sagte ich.

„Nein", erwiderte Johnny. „Nur Whiskey."

Er leerte sein Glas mit einem Schluck und saugte den Whiskey durch die Zähne, bevor er das Glas abstellte. Dann schaute er die Flasche an, als wollte er sich noch einen einschenken, tat es aber nicht. Er sah mich an.

„Was willst du mich wirklich fragen?"

„Ich will wissen, was mit dir passiert ist. Was dich dazu gebracht hat, dich zu akzeptieren, wenn du so willst. Warum hast du angefangen, deine Kunst zu zeigen, anstatt sie einfach nur in deinem Skizzenblock zu behalten."

Er neigte den Kopf. „Du weißt von meinem Skizzenblock?"

Diese Frage ließ darauf schließen, dass der Block kein Produkt meiner Fantasie war, also wirkte ich nicht mehr ganz so verrückt. „Na klar. Hat nicht jeder Künstler einen?"

Johnny goss sich einen weiteren Drink ein.

„Ich will es nur von dir hören, das ist alles. Ich will keine Geheimnisse zwischen uns. Ich will keine Details aus deinem Leben kennen, die du mir nicht selber erzählt hast. Ich will nicht, dass du mir bestimmte Geschichten nicht erzählst, weil du glaubst, dass ich sie schon kenne, selbst wenn das stimmen sollte. Ich möchte sie von dir hören. Mehr will ich gar nicht."

Nach dieser langen Ansprache war ich ein wenig atemlos, also trank ich meinen Whiskey aus, um nicht noch mehr zu sagen.

„Was willst du wissen? Von den Partys? Von den Drogen, den Filmen, dem Sex?" Johnny wirbelte die bernsteinfarbene Flüssigkeit in seinem Glas herum. „Das ist alles sehr lange her, Emm. Die Bücher oder Dokumentationen würden dir einen besseren Eindruck gewähren."

„Aber es geht mir nicht nur um diese Sachen." Ich fuhr mit dem Finger über die Knöpfe an seinem Hemd. „Kannst du mir erzählen, was nach 1978 mit dir passiert ist?"

„Was nach '78 passiert ist, hm? Soweit ich weiß 1979."

Ich verdrehte meine Augen und pikte ihm den Finger in die Brust. „Klugscheißer."

„Ich meine, nachdem Ed D'Onofrio in deinem Haus Selbstmord begangen hat."

Johnny atmete tief und zitternd aus. „Das willst du wirklich wissen, Emm?"

„Ich schätze … also wenn du es mir nicht erzählen willst, dann nicht. Aber ich weiß es. Zumindest das, was die Fanblogs und Dokumentationen sagen. Aber das ist alles reine Spekulation, nicht wahr?" Ich stellte mein Glas beiseite und legte meine

Hände an seine Hüften. Schaute in sein Gesicht, das so vertraut war, so gut aussehend, so geliebt. „Sie sagen, du bist verrückt geworden."

Johnny lachte rau auf. „Ja, so könnte man das sagen."

„Wirklich?" Bevor er etwas sagen konnte, legte ich einen Finger auf seine Lippen. „Bevor du antwortest, möchte ich, dass du weißt, dass es mir vollkommen egal ist, wenn es so war."

Er küsste meinen Finger und biss dann sanft hinein, bevor er mein Handgelenk umfasste und meine Hand auf seine Brust legte. „Dir ist es egal, wenn ich verrückt geworden bin und man mich weggesperrt hat?"

Ich schüttelte den Kopf. „Nein."

Johnny seufzte. „Verdammt, Emm. Das ist so lange her, weißt du? Kannst du mich nicht einfach nach den Frauen fragen, mit denen ich geschlafen habe? Meine Güte, frag, ob es stimmt, dass ich mir auf einem seiner Konzerte von Elton John hinter der Bühne einen hab blasen lassen. Das sind die Geschichten, über die du spekulieren solltest."

„Und hast du?"

Er küsste mich. Ich schmeckte Whiskey. Sein heißer Atem streichelte mich, als er sprach.

„Vielleicht."

Ich seufzte. „Johnny."

Sein Lachen hielt nicht lange und verwandelte sich schnell in bedeutungsschwangeres Schweigen. Dann flüsterte er: „Wenn ich Ja sage, willst du den Rest dann immer noch wissen?"

Ich nickte. Schüttelte den Kopf. „Wenn du es mir nicht erzählen willst, kann ich das vermutlich verstehen. Es geht mich nicht wirklich etwas an. Ich meine, du hattest schon ein ganzes Leben, bevor wir uns kennengelernt haben …"

„Du auch", sagte er. „Ein ganzes Leben. Das hatten wir beide. Meins war nur länger."

„Aber du weißt nur Sachen über mich, die ich dir erzählt habe!" Die Worte kamen lauter und vehementer heraus, als ich geplant hatte. Wir zuckten beide zusammen. Ich rieb mit meiner Hand über sein Herz, fühlte es schlagen. „Tut mir leid."

„Muss es nicht. Mir tut es leid, dass dich das so sehr stört. Was auch immer du wissen willst, frag mich einfach. Ich werde es dir sagen, okay? Wenn du es wirklich wissen musst."

Ich zögerte. *Wollte ich das?* In meinem Kopf kreisten so viele Gedanken, Gerüchte, Versatzstücke seiner Geschichte, alles vermischt mit dem, was meine Vorstellungskraft erschuf, wenn ich in der Dunkelheit war.

„Ich will dich nur kennenlernen", flüsterte ich. „Dich wirklich kennen. Mehr nicht."

„Ach, Emm. Glaubst du, das tust du nicht?" Er ließ seine Hand zu meinem Nacken gleiten, umfasste ihn. Seine Finger massierten mich leicht. Er schaute mich mit ernster Miene an.

„Ich weiß es nicht", seufzte ich unglücklich. „Es fühlt sich so ungleich an."

„Das mit uns?"

„Ja."

Er zog mich an sich. Ich drückte meine Wange gegen seine Brust. Der stete Schlag seines Herzens war tröstlich. Genau wie sein Geruch und das Gewicht seiner Hände auf meinem Rücken.

„Ich liebe dich", sagte er leise.

Ich schlang meine Arme um ihn und hielt ihn fest. „Ich liebe dich auch."

„Ich erzähle dir alles, was du wissen willst. Du musst nur fragen. Okay?"

„Was ist 1978 passiert?"

Er seufzte. Sein Herz setzte einen Schlag aus. Oder vielleicht war es auch mein Herz. Er drückte mir einen Kuss auf den Scheitel.

„Damals war alles verrückt. Wir lebten zusammen in dem Haus. Es war mein Haus, aber alle wohnten dort. Candy, Bellina, Ed. Paul kam alle paar Wochen vorbei, um seine verdammten Filme zu machen, weißt du?"

„Ja, das weiß ich."

„Er wollte der nächste Warhol werden oder so'n Scheiß. Was ganz Großes. Und die Filme, die waren Kunst, verstehst du? Sie waren *Kunst*", wiederholte er. „Das sind sie immer noch. Ich schäme mich nicht für das, was wir damals getan haben, Emm."

„Das solltest du auch nicht."

„Sandy und ich hatten uns getrennt. Sie wurde durch die Drogen und alles immer verrückter und brachte auch Kimmy mit diesen Sachen in Berührung. Irgendwann sagte ich ihr, sie müsse das Kind entweder in meiner Obhut lassen oder es zu ihrer Mutter geben."

Ich lehnte mich zurück, um ihn anzusehen. „Das hast du getan? Aber ich dachte, du wärest für Kimmy nicht so da gewesen, wie du es hattest sein wollen."

„Ja, das war ich auch nicht. Ich sagte Sandy zwar, dass ich sie wollte, aber das tat ich nicht wirklich, weißt du? Ich war ein Kind. Ein dummes, verdammtes Kind, das high war von der ganzen Aufmerksamkeit, die es bekam. Mein Leben drehte sich so schnell, und alle Leute sagten mir ständig, wie fabelhaft ich war. Mein Gott, was hätte ich da mit einem Kind anfangen sollen?"

Ich konnte mir dieses Leben nicht einmal ansatzweise vorstellen. Ich hatte es in meinen Episoden gesehen, aber es war mir nicht real vorgekommen. Doch für ihn war es das gewesen.

„Was hat sie gemacht?"

„Sie hat Kimmy Gott sei Dank zu ihrer Mutter gegeben. Und ist dann ein Jahr nach Indien gereist, um irgendeinem Maharadscha oder sonst einem Guru zu folgen. Sie kehrte ganz abgemagert und voller Parasiten zurück. Aber das war später. Und vielleicht … Mist." Er seufzte. „Vielleicht ist sie selber ein wenig verrückt geworden. Ich denke, das wurden wir alle. Ed war nur der Erste."

Bei der Erwähnung seines Namens wurde mir eiskalt. „Der Autor."

„Ja. Verdammt brillanter Geist. Nur … so verdammt über uns allen stehend. Wir drehten verfickte kleine Filme, zeichneten unsere billigen kleinen Akte …"

„Sie waren nicht billig", warf ich ein.

Johnny schaute mich lange an. „Du hast keine Ahnung von Kunst, Baby."

Technisch gesehen hatte ich auch nie eine seiner Zeichnungen gesehen. Ich konnte mich nur auf die Recherchen im Internet beziehen und auf das, was ich von seiner heutigen Kunst wusste. „Nichts, was du je gemacht hast, könnte billig sein, das weiß ich."

Er lächelte schwach. „Wenn ich mich nicht verbessert hätte, wäre ich kein sonderlich guter Künstler, oder?"

„Vermutlich nicht." Ich wollte ihn nicht drängen, wollte, dass Johnny es mir in seiner Geschwindigkeit und zu seinen Bedingungen erzählte. Selbst wenn es bedeutete, dass ich nicht alles auf einmal erfuhr. Ich wollte die Diskussion einfach nur anfangen. Bereits jetzt hatte ich Dinge erfahren, die ich nicht gewusst hatte. Ich fühlte mich schon besser.

„Es war ein verdammt heißer Sommer", fuhr Johnny fort. „Wir waren alle voll von diesem … ich weiß nicht, wie man es nennen soll. Da war so ein Pulsieren, ein Wachstum … das Gefühl, etwas zu kreieren. Das hatte uns gepackt. Wir wollten Kunst machen. Candy mit seinem Kochen, Bellina mit ihren Theaterstücken, Paul mit den Filmen."

„Und Ed mit seinen Gedichten."

„Ja. Er hat auch Bücher geschrieben, wusstest du das?"

Ich nickte. „Ja, aber ich habe keines davon gelesen."

„Okay, er war kein J. D. Salinger oder so, aber seine Bücher waren gut. Ich meine, verdreht, aber gut. Doch seine Gedichte … die waren Kunst. Echte Kunst, Emm."

„Ja, Kunst, die ich nicht zu schätzen weiß", murmelte ich.

Ich dachte an Eds Gesicht auf der anderen Seite der Küche. Seinen Gestank. Den Klang seiner Stimme, als er das Gedicht laut vorlas. Bei meiner Mutter hatte es so viel hübscher geklungen. Warum konnte ich mich nicht daran erinnern?

„Pffft", sagte Johnny. „Mach nur so weiter."

„Meine Mutter hat mich nach einem seiner Gedichte benannt."

Johnny wurde still. „Wirklich?"

Ich musterte ihn. „Ja. *Sie wandert in der Nacht.*"

Johnny trank sein zweites Glas Whiskey aus.

„Sie hat mir das Buch mitgebracht", sagte ich. „Sie hat mir erzählt, dass sie mir das Gedicht während ihrer Schwangerschaft wieder und wieder vorgelesen hat. Und auch nach meinem Unfall. Sie hat mich danach benannt, aber ich erinnere mich nicht daran, dass sie es mir jemals vorgelesen hat."

„Ich liebe deinen Namen", sagte Johnny.

„Es ist kein schönes Gedicht", erklärte ich mit gerunzelter Stirn.

„Es hätte schlimmer kommen können. Wer weiß, wie deine Mom dich genannt hätte, wenn sie zum Beispiel ein großer Fan von E. E. Cummings gewesen wäre."

„Standest du ihm nah?", wollte ich wissen.

„Ed? Niemand stand ihm nah. Er lebte in seinem eigenen Kopf. Er hing mit uns ab, aber hatte irgendjemand von uns eine engere Beziehung zu ihm? Ich glaube nicht."

„Aber als er starb, hat euch das alle sehr verstört, oder?"

Johnny sah aus, als müsste er darüber nachdenken. Ich roch den Whisky in seinem Atem. „Ja, das war nicht schön. Wolltest du das wissen?"

„Was ist passiert?"

„Er war … Ed. Ich meine, er hat sein Ding gemacht, weißt du? Wir alle haben unser Ding gemacht. Aber er hat sich auf Drogen eingelassen. Hartes Zeug. Hat sich Spritzen gesetzt. Nicht geschlafen. Zu viel getrunken. Verrücktes Zeug, Emm. Und irgendwann ist er einfach durchgedreht, schätze ich. Er konnte nicht damit umgehen. Mit dem Leben. Mit was auch immer." Johnny rieb sich über die Augen. „Er hat zu viel getrunken, sich zu viel gespritzt, dann die Pulsadern aufgeschlitzt und ist ins tiefe Ende vom Pool gesprungen, nachdem alle anderen draußen waren. Himmel, vielleicht hat er sogar gedacht, dass jemand ihn finden würde. An jedem anderen Abend wäre jemand da gewesen. Aber nicht in jener Nacht."

„Und dann ist er … gestorben."

„Ja. Er ist gestorben." Johnny schob mich beiseite und ging um seinen Schreibtisch herum. Tigerte auf und ab. Fuhr sich mit beiden Händen durch die Haare und verschränkte die Finger hinter dem Kopf. „Hat eine verdammte Schweinerei in meinem Pool angerichtet."

Ich wartete schweigend, das Glas in der Hand, ohne davon zu trinken.

„Willst du wirklich immer noch wissen, was passiert ist?", fragte Johnny mich leise, ohne mich anzusehen.

„Nur, wenn du es mir erzählen willst."

Er drehte sich um. „Ed ist verrückt geworden. Unsere Gruppe ist auseinandergebrochen. Ich schätze, ich bin auch ein klein wenig verrückt geworden. Ich ließ das, was andere Leute über mich sagten, was sie von mir wollten, wichtiger sein als das, was ich eigentlich hätte tun sollen. Also ging ich eine Weile fort, um meinen Kopf frei zu kriegen."

Ich dachte an den damaligen Johnny – den, den sich mein Kopf ausgedacht hatte. Konnte er verrückt geworden sein? Könnte ihn das alles so überwältigt haben, dass er weggehen musste?

„In eine Entzugsklinik?"

Er schüttelte den Kopf. „Nein. In die Irrenanstalt. Eine staatliche Nervenheilanstalt, keine schnieke Privateinrichtung für mich. Sie brachten mich auf einer Trage fort. Selbst wenn ich meine Sinne noch weit genug beisammengehabt hätte, hätte ich etwas Besseres gar nicht bezahlen können. Zu dem Zeitpunkt war mein Geld für Drogen draufgegangen. Meine Mutter war diejenige, die das schließlich veranlasste. Gott segne sie. Ohne sie wäre ich vermutlich auch gestorben."

Es schmerzte, das zu hören, obwohl er es mit nüchterner Stimme sagte, ohne jede Scham. Ich wollte ihn umarmen. Küssen. Aber es tat mir nicht leid, dass ich gefragt hatte. Ich musste diese Geschichten in meinem Kopf klarkriegen. Das Echte von dem Unechten trennen.

„Wie lange warst du da?", fragte ich.

„Ein Jahr. Ich bin 1979 wieder rausgekommen. Trocken, clean … Vielleicht aber immer noch ein bisschen verrückt." Er lächelte.

„Du warst niemals wirklich verrückt."

Er lächelte ein wenig traurig. „Nein. Ich weiß. Aber die Anstalt hat mir gutgetan. Sicher, es war schwer. ‚Liebe den Sünder, aber nicht die Sünde‘, so in der Art, aber es war nicht religiös. Ich hatte einen tollen Arzt, der mir den Kopf wirklich wieder zurechtgerückt hat. Er hat mich dazu gebracht, über viele Dinge nachzudenken, die in jenem Sommer geschehen sind. Dank ihm habe ich viele Wahrheiten erkannt.“

„Über Ed?“

„Nein, Baby“, sagte er. „Über …“

Die Tür zu seinem Büro wurde geöffnet, und Glynnis, seine Assistentin, steckte ihren Kopf herein. „Johnny, der Typ von … Oh, tut mir leid. Ich wusste nicht, dass du Gesellschaft hast.“

Sie schaute neugierig von ihm zu mir, aber da wir uns nicht berührten, nicht einmal auf der gleichen Seite des Schreibtischs standen, konnte wenigstens nicht der Eindruck entstehen, sie hätte uns bei etwas Unanständigem gestört.

„Ist schon okay“, sagte er. „Welcher Typ?“

„Der von der Website? Der Blogger?“

„Oh, der.“ Johnny tippte sich an die Stirn. „Ich habe ihm gesagt, dass ich ihm zur neuen Ausstellung ein Interview gebe. Glynnis, kannst du … ich weiß nicht, ihn noch ein paar Minuten unterhalten? Ihm die Galerie zeigen?“

„Klar, Johnny.“ Sie schenkte mir ein schüchternes Lächeln und verschwand wieder.

„Tut mir leid“, sagte Johnny. „Ich muss wieder an die Arbeit.“

„Ist schon gut. Ich bin froh, dass wir uns unterhalten haben und … naja, dass jetzt einige Dinge zwischen uns ein wenig klarer sind.“

„War es so schlimm, Emm? Hast du dir deswegen wirklich solche Gedanken gemacht? Ich hätte es dir jederzeit erzählt. Ich wusste nur nicht, dass du es wirklich so genau wissen wolltest. Das sind alles alte Geschichten.“

„Ich wollte sie einfach nur von dir hören, mehr nicht.“

Vor dem Büro erklangen Stimmen. Johnny kam um den Tisch herum und gab mir einen leidenschaftlichen Kuss. „Alles okay?“

Ich nickte. „Ja, alles gut.“

„Fein.“ Er küsste mich noch einmal länger.

Ich vergaß, wo wir waren. Nicht aufgrund einer Episode, sondern aus reiner Lust. Ich lachte, als ich seine Erektion spürte.

„Die solltest du lieber zähmen, bevor du da rausgehst, ansonsten wird Bloggy McBloggerstein viel mehr über dich zu erzählen haben, als dir lieb ist."

„Wäre nicht das erste Mal, dass jemand über meinen Schwanz berichtet." Johnny ging zur Tür.

Unsere Finger berührten sich bis zur letztmöglichen Sekunde, dann erst ließ er meine Hand los.

27. KAPITEL

Es war anders, sich Fotos von Johnny mit ihm zusammen anzusehen, anstatt mit Jen darüber zu kichern oder alleine vor mich hin zu seufzen. Er hatte ein dickes Album voller Bilder. Einige waren sorgfältig mit Fotoecken eingeklebt, andere fielen von den Seiten. Einige waren signiert, nicht nur von ihm, sondern auch von den anderen Menschen auf den Fotos. Manche hatten Namen und Daten. Einige waren formell, andere Schnappschüsse, einige zehn mal dreizehn, andere kleiner.

„Die habe ich mir schon ewig nicht mehr angesehen", sagte Johnny, als eine Handvoll Fotos aus den Seiten herausrutschte und auf den flauschigen Teppich fiel.

Ich hob sie auf und sortierte sie sorgfältig. Das Papier war dick, die Farben ein wenig verblasst, aber verglichen mit den Fotos aus den Familienalben meiner Eltern waren sie sehr gut erhalten. „Warum nicht?"

„Siehst du dir alte Fotos von dir an, auf denen du nackt bist?"

„Meine Mutter hat ein paar davon an der Wand hängen", erwiderte ich trocken. „Badewannenfotos. Total peinlich, aber trotzdem hängen sie da, dass jeder sie sehen kann."

„Wenn wir deine Eltern mal besuchen, werde ich sie mir genau anschauen."

Ich verdrehte die Augen. „Das ist ja wohl nicht ganz das Gleiche, oder?"

Johnny guckte auf die Fotos in meiner Hand und nahm sich eines. Ich erkannte es sofort. Die Pose als römische Statue. Ich hatte es schon im Internet gesehen und natürlich in meiner eigenen verdrehten Fantasie. In seiner Hand sah es anders aus. Er schüttelte es ein wenig.

„Nein. Ist es nicht." Er beugte sich über die anderen Fotos, die ich in der Hand hielt. „Was siehst du, wenn du die hier anschaust?"

„Ich sehe einen wunderschönen Mann", erwiderte ich leise.

Johnny schnaubte ungläubig. „Ja klar."

„Ich meine es ernst, Johnny."

Er schaute mich an. „Und was siehst du, wenn du mich anguckst?"

Ich küsste ihn. „Das Gleiche. Nur erfahrener."

Er zog mich an sich und vertiefte den Kuss. Seine Hände fuhren über meinen Rücken, um meinen Hintern zu packen. Er zog mich ganz eng an sich.

„Und was siehst *du*?", fragte ich.

Sein Blick glitt zu dem Album, dann zu mir. „Ich sehe ein Kind. Ein junges Kind, das die Nase hochträgt und keine Ahnung vom Leben hat. Ich sehe einen Versager, der bereit ist, für ein paar Dollar seinen Schwanz zu zeigen."

„So siehst du den Johnny von damals?" Ich stellte mich auf die Zehenspitzen, um ihn zu küssen, nahm dann sein Gesicht in meine Hände und schaute ihm in die Augen. Für mich war der damalige Johnny jung, frech und ein bisschen arrogant, aber kein Versager.

Johnnys Blick wurde einen Moment härter, bevor er lächelte. „Sicher."

„Ich finde das nicht."

Er betrachtete mich, in seinen grünbraunen Augen rührte sich etwas, von dem ich meinte, ich müsste es erkennen, doch ich konnte es nicht mit Bestimmtheit sagen. „Du … du hast mich nicht gekannt."

Ich sank auf die Fersen zurück und zog ihn an der Hand mit zur Couch, damit wir uns aneinanderkuscheln konnten. „Weißt du, was ich denke? Es ist nicht wichtig, was man selber über sich sagt, sondern was andere Leute über einen sagen. Und über Johnny sagen die Leute nicht, dass du ein Loser warst. Dass du keine Ahnung vom Leben hattest."

„Die Leute", sagte Johnny leicht verächtlich. „Die haben oft auch keine Ahnung."

Ich wühlte in der Kiste mit Andenken, die er herausgeholt hatte, und zog ein zusammengefaltetes Filmplakat heraus. Gerade erst war genauso eines bei eBay für mehrere Hundert Dollar versteigert worden, und das hier war sogar vom gesamten Team unterschrieben. „Für Johnny, in Liebe, Marguerite … Für

Johnny, der immer einen Witz auf Lager hat, Bud … Johnny, danke für alles, du weißt, was ich meine, Dee."

Ich schaute ihn an. „Die Menschen mochten dich. Du hast sie magisch angezogen. Und du warst ein großzügiger Freund."

„Vielleicht etwas zu großzügig", meinte er, nachdem er das Poster ein paar Sekunden angeschaut hatte.

Ich fragte mich, ob er an Ed dachte, sagte aber nichts. „Du hast noch Kontakt zu ihnen, oder?"

„Zu einigen, ja. Ab und zu."

„Ihr habt euch getrennt, und jeder hat sein Ding durchgezogen, aber ihr seid alle erfolgreich geworden."

„Einige von uns mehr als andere."

Wieder fragte ich mich, ob er an Ed oder Bellina dachte, oder an Candy mit seiner berühmten Fernsehsendung und dem Kochbuchimperium. Oder an sich.

„Ich werde mein Internetstalking aufgeben. Ich habe viel über dich gelesen." Ich lachte, als er die Augen verdrehte, legte ihm aber einen Finger auf die Lippen, um ihn davon abzuhalten, etwas zu sagen. „Sehr viel. Von berühmtesten Interviews bis zu langweiligsten Blog-Diskussionen. Und alle sind sich einig, Süßer. Du bist nicht nur göttlich anzusehen, sondern auch clever und talentiert."

„Dann hast du offenbar die ganzen schlechten Kritiken verpasst", erwiderte er. „Und jeder, der irgendeinen Scheiß von damals in den Himmel lobt, will sich nur einschleimen."

Ich lachte laut. „Ja, stimmt, du warst nicht immer der Beste. Aber was macht das schon? Wer ist das schon? Immer wenn es zählt, zeigt sich dein Talent. Deine Kunst."

Wieder flackerte etwas in seinem Blick, und ich wollte wissen, was das bedeutete. „Es hat mich gerettet."

Das war nicht die Antwort, die ich erwartet hatte. „Hat es?"

Er küsste mich wieder. Langsam, süß, intensiv. Der Druck auf meine Lippen brachte mich dazu, den Mund zu öffnen. Seine Zunge ermutigte meine, mitzuspielen. Ich liebte es, Johnny zu küssen. Mund und Atem. Zunge und Zähne. Auf einmal saß ich auf seinem Schoß, drückte meine Knie tief in die Kissen der Couch und meinen Schritt gegen seinen.

Seine Hände umfassten meinen Arsch, ich ließ meine Hüften kreisen. Wir vertieften den Kuss. Johnnys Schwanz richtete sich zwischen uns auf, und ich erschauerte bei dem Gedanken daran, wie er sich in meinem Mund anfühlen würde. Zwischen meinen Beinen. Tief in mir.

Ich knöpfte meine Bluse auf und bekam an der kühlen Luft sofort eine Gänsehaut. Johnny hatte seine Heizung immer niedriger eingestellt als ich. Aber es fühlte sich gut an. Wie Phantomfinger, die meine Nippel zu harten, steil aufgerichteten Spitzen machten. Ich zog mein Hemd aus, öffnete meinen BH und ließ die Träger über meine Schultern gleiten. Mit beiden Händen umfasste ich meine noch in Seide gehüllten Brüste und presste sie zusammen.

Johnny nahm mein Angebot sofort an. Er löste seine Lippen von meinen und ließ sie über meine Kehle gleiten, mein Schlüsselbein. Seine Zunge liebkoste den Ansatz meiner Brüste. Ich ließ den BH fallen, und Johnny schloss seinen Mund um meine harte Brustwarze, saugte vorsichtig an ihr, bis ich stöhnte. Jedes sanfte Saugen hallte in meiner Klit wider. Ich hatte es schon immer geliebt, wenn man mit meinen Nippeln spielte, aber nur wenige meiner bisherigen Liebhaber hatten sich die Zeit dafür genommen. Sie waren lieber gleich zwischen meine Beine geglitten.

Johnny nahm sich die Zeit.

Mein Kopf sank nach hinten, meine Haare kitzelten auf meiner Haut, als ich langsam auf seinem Schritt hin und her schaukelte. Die verschiedenen Lagen aus Jeansstoff, Baumwolle und Seide dämpften das Gefühl. Johnny leckte weiter, knabberte an meinen Nippeln, widmete sich beiden Seiten. Als er seine Zähne fester in meine zarte Haut grub, bog ich mich ihm mit einem Aufschrei entgegen.

Er lachte, und ich lachte auch, atemlos, keuchend, von Lust erfüllt. Johnny vergrub seine Nase zwischen meinen Brüsten, strich mit der Zunge über die Spuren, die seine Zähne hinterlassen hatten.

Ich bot ihm meinen Körper dar, und er nahm ihn. Er legte eine Hand auf meinen Rücken, zwischen meine Schulterblätter, die andere unter meinen Hintern. Bevor ich wusste, was er vorhatte, stand er auf. Meine Beine schlangen sich wie von allein um seine Taille, meine Arme um seinen Hals.

Ich keuchte. „Johnny …"

„Pst", sagte er. „Das Bett ist nur ein paar Schritte entfernt."

Ich klammerte mich an ihm fest, als er mich zum Schlafzimmer trug. Wir fielen gemeinsam aufs Bett, rollten herum, bis ich unter ihm lag. Sein Hemd kratzte auf meiner nackten Haut. Wir küssten uns. Rieben uns aneinander. Wir zogen sein Hemd aus, unsere Münder verschmolzen miteinander, während wir an den Knöpfen herumfummelten. Dann schob er endlich seine Jeans über die Hüften, während ich aus meiner schlüpfte und nur in meinem seidenen Höschen vor ihm auf dem Bett lag.

Seine Augen leuchteten. Er kniete sich hin und schaute auf mich herunter. Ich spreizte sehnsüchtig meine Beine. Mein Hals und meine Brust waren vor Erregung bereits gerötet, ich spürte, wie die Hitze sich in meinem ganzen Körper ausbreitete. Ich sah seine hervorstechenden Hüftknochen, den goldenen Flaum seiner Schamhaare, die köstliche Stelle unter seinem Bauch, die ich so gerne küssen wollte …

Ich atmete tief, beinahe keuchend ein, mir sicher, dass das hier nicht real war.

„Emm?"

Ich fuhr mit meinen Händen über meinen Körper, spürte dem Gefühl meiner Finger auf meiner Haut nach. Ich war echt. Ich war hier. Das Bett bewegte sich, wenn Johnny sich bewegte.

„Berühre mich", flüsterte ich.

Meine Lider wurden schwer, aber ich zwang mich, die Augen offen zu halten, Johnny anzuschauen. Ich wollte ihn vor mir sehen. Mich auf ihn konzentrieren. Er sollte mein Anker sein.

Johnny leckte sich über die Lippen und strich sich mit einer Hand die Haare aus der Stirn. „Sehr wohl, Mylady. Ich werde dich berühren."

Dieser Tonfall, den ich so liebte, ließ meine Nervenenden vibrieren. Die Bedeutung dessen, was er gesagt hatte. Noch mehr aber der männliche, leicht arrogante Ton, bei dem ich eigentlich die Augen hätte verdrehen müssen.

305

Ich spreizte meine Beine weiter, hob meine Hüften an. Mein Höschen war feucht, meine Muschi nass. Mit jeder meiner Bewegungen rieb ich meine Klit an der Seide.

Johnny strich mit einem Finger über meinen Bauch, über den Spitzensaum meines Slips und über meine Perle. Er umkreiste sie ein paarmal, drückte gerade so fest, dass ich ein Stöhnen unterdrückte.

„Wie soll ich dich berühren, Emm? So etwa?" Jetzt hatte ich keine Probleme, seinen Gesichtsausdruck zu deuten. Nichts in seinem Blick war mir verborgen.

„Ja, Johnny."

Er rieb ein wenig fester. „Ich fühle, wie heiß du bist. Und wie feucht."

„Ja", hauchte ich.

„Du bist für mich so feucht."

Ich grinste. „Ja, Johnny. Nur für dich."

Er glitt mit dem Finger unter das Bündchen meines Höschens und schob ihn in mich hinein. Dann noch einen. Bevor ich es richtig genießen konnte, zog er sie wieder heraus und über das Höschen, wo er die Feuchtigkeit in die Seide hineinmassierte.

„Zieh sie aus", sagte er.

Ich schob sie über meine Hüften und an meinen Schenkeln entlang. Er rutschte ein Stück zur Seite, damit ich sie ganz ausziehen konnte. Als ich mich wieder zurücklegte, vollkommen entblößt, zögerte ich einen Moment.

Johnny merkte es. „Was ist?"

„Nichts." Ich wollte nicht daran denken, wie viele wunderschöne, umwerfende, flachbäuchige Frauen mit kleinen Ärschen und dicken Titten Johnny schon gevögelt hatte. Und vor allem wollte ich ihm nicht erzählen, dass mir dieser Gedanke gerade durch den Kopf gegangen war.

Seine Hände hielten darin inne, seine Jeans über seine Schenkel zu schieben. „Emm. Sprich mit mir."

Ich ließ meine Hände über meinen Körper wandern. „Es ist nichts, wirklich. Berühr mich wieder."

Er zog die Jeans aus, doch anstatt zu mir zu kommen und in

mich einzudringen, wie ich es gehofft hatte, oder wenigstens zwischen meine Beine zu gleiten und mich mit dem Mund zu verwöhnen, was ich auch genossen hätte, streckte Johnny sich neben mir aus und stützte sich auf einem Arm ab. Sein Schwanz stieß gegen meine Hüfte. Johnny legte eine Hand auf meinen Bauch – für meinen Geschmack viel zu weit von meiner Klit entfernt – und schaute mich an.

„Du weißt, dass du wunderschön bist, oder?", fragte er leise.

Ich wollte ihn darauf hinweisen, dass das keine Frage war, die ein Mann stellen würde, der seine Nase zu hoch trug und keine Ahnung vom Leben hatte. Vielleicht hatten ihn die Jahre verändert, erwachsen werden lassen. Das passierte jedem. Mir vermutlich auch irgendwann.

„Ich bin froh, dass du das so siehst." Ich drehte mich ein wenig auf die Seite, um ihn ebenfalls anschauen zu können. „Du bist auch wunderschön."

Johnnys Hand glitt ein wenig tiefer, strich am Rand meines sorgfältig rasierten Venushügels entlang, bewegte sich aber nicht in die Richtung der Stelle, die sich nach seiner Berührung sehnte. „Ich meine es ernst, Emm. Und zwar nicht nur dein Gesicht oder deinen Körper. Ich will nicht, dass du glaubst, das sei alles."

„Hm?" Ich runzelte die Stirn. „Willst du mir sagen, es ist meine innere Schönheit? Weil das nämlich ungefähr das Gleiche ist, als würdest du sagen, ich habe eine tolle Persönlichkeit."

Er lachte unterdrückt und küsste mich, strich in langsamen, ruhigen Kreisen über meinen Bauch, näherte sich neckend immer mehr meiner Klit. „Es bedeutet, dass ich nicht nur mit dir ficke, weil du tolle Titten oder einen sensationellen Arsch hast."

Ich lachte. Ich konnte nicht anders. Ich hätte genervt sein sollen, vielleicht sogar beleidigt. Andere Frauen wären es bestimmt bei einer Aussage wie dieser in einem Moment wie diesem. „Also, was ist es dann?"

Johnny lächelte. Seine Hand glitt endlich tiefer und fand den süßen Punkt, der sich so sehr nach seiner Berührung sehnte. „Willst du eine Liste?"

„Ja", hauchte ich. „Das fände ich gut."

307

Seine Finger bewegten sich im richtigen Tempo, im richtigen Rhythmus. Wir waren noch nicht lange zusammen, aber er kannte meinen Körper schon so gut. Wusste, wann er Druck ausüben und wann er innehalten musste. Wo er mich berühren, *wie* er mich streicheln sollte.

Ich schloss die Augen und schwebte auf seiner Stimme und unter dem süßen Druck seiner Fingerspitzen auf meiner Haut dahin.

Ganz langsam brachte er mich mit seiner Hand an den Abgrund. Doch es war seine Stimme, die mich antrieb. Ich lauschte ihm und vergaß alles um mich herum.

Er sprach ganz leise, nicht so, dass es mich ablenkte, sondern gerade laut genug, um meine Erregung noch zu steigern. „Du lässt dich durch nichts von dem abhalten, was du tun willst. Du bist auf gewisse Art stur, und das bewundere ich, Emm. Du bist gut zu deinen Freunden. Zu deiner Familie. Mir gefällt, dass du deine Eltern noch magst."

Ich lachte atemlos. „Lass uns bitte … jetzt … nicht über meine … Eltern sprechen."

Johnny lachte unterdrückt, seine Finger wurden langsamer, dann wieder schneller. Er machte mich verrückt. „Ich mag es, wie du dein Haar trägst."

„Besser."

„Ich mag es, was du mit deinem Mund machst, wenn du intensiv über irgendetwas nachdenkst und dir nicht sicher bist, was du dazu sagen sollst."

Ich seufzte und bog meinen Rücken ein wenig durch.

„Mir gefiel es, wie du an dem einen Tag in meinem Büro geweint hast, weil du dachtest, es wäre etwas Peinliches vorgefallen."

Ich war so kurz vor dem Orgasmus, dass ich ihn nicht mehr zurückdrängen konnte. „Wow. Wie sexy! Wo wir gerade von sexy sprechen …"

Er hätte in diesem Moment über die Preisentwicklung auf dem chinesischen Teemarkt sprechen können und hätte mich trotzdem dem Höhepunkt näher gebracht, doch das tat er nicht, sondern er beugte sich vor und küsste mich. In Gleichklang mit der

Bewegung seiner Finger saugte er an meiner Zunge, was zum Wahnsinnigwerden langsam war. Ich wollte meine Hüften nach oben schieben, um meine Klit gegen seine Hand zu drängen, aber ich hielt mich zurück.

„Ich mag es, wie deine Nippel hart werden, wenn du dir vor dem Duschen das T-Shirt über den Kopf ziehst. Wie findest du das?"

„Viel besser ..."

„Ich mag auch deinen Geschmack, wenn du auf meiner Zunge kommst. Ich muss nur daran denken und werde so verdammt hart, dass ich fürchte, mein Schwanz könnte platzen."

Ich murmelte seinen Namen. Ich konnte mich nicht bewegen, nicht sprechen. Konnte nur zuhören. Und fühlen.

„Das erste Mal, als ich dich in dem Coffeeshop sah", flüsterte Johnny mir ins Ohr, während seine Hand mich immer näher an die Ekstase brachte, „kannte ich dich, Emmaline. Ich musste an dir vorbeigehen, weil ich nicht die Worte hatte, um dir zu sagen, was ich damals bereits wusste. Nämlich dass wir genau so enden würden. Hier. Zusammen. Ich hatte keine Wahl, und das ist mir fürchterlich gegen den Strich gegangen."

Ich riss meine Augen auf, mein Körper spannte sich an, war kurz davor, zu explodieren. „Hat es das ... wirklich?"

Johnny schob seine Finger in mich hinein, fickte mich genauso langsam, wie er mich zuvor gestreichelt hatte. Es war eine andere Art von Vergnügen, die mich zurückhielt und gleichzeitig vorwärtsdrängte. „Ja. Das hat es. Warum glaubst du, war ich dir gegenüber so ein Riesenarschloch?"

Keuchend hoffte ich, nun endlich kommen zu dürfen. Aber ich tat es nicht. „Oh Baby, du hast so eine verdammt seltsame Art, sexy zu sein ..."

Doch ich liebte es. Genau wie ich ihn liebte. Alles an ihm, inklusive der Tatsache, dass ich ihm bei unserer ersten Begegnung auf den Geist gegangen war, ohne dass wir ein Wort miteinander gewechselt hatten.

„Du bist so heiß und so feucht. Ich spüre, wie nah dran du bist. Du wirst für mich kommen, Emm."

„Ja."

Er knabberte an meinem Ohr, ließ seine Zunge gegen die zarte Haut an meinem Hals schnalzen und schickte damit grelle Blitze der Lust durch meinen Körper. Es war kein Platz mehr zum Reden, zumindest nicht bei mir. Ekstatisch bewegte ich mich unter seinen Berührungen. Kam näher und näher. Nichts könnte mich aufhalten, nichts würde mich aufhalten.

„Dich zu sehen war ein wenig, wie von einem Truck mit Höchstgeschwindigkeit überrollt zu werden", flüsterte Johnny. „Ich bin an dir vorbeigegangen, als wärst du nicht da, aber ich dachte die ganze Zeit, dass ich gleich über meine eigenen Füße stolpern werde. Das hast du mir an diesem Tag angetan, als ich dich das erste Mal sah. Und du hast mich angeschaut."

Irgendwie fand ich die Worte und den Atem, um sie auszusprechen. Irgendwie fand ich meine Stimme. „Ich habe dich gesehen. Ich kannte dich nicht, aber ich fühlte ... ich fühlte mich ... Oh Gott, Johnny, genauso. Nur ein wenig mehr."

Es brauchte nicht mehr viel. Nur ein wenig. Ich fiel und flog, beides gleichzeitig.

„Du hast mich auch überfahren", sagte ich, nicht sicher, woher die Worte kamen oder ob sie einen Sinn ergaben. Ich sprach mit dem Herzen, nicht mit dem Geist. „Wir sind zusammengeprallt, nicht wahr? Gleich dort. Du und ich, wir haben uns aufeinander zubewegt ... zum richtigen Zeitpunkt ..."

„Endlich war es die richtige Zeit", murmelte Johnny an meinem Haar. Ich spürte, wie sein Schwanz an meiner Hüfte pochte, obwohl ich ihn nicht berührte.

Ich kam. Es überwältigte mich. Ich hörte sein Stöhnen an meinem Ohr und fühlte ihn an mir pulsieren und zucken. Ich spürte seine Hitze, seine Feuchtigkeit. Ich roch ihn, und die Nachwehen schüttelten mich so sehr durch, dass ich aufstöhnte.

Danach schwebte ich wieder, döste schweigend vor mich hin, während Johnnys Hand noch auf mir lag. Wir klebten förmlich aneinander; ich dachte kurz, dass ich aufstehen und vielleicht eine Dusche nehmen sollte. Ich tat es aber nicht. Ich wollte hier für immer mit ihm liegen und mich nicht bewegen.

„Wir sind nicht zusammengeprallt", sagte er nach einigen Minuten mit schläfriger Stimme.

„Nein?" Ich drehte mich um und kuschelte mich an ihn. Unsere Arme und Beine waren ein heilloses Durcheinander.

„Nein, wie nennt man das, wenn zwei in Bewegung befindliche Objekte … Mist", murmelte er. „Du brauchst eine besondere Versicherung für dein Auto."

Ich liebte es, dass ich seinen Gedanken folgen konnte, obwohl er offensichtlich von unserem Liebesspiel betrunken und auf dem Weg in den Schlaf war. Ich lachte leise, drückte mein Gesicht in die Kuhle an seinem Hals. Ich dachte an den Physikunterricht in der Schule. „Zwei in Bewegung befindliche Objekte kollidieren, Johnny."

„Ja, das ist mit uns passiert", flüsterte er. „Wir sind kollidiert."

28. KAPITEL

Alles lief gut.

Nicht nur zwischen Johnny und mir – ich war nicht so blind vor Liebe, dass ich glaubte, unsere Beziehung wäre wichtiger als alles andere. Ich liebte ihn, aber das bedeutete nicht, dass es daneben nichts anderes für mich – oder für ihn – gab. Ich verstand das.

Nein, wirklich *alles* war gut. Ich ging nicht mehr in die Dunkelheit. Ich war fest im Hier und Jetzt verankert, und auch wenn ich nicht verhehlen konnte, dass mir die Aufregung ab und zu ein wenig fehlte – die pure Freiheit dieser imaginären Stunden mit dem damaligen Johnny –, konnte ich das, was ich in der Realität hatte, sehr viel mehr schätzen.

Ich dachte allerdings oft an das, was er gesagt hatte. Was an diesem einen Tag im Coffeeshop mit uns geschehen war, als er an mir vorbeiging und so tat, als würde ich nicht existieren. Ich dachte daran, wie er es bezeichnet hatte.

Wir waren kollidiert.

Ich dachte auch daran, was er ganz zum Schluss gesagt hatte, als der Orgasmus uns beide jeglicher klarer Gedanken beraubt hatte. Die richtige Zeit, hatte er gesagt. *Endlich.*

Ich konnte nicht aufhören, darüber nachzudenken.

„Ich wüsste zu gerne, was das bedeutet", sagte ich Jen bei einem großen Kaffee und einem Teller Kuchen in unserem Lieblingscafé.

Das *Mocha* war so voll wie immer, aber für mich hatte es sich verändert. Ich mochte es immer noch, doch ich schaute nicht mehr jedes Mal hoffnungsvoll auf, wenn die Türglocke ertönte. Carlos hatte sein Buch vollendet und aufgehört, jeden Tag vorbeizukommen. Er nahm sich eine Pause, wie er es ausdrückte, bevor er mit dem nächsten Roman anfing. Ich sah ein paar neue Gesichter, vermisste ein paar alte. Ich verstand, dass das Café sich nicht verändert hatte, sondern ich.

„Ich weiß nicht. Vielleicht war es nur das sinnlose Gerede beim Sex. Manche Leute sagen die verrücktesten Sachen, wenn sie kommen." Jen nippte an ihrem Kaffee und beugte sich dann vor. „Ich meine, einmal hat Jared laut geschrien ‚Heiliger Petrus auf Stelzen', als ich ihm einen Blowjob gab und dabei seine Glocke läutete, wenn du verstehst, was ich meine."

Ich lachte laut auf. „Was hast du gemacht?"

Jen lachte auch. „Tu nicht so, als wüsstest du nicht, wovon ich rede."

Ich hob unschuldig eine Augenbraue. „Ich habe keine Ahnung."

Sie schaute sich kurz um und tat dann so, als würde sie einen Schwanz lutschen und dabei mit einem Finger an seiner ... nun ja, seiner Hintertür läuten. „Süße, ich dachte, es würde mir den Kopf abreißen, so heftig ist er gekommen."

Ich lachte noch mehr, bedeckte mein Gesicht für eine Sekunde mit den Händen, weil ich es mir nicht vorstellen wollte, aber nicht anders konnte. „Wow."

„Er fand es toll", sagte sie mit einem zufriedenen Nicken. „Versteh mich nicht falsch, ich bin kein großer Fan von ... so was."

„Ich verstehe."

Sie zuckte mit den Schultern und schaute mich strahlend an. „Aber wenn man jemanden richtig liebt ... dann will man, dass er glücklich ist ... Womit ich nicht sagen will, dass Jared das braucht, um glücklich zu sein."

„Natürlich nicht."

Sie grinste. „Aber er hat es verdammt noch mal geliebt."

Wir lachten gemeinsam. „Ich glaub dir einfach mal. Ich bin mir allerdings nicht sicher, ob Johnny es auch mögen würde."

Sie winkte ab. „Das kann man nie wissen."

Ich schüttelte den Kopf und trank einen Schluck. „Das ist echt abartiges Zeug, meine Liebe."

„Ich weiß." Jen wackelte mit den Augenbrauen. „Wer hätte das gedacht, hm?"

Eine matronenhafte Frau ging an uns vorbei, die Haare in feste graue Locken gedreht, dazu ein klassisches Twinset. Sie bedachte uns mit einem ernsten Blick. Jen wartete, bis die Frau vorbei war, und verdrehte dann die Augen.

313

„Heute sind komische Leute hier", sagte sie. „Die sind alle so alt. Sorry, das sollte keine Beleidigung deines Liebsten sein."

„Hab ich auch nicht so aufgefasst. Er zählt nicht dazu."

„Stimmt." Sie leckte sich Kuchenglasur vom Zeigefinger. „Johnny *McSexy* Dellasandro wird nicht alt. Wirst du eigentlich nach der Hochzeit seinen Namen annehmen?"

Ich grinste. „Ich weiß nichts von einer Hochzeit – Gott, du und meine Mom. Lasst uns doch einfach ... eine Weile zusammen sein und es genießen."

„Ihr seid nicht einfach nur zusammen, Mädchen. Ihr seid voll verliebt. In echt."

„In echt", wiederholte ich. „Aber was das Heiraten angeht, bin ich mir nicht so sicher. Er war wie oft, dreimal, viermal, verheiratet? Vielleicht will er das nicht noch mal durchmachen. Und da wir keine Kinder haben können, ist es auch nicht so wichtig. Wir wohnen ja nicht mal zusammen."

„Komm schon, du meinst, ein verbranntes Kind scheut das Feuer? Lass mich dir eines sagen, ein Kerl heiratet nicht viermal, wenn er nicht der Typ zum Heiraten ist."

„Sehr tiefgründig", neckte ich sie. „Beinahe schon philosophisch."

Sie warf mit einer Serviette nach mir. „Halt den Mund. Es stimmt. Ich wette, du bist noch vor mir unter der Haube."

„Ihr habt vor zu heiraten?" Das waren mal gute Neuigkeiten. Ich beugte mich vor. Ich hatte mir ein wenig Sorgen gemacht, dass die Sache mit Jared nicht ganz rund lief.

Sie zuckte mit den Schultern. „Vielleicht. Er meint, das Leben als Frau eines Bestatters ist Mist. Ich finde, es ist nicht schlimmer, als die Freundin von einem zu sein, abgesehen davon, dass ich derzeit noch nicht in einem Haus mit einem Keller voller Leichen wohnen muss."

Ich zog eine Grimasse. „Du musst da nicht wohnen, oder?"

„Nein, aber es würde mein Leben einfacher machen." Sie zuckte wieder mit den Schultern und spielte mit ihrem Brownie, brach ein Stück ab und knabberte daran. „Ich weiß nicht, ob er versucht, mich zu überzeugen oder mich hinzuhalten. Dann

314

gibt es wieder Zeiten, wo er es kaum erwarten kann und ständig davon spricht, nach Las Vegas durchzubrennen."

„Willst du ihn heiraten?"

Jen überlegte. „Ich weiß nicht. Aber ich weiß nicht, ob ich mir nicht sicher bin, weil ich es wirklich nicht weiß oder weil ich mir nicht sicher sein will für den Fall, dass es nichts wird."

„Das klingt kompliziert", sagte ich mitfühlend.

„Ja." Sie klang schon wieder fröhlich. „Aber zurück zu dir. Wirst du nun deinen Namen behalten oder nicht?"

„Wen interessiert das, wenn ich noch nicht mal weiß, ob ich überhaupt heiraten will?"

„Denk doch nur mal darüber nach", sagte Jen, als die grauhaarige Frau sich ihren Weg zurück durch die Tische bahnte. „Wenn du seinen Namen annehmen würdest, wärst du Mrs Emm *fucking* Dellasandro!"

Ich brach genau in dem Moment in lautes Lachen aus, als die Frau uns mit einem wütenden Blick bedachte. „Oh ja. Ich stelle mir gerade vor, wie ich in der Firma ans Telefon gehe. ‚Guten Tag, hier ist Emm *fucking* Dellasandro. Wie kann ich Ihnen helfen?'"

Jen kicherte. „Du musst zugeben, das bleibt im Gedächtnis. Vielleicht sollte ich aufhören, ihn so zu nennen, jetzt wo ihr zwei zusammen seid und so."

„Nein", widersprach ich. „Hör nicht damit auf. Selbst für mich ist er immer noch Johnny *fucking* Dellasandro."

Sie schaute mich ernst an. „Ehrlich?"

„Ja."

„Das ist cool. Er ist cool", fügte sie hinzu. „Selbst wenn ich seine Filme nicht mehr gucken kann, weil ich dann nur daran denke, dass er meine beste Freundin vögelt."

„Oh, als wenn ich Jared noch in die Augen schauen könnte, nachdem du mir erzählt hast, dass du seine hintere Glocke geläutet hast."

Wir lachten beide so laut, dass einige ihre Köpfe zu uns umdrehten, aber das war uns egal. Dafür waren Freunde da – für raues, heiseres Lachen in Coffeeshops. Jen brach noch ein Stück von ihrem Brownie ab, und ich aß meinen Apfelmuffin auf.

„Ich bin so nervös wegen der Vernissage", gestand sie mir. „Ich meine, mal im Ernst, er ist Johnny D, verstehst du?"

„Du musst nicht nervös sein. Johnny liebt deine Sachen. Und das sagt er nicht nur, weil du meine Freundin bist. Ich gehe zwar mit ihm ins Bett, aber Kunst nimmt er sehr ernst. Er würde nicht mit dir spielen, Jen. Die Vernissage wird toll."

„Es ist meine erste Ausstellung." Sie zeigte auf die leeren Stellen an der Wand, wo ihre Bilder gehangen hatten. „Das hier zählt nicht. Das bei Johnny ist echt. Wichtig. Ich will es nicht vermasseln, verstehst du?"

Ich nickte. „Ich weiß."

„Nicht dass ich glaube, ich hätte eine großartige Karriere vor mir oder so", sagte sie hastig. „Ich erwarte nicht, dass ich demnächst meinen Job aufgeben kann. Ich will nur, dass die Leute meine Sachen sehen und sie mögen. Es geht mir nicht ums Geld."

„Ich beneide dich. Und Johnny. Ich habe nicht die kleinste kreative Ader …" Ich halte inne und denke an die komplizierten Geschichten, die mein Gehirn sich ausdenkt. „Zumindest keine, mit der sich etwas anfangen lässt."

„Was soll ich sagen? Ich kann ohne Taschenrechner weder addieren noch subtrahieren. Ohne Menschen, die Mathe können, würde die Welt aufhören, sich zu drehen."

„Aber ohne Leute, die Schönes erschaffen können, genauso", erwiderte ich. „Deine Vernissage wird super, glaub mir. Ich kann es kaum erwarten."

Sie zog kurz eine Grimasse, lächelte dann aber. „Ich schätze, ich auch nicht."

Wir quatschten noch ein wenig und tranken unseren Kaffee aus. Dabei benoteten wir die Klamotten von jedem, der das Café betrat. Nach einer Weile schaute ich auf die Uhr und seufzte.

„Ich sollte mich langsam auf den Weg machen. Ich habe Johnny versprochen, heute Abend zu kochen, und hab mir leider etwas Besonderes ausgedacht. Ich Dummerchen."

„Du bist so vollkommen verknallt", sagte Jen.

„Nein", widersprach ich nicht sonderlich vehement.

„Du wirst diesen Mann so was von heiraten", zog sie mich

auf. „Und ehe du dich versiehst, öffnest du ihm abends die Tür in Pumps und Perlenkette und mit einer kleinen Schürze um und kochst ihm einen herzförmigen Hackbraten."

Das war gar keine so schlechte Idee. Nicht die Pumps und die Perlen, nicht mal der Hackbraten, obwohl ich fand, dass das süß klang. Aber die Vorstellung, häuslich zu sein.

„Ich hätte nie gedacht …", fing ich an und unterbrach mich dann selber, weil ich zu meinem Entsetzen feststellte, dass ich kurz davorstand, in Tränen auszubrechen.

Jen, ganz die gute Freundin, die sie war, wurde ernst. „Was hättest du nicht gedacht?"

„Dass ich das jemals haben würde. Irgendetwas davon. Ich dachte, ich würde für immer bei meinen Eltern leben müssen." Ich atmete zitternd ein und kämpfte gegen die Tränen an. „Tut mir leid."

„Hey, Mädchen, du musst dich nicht entschuldigen. Wie geht es dir in letzter Zeit überhaupt?" Sie drehte mit ihrem Finger kleine Kreise neben ihrer Schläfe.

„Mit meinem Wahnsinn?" Ich drückte es extra so aus, weil ich wusste, dass sie es nicht so meinte. „Seit dem Tag, an dem wir es zusammen versucht haben, hatte ich keine Episode mehr. Ich traue dem Frieden allerdings noch nicht. Ich warte ständig darauf, dass es wieder passiert."

„Das wird sich vermutlich nicht mehr ändern, oder?"

Damit hatte sie den Nagel auf den Kopf getroffen. „Ja. Das denke ich auch. Obwohl ich ja vor meinem Umzug hierher auch ein paar Jahre beschwerdefrei war. Aber selbst damals habe ich wohl unterschwellig immer gewartet. Ich war nur hoffnungsvoller."

Jen nickte. „Das kann ich mir vorstellen. Vielleicht verschwinden sie ja jetzt auch für eine Weile."

„Ja, das wäre schön." Aber ich war weit davon entfernt, das mit Sicherheit sagen zu können.

„Tust du mir einen Gefallen?"

„Was für einen?"

Sie lachte leise und sah mich verlegen an. „Versuch nicht noch mal, eine herbeizuführen, okay? Ich dachte, Johnny würde mich umbringen."

„Er hat sich nur Sorgen gemacht. Er ist nicht böse auf dich."

Jen schüttelte den Kopf. „Du hättest ihn sehen sollen. Er war wahnsinnig vor Angst. Nicht wie an dem Abend, als wir bei dir zum Essen waren. Ich meine, da war er angespannt, das konnte man sehen. Das war irgendwie sehr süß. Aber an dem Tag, an dem du dich selber in die Dunkelheit geführt hast, dachte ich wirklich, er würde irgendetwas zu Kleinholz machen. Im Zweifel mein Gesicht."

Ich lachte unbehaglich. „Das war auch ziemlich dumm von mir."

„War es das?" Sie schaute mich neugierig an. „Ich weiß nicht. Wenn du es schaffst, eine Episode heraufzubeschwören, meinst du nicht, dass du dann auch lernen könntest, aus ihr wieder herauszukommen? Vergiss es. Johnny hatte recht – es war gefährlich, und ich bin keine gute Freundin, dass ich es überhaupt vorschlage."

„Nein, das stimmt nicht. Ich glaube, an deiner Theorie ist durchaus etwas dran. Es ist nur so, dass ich ihm versprochen habe, es nie wieder zu probieren und …" Ehrlich gesagt, hatte ich auch Angst davor.

„Ich verstehe das. Wirklich. Und ich bin ja auch kein Arzt oder so. Ich schaue mir ja nicht mal die Krankenhausserien im Fernsehen an. Johnny hat vollkommen recht. Ich sollte dir nicht vorschlagen, mit deinem Gehirn zu experimentieren."

„Das Ding ist, die meisten epileptischen Störungen können nicht mit dem Geist kontrolliert werden. Wenn sie es könnten, würden die Leute keine Medikamente benötigen. Aber Meditation, Akkupunktur und alternative Medizin haben bei mir immer gewirkt, und zwar besser als herkömmliche Medikamente. Außerdem hat niemand jemals wirklich eine epileptische Störung diagnostizieren können. Jeder Arzt, bei dem ich war, hat etwas anderes gesagt. Es gibt einen leichten Schatten auf den CT-Aufnahmen, aber weder wird er größer noch verschwindet er." Ich seufzte. „Echt blöd."

„Total", stimmte Jen zu. „Was hast du dir nur dabei gedacht, dir dein Gehirn kaputt zu machen?"

Ich war froh, dass ich mit ihr über etwas lachen konnte, das eigentlich nicht zum Lachen war. „Ich weiß nicht. Ich schätze, ich war kein sonderlich kluges Kind."

„Mein Gott, wer ist das schon? Ich bin einmal mit einem Bettlaken als Superman-Umhang aus dem zweiten Stock gesprungen. Ich dachte, ich könnte fliegen."

„Wann hast du gemerkt, dass du es nicht kannst?"

Sie schnaubte. „Sobald ich abgesprungen war."

Wir lachten wieder, schüttelten unsere Köpfe über unser dummes Verhalten in der Kindheit. Ich schaute noch einmal auf die Uhr. „Okay, jetzt muss ich wirklich los. Ich denke, ich werde ein wenig Hackfleisch für einen Braten kaufen."

„Vergiss nicht die Schürze und die Perlenkette", riet Jen mir und stand mit mir auf. „Und die Pumps."

Auf dem Weg zum Supermarkt dachte ich über das nach, worüber wir gesprochen hatten. Ich schob den Wagen durch die Gänge und kaufte nicht nur Sachen für mich ein, sondern auch für Johnny. Ich wählte sein bevorzugtes Olivenöl. Toilettenpapier von der Marke, die er lieber mochte, auch wenn es teurer war. Seine Lieblingschips mit Salz-und-Essig-Geschmack.

Es fühlte sich nicht falsch an, andere Entscheidungen zu treffen, als ich es für mich alleine getan hätte. Ich hatte weder das Gefühl, Kompromisse zu machen, noch mich selber zu verleugnen. Dieser schlichte Einkauf war jetzt Teil von etwas Größerem. Es ging nicht um die Marke der Butter oder darum, wie viele Packungen Reis ich kaufte. Es ging nicht um ein einzelnes Abendessen oder auch einen Monat voller Abendessen.

Es ging darum, ein Leben mit ihm aufzubauen.

Dieser Gedanke ließ mich mitten im Gang erstarrten. Meine Hände klammerten sich an den Griff des Einkaufswagens. Der Boden neigte sich auf die vertraute Weise unter mir. Ich dachte, einen Hauch Orangenduft wahrzunehmen. Ich wartete darauf, dass die Episode kommen und mich mitnehmen, mich in Dunkelheit hüllen würde. Dann erkannte ich, dass es nicht von ei-

319

ner Episode kam. Die Welt neigte sich nicht, weil mein kaputtes Gehirn es mir vorgaukelte, sondern weil mich die Gefühle übermannten.

Ich war mir nicht sicher, ob ich gerade eine Episode abgewehrt hatte oder einfach davon ausgegangen war, dass dieses schwindelige Gefühl der Vorbote von einer war. Denn noch nie zuvor hatten mich meine Emotionen derart überrollt, ohne dass danach die Dunkelheit gefolgt war. Doch die Welt verschwamm nicht vor meinen Augen. Ich erwachte nicht auf einer Blumenwiese oder in einem Kanu an den Niagarafällen.

„Entschuldigung", sagte eine junge Mutter mit einem vollen Einkaufswagen, in dessen Sitz ein strahlendes Baby saß.

Ich trat beiseite, um ihr Zutritt zu den Schokoriegeln zu gewähren, und schob meinen Wagen dann weiter den Gang hinunter. An der Kasse fühlte ich es erneut, als die Kassiererin meine Biotomaten abwog und dabei mit dem Jungen quatschte, der die Einkäufe einpackte. Ich bezahlte und setzte mir den Rucksack mit meinen Einkäufen auf den Rücken, um nach Hause zu gehen. Die Welt neigte sich, drehte sich. Es war wie das Zucken des Vorhangs auf der Bühne kurz vor der Vorstellung. Wie eine Hand, die an die Tür klopfte.

Die Frage war nur: Würde ich darauf reagieren?

29. KAPITEL

*M*ein Gehirn traf seine Entscheidung selber. Ich verbrachte meine Tage mit Johnny, ohne in die Dunkelheit abzudriften. Wenn es an der Zeit war, ins Bett zu gehen, und ich im Dunkeln neben ihm lag, schlief ich ganz normal ein. Und träumte.

Von Johnny.

Ich stolperte nicht mehr in lusterfüllte Fantasien voll feuchter, heißer Haut, langen Haaren, Sommerhitze. Es war immer noch der Johnny von damals, das gleiche Haus. Der gleiche Sommer. Aber etwas war anders.

Es scheint sinnlos zu sein, in Träumen auf eine Uhr, einen Kalender zu achten, aber wenn ich daran dachte, versuchte ich immer, einen Blick darauf zu werfen. Es war ein paar Wochen vor der verhängnisvollen Party, die sie alle auseinandergerissen hatte, und ich war froh, dass mein Geist mich dorthin schickte. Sie waren alle glücklich. Sie waren high, hatten Sex, diskutierten über Politik und Kunst. Und sie aßen. Immer aßen sie die köstlichen Gerichte, die Candy zubereitete.

In ihrer Mitte war Johnny, der meine Hand hielt. Mich beiläufig küsste. Seine Finger in meinem Haar vergrub und es im Nacken anhob, damit ein wenig kühle Luft an meinen Hals kam. Er ließ mich aus seiner Bierflasche trinken, von seiner Gabel essen. Wir lagen in seinem Garten auf dem Rasen, ich bettete meinen Kopf in seinen Schoß und er malte meine Gesichtszüge mit den Fingern nach, während ich in den blauen Sommerhimmel schaute.

„Ich wünschte, du würdest bleiben", sagte Johnny und zog an seinem Joint, den er mir dann reichte.

Ich lehnte dankend ab. Er schüttelte den Kopf und steckte ihn sich wieder zwischen die Lippen. „Ich kann nicht, und das weißt du."

„Ich weiß, dass du es behauptest."

Ich war zufrieden, der Traum war zuckersüß. Ich lachte, einfach weil es sich gut anfühlte, zu lachen. Ich drehte mich ein wenig auf dem grünen Gras und schaute weiter in den blauen Himmel. Und in das Gesicht des Mannes, den ich liebte.

„Was ist so lustig?", fragte er.

„Nichts. Ich bin nur … glücklich."

Er beugte sich vor, um mich zu küssen. Sein Atem roch nach Hasch, aber nicht unangenehm. „Ich bin froh, dass du glücklich bist, Emm."

„Bist du es nicht?"

Er runzelte die Stirn. „Manchmal."

Ich setzte mich auf und spielte mit. „Oh, armer Johnny! Was ist los?"

Er zuckte mit den Schultern. „Wie schon gesagt, ich wünschte, du könntest hierbleiben."

„Glaub mir, wenn ich es täte, fändest du es nicht mehr so toll." Mir war ganz schwindelig vor Freude und von der Freiheit meines Traumes.

„Doch, fände ich wohl."

„Nein. Du würdest meiner genauso schnell überdrüssig werden wie all deiner Frauen."

Johnny lachte. „Ich werde Frauen nie überdrüssig, Baby. Dafür liebe ich sie zu sehr. Und genau das ist mein Problem."

„Siehst du? Ich will nicht nur einfach eine deiner Frauen sein."

Er schüttelte langsam den Kopf und schaute mir in die Augen. „Das bist du auch nicht, Emm. Niemals."

Ich legte mich wieder in seinen Schoß und spürte seine nackte Haut an meiner Wange. Er trug ganz fürchterliche rote Shorts mit weißen Nähten, was ein weiterer Beweis dafür war, dass es sich hierbei um einen Traum handelte. Mein Johnny würde in so etwas nicht einmal tot überm Zaun hängen wollen – zumindest heute nicht. Damals in den Siebzigern waren die Shorts vermutlich superheiß.

„Vertrau mir, du solltest froh sein, dass ich nicht die ganze Zeit bei dir bin", sagte ich.

„Tja, bin ich aber nicht." Er legte den Joint beiseite und stützte sich hinter seinem Rücken mit den Händen ab, um in den Himmel zu schauen.

Ich wurde ein wenig nüchterner. „Wir würden uns streiten."

„Worüber?", fragte er, als wenn es ihm nichts ausmachen würde.

„Über irgendetwas. Ich weiß nicht. Irgendwann kommt immer der Punkt, an dem sich zwei Menschen streiten … Ich kann eine ziemliche Furie sein."

Er lachte. „Du meinst, damit kann ich nicht umgehen?"

„Nein, ich meine, du solltest es nicht müssen." Nicht hier. Nicht in meinem Traum.

„Vielleicht will ich das aber", erwiderte er in einem nonchalanten Tonfall, den ich ihm nicht eine Sekunde lang abkaufte. „Hast du darüber schon mal nachgedacht?"

Alles war durcheinander, verquer. Ich konnte mich an die Episoden erinnern, an unsere Unterhaltungen, an unseren Sex, aber ich kam nicht dahinter, wo sie in diesem Traum zeitlich einzuordnen waren. Alles war irgendwie in tausend Stücke zerbrochen.

Ich setzte mich auf und schaute ihn an. „Ich liebe dich, weißt du?"

Er sah erfreut aus. „Ja?"

Ich tippte mit dem Finger gegen seine nackte Brust – denn abgesehen von den Shorts war er nackt. „Du musst das erwidern, du Dummkopf."

Johnny beugte sich vor und küsste mich. „Ich liebe dich, Emm."

Aus dem Pool vor uns ertönte ein lautes Platschen, und Ed tauchte prustend auf. Die anderen waren nicht da. Bis eben waren wir allein gewesen. Ich wünschte, wir wären es immer noch.

„Selbst wenn ich zickig bin", sagte ich, „hält es nie lange an."

„Nein?" Er küsste mich erneut, und seine Hand fand den Platz an meinem Nacken, den er so gerne umfasste.

„Nein", sagte ich an seinen Lippen.

„Gut zu wissen", erwiderte er.

Jemand rief seinen Namen. Er schaute zum Haus und runzelte die Stirn. Bellina stand an der Tür und hielt den Telefonhörer in der Hand, dessen Kabel sie ganz lang gezogen hatte. Sie rief Johnny einen Namen zu.

323

„Mein Agent", erklärte er und schaute mich entschuldigend an. „Da muss ich leider ran, Baby."

„Geh nur." Ich streckte mich faul und zufrieden in der Sonne aus.

Er stand auf und schaute auf mich herunter. Ich konnte gegen die Sonne nur seine Silhouette erkennen. „Wirst du hier sein, wenn ich zurückkomme?"

„Ich hoffe es."

Aber ich war es nicht.

In einer anderen Nacht kehrte ich im Traum wieder zu ihm zurück. Zu einer etwas anderen Zeit. Johnny kam aus der Küche und fand mich im Hausflur. Er musterte mich von Kopf bis Fuß.

„Hey. Das war Freddy. Er sagt, er hätte eine Rolle in einem italienischen Horrorstreifen klargemacht." Er nahm mich in die Arme. „Willst du mit mir nach Italien gehen?"

Warum nicht? „Klar."

Er grinste. Küsste mich. Erst sanft, dann etwas intensiver. „Willst du mit mir nach oben gehen?"

„Ganz sicher." Ich drückte seinen Arsch mit beiden Händen.

Ein Klappern im Flur ließ uns beide aufschauen. Es war Ed. Genervt runzelte ich die Stirn. *Folgte er uns oder was?*

„Tut mir leid." Ed schwankte ein wenig. „Ich dachte … ich dachte, du wärst weg, Emm. Du warst da, und dann dachte ich … Ist auch egal."

„Ich bin hier", sagte ich genervt.

Johnny lachte. „Schlaf deinen Rausch aus, Mann." Ed stolperte an uns vorbei ins Wohnzimmer und klappte auf der Couch zusammen. „Dieser Kerl sollte wirklich mal weniger trinken."

Oben in Johnnys Schlafzimmer zog er die grauenhaften Shorts aus und stand nackt vor mir. Sein Schwanz reckte sich mir steif und göttlich entgegen, bettelte mich förmlich an, vor ihm auf die Knie zu gehen und ihn in den Mund zu nehmen. Was ich nur zu gerne tat. Der Saum meines dünnen Nachthemds knüllte sich unter meinen Knien zusammen. Johnny ließ seine Finger über die Spaghettiträger gleiten und schob sie von meinen Schultern, sodass der feine Stoff über meine Brüste glitt und sie bloß legte.

Ich strich mit meiner Hand an seinem Schwanz entlang und nahm seine Eichel in den Mund. Ich saugte. Johnny stöhnte. Stieß in mich. Ich leckte und knabberte sanft, und Johnny zog an meinem Haar, bis ich aufschaute.

„Steh auf", sagte er. „Und dreh dich um."

Ich tat, wie mir geheißen, stützte mich mit flachen Händen an der Kommode aus poliertem Holz ab. Seine Finger spielten mit meiner Poritze, dann glitten sie zwischen meine Beine, um meine Klit zu streicheln. Ein Schauer überlief mich. Ich senkte den Kopf, spreizte die Beine. Ich war so feucht.

„Gehst du immer ohne Höschen aus dem Haus?", murmelte er an meinem Ohr, ohne eine Antwort zu erwarten.

In diesem Nachthemd schlief ich immer ohne Slip, aber niemals würde ich außerhalb eines Traumes darin das Haus verlassen. Doch diese Erklärung war zu lang, zu kompliziert. Also sagte ich: „Nur bei dir."

Er gab einen undefinierbaren Laut von sich. Seine Finger glitten in mich hinein und wieder heraus. Mit Daumen und Zeigefinger zupfte er sanft an meiner Klit, was mir ein kehliges Stöhnen entlockte.

„Willst du von mir gefickt werden, Emm?"

„Ja."

„Einfach so?"

„Ja."

Über der Kommode hing ein Spiegel. Als Johnny in mich hineinstieß, zog er gleichzeitig an den Haaren in meinem Nacken, sodass ich aufschauen musste. Ich sah uns beide, festgehalten auf Glas, der Rahmen wie der eines Gemäldes. Der Spiegel machte aus uns Kunst.

Johnny schaute düster, während er in mich hineinstieß. Konzentriert. Seine Brauen waren gerunzelt, sein Mund eine dünne Linie. Mein Blick verschwamm, als sich die Lust in mir aufbaute, aber seine Hand in meinem Haar hielt mich davon ab, wegzusehen. Unsere Blicke trafen sich im Spiegel.

Seine andere Hand bearbeitete meine Klit, streichelte sie im

325

Rhythmus seiner Stöße. Meine Finger verkrampften sich um den Rand der Kommode, doch meine Handflächen waren so feucht, dass ich immer wieder abglitt. Wir bewegten uns im Gleichklang. Die Kommode wackelte, quietschte auf dem Holzfußboden, schlug gegen die Wand. Der Spiegel zitterte, und wir zitterten in ihm.

Alles wackelte.

Ich kam heftig und schnell. Johnny schloss die Augen, legte den Kopf in den Nacken. Seine Hand verkrampfte sich in meinen Haaren, sodass ich mich nicht rühren konnte. Ich sah die Ekstase in seiner Miene und wollte den Blick von meinen eigenen, verzerrten Gesichtszügen abwenden. Dann schaute ich durch den Spiegel über Johnnys Schulter und sah ihn.

Ed. Er beobachtete uns. Das war irgendwie noch schlimmer als Sandys Störungen, denn selbst in einem Traum wollte ich ihr beweisen, dass sie Johnny verloren hatte und er nun mir gehörte. Aber Eds Voyeurismus fühlte sich nicht sexy an.

Ich keuchte, als der Orgasmus kam. Johnny stieß einen leisen Schrei aus. Ich sagte drängend seinen Namen, und er öffnete die Augen. Er blinzelte, sein Blick war verhangen, seine Stöße kamen langsamer.

Dann drehte er sich halb um, ließ mein Haar los, blieb aber in mir. „Was zum Teufel soll das?"

Ed schüttelte den Kopf und hob abwehrend die Hände. Er murmelte eine Entschuldigung und verschwand auf dem Flur. Johnny zog seinen Schwanz aus mir heraus. Heiße Feuchtigkeit glitt an meinem Oberschenkel hinunter. Sein plötzlicher Rückzug ließ mich aufkeuchen. Ich drehte mich zu ihm um. Er stakste bereits zu Tür.

„Ed! Hey!"

„Johnny, nicht." Der Saum meines Nachthemds fiel um meine Schenkel und bedeckte mich. Ich zog die Träger wieder hoch. „Das ist es nicht wert. Ich denke nicht, dass er uns etwas Böses wollte."

„Zum Teufel", fluchte Johnny verwirrt. „Betrunkener Hurensohn."

Wahrscheinlich war Ed nicht so betrunken oder so high gewesen, dass er nicht wusste, was er tat. Ich konnte mir allerdings nicht erklären, warum ich gelogen hatte, um ihn zu beschützen, außer weil ich wusste, dass das hier nur ein Traum war. Schließlich war ich vertraut mit seinem tragischen Schicksal. „Mach dir keine Gedanken. Er hatte einen schönen Blick auf deinen Arsch, mehr nicht. Und wer hatte den noch nicht?"

Johnny lachte nicht. Immer noch nackt warf er die Tür ins Schloss und drehte sich zu mir um. Sein Schwanz war halb erschlafft und glitzerte noch feucht. Johnny stemmte die Hände in die Hüften. „Er benimmt sich schon seit Wochen wie ein Freak."

Ich war mir nicht sicher, wie er den Unterschied erkennen konnte, weil Ed sich in meinen Augen immer wie ein Freak benommen hatte, aber was wusste ich schon? „Mach dir keine Gedanken."

„Ich mache mir keine Gedanken, ich bin nur genervt." Johnny zeigte mit dem Daumen über seine Schulter. „Ich gebe dem Kerl ein Dach über dem Kopf, und so dankt er es mir?"

„Vielleicht … vielleicht solltest du aufhören, allen immer ein Dach über dem Kopf zu geben." Ich wusste nicht, woher dieser Gedanke kam. Ich wusste, dass sie nach Eds Selbstmord alle auseinandergebrochen waren, aber technisch gesehen war das zu diesem Zeitpunkt noch nicht geschehen.

Also … war es schon. Nur nicht hier. In diesem Jetzt. Zu dieser Zeit.

In meinem Kopf drehte sich alles.

Ich schaute an mir herunter. Meine Hände hatten keine Spuren auf der Kommode hinterlassen, obwohl sie von dem Druck, den ich ausgeübt hatte, immer noch kribbelten. Johnny sprach mit mir, aber ich konnte die Worte nicht verstehen.

Ich träumte. Oder war ich doch in die Dunkelheit gegangen? War das hier eine Episode? Ich wusste es nicht. Ich schaute ihn an, sein Gesicht, seinen Körper, seinen Mund, der sich bewegte. Ich konnte ihn immer noch in mir fühlen. Spürte noch die Nachwirkungen meines Orgasmus.

Er war sofort an meiner Seite, als ich zusammensackte. „Emm, alles in Ordnung?"

327

„Ja, alles gut", schaffte ich zu sagen. „Mir ist nur ein wenig schwindelig, das ist alles. Hier drinnen ist es wirklich heiß."

„Ich hole dir etwas zu trinken."

Ich ließ mich von ihm zum Bett führen, steckte den Kopf zwischen meine Knie, roch unseren Sex. Johnny brachte mir einen feuchten Lappen, den er mir in den Nacken legte, und einen Becher Wasser, von dem ich nur ein paar Schlucke trinken konnte, bevor mein Magen sich umdrehte. Ich schob ihn kopfschüttelnd weg und konzentrierte mich auf die tiefen, langsamen Atemzüge, die ich aus meinen Meditationen kannte. Mit zwei Fingern drückte ich auf einen Punkt an meinem inneren Handgelenk, ein Trick, den ich bei der Akupressur gelernt hatte.

„Ist dir schlecht?" Johnny streichelte meinen Rücken.

„Nur ein wenig schwindelig, mehr nicht." Ich atmete durch die Nase ein und durch den Mund aus. Die Übelkeit verging für meinen Geschmack viel zu langsam. Das Stück Boden, dass ich zwischen meinen Füßen sehen konnte, bewegte sich.

Johnny strich in Kreisbewegungen über meinen Rücken und hielt den kühlen Lappen in meinem Nacken fest. Ich atmete, ein und aus, ein und aus.

Ein und aus.

„Ich muss weg", sagte ich.

„Du solltest nirgendwo hingehen, sondern genau hier bleiben", widersprach Johnny.

„Nein. Ich muss los." Ich stand auf. Meine Füße verankerten mich auf dem Fußboden. Ich fiel nicht.

Johnny seufzte. „Okay. Dann mach. Geh ruhig."

Ich wollte nicht, dass er böse auf mich ist, aber war das wirklich wichtig? Mein Kopf drehte sich, das war alles so verwirrend und zu viel. Zu viel, um es zu verstehen.

„Wohin gehe ich?" Ich nahm den Lappen aus meinem Nacken und drückte ihn gegen mein Gesicht, versteckte mich dahinter.

„Wenn ich das nur wüsste. Du sagst es mir nicht." Er klang missmutig, aber auch ein wenig resigniert. „Keine Telefonnummer. Keine Adresse. Du kommst, du gehst."

„Aber ich komme immer zurück, oder?"

„Bisher schon." Johnny sagte es, als glaube er nicht, dass das immer so bleibt.

Ich nahm den Lappen von meinem Gesicht. „Du siehst mich niemals kommen oder gehen?"

„Ich habe dich schon oft kommen gesehen." Er schenkte mir ein Grinsen, das ich erwidert hätte, wenn mein Magen nicht immer noch verstimmt gewesen wäre.

In diesem Puzzle fehlten mir ein paar entscheidende Teile. Ich sah das Bild. Ich sah sogar, welche Teile noch gesetzt werden mussten. Ich fand sie nur nicht. Oder vielleicht wollte ich sie auch nicht finden – mit einem Mal war ich unglaublich müde.

Wenn das hier ein Traum ist, kann ich ihn jederzeit verlassen. Sofort. Genau wie eine Episode. Ich muss nur ... gehen. Ohne den Raum oder Johnny zu verlassen. Ich kann verschwinden wie ein Flaschengeist. Das sollte ich auch tun.

Und doch ging ich rückwärts zur Tür, behielt ihn die ganze Zeit im Auge. Ich wollte nicht verschwinden, wollte nicht zu einem Geist werden, zu etwas Irrealem. Nicht vor ihm.

„Ich komme zurück, Johnny. Versprochen."

Er beugte sich vor, um seine Shorts aufzuheben und anzuziehen. Ohne mich anzusehen, drehte er sich um, seine Schultern sackten zusammen. Er antwortete nicht.

„Ich werde kommen", sagte ich.

Er nickte.

Ich ging.

30. KAPITEL

Ich wachte erschrocken auf. Mein Magen drehte sich immer noch. Ich war in meinem Bett, aber irgendwie fehlte mir die Orientierung, sodass ich eine gute halbe Minute brauchte, um mich zurechtzufinden. Johnny schnarchte leise neben mir, einen Arm quer über seinem Gesicht.

Mein Mageninhalt erkämpfte sich einen Weg in meine Kehle. Ich warf die Decke von mir und stolperte ins Badezimmer, wo ich vor der Toilette auf die Knie fiel und alles von mir gab, was ich in den letzten anderthalb Jahren zu mir genommen hatte – so fühlte es sich zumindest an. Keuchend und schwitzend, die Fliesen kalt an meinen Knien, schloss ich die Augen.

Ich wusste es.

Ich hatte nur nicht darüber nachgedacht. Dass die Jeans ein kleines bisschen mehr spannten, konnte leicht durch zu viele Brownies im *Mocha* erklärt werden. Die empfindlichen Brüste kamen durch PMS. Meine verspätete Periode und die Schmierblutungen dazwischen durch Nervosität.

Doch das stimmte alles nicht. Ich spülte mir den Mund aus und trocknete mir das Gesicht ab. Dann übergab ich mich erneut. Ich schloss die Augen, umklammerte mit den Händen das Porzellan, so wie ich mich in meinem Traum, der kein Traum gewesen war, an der Kommode festgeklammert hatte.

„Emm? Ist alles in Ordnung?"

Das war dem so ähnlich, was er letzte Nacht zu mir gesagt hatte, dass ich Angst hatte aufzuschauen, Angst hatte, den damaligen Johnny in meinem Heute zu sehen. Ich gurgelte noch einmal und spuckte das Wasser aus. Benetzte mein Gesicht. Ich hörte seine nackten Füße auf dem Badezimmerboden.

„Kann ich dir irgendetwas bringen?"

„Nein." Ich räusperte mich. „Mir geht es gut."

Ich fühlte mich besser. Trotz meines immer noch etwas unruhigen Magens spürte ich, dass ich sogar Hunger hatte. Ich schaute mich im Spiegel an. Blasses Gesicht. Dunkle Ringe unter den Augen. Ich hatte schon mal besser ausgesehen.

Ich strich mir die Haare aus dem Gesicht. „Ich muss wohl irgendetwas Falsches gegessen haben."

„Aha", sagte Johnny. „Willst du trotzdem zur Arbeit gehen?"
Ich nickte. „Ja, mir geht es gut. Ich muss nur ein paar Cracker oder so essen, um meinen Magen zu beruhigen."

„Bist du sicher?" Er sah zweifelnd aus. Und wunderschön mit seinen verschlafenen Augen, dem zerzausten Haar und der tief auf den Hüften sitzenden Pyjamahose.

„Ja." Ich nahm meine Zahnbürste und drückte eine ordentliche Menge Zahnpasta darauf. Dann putzte ich mir die Zähne, spülte aus. Und noch einmal, bis der Geschmack in meinem Mund verschwunden war.

Johnny sah mir zu. Ich spürte seine Blicke, doch keiner von uns sagte etwas, als ich das Wasser in der Dusche anstellte und aus meinem Nachthemd schlüpfte. Er beugte sich vor, um es aufzuheben, was nett war, wie ich fand, denn wenn ich mich vornüber beugen würde, würde ich vermutlich einen weiteren Übelkeitsanfall erleiden. Johnny befühlte den Stoff und hängte das Hemd dann an den Haken an der Tür.

„Ich mag dieses Nachthemd", sagte er. „Es hat mir schon immer gefallen."

Ich zitterte, eine Hand unter dem immer noch kalten Wasser. Es konnte ewig dauern, bis es warm wurde. Meine Nippel richteten sich aufgrund der Kälte auf, nicht vor Erregung, und ich legte eine Hand auf meine linke Brust und fühlte meinen Herzschlag.

„Das hast du mir gekauft", erinnerte ich ihn.

Er hatte es eines Abends mitgebracht und mir mit einer Geste überreicht, als schenke er mir die Kronjuwelen. Mir gefiel das Nachthemd mit seinem leichten Retrostil und dem weichen Stoff auch. Es war etwas, das ich zum Schlafen anziehen würde ... und in meinen Träumen.

„Wieso hast du ausgerechnet das ausgewählt?", fragte ich.

Johnny schaute mich an. „Es sah aus wie etwas, das du anziehen würdest. Es sah aus wie du."

Ich atmete ein paarmal flach ein, zwang meinen Mageninhalt, an seinem Platz zu bleiben. Und die Welt auch. Ich stieg unter die Dusche und schrie leise auf, weil das Wasser jetzt zu heiß war. Ich fummelte an der Mischbatterie herum, hielt mein Gesicht in den heißen Strahl und hoffte, dass ich nicht weinen musste.

„Bist du sicher, dass ich dir nicht helfen kann?" Johnny schob den Duschvorhang beiseite und schaute mich besorgt an.

„Ein Toast", sagte ich. „Ich denke, trockenes Toast wäre gut. Und ein Pfefferminztee. Das ist echt lieb von dir, Baby. Danke."

„Klar. Kein Problem." Er klang nicht gerade beruhigt, zog den Vorhang aber wieder zu.

Ich wartete, bis ich die Badezimmertür ins Schloss fallen hörte, bevor ich auf Hände und Knie sank. Ich hatte nicht das Gefühl, mich erneut übergeben zu müssen. Mir war nicht schwindelig. Aber ich zitterte und suche Trost darin, nah am Boden zu sein. Ich schlug meine Hände vors Gesicht und presste sie gegen den glatten Rand der Badewanne. Das Wasser prasselte auf meinen Rücken.

Ich hatte den Film *Die Frau des Zeitreisenden* gesehen. Die Heldin sehnte sich verzweifelt nach einem Kind. Wütend auf ihren Ehemann trifft sie sich mit seinem vor-sterilisierten Ich und drängt ihn, mit ihr zu schlafen, damit sie schwanger wird, auch wenn ihr Ehemann aus der Jetztzeit das nicht will. In andern Worten, sie fickt ihren damaligen Ehemann, um mit ihrem jetzigen Ehemann ein Kind zu haben.

Weder in meinen Episoden noch in meinen Träumen hatte ich Johnny gebeten, ein Kondom zu benutzen. Mein Gott, 1978 hatte es doch schon welche gegeben, oder? Selbst wenn sie in der Zeit vor AIDS kaum jemand benutzt hat? Und außerdem nahm ich die Pille – wenn auch etwas unregelmäßig. Wir hatten aufgepasst, und selbst wenn wir das nicht getan hätten, könnte der heutige Johnny mich nicht schwängern.

„Ach verdammt", sagte ich missmutig in meine Handflächen. „Mist. Mist. Mist."

Ein Baby. Johnny und ich würden ein Baby bekommen. Ich strich mit feuchten Händen über meinen Bauch.

Wie sollte ich ihm das nur erklären?

Mir wurde bei dem Gedanken ganz übel, ihm zu sagen, dass

wir durch ein Wunder, durch einen unglaublichen, unerklärlichen, fantastischen Vorfall Eltern wurden. Er würde noch einmal Vater werden, obwohl er bereits Großvater war. Ich mochte mir kaum ausmalen, was Kimmy dazu sagen würde.

Ich fand ihn in der Küche, wo er mich mit Tee und geröstetem Toast erwartete. Er blätterte in einem Ordner mit Rechnungen aus der Galerie, nahm jedoch sofort die Brille ab und stand auf, als ich eintrat. Er musterte mich genau.

„Geht es dir besser? Bist du sicher, dass du nicht lieber zu Hause bleiben willst?"

„Ja." Ich schüttelte den Kopf und setzte mich hin. Der Toast roch gut, und plötzlich überkam mich ein wahrer Heißhunger. „Mir geht es gut. Ehrlich."

Ich zwang mich zu einem Lächeln, aß die Scheibe Toast in wenigen Bissen und spülte sie mit Tee hinunter. Die Krümel verteilten sich auf dem Tresen. Ich pickte sie mit den Fingerspitzen auf.

Johnny lehnte sich zu mir herüber und überraschte mich mit einem Kuss. „Ich liebe dich."

„Ich liebe dich auch."

Während der Fahrt zur Arbeit schaffte ich es, mich halbwegs angeregt mit ihm zu unterhalten, und falls ihm auffiel, dass ich ein wenig stiller war als sonst, ließ er es unkommentiert. Im Büro saß ich wie ein Zombie an meinem Tisch, füllte Formulare aus und ging ans Telefon, ohne wirklich mit den Gedanken dabei zu sein.

Das Schlimmste war gar nicht mal, dass ich dachte, ich wäre verrückt. Das war zu erwarten, wenn man sich meine Krankenakte anschaute. Das Schlimmste war auch nicht, zu kapieren, dass ich nicht nur vom Jahr 1978 geträumt hatte, sondern dass ich wirklich da gewesen war. Diesmal war ich nicht Alice, die durch den Spiegel ging. Ich war die Weiße Königin, die an das Unmögliche glaubte.

Das Schlimmste war, dass ich nach einem ganzen Leben, in dem ich mich gegen ungewollte Schwangerschaften geschützt hatte, in dem ich vorsichtig gewesen war und auf meinen Körper geachtet hatte, ich schließlich doch ungeplant schwanger geworden war.

333

Ich vergrub mein Gesicht in den Händen und stieß ein tiefes, beinahe unhörbares Stöhnen aus. Schwanger. Ein Baby. Wie konnte ich nur ein Baby kriegen?

Die Vorstellung, Kinder zu bekommen, hatte ich schon vor langer Zeit aufgegeben. Wie sollte ich auch neun Monate mit einem anderen Lebewesen in mir überstehen, wenn ich mir nicht immer sicher war, wo ich war oder was ich tat? Wie könnte ich eine Mutter sein, verantwortlich für ein anderes Leben, wenn ich jeden Augenblick in die Dunkelheit abrutschen konnte?

Oder in die Vergangenheit, dachte ich. Ich hatte einen sauren Geschmack im Mund. Verfaulte Orangen. Aber ich roch sie nicht. Ich schmeckte sie nur.

Als ich meine Augen öffnete, erwartete ich, Sommerhitze zu spüren, einen Swimmingpool zu sehen. Einen jungen Johnny, der mich mit glänzenden Augen anschaute. Stattdessen sah ich meinen Computer, in dessen Monitor sich mein Gesicht spiegelte wie ein Geist.

Ich legte meine Hände auf meinen Bauch, der mir schon immer viel zu rundlich gewesen war. Was für ein kleines Leben schwamm in mir herum? Eine Tochter? Ein Sohn? Würde er die Augen seines Vaters haben, sie das Lächeln ihrer Mutter?

Ich öffnete den Webbrowser und suchte nach Zeitreisen. Sehr viele Informationen erhielt ich nicht. Ich fand ein paar Seiten mit vielen ausgefallenen Begriffen und Beschreibungen von Elementarteilchen, die sich schneller als das Licht bewegen, von Partikeln und physikalischen Vorgängen, die ich noch nie verstanden hatte. Ich fand viele Bücher- und Filmkritiken, einige sogar von Büchern, die ich gelesen, und Filmen, die ich gesehen hatte. Ich las sehr viel und erfuhr sehr wenig, was über das hinausging, das ich bereits wusste.

Es gab keine Zeitreisen.

Und schon gar nicht wurden sie dadurch verursacht, dass man vom Klettergerüst purzelte. Und doch war es die einzige Antwort, die mir einfiel. Ich ging in die Dunkelheit; ich kehrte zurück. Ich litt seit Jahren unter Episoden, aber keine waren so gewesen wie die, die ich nach der „Kollision" mit Johnny im *Mocha* gehabt hatte.

Wieder stützte ich meinen Kopf in meine Hände. Nichts hiervon ergab Sinn, und doch war es vollkommen logisch. Ich musste es einfach nur glauben.

In der Mittagspause ging ich zur Apotheke und kaufte eine Viererpackung Schwangerschaftstests. Ich wollte nicht bis zum Morgen warten, wie es in der Gebrauchsanweisung stand. Ich ging sofort in die Waschräume der Bank, pinkelte auf den Stick und wartete darauf, dass eine oder zwei Linien auftauchten.

Zwei.

Ich machte es noch einmal.

Zwei.

Ich kehrte an meinen Schreibtisch zurück und trank eine Flasche Wasser, obwohl ich eigentlich nach einem Dr. Pepper lechzte. Ich zwang mich, einen Salat zu essen statt des doppelten Bacon-Cheeseburgers, auf den ich mit einem Mal Heißhunger hatte. Soweit ich wusste, aß ich jetzt für zwei, und da wollte ich mich gesund ernähren.

Um drei Uhr brach ich an meinem Schreibtisch sitzend in Tränen aus und vergrub mein Gesicht in einer Handvoll Taschentücher. Aus dem Weinen wurde Lachen, halb hysterisch, aber ehrlich. Ich lachte. Weinte. Ging in den Waschraum, war mir sicher, dass ich meinen Lunch von mir geben würde, tat es aber doch nicht.

Um Viertel vor vier bog Johnny auf den Parkplatz ein. Ich konnte ihn von meinem Bürofenster aus sehen. Ich machte früher Schluss, damit ich zu seiner Vernissage gehen konnte. Ich drückte mein Gesicht gegen das kühle Glas, und zum ersten Mal seit langer, langer Zeit betete ich.

Es erschien mir so sinnlos, wie sich beim Anblick einer Sternschnuppe etwas zu wünschen, aber wenn ich glauben konnte, dass ich eine Zeitreisende war, konnte ich auch glauben, dass irgendeine höhere Instanz mir zuhörte und sich dazu bewegen ließ, mir zu helfen.

Ich hatte nie Kinder gewollt, hatte mich nie als Mutter gesehen. Ich hatte nie das Kind einer Freundin im Arm gehalten und mich nach einem eigenen gesehnt. Ich war dafür nicht ge-

335

macht. Ich mochte Kinder und lächelte auch fremde Babys im Kinderwagen an, aber ich war auch immer wieder froh, wenn ich sie ihren strahlenden Eltern zurückgeben konnte. Babys rochen komisch, sie weinten, sie waren winzig, teuer, schreckliche Nervensägen.

Mit einem Blick auf Johnnys Wagen, der mit laufendem Motor auf dem Parkplatz stand, ließ ich meine Hände noch einmal über meinen Bauch gleiten. Es war zu früh, um einen Unterschied festzustellen, aber ich stellte mir vor, wie es in ein paar Monaten wäre. Mein Bauch, den ich, wenn ich Glück hatte, wie einen Basketball vor mir hertragen würde. Oder wie eine Wassermelone, wenn ich Pech hatte.

Es würde in mir wachsen wie ein Parasit, alle Vitamine aus mir heraussaugen, die ich zu mir nahm, mir Gelüste nach Brei oder Pasta oder Weingummi verursachen. Meine Füße würden anschwellen. Ich bekäme Dehnungsstreifen. Ich würde monatelang unter Übelkeit leiden und so viel Gewicht zulegen, dass mein Körper danach nie wieder der gleiche wäre. Am Ende würde ich Stunden damit zubringen, unter Qualen ein menschliches Wesen von der Größe einer Bowlingkugel aus einer viel zu kleinen Öffnung zu pressen. Ich würde bluten. Ich könnte wochenlang keinen Sex haben. Und dann würde mir in den unpassendsten Augenblicken Milch aus den Nippeln auslaufen.

Danach kämen die Windeln, das Schreien, die Kindersicherungen. Autositze, Wiegen, Lätzchen, Bäuerchen. Ich hatte ja nicht einmal ein Haustier, weil ich mich vor dem Umgang mit Exkrementen ekelte. Wie sollte ich da mit einem Baby klarkommen?

Das war es, was Schwangerschaft, Geburt, Mutterschaft bedeutete. Das war es, was mir für den Rest meines Lebens bevorstand – immer die Bedürfnisse eines anderen vor meine zu stellen, sicherzugehen, dass dieses Leben, das ich dummerweise erschaffen hatte, sicher, glücklich und geliebt war.

„Bitte", murmelte ich, meine Stirn immer noch gegen das Glas gepresst. Ich sah Johnny aus dem Auto aussteigen und ein wenig auf und ab gehen. Ich wusste, er sehnte sich nach einer Zigarette, obwohl er das Rauchen aufgegeben hatte. Ich wusste, er fragte sich, wieso ich mich verspätete.

„Bitte", sagte ich erneut.

Bitte. Bitte. Wer auch immer mir zuhört, wer auch immer mich hören kann, bitte, oh, bitte, oh, bitte.

Meine Hände drückten sanft auf meinen Bauch, und meine Finger verschränkten sich.

„Bitte", sagte ich. „Bitte, lass das hier real sein."

31. KAPITEL

Die Galerie sah vollkommen anders aus. Sicher, sie war immer schon schön gewesen, ega was an den Wänden hing, aber für den heutigen Abend hatten Johnnys Mitarbeiter noch mehr Lichterketten aufgehängt, die sich zwischen den Deckenbalken spannten und zusammengerollt in den weichen Moskitonetzen lagen, die an den Pfeilern angebracht waren. Der unebene Fußboden war gewachst und poliert worden, und ich klammerte mich an Johnnys Arm, weil ich Angst hatte, mit meinen High Heels auszurutschen, hinzufallen und einen Idioten aus mir zu machen.

Oder schlimmer, mir wehzutun.

Ich hatte zu Hause im Abstand von einer Stunde noch zwei weitere Schwangerschaftstests gemacht, die ich danach sorgfältig unter einer dicken Lage Toilettenpapier in meinem Badezimmermülleimer versteckt hatte, obwohl ich keinerlei Anlass hatte zu glauben, dass Johnny ihn jemals durchwühlen würde. Auf beiden war die doppelte blaue Linie erschienen, die sagte, dass ich schwanger war. Während es durchaus möglich war, dass der Test ein falsches negatives Ergebnis zeigte, war es beinahe ausgeschlossen, dass er ein falsches positives Ergebnis ausspuckte.

Ich behielt mein Geheimnis so eng an mich gedrückt wie einen Umhang. Ein Schild. Ich konnte nicht aufhören, daran zu denken. Es lenkte mich ab und machte mich noch ungeschickter, als ich dem glatten Fußboden in die Schuhe schieben konnte. Johnny hielt mich fest, bevor ich mit einer ungeschickten Handbewegung den Tisch mit den Erfrischungen abräumen konnte.

„Vorsichtig, Emm.“

„Tut mir leid.“

Er schüttelte den Kopf. Sein Arm lag um meine Taille, die Finger ruhten leicht auf meiner Hüfte. „Ach, nicht so schlimm. Möchtest du etwas trinken?“

„Ein Wasser bitte. Danke.“

Er sah schaute mich verwundert an. „Keinen Wein? Oder ein

Bier? Ich habe extra das dunkle Zeug besorgt, das du so gerne magst."

„Vielleicht später. Oh, Käse!" Ich war kurz vorm Verhungern. Von meiner zeitweiligen Übelkeit war gerade nichts zu spüren.

„Ich muss noch ein paar Dinge überprüfen. Hol du dir ein wenig Käse, ich bin gleich wieder zurück." Johnnys Akzent war an diesem Abend etwas stärker. Ich schnappte mir schnell seine Hand, bevor er wegging.

„Hey."

Er versuchte nicht, sich mir zu entziehen. Er ließ zu, dass ich ihn näher zu mir heranzog. Vor allen anderen strich er mir eine Locke hinters Ohr und küsste mich.

„Hey", sagte er sanft. „Was ist los?"

„Ich liebe dich", flüsterte ich. „Vergiss das nicht."

„Niemals." Johnnys Lippen streiften meine, dann gab er mir einen Kuss auf die Stirn. Er schaute mir in die Augen. „Brauchst du etwas, Emm?"

Ich schüttelte den Kopf. „Geh nur. Ich hole mir etwas zu essen und schaue, ob ich Jen finde. Sie ist bestimmt ziemlich nervös."

„Sie wird das schon schaffen. Wir zeigen heute ihre besten Arbeiten. Die Menschen werden sie lieben."

„Was nicht heißt, dass sie nicht trotzdem nervös ist", sagte ich.

„Ich weiß." Johnny gab mir noch einen Kuss, tätschelte meinen Hintern und ging, um sich um was auch immer zu kümmern.

Ich traf Kimmy am Büffet. Sie sah nett aus in ihrem schlichten schwarzen Kleid und mit den hochgesteckten Haaren. Ich erkannte ihre Mutter in ihr, aber ich sah auch ihren Dad. Sie hielt ein Glas Wein in der Hand und nickte mir zu.

„Hey, Kimberly", sagte ich so süß, dass sie davon eigentlich Karies bekommen müsste. „Ich freue mich, dich hier zu sehen."

„Mein Dad hat mich gebeten, zu kommen", erklärte sie. „Und er schenkt immer guten Wein aus."

„Stimmt." Ich lud mir meinen Teller mit Käse und Crackern und einem Löffel Senf voll.

„Ich sehe, du trinkst keinen Wein?"

Ich hatte gerade den Mund voll, also zuckte ich nur mit den

Schultern. Kimmy musterte mich von Kopf bis Fuß. Nippte an ihrem Wein.

„Ich mag deine Schuhe", sagte sie schließlich, was freundlicher war, als ich es von ihr erwarten konnte – vor allem sobald sie herausfand, dass ich ihr ein Brüderchen oder Schwesterchen schenken würde.

Auf der anderen Seite des Raumes sah ich Jen. Jared war bei ihr. Er hatte eine Hand auf ihrem unteren Rücken liegen. Sie grinste, wirkte aber ein wenig angestrengt.

„Hey, Jen", sagte ich. „Hey, Jared."

Er nickte. „Hey, Emm."

„Süße!", hauchte Jen. „Sieh dir das an. All diese Leute. Oh mein Gott, ich glaube, ich muss mich übergeben."

„Tu das bitte nicht", sagte ich automatisch. „Denn sonst muss ich mitmachen."

Jared lachte und zog Jen für einen Kuss an sich. „Du bekommst das schon hin. Wie oft muss ich dir das noch sagen?"

Jen wirkte nicht überzeugt, aber sie entspannte sich in seiner Umarmung sichtlich. „Du hast leicht reden."

„Stimmt, aber das macht es nicht weniger wahr."

Wir sprachen über die Ausstellung. Jens Werke hingen im hinteren Bereich, was erklärte, wieso sie selber hier vorne war. Sie wollte nicht dabei sein, wenn die Leute sich ihre Bilder anschauten.

„Soll ich mal gucken gehen?", fragte ich.

„Nein!", rief sie. „Okay, doch."

„Das habe ich ihr auch schon angeboten, aber sie wollte nicht", sagte Jared.

„Du bleibst schön bei mir", erklärte Jen. „Emm, könntest du einmal gucken gehen? Ich will aber nicht wissen, wenn jemand gemeine Sachen über meine Arbeit sagt."

„Das würde ich dir nie erzählen", versprach ich ihr.

Während ich mir einen Weg durch die Leute bahnte, hielt ich nach Johnny Ausschau, konnte ihn aber nirgendwo entdecken. Ich warf meinen Müll in den bereitstehenden Eimer und schnappte mir ein Ginger Ale von der Bar. Nur für den Fall, dass mir wieder schlecht würde. An meiner Flasche nippend, betrat ich den rückwärtigen Raum.

Jens Bilder fielen mir sofort ins Auge. Sie hingen an den weißen Wänden und wurden von winzigen Scheinwerfern angestrahlt. Sie hatte sich wochenlang damit herumgequält, ihre Lieblingsstücke auszusuchen, um sie Johnny zu präsentieren, und ich war mit ihrer Auswahl sehr einverstanden – obwohl ich wusste, dass meine Meinung nur insoweit zählte, als dass ich eine Freundin war. Ich betrachtete die Bilder genau, bewunderte die Art, wie sie die örtlichen Wahrzeichen fotografiert und sie durch Bildbearbeitung und das Bemalen per Hand hervorgehoben oder verändert hatte. Zu meiner Überraschung entdeckte ich mich in einem ihrer Werke.

Sie musste es als Überraschung für mich geplant haben, denn obwohl ich mich daran erinnerte, wie sie das Foto aufgenommen hatte – und zwar mit ihrem Handy –, hatte ich keine Ahnung gehabt, dass sie es auch verwendet hatte. Es war ein Foto von meinem Gesicht, ich hatte die Augen niedergeschlagen und zog einen Schmollmund. Ich hatte versucht, einen verstohlenen Blick auf Johnny zu erhaschen. Jen hatte den Hintergrund entfernt und mein Gesicht im Fenster eines der unsanierten Sandstein-Häuser in meiner Gegend platziert. Daneben klebte ein Foto von meinem Haus, auf dessen Treppe Johnny und ich standen.

„Nettes Stück", sagte eine raue, weibliche Stimme neben mit. „Ich bin allerdings etwas schockiert, dass Johnny es für die Ausstellung zugelassen hat. Das ist er doch, oder? Mein Gott, man sollte wirklich denken, dass ich ihn erkennen würde."

Ich drehte mich zu der Frau um, die nun neben mir stand. Sie trug ein zu enges schwarzes Kleid und rote Pumps, die ohne die abgenutzten Spitzen netter ausgesehen hätten. Ihre blondierten Haare waren in einem hohen Pferdeschwanz zusammengenommen, der ihre Gesichtshaut straff nach hinten zog – vielleicht hatte sie aber auch ein sehr schlechtes Lifting gehabt. Sie drehte sich im gleichen Moment zu mir herum.

„Ach du Scheiße", sagte sie.

Ich blinzelte ein paarmal und trat einen Schritt zurück. Es war

Sandy. Natürlich war sie älter. Verbrauchter. Aber ich erkannte sie sofort – und sie schien mich auch zu kennen.

„Ach du Scheiße", wiederholte sie beinahe im Plauderton und wandte sich wieder dem gerahmten Bild zu. Sie hielt eine unangezündete Zigarette in der Hand und tat so, als würde sie rauchen.

„Sie müssen Kims Mutter sein." Meine Stimme zitterte so sehr, dass ich mich räuspern musste. „Sandy, richtig?"

„Und Sie sind Johnnys Teenagerfreundin."

„Ach, aus dem Teenageralter bin ich schon lange raus." Ich hoffte, das hier würde nicht auf einen Streit hinauslaufen … aber andererseits war ein Teil von mir durchaus bereit, es mit ihr aufzunehmen.

„Aber noch nicht lange", erwiderte Sandy spöttisch und zeigte mit der Zigarette auf mich.

„Warum interessiert Sie das? Sie und Johnny sind doch schon seit Jahren getrennt."

Ihr Lächeln war hart, aber nicht humorlos. „Stimmt. Aber das heißt nicht …"

Sie hielt inne; ihre Augen verengten sich zu Schlitzen. Sie ließ ihren Blick über meinen gesamten Körper gleiten und schaute mir dann direkt ins Gesicht. Sie kam einen Schritt näher.

„Haben wir uns schon mal kennengelernt?", fragte sie.

„Nein." Es schmeckte wie eine Lüge, aber alles, was ich hatte, war eine verrückte Theorie, mehr nicht.

Sandy musterte mich erneut. „Sind Sie sicher?"

„Ja, bin ich."

„Sie kommen mir so bekannt vor."

Ich zwang mich zu einem Lachen, dachte an die Sandy mit den glasigen Augen oben in dem Zimmer des Johnnys von damals. Daran, wie sie einfach hereingeplatzt war, als wir miteinander schliefen. An ihre Forderungen nach Geld, ihr mangelndes Gespür für die Privatsphäre anderer Leute. Das musste für sie lange, lange her sein.

„Sie mir auch", erwiderte ich.

Das schien sie zu befriedigen. Sie strich sich über ihr Haar und

342

ihr Kleid. Die Zigarette hielt sie zwischen zwei Fingern, während sie mit der anderen Hand ihren Ellbogen umfasste.

„Nur eines dieser Gesichter, schätze ich", sagte sie. „Ihres, meine ich. Sie hingegen haben mich offensichtlich auf einem von Johnnys Bildern gesehen."

Sie hatte einen anderen Akzent als in den Episoden. Entweder hatte sie bewusste Anstrengungen unternommen, ihre Sprache zu verändern, oder ich war einfach verrückt und ihr wirklich noch nie zuvor begegnet. Sie wirkte allerdings noch genauso selbstgefällig wie damals.

„Ach, Sie waren mit ihm zusammen auf Fotos?", fragte ich unschuldig.

Natürlich wusste ich das. Es gab mehrere berühmte Bilder, auf denen die beiden nackt über Blumenwiesen tollten, Kränze aus Gänseblümchen in den langen Haaren. Ich wollte einfach nur ein wenig zickig sein.

Sandys Lächeln verriet mir, dass sie das merkte. Vielleicht sogar respektierte. „Ja, aber das ist schon sehr lange her."

„Ja", sagte ich. „Das stimmt."

Ohne ein weiteres Wort drehte sie sich auf dem Absatz um und ließ mich einfach stehen. Es machte mir nichts aus. Je weniger ich von Sandy zu sehen bekam, desto besser.

Ich schaute mir den Rest von Jens Bildern an, dann die anderen ausgestellten Werke. Ich musste mich nicht mit Kunst auskennen, um ihre besser zu finden. Die anderen waren auch gut, aber Jens Bilder hatten etwas Besonderes. Ich bewunderte sie und versuchte parallel, unauffällig zuzuhören, was die anderen Gäste sagten. Alles war gut, und ich wusste, das würde sie freuen.

Ich wollte gerade in den Hauptraum zurückkehren, um ihr die freudigen Neuigkeiten zu überbringen, da weckte etwas meine Aufmerksamkeit. An der rückwärtigen Wand, etwas von dem Rest der Werke getrennt, war etwas ausgestellt, das ich noch nie zuvor gesehen hatte und doch auf den ersten Blick erkannte. Die Menge teilte sich, und ich trat vor.

Leere Räume.

Das Werk, mit dem Johnny zum ersten Mal als Künstler anerkannt worden war. Kein einzelnes Bild, sondern eine Reihe von Zeichnungen und Bildern, alle mit dem gleichen Objekt in leicht unterschiedlichen Posen. Das Berühmteste und Größte, das in der Mitte hing, hatte ich schon auf Tausenden Bildern unterschiedlicher Qualität im Internet gesehen.

Eine Frau, ihren Kopf so gedreht, dass ihr die Haare über Gesicht und Schulter fallen. Sie trägt ein gelbes Sommerkleid und steht im grünen Gras. Eine Hand hat sie ausgestreckt. Im Hintergrund eine Andeutung von Wasser, von der ich immer gedacht habe, es handle sich um einen Fluss oder einen See, vielleicht sogar das Meer. Doch in dieser Version erkannte ich, dass es ein Swimmingpool war.

Die anderen Bilder waren kleiner, einige kaum mehr als Bleistiftskizzen, die durch die Rahmung allerdings eindrucksvoll wirkten. In einigen von ihnen erkannte ich den Fortschritt, vom ersten Bleistiftstrich bis zum finalen Bild. Fasziniert schaute ich sie mir alle an, verstand zum ersten Mal den Unterschied zwischen einem Bild und einem Kunstwerk.

Die Frau hatte nicht immer die gleiche Pose inne. Auf einigen Zeichnungen hatte sie ihren Kopf komplett abgewandt. In anderen hingen ihre Hände locker herunter. Manchmal sah es aus, als hätte ein Windhauch den Saum ihres Kleides zerzaust.

Ich rieche keine Orangen. Die Welt schwankt nicht. Ich blinzele nicht einmal. In der einen Minute stehe ich vor Johnnys berühmtesten Zeichnungen, und in der nächsten bin ich in einer dunklen Küche, in der es nach Alkohol und Pot riecht, und starre auf einen leeren Stuhl und einen überquellenden Aschenbecher.

„Nein", flüstere ich.

Der Kalender zeigt den August 1978 an. Ich rieche immer noch Schweiß und Alkohol. Eds Notizbuch liegt auf dem Tisch, doch er ist fort. Die Partygeräusche von draußen werden lauter, schriller.

Ich verlasse die Küche und gehe in den Garten. Menschen sprechen mit mir, und ich ignoriere sie. Ich kenne das Datum auf dem Kalender. Ich kenne diesen Ort und weiß, was passieren wird.

Ich finde ihn auf der anderen Seite des Swimmingpools. Er sitzt im Schatten auf dem Gras.

„Da bist du ja", sagt Johnny. „Ich habe schon nach dir gesucht."

„Johnny."

„Ja?" Er zieht mich näher an sich heran, und ich lasse mich von ihm küssen.

Es gibt so viel zu sagen, doch ich habe keine Worte. Ich weiß so viel, und doch weiß ich nichts. Ich nehme seine Hand und lege sie auf meinen Bauch. Ich küsse seine Lippen. Ich schaue ihm in die Augen.

„Ich muss dir etwas sagen."

Etwas verändert sich in seinem Blick, als er mit seiner Hand in kreisenden Bewegungen über meinen Bauch fährt. Ich sage nichts. Er lächelt.

„Ja?"

„Ja", sage ich.

„Wirklich?" Johnny schaut auf meinen Bauch, seine Hand streichelt mich weiter. Er sieht mir in die Augen. „Wirklich, Emm?"

„Ja."

Er überrascht mich mit einem Kuss, presst seine Lippen fest auf meine. Er lacht an meinem geöffneten Mund und zieht sich dann zurück, um mir beide Hände auf den Bauch zu legen.

„Ich werde mich um dich kümmern, Emm", sagt er. „Ich will, dass du das weißt."

Ich weiß, dass er es ernst meint. Ich sehe es in seinen Augen. Höre es in seiner Stimme.

Und mein Herz bricht, weil ich weiß, dass ich ihm das Herz brechen muss.

Ein leichter Wind kommt auf. Hebt den Saum meines Kleides. Zerzaust mein Haar. Ich trete ein paar Schritte zurück.

„Ich muss dir noch etwas sagen, Johnny."

In ein paar Stunden wird sich Ed das Leben nehmen, wird sich die Pulsadern aufschneiden und in diesem Pool verbluten. Sein Tod wird die *Enklave* auseinanderreißen und Johnny in einen Strudel aus Drogen, Alkohol, Sex und Exzessen stürzen, der ihn direkt in eine Nervenheilanstalt führt und ihm so die Chancen nimmt, die er auf einem goldenen Tablett gereicht bekommen hat. Es wird sein Leben für immer verändern.

Das kann ich nicht zulassen. Ich kann das hier aufhalten. Ich kann Johnny vor dem warnen, was Ed vorhat. Sie könnten ihn am Leben erhalten, wenigstens für heute Nacht. Und das würde – könnte – vielleicht alles verändern.

Ich habe einen Schmetterling unter meinem Fuß und bin bereit, ihn zu zermalmen.

Ich schaue Johnnys perfektes, wunderschönes Gesicht an. Sein junges Gesicht, seinen jungen Körper. Ich schaue den damaligen Johnny an und fühle mich, als hielte ich seine Zukunft in Händen. Ich kann das für ihn tun. Kann ihm das Leben geben, das er haben wird, wenn die Tragödie nie geschieht.

Ein Leben ohne mich darin.

Das weiß ich so genau, wie ich alles andere weiß. Wenn Johnny weiter fortfährt, seinen Körper und sein Gesicht gegen Ruhm und Erfolg einzutauschen, wird er niemals ein Künstler werden. Das hat er mir selber erzählt. Wenn ich das für ihn ändere, würde sich auch alles andere ändern, und dreißig Jahre in der Zukunft würde ich in einen Coffeeshop gehen und ihn niemals treffen.

Ich kann es nicht tun.

„Emm?" Johnny greift nach meiner Hand.

Der Wind frischt weiter auf, weht mir meine Haare in die Augen. Ich schiebe sie weg, verzweifelt darum bemüht, einen klaren Blick auf Johnny zu behalten. Ich liebe ihn – sowohl den jungen Mann, der er einst war, aber noch viel wichtiger den Mann, der er jetzt ist. Ich will ihn, und ich will dieses Kind der Unmöglichkeit.

„Ich bin verrückt", sage ich laut.

„Ich habe dir doch schon gesagt, dass mir das völlig egal ist." Johnny greift nach meiner Hand. „Ich werde mich um dich kümmern, Emm. Das habe ich dir auch gesagt. Alle andere ist nicht wichtig. Okay?"

„Ich liebe dich", sage ich. „Egal was passiert, versprich mir, dass du das nie vergisst. Und ... dass du mir vergibst."

„Was soll ich dir vergeben?"

Der Geruch von Orangen stürmt auf mich ein, überwältigt mich. Ich kämpfe gegen ihn an. Drehe mich um. Ich bin noch nie vor seinen Augen verschwunden. Ich will nicht, dass er es sieht. Aber ich gehe, ich kann es nicht aufhalten. Und irgendwie fühlt es sich dieses Mal anders an.

Es fühlt sich an wie das allerletzte Mal.

„Du hast mehr als ein hübsches Gesicht und einen geilen Arsch", sage ich. „Und ich liebe dich. Vergiss das nicht. Wir werden uns wiedersehen. Glaub einfach daran, okay?"

32. KAPITEL

Du bist zurück", sagte Johnny.
Ich blinzelte und setzte mich auf. Ein feuchtes Tuch fiel mir von der Stirn in den Schoß. Ich lag auf der Couch in Johnnys Büro.

„Oh nein."

„Pst. Keine Sorge. Niemand hat etwas mitbekommen."

Ich schüttelte den Kopf. „Johnny …"

„Pst, sagte ich. Ist schon okay, Emm." Johnny nahm meine Hand, streichelte jeden einzelnen Finger. „Ich kümmere mich um dich."

Ich drückte seine Hand. „Ich muss dir etwas sagen."

Er lächelte. „Ja. Ich weiß."

Ich wartete darauf, dass mein Gehirn oder die Welt anfangen würde, sich zu drehen, doch alles blieb ruhig. „Woher?"

„Du hast es mir erzählt."

„Als ich weg war? Jetzt eben?"

„Nein, nicht eben." Johnny schüttelte den Kopf. „Damals."

Ich stöhnte leise und rieb mir die Stirn. „Ich glaube das nicht. Das kann nicht wirklich passieren, oder?"

„Ich weiß nicht, Baby. Fest steht nur, dass es passiert ist." Er küsste meine Hand und reichte mir dann ein Glas Eiswasser.

Ich nippte dankbar daran und schwang dann meine Beine über die Couch, um Johnny anzusehen. „Wie?"

Er zuckte mit den Schultern. „Das weiß ich auch nicht."

Mein Lachen überraschte mich. „Bin ich verrückt?"

„Nein. Ich auch nicht, obwohl ich es lange Zeit geglaubt habe."

„Ich habe versucht, es dir zu sagen. Ich wollte dich wegen Ed warnen." Die Schuld brannte wie Feuer in mir. „Damit du ihn aufhalten konntest oder es dich wenigstens nicht so …"

„Emm, Emm, pssst. Hör zu. Der Unsinn mit Ed war nicht der Grund, warum ich … warum ich durchgedreht bin."

„Nein? Aber du hast gesagt …"

„Ich sagte das, was du glaubtest zu wissen", erklärte er. „Die

348

Wahrheit ist, ich habe meinen Verstand verloren, als ich dich damals verlor. Ich war so verdammt in dich verliebt, und du bist immer wieder gegangen. Dann warst du für immer fort, bist direkt vor meinen Augen verschwunden, und ich wusste, du würdest nie wiederkommen. Verdammt, ich dachte, du wärest tot oder so. Ein Geist. Was auch immer du warst, ich wusste, ich hatte dich unwiderruflich verloren. Das war es, was mich verrückt gemacht hat, Baby. Nicht Ed, der Idiot, möge er in Frieden ruhen."

„Ich verstehe das alles nicht." Ich schüttelte den Kopf. „All die Jahre, all die Male, in denen ich in die Dunkelheit gegangen bin. Und erst, nachdem ich dich getroffen habe, veränderte es sich. Es ist …"

„Schicksal", sagte Johnny. „Karma. Kismet. Wie auch immer du es nennen willst."

Ich dachte an das, was er vor ein paar Wochen mal gesagt hatte. Zwei Objekte, die mit großer Kraft aufeinanderprallen. „Eine Kollision. Wir sind miteinander kollidiert."

„Und wie wir das sind."

„Erzähl mir, was passiert ist." Ich war bereit, das Unglaubliche zu glauben.

„Das meiste weißt du schon. Du bist direkt vor meinen Augen verschwunden. Ich bin ein wenig verrückt geworden. Was am Ende nur zu meinem Besten war, wie sich herausstellte. Ich dachte immer darüber nach, was du mir erzählt hast. Was du in mir gesehen hast. Ich glaubte dir, Emm. Nie zuvor hat jemand so etwas zu mir oder über mich gesagt. Sicher, es gab genügend Leute, dir mir so weit in den Arsch gekrochen sind, dass sie mein Frühstück beinahe vor mir gegessen hätten, aber das war nicht das Gleiche. Niemand glaubte wirklich an mich. Aber ich dachte immerzu an deine Worte, und die Ärzte meinten, es täte mir gut, zu zeichnen. Also fing ich damit an. Und ich war anfangs so richtig schlecht. Ich hatte das Talent, aber keinerlei Fähigkeiten."

„Das glaube ich nicht."

„Ich könnte es dir zeigen, aber du wüsstest es nicht zu schätzen."

349

Wir lachten zusammen – ein seltsames Gefühl in all diesem Chaos.

„Und dann habe ich mein Leben wieder auf die Reihe bekommen. Bin aus dem Krankenhaus entlassen worden, wurde trocken, bekam einen klaren Kopf. Ich probierte es kurz erneut mit der Schauspielerei, weil irgendjemand gewillt war, mich dafür zu bezahlen. Aber ich wusste, es würde mich nirgendwohin bringen, nicht nach all dieser Zeit. Es gab schon längst den nächsten großen Schauspieler. Aber es hat meine Rechnungen bezahlt und mir die Möglichkeit gegeben, weiter zu malen.

„Und dann hast du *Leere Räume* erschaffen."

Johnny nickte. „Ja. Der Durchbruch. Es lief danach zwar nicht gleich alles wie am Schnürchen, aber es war auf jeden Fall besser als Betteln. Ich machte etwas, auf das ich stolz war, verstehst du? Etwas, worin ich gut war."

Ich drückte seine Hand und schaute sie an. An ihr zeigte sich sein Alter auf die gleiche Weise wie in seinen Augenwinkeln. Ich hob sie an meinen Mund und küsste sie, weil sie zu ihm gehörte. Dann legte ich eine Hand an seine Wange.

„Und das alles habe ich dir zu verdanken", sagte er. „Ohne dich hätte ich das niemals getan."

Ich wollte das Lob dafür nicht annehmen. Irgendwie war es leichter, die Schuld dafür zu ertragen, dass ich ihn in den Wahnsinn getrieben hatte. „Das stimmt nicht."

Johnny lachte. „Oh doch, Emm, es stimmt. Verstehst du es nicht? Nein, wie könntest du auch."

Er stand auf und ging zu dem Schrank in der Ecke, öffnete die Tür und holte ein dickes, mit Gummibändern zusammengehaltenes Skizzenbuch heraus, das abgenutzt und alt aussah und drohte, bei der kleinsten Bewegung zu zerfallen. Eines der Gummibänder riss, und Johnny warf es beiseite.

Er öffnete das Buch. Zeigte mir einige seiner Zeichnungen. Blätterte um. „Siehst du?"

Harte, kräftige Bleistiftstriche, die das Papier an einigen Stellen zerrissen hatten und dennoch ein zartes und ausgefeiltes Muster aus Grafit auf das Papier zauberten. Die Frau von den

Leeren Räumen. Eine ähnliche Pose. Nur drehte sie sich auf diesem Bild nicht weg, und auch das Haar fiel ihr nicht ins Gesicht. Ich konnte jede Linie ihres Gesichts sehen.

Ich bin diese Frau.

Ich schnappte nach Luft … und war doch nicht überrascht. Hatte ich es die ganze Zeit über nicht irgendwie gewusst? Hatte nicht ein Teil von mir seit jenem Tag, an dem ich auf dem Eis ausgerutscht und in die Vergangenheit gefallen war, daran geglaubt?

Es gibt Dinge, die ergeben einfach keinen Sinn. Die Liebe ist eines davon. Sich zu verlieben ist wie sich kopfüber in einen Abgrund zu stürzen und zu hoffen, dass die Person, die man liebt, einen auffangen wird. Liebe ist eine unerklärbare Verbindung.

Irgendetwas hatte uns zusammengebracht. Johnny und mich. Wir mussten es nicht verstehen. Wir mussten es einfach nur akzeptieren.

Mein Blick fiel auf den unteren Rand der Zeichnung. Johnny hatte seinen Namen und ein Datum dahin geschrieben. Ich fuhr die Linien mit einem Finger nach, und selbst jetzt, viele Jahre später, färbte der Bleistift meine Fingerspitze.

„Das war mein erster Versuch", sagte Johnny. „Ich habe mich eines Tages einfach hingesetzt und angefangen zu malen. Ich konnte nicht aufhören."

„Du hast an dem Tag angefangen?"

„Ja."

Ich fuhr die Schrift noch einmal mit dem Finger nach. „Ich weiß, warum."

Er schaute mich an. „Wirklich?"

„An dem Tag bin ich gestürzt. Es war das erste Mal, dass ich in die Dunkelheit ging."

Wir schauten das Bild an, das er vor so langer Zeit gezeichnet hatte. Die Linien und Wirbel, aus denen er mein Gesicht erschaffen hatte. Alles hatte an diesem Tag begonnen und geendet, und wir würden nie erfahren, warum. Aber war das wichtig? Ich glaubte nicht.

Johnny klappte den Skizzenblock zu und legte ihn beiseite. Er küsste mich. Dann legte er eine Hand auf meinen Bauch, genau auf die Stelle, unter der das kleine Wunder steckte. Ich küsste ihn und fürchtete nicht länger, dass die Welt unter mir wegkippen würde. Ich wusste, egal was uns hierhergebracht hatte oder was in der Zukunft passieren würde, alles war genau so gekommen, wie es hatte sein sollen.

In diesem Augenblick wusste ich alles. Ich hatte nicht länger Angst, nur zu träumen. Ich wusste, das hier war real.

– ENDE –

ANMERKUNG DER AUTORIN

Natürlich könnte ich auch schreiben, ohne Musik zu hören, aber ich bin froh, dass ich es nicht tun muss. Hier ist eine kleine Zusammenstellung der Musik, die ich gehört habe, während ich diesen Roman schrieb. Bitte unterstützen Sie die Künstler, indem Sie ihre Songs auf legale Weise erstehen!

„Breathe Me" – Sia

„Bulletproof Weeks" – Matt Nathanson

„City Lights" – Mirror

„Closer" – Kings of Leon

„Collide" – Howie Day

„Damn I Wish I Was Your Lover" – Sophie B. Hawkins

„Don't Pull Your Love" – Hamilton, Joe Frank and Reynolds

„Dream a Little Dream of Me" – The Mamas and the Papas

„Ghosts" – Christopher Dallman

„Goodbye Horses" – Psyche

„I Think She Knows" – Kaki King

„I'm Burning for You" – Blue Öyster Cult

„If" – Bread

„If You Want to Sing Out, Sing Out" – Cat Stevens

„Incense and Peppermints" – Strawberry Alarm Clock

„Je t'aime moi non plus" – Serge Gainsbourg and Jane Birkin

„Joy to the World" – Three Dog Night

„Kiss You All Over" – Dr. Hook

„Labor of Love" – Michael Giacchini's *Star Trek (Filmmusik)*

„Lascia ch'io pianga Prologue" – *Antichrist* Soundtrack

„Life on Mars" – David Bowie

„Purple Haze" – The Cure

„Shambala" – Three Dog Night

Lesen Sie auch:

Victoria Dahl

… dann klappt's auch mit der Liebe

Band-Nr. 25645
7,99 € (D)
ISBN: 978-3-86278-500-1

Während der Fahrt kurbelte sie das Fenster nach unten, um die frische Sommerluft ins Auto zu lassen, und drehte die Musik lauter. Der Fahrtwind wirbelte ihr Haar durcheinander, aber ausnahmsweise war Lori das vollkommen egal. Die Musik und das strahlende Wetter verscheuchten ihre finsteren Gedanken.

Was auch immer in ihrem Leben vorgefallen war, wer auch immer sie dadurch geworden war: Sie wollte sich davon befreien, wenigstens für den Augenblick. Ihr Haar, das Einzige an ihrem Äußeren, was sie wirklich mochte, flatterte in der Brise, und die Musik hämmerte einen sexy Beat durch ihren Körper.

Sie war neunundzwanzig Jahre alt. Eine Vollwaise. Single ohne konkrete Aussichten. Aber sie war weit davon entfernt, das Handtuch zu werfen. Was sie brauchte, war ein bisschen Ablenkung.

Ben hatte eine Menge alter Erinnerungen bei ihr geweckt, und wenn sie keine Zerstreuung fand, würde sie früher oder später anfangen, in der Vergangenheit zu leben, umgeben von Gespenstern. Sie war ja so schon ständig von ihrem alten Leben umgeben, wohnte im Haus ihres Vaters, fuhr seinen Wagen, führte seine Arbeit fort. Wenn sie nicht aufpasste, verwandelte sie sich wahrscheinlich bald in einen neunundfünfzigjährigen Mann mit ergrauendem Bart und behaarten Armen.

Genau, sie musste sich ablenken. Ein *Mädchen* sein. Nein, kein Mädchen. Eine *Frau*. Und erfahrungsgemäß ließ sich das am einfachsten durch ein Techtelmechtel bewerkstelligen.

Andererseits war der Gelegenheitssex, den sie in der Vergangenheit hin und wieder gehabt hatte, nicht gerade umwerfend gewesen. Ein bisschen Feuerwerk in der Unterleibsregion, das war's. Nächtliches Abenteuer beendet. Und so deprimierend, wie ihr Leben gerade war, brauchte sie mehr als das.

Wenn sie wirklich ehrlich war, hatte keine Affäre sie jemals auch nur ansatzweise so sehr erregt wie Mollys erotische Geschichten. Und trotz der hartnäckigen Gerüchte in Tumble Creek interessierte sie sich kein bisschen für Frauen. Aber was bedeutete das unter dem Strich? Dass sie ... perverseren Sex brauchte? Wollte sie mit roher Gewalt von einem Wildfremden genommen werden – so wie die Frau in der Geschichte, die sie gerade gelesen hatte?

„Wohl eher nicht", flüsterte sie dem Lenkrad zu.

Wollte sie gefesselt und ausgepeitscht oder von einem ganzen Werwolfrudel genommen werden? Auch das waren nämlich Geschichten, die ihr gefallen hatten. Sie kicherte los. Zumindest die Werwolffantasie würde sich in der Realität als ziemlich schwieriges Unterfangen entpuppen. Sie würde in Stilettos durch den Wald stöckeln und darauf hoffen müssen, dass mindestens in einem zerzausten Camper eine wilde Bestie schlummerte.

Der Motor röhrte auf, als sie die letzte steile Steigung zur Bergspitze nahm, doch Lori würdigte die fantastische Aussicht kaum eines Blickes. Sie war viel zu sehr damit beschäftigt, über ihre sexuellen Bedürfnisse nachzudenken.

Also keine Werwölfe. Aber was dann?

Sie war nicht lange genug auf dem College gewesen, um mehr als einen Freund zu haben. Die Experimentierphase hatte sie einfach übersprungen. Und seitdem war außer dem einen oder anderen Date einfach … gar nichts passiert. Ein großes Schlagloch zerhackte ihr frustriertes Stöhnen in zwei Teile. Dates, ha! In den letzten Jahren war ihr so gut wie kein Mann über den Weg gelaufen, mit dem sie hatte schlafen wollen. Und unter den wenigen war keiner gewesen, den sie hätte fragen können, ob er ihr wohl mal eben den Hintern versohlen könne.

Obwohl Jean-Paul vermutlich ziemlich viel Ahnung vom Hinternversohlen hatte. Wahrscheinlich war er ein richtiger Profi. Vielleicht sollte sie ihn einfach mal anrufen. Vielleicht …

„Ach, hör schon auf", murmelte sie griesgrämig. Sie *wollte* doch eigentlich gar nicht den Hintern versohlt bekommen. Was sie brauchte, waren ein oder zwei sensationelle Orgasmen. Den Kitzel und Schmetterlinge im Bauch und ein Knistern in der Luft, das sich zu einem Großbrand ausweitete.

Nicht weniger als das – aber auch nicht mehr. Denn sie näherte sich zwar mit großen Schritten der Dreißig, aber eine richtige Beziehung stand nicht zur Debatte. Sie mochte keine Ahnung haben, was sie mit ihrem Leben anfangen sollte, aber sie würde ihre Träume und Hoffnungen ganz sicher nicht für die Liebe opfern. Eines Tages würde sie Tumble Creek verlassen. Und bis dahin brauchte sie jemanden, der sie von ihren Problemen ablenkte.

Lori wollte sich keine Sorgen mehr machen. Sie wollte stöhnen und keuchen und feucht werden wie die Frauen in diesen Büchern.

Neue Schuhe konnten da zwar nicht wirklich helfen, aber immerhin wären sie ein Anfang. Ein Zeichen, dass sie bereit war. Und vielleicht, ganz vielleicht würde ein gut aussehender Fremder in Tumble Creek auftauchen und sie dazu bringen, diese Schuhe gleich wieder auszuziehen. Oder noch besser: ihr befehlen, sie anzulassen.

„Hi Quinn", sagte eine Stimme direkt neben ihm. So gern er seine neuste Idee auch gleich zu Papier gebracht hätte – Quinn legte resolut den Zeichenstift beiseite und wandte sich seiner Besucherin zu. Der vertraute braune Lockenkopf und die strahlend grünen Augen brachten ihn zum Lächeln.

„Lori!", sagte er und umarmte sie.

„Oh … hi!", quiekte Lori, woraufhin er sie hastig wieder losließ.

„Wie geht's dir?"

„Ach, gut. Du weißt schon, immer dasselbe." Sie schob die Hände in die Taschen ihres grauen Overalls. Eine Windbö wehte ihr Haar nach vorne und ließ ihre Locken tanzen.

„Du siehst auf jeden Fall toll aus. Willst du einen Kaffee?"

„Äh, nein, danke, ich sollte mich gleich an die Arbeit machen. Gestern Abend sind die Ersatzteile geliefert worden."

„Komm schon, trink einen Kaffee mit mir. Ich hab ein richtig schlechtes Gewissen wegen letztem Mal."

„Wieso denn das?", fragte sie, betrat die Hütte aber, ohne zu protestieren, als er in Richtung Eingangstür wies.

Weil sie immer noch die Hände in den Hosentaschen vergraben hatte, spannte sich der grobe Baumwollstoff des Overalls um ihren Po. Ein ziemlich toller Po, wie Quinn fand. Er schob sich an Lori vorbei und stellte die kleine Kaffeemaschine an. Als er sich wieder umdrehte, bemerkte er, dass Lori sich aufmerksam umsah.

„Wohnst du hier richtig?"

Er warf einen Blick auf sein provisorisches Bett. „Manchmal."

Ihre schweren Schuhe polterten dumpf über den zerkratzten Holzboden. Quinn sah von den Stahlkappenstiefeln hinauf zu ihrem zarten Gesicht und schüttelte gedankenverloren den Kopf.

Lori runzelte die Stirn. „Warum guckst du mich so kritisch an?"

„Ach, unwichtig. Also, ich habe fast den ganzen Sommer über hier oben gewohnt."

Wieder sah sie sich in der kleinen Ein-Zimmer-Hütte um. „Und wo hängst du deine Anzüge auf?"

„Drüben in meiner Wohnung in Aspen. Ich fahre jeden Morgen rüber, um zu duschen und mich umzuziehen. Der Solarboiler hier funktioniert nach kalten Nächten bemerkenswert schlecht."

„Kann ich mir vorstellen. Unglaublich, wie kalt es hier oben im Hochsommer ist. In Tumble Creek ist es richtig warm heute." Sie schauderte und beäugte sehnsüchtig die Kaffeemaschine.

Quinn lächelte und schenkte ihr eine Tasse ein.

„Muss eine Menge Bären geben hier oben", bemerkte Lori.

„Bären? Keine Ahnung. Mir ist noch keiner über den Weg gelaufen."

„Die sind überall, Quinn. Und jetzt sag mal, wieso hattest du ein schlechtes Gewissen?"

„Weil ich dich ignoriert habe, als du das letzte Mal hergekommen bist."

„Ja, so könnte man es ausdrücken", erwiderte sie grinsend.

„Eigentlich ist mir erst so richtig aufgefallen, dass du hier warst, als du schon wieder weg warst. Und da kam ich mir wie ein Riesenidiot vor."

Lori winkte ab. „Ach, Unsinn. Ich kenne dich lange genug, um es nicht persönlich zu nehmen. Du warst doch schon im-

359

mer so! Wie hat dich dein Dad noch immer genannt? Doktor Desinteresse?"

„Genau." Jetzt grinste er auch.

„Aber schön, dass du diesmal lange genug aus deiner Trance erwacht bist, um mir Kaffee zu machen." Sie prostete ihm mit ihrer Tasse zu und nahm einen großen Schluck. „Hm, das tut gut. Mir ist fast schon warm genug, um mich wieder nach draußen in den Wind zu wagen."

„Warte mal." Quinn kramte in der großen Holzkiste neben dem Küchentresen und zog eine Strickmütze hervor, die er Lori ungebeten über die Locken stülpte. „So, das dürfte helfen", murmelte er, während er ihr konzentriert ein paar Strähnen unter die Mütze schob.

„Hör auf damit!" Sie versucht sich unter seinen Händen wegzuducken. „Ich *hasse* Mützen!"

„Aber es ist kalt draußen."

„Der Kaffee wird schon helfen." Sie riss sich die Mütze vom Kopf, fuhr sich durch die Locken und warf Quinn einen finsteren Blick zu.

„Und ich hab dich immer für unkompliziert gehalten. Wer hätte geahnt, dass du schrullig und leicht reizbar bist?!"

Lori verdrehte die Augen und trank ihren Kaffee aus. „In einer Dreiviertelstunde dürfte ich fertig sein."

„Warte, jetzt renn doch nicht gleich weg." Er setzte eine übertrieben ernste Miene auf. „Das läuft ja noch schlechter als bei deinem letzten Besuch! Tut mir leid, dass ich dir eine Mütze aufgesetzt habe. Entschuldige bitte. Das war unangemessen und unverzeihlich. Keine Ahnung, was ich mir dabei gedacht habe."

Loris genervter Gesichtsausdruck wich einem amüsierten Lächeln. „Ich hab einfach was gegen Kopfbedeckungen, okay?"

Ihr Lächeln hatte er immer schon gemocht. In den seltenen Momenten im Schulbus, in denen sie nicht beide die Nasen in ihre Bücher gesteckt hatten, hatte Quinn sie manchmal lachen gehört und sich umgedreht, um ihr strahlendes, breites Lächeln zu sehen. Es war nicht oft vorgekommen, und deswegen waren ihm die seltenen Gelegenheiten umso wichtiger erschienen.

Doch heute kam Lori ihm vor wie ein wandelndes Rätsel. Undurchschaubar und verschlossen.

Nur das schöne Lächeln war geblieben.

Schlagartig wurde ihm klar, wie sehr er sich freute, sie zu sehen. „Danke, dass du dir die Mühe machst, hier extra hochzukommen, um den Bagger zu reparieren, Lori."

„Gerne, Quinn", rief sie ihm noch zu, bevor sie mit ihren schweren Stiefeln durch die Tür stapfte. „Gib mir eine Stunde, dann können wir über meinen Bonus diskutieren."

Lori fuhr sich noch einmal durch die Locken und bemühte sich dabei redlich, den Motor des Baggers zu mustern, anstatt dümmlich in Quinns Richtung zu grinsen. Diese Hände, die sie schon so lange bewunderte, hatten ihre Stirn, ihre Wangen berührt. So elegant sie auch aussahen – die körperliche Arbeit hier oben hatte sie rau und kräftig gemacht.

Schade, dass es eine fast schon brüderliche Berührung gewesen war … Andererseits war das aber absolut logisch. Quinn war der Bruder ihrer besten Freundin, und wahrscheinlich hatte er Lori schon vor Jahren im Kleine-Schwester-Ordner abgelegt. Falls er überhaupt jemals über sie nachgedacht hatte.

„Hat er nicht", murmelte sie und beschloss, sich von jetzt an auf die Arbeit zu konzentrieren.

„Hast du was gesagt?"

Sie zuckte zusammen und stieß sich dabei den Ellbogen an der Motorhaube, was Quinn aber völlig entging, da er schon wieder auf seine Zeichnung sah.

„Woran arbeitest du da eigentlich?", fragte Lori.

Er schaute auf und warf ihr einen verwirrten Blick zu, so wie immer, wenn er aus den Gedanken gerissen wurde.

Geduldig wiederholte sie die Frage.

„Oh, am Bauplan für das Haus."

„Aber du hast doch schon mit den Bauarbeiten angefangen", bemerkte Lori, während sie zu den Betonmauern am Rand der Lichtung sah. „Sieht so aus, als wäre das Fundament schon fertig."

„Ja, das Erdgeschoss habe ich schon entworfen. Eigentlich war ich mit allem fertig, aber dann sind mir ein paar Details aufgefallen, mit denen ich nicht so ganz zufrieden bin. Und seitdem schmeiße ich den Entwurf jeden Tag wieder über den Haufen." Er lächelte selbstironisch. „Ich mache das tagtäglich für andere Leute und habe mich immer über Klienten lustig gemacht, die sich alle paar Tage umentscheiden. Aber jetzt, da es um mein eigenes Haus geht, das Haus, in dem ich die nächsten Jahrzehnte über leben will, weiß ich plötzlich selbst nicht genau, was ich will. Eine Idee löst die andere ab, am nächsten Morgen halte ich alles wieder für absoluten Quatsch, und dann kommt auch schon Einfall Nummer fünftausend. Langsam entwickle ich ein sehr tiefes Verständnis für meine Kunden."

„Was vermutlich nicht schadet." Lori ließ den Blick über die Wiese, die Bäume und zum strahlend blauen Himmel wandern, der sich über den Berg spannte. „Kommst du hierher, um dich inspirieren zu lassen?"

Seine Augen begannen zu leuchten. „Genau! Das Licht, die Farben, die Schatten, alles ändert sich von Minute zu Minute. Die Fenster müssen an genau den richtigen Stellen sitzen und die perfekte Größe und Form haben. Und dann muss sich das Licht in einem bestimmten Winkel auf den Wänden brechen, das Material spielt also auch eine wichtige Rolle. Ich muss genau wissen, wie es hier morgens und abends aussieht, und mittags und nachmittags." Er unterstrich seine Worte mit Gesten, und Lori sog fast schon gierig jede einzelne Bewegung seiner Hände ein.

„An dem Abend, an dem du hier warst", fuhr er fort, „gleich nachdem du gegangen bist, ist das Sonnenlicht durch die Espen gebrochen, und da ist mir endlich klar geworden, was für ein Fenster ich über der Haustür haben will. Was für eine Steinsorte ich für den Kamin verw… Oh, entschuldige bitte."

Lori schüttelte die Benommenheit ab, in die seine tiefe Stimme und seine leuchtenden Augen sie versetzt hatten. „Was?"

„Es tut mir leid. Ich neige dazu, andere Leute zu Tode zu langweilen. Ich bin sozusagen der Nerd unter den Architekten."

„Ach was, ich fand das total interessant! Wenn du so redest, siehst du fast aus, als wärst du verliebt."

„Oh." Er errötete leicht. Dieser große, erfolgreiche Mann, der da in seinem Flanellhemd vor seiner Holzhütte stand, wurde allen Ernstes rot.

„Das ist total süß", versicherte Lori ihm.

„Super. *Süß.* Das ultimative Nerd-Kompliment."

Lori musste lachen, und als er ihr einen tadelnden Blick zuwarf, lachte sie noch ein bisschen mehr. „Gib's auf, Quinn. Ich werde auf keinen Fall anfangen, dich zu bemitleiden. Selbst wenn du mich davon überzeugen könntest, dass du ein Nerd bist, wärst du immer noch ein ziemlich attraktiver, stinkreicher und erfolgreicher Nerd. Armes Schätzchen."

Kopfschüttelnd fing sie an, den alten Anlasser auszubauen. Wahrscheinlich war Quinn tatsächlich ein bisschen nerdig – aber auf eine geheimnisvolle, ziemlich anziehende Weise, weswegen ihm auf der Highschool die Mädchen scharenweise hinterhergelaufen waren. Geistesabwesende Bücherwürmer waren eben ganz schön gefragt, solange sie umwerfend gut aussahen und freundlich waren.

„Attraktiv?", hörte sie ihn fragen und sah auf. Er stand an die Verandabrüstung gelehnt da und musterte sie fragend.

„Hä?"

„Attraktiv. Du hast gerade gesagt, dass ich attraktiv bin." Er bemühte sich sichtlich, ernst und streng zu gucken, aber in seinen Augen blitzte der Schalk.

Diesmal war Lori diejenige, die rot wurde. Sie wedelte drohend mit dem Schraubenschlüssel in seine Richtung. „Nur eine kleine Streicheleinheit für dein Ego."

„Gute Arbeit. War ziemlich angenehm, die Streicheleinheit."

Frustriert stöhnte sie auf. „Geh weg. Ich kann nicht arbeiten, wenn du mich so anstarrst."

„Vorhin hast du einen Bonus erwähnt. Wie meintest du das?"

In seiner Stimme klang etwas Verheißungsvolles, leicht Anzügliches mit, was Lori ziemlich verwirrte. Und das Wort Streicheleinheit hallte immer noch in ihren Ohren nach. „Nichts

363

weiter", erwiderte sie. „Ich hatte nur gehofft, dass du mir irgendwann mal den Bagger ausleihst. Natürlich erst, wenn du hier fertig bist."

„Und das ist alles?"

„Klar. Würdest du mich jetzt bitte endlich in Frieden lassen?"

„Aber du stehst sozusagen mitten in meinem Büro." Eine Windbö ließ das Espenlaub rascheln, als wollte die Natur ihm zustimmen.

„Okay, dann guck eben die Bäume an und nicht mich."

„Das wäre aber ziemlich unhöflich von mir."

Hatte er gerade für einen kurzen Augenblick anerkennend ihren Körper gemustert? Nein, in Anbetracht ihres Overalls war das wohl doch eher unwahrscheinlich. Plötzlich hasste sie diesen blöden Arbeitsanzug. Es war Samstag, verdammt noch mal! Sie hätte genauso gut in Shorts und einem Tanktop hier auftauchen können. Und dann wären ihr beim Arbeiten sicher eine Menge Gründe eingefallen, sich besonders häufig bücken zu müssen.

Lori wandte ihm den Rücken zu. „Na gut, dann unterhalten wir uns eben, während ich arbeite."

„Und worüber?"

Sie zuckte die Schultern und versuchte, möglichst gleichgültig zu klingen. „Du hast doch in Europa studiert, oder? Erzähl mir davon."

Er schwieg eine Weile, dann fing er an zu reden. Anfangs berichtete er noch zögerlich und stockend, doch bald wurde seine Stimme ganz weich, fast als würde er mit sich selbst sprechen. Doch Lori sog seine Worte auf, jedes einzelne.

Deutsche Erstveröffentlichung

Kristan Higgins
Ich habe mich verträumt

Er ist groß, gut aussehend, erfolgreich, liebevoll, einfühlsam – und existiert nur in ihrer Fantasie. Weil Grace es leid ist, sich ständig Bemerkungen über ihren Singlestatus anzuhören, erfindet sie kurzerhand einen Verehrer. Dumm nur, dass sich die Geschichte schnell herumspricht - und auch ihrem neuen Nachbarn Cal zu Ohren kommt. Der erstaunlich viel Ähnlichkeit mit ihrem Traummann hat …

Band-Nr. 25668
8,99 € (D)
ISBN: 978-3-86278-724-1
eBook: 978-3-86278-774-6
400 Seiten

Shannon Stacey
Ein bisschen Kowalski gibt es nicht

Moment mal – die hübsche Lady da am Tresen wird belästigt! Doch als Kevin Kowalski, Besitzer der Sportsbar, ihren aufdringlichen Verehrer k.o. schlägt, erlebt er gleich mehrere Überraschungen. Die erste: Das Opfer, Beth Hansen, ist sauer auf ihn. Die zweite: Nicht lange, und er sieht Beth wieder - was in einem heißen One-Night-Stand endet. Die dritte: Kevin wird Daddy! Und die vierte Überraschung: Beth denkt gar nicht daran, ihn in ihr Leben zu lassen. Aber Kevin nimmt es sportlich. Gewinner ist schließlich der, der zuerst am Ziel ankommt. Und seines ist glasklar: Beth, Baby und Flitterwochen.

Band-Nr. 25670
8,99 € (D)
ISBN: 978-3-86278-726-5
eBook: 978-3-86278-800-2
304 Seiten

Deutsche Erstveröffentlichung

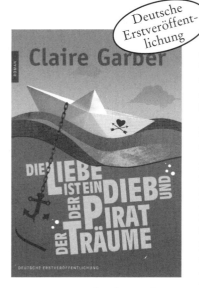

Claire Garber
Die Liebe ist ein Dieb und der Pirat der Träume

Deutsche Erstveröffentlichung

Im Namen der Liebe geben wir Lebensziele auf, vernachlässigen Freundinnen und nehmen zu – und was bleibt, wenn die Liebe dann gestorben ist? Dieser Frage geht Redakteurin Kate Winters alias Piratin Kate in ihrer vielbeachteten Rubrik der Zeitschrift „True Love" nach. Aber bis Kate erkennt, dass man wahre Liebe finden kann, sind viele Anschläge auf ihrer Computer-Tastatur und noch mehr Küsse von ihrem Jugendfreund Peter Parker nötig …

Band-Nr. 25658
8,99 € (D)
ISBN: 978-3-86278-707-4
416 Seiten

Sheila Roberts
Schokolade für dich

Samantha's „Sweet Dreams Chocolates" steht vor der Pleite. Weder mit geballtem Charme noch mit ihren süßen Kreationen kann sie den Bankdirektor Blake Preston verführen. Jedenfalls nicht zu einem Kredit. Trotzdem gibt sie nicht auf. Ein großes Schokoladen-Festival soll Geld in die leeren Kassen bringen. Erstaunlicherweise wird sie bei der Planung von Blake tatkräftig unterstützt. Logisch, dass man sich dadurch näherkommt. Aber niemals würde Sam sich in einen Banker verlieben – auch wenn er noch so sexy ist …

Band-Nr. 25653
8,99 € (D)
ISBN: 978-3-86278-509-4
eBook: 978-3-86278-594-0
400 Seiten

Deutsche Erstveröffentlichung

„… ein heißes Märchen darüber, was alles innerhalb eines Augenblickes passieren kann und was wir selber tun können, um unser Leben zu verändern."
Romantic Times Book Reviews

Deutsche Erstveröffentlichung

Victoria Dahl
… dann klappt's auch mit der Liebe

Erotische Lektüre macht Lori Appetit – auf den knackigen Architekten Quinn Jennings. Aber der hat nur seine Baupläne im Kopf …

Lori Love hat viele Autos, aber nur ein Laster: erotische Romane, die die Automechanikerin geradezu verschlingt. So viel Liebe, Lust und Leidenschaft macht auf Dauer Appetit. Zum Beispiel auf Quinn Jennings, ein Architekt mit Leib und Seele. Aber was für ein Leib! Unglaublich knackig und sexy. Genau der richtige Mann – leider nur für heiße Nächte. Denn mit Liebe hat Quinn nichts im Sinn. Erst als Lori Drohanrufe bekommt und um ihr Leben fürchtet, entwickelt er ungeahnte Beschützerinstinkte. Der coole Architekt zeigt plötzlich erstaunlich viel Gefühl …

Band-Nr. 25645
7,99 € (D)
ISBN: 978-3-86278-500-1
eBook: 978-3-86278-575-5
336 Seiten